国家出版基金项目
"十二五"国家重点图书出版规划项目

# 中國京劇流派劇目集成

啓功題

《中国京剧流派剧目集成》编委会 编

第 叁拾伍 集

学苑出版社

**图书在版编目（CIP）数据**

中国京剧流派剧目集成．第35集 ／《中国京剧流派剧目集成》编委会编．— 北京 ：学苑出版社，2014.12
ISBN 978-7-5077-4704-1

Ⅰ．①中… Ⅱ．①中… Ⅲ．①京剧－剧本－作品集－中国 Ⅳ．① I232

中国版本图书馆 CIP 数据核字 (2015) 第 008011 号

出 版 人：孟　白
责任编辑：潘占伟
装帧设计：徐道会
出版发行：学苑出版社
社　　址：北京市丰台区南方庄 2 号院 1 号楼
邮政编码：100079
网　　址：www.book001.com
电子信箱：xueyuanpress@163.com
销售电话：010-67601101（销售部） 67603091（总编室）
经　　销：新华书店
印 刷 厂：北京信彩瑞禾印刷有限公司
开本尺寸：889×1194　1/16
印　　张：13.25
字　　数：339 千字
版　　次：2015 年 1 月第 1 版
印　　次：2015 年 1 月第 1 次印刷
定　　价：210.00 元（精装）

## 《中国京剧流派剧目集成》学术顾问



## 《中国京剧流派剧目集成》编委会

# 序言

◎黄克

京剧向称国粹艺术，内容博大精深，剧目十分丰富，人们常以“汉唐三千宋明八百”形容其浩瀚。其中流派剧目又以演员表演的鲜明个性使剧目显得更为多彩多姿，充满魅力，既被专业人员钻研承继，也为广大戏迷喜闻乐见，遂成为京剧舞台上一大亮点。

**流派**

举凡表演艺术，原本就无不带有表演者的个人色彩。京剧表演艺术因其唱念做打诸多方面功夫的综合性和繁难性，表演的个性化尤为突出；加以行当的粗分、剧目的雷同，于大致相同的条件下尽显各自的千姿百态、千变万化；一招一式、一腔一韵之中可以体现不同的特色，同样一出戏，甚至同样一个戏中人物也完全可以演出不同的风采，这种充满个性化的表演，遂成为京剧竞技场上最是为人乐道而又情趣无穷的审美内涵。倘若这种富于个性化的表演为受众所认可，且代有传人，形为规范，即可自成一家，成为迥异于他人的艺术流派。以“四大名旦”（梅兰芳、程砚秋、荀慧生、尚小云）为例，虽皆工旦行，却又各有千秋。京剧大师王瑶卿就曾这样分析这四位后起之秀的独到之处：“梅兰芳的样儿，程砚秋的唱儿，尚小云的棒儿，荀慧生的浪儿。”所谓“样儿”，指梅的艺术造诣全面，要什么有什么；所谓“唱儿”，指程以行腔之新颖动听为能；所谓“棒儿”，指尚的刀马功底深厚；所谓“浪儿”，指荀的柔媚多姿、风情万种。寸长尺短，一语道破各有专擅的各家流派特点。如此成就固然来自自己的勤学苦练、苦心孤诣，更少不了观众的知音捧场、鼓励有加。因此，一个艺术流派的形成，对于创始人来说，无疑是开拓了审美追求的新境界；对于受众戏迷来讲，则更是得到了多样化审美需求的新满足。梨园行有云：唱戏的是疯子——指其追求的执着，听戏的是傻子——指其享受的痴迷。二者相得益彰、相映成趣，或许正道出京剧流派形成之三昧。

**流派剧目**

在京剧传承的一二百年间，随着历史的变迁、社会的发展，以及新人辈出、师承转换，荡涤旧物、崇尚新声，传统剧目中的绝大部分早已绝迹于舞台，然而，其精华部分（包括剧目中表现出来的唱念做打等程式体系）还是被完好地保存了下来，并得到长足的发展。其间，流派创始人于剧目的推陈出新做出了不可磨灭的贡献。基于对剧目乃至剧中人物的理解和认识，以及更便于发挥自己技艺特长的需要，流派创始人对浩如烟海的传统剧目进行了严格的筛选，经过了整理加工再创作，使之又焕发出崭新的韵味和光彩；随着这样剧目的增多，最终形成了自己流派所特有的剧目系列。而另外的流派又在另外的剧目系列中发挥着自己的优势，即或剧目相同，不同流派依然可以于演出中表现出自己的独特风格。总之，在其演出的剧目中，无不打上自己表演风格的鲜明烙印。京剧舞台上一度出现的这种百花齐放、争芳斗艳的盛况，实由自丰富多彩的流派剧目，这在京剧发展史上已是不争的事实。

但也应看到，如今京剧流派剧目相对于京剧的鼎盛时期，已是光景不再。个中原因很复杂，就客观因素而言，新兴的艺术形式的多种多样，人们的欣赏习惯和娱乐方式已经有了更广泛的选择余地，因而完全可以去旁骛；此外，就京剧本身而言，演出剧目之贫乏不能不说是观众锐减的重要原因之一。本来演出场所和演出场次就不多，翻来覆去又只是那几出骨子老戏，怎么能吸引观众，特别是年轻观众呢？——连那些老戏迷们也都听腻歪了。

回过头来看，今日演出剧目的贫乏和流派创始人晚年艺术景况也不无关系。他们在艺术的巅峰期——集中在上个世纪二三十年代，创作或改编了一出出新戏，直令观众赏心悦目，目不暇接。当其时，除了富连成科班或游动的散班演出些大路戏外，北京的京剧舞台几乎就是流派剧目的天下。据1932年商务印书馆出版的《五十年来北平戏剧史材》的记载，自民国十二年（1923）至十八年（1929）这六七年间，以梅派剧目为例，只“初演”的剧目——也就是自家独创的新戏或整理改编的传统戏，就有前后本《西施》、《洛神》、《廉锦风》、头二三四本《太真外传》、《俊袭人》、全本《宇宙锋》、《凤还巢》、《春灯谜》等12出戏（其中前后四本《太真外传》这四出戏是在一年多时间里陆续完成的）；同一时间段，马派“初演”的剧目也有《化外奇缘》、全本《玉镯记》、《秋灯泪》、《战宛城》、全本《火牛阵》、《鸿门宴》、全部《临江馆（“馆”应作“关”）》、全部《浣纱溪》、《范仲禹》、全本《清风亭》、头二三四本《大红袍》、全本《天启传》、《许田射鹿》、全本《十道本》等15出戏（其中《大红袍》分头二和三四本两次演出），当然，其中还不包括"初演"以外的经常性的大量的传统戏演出。试问，这些曾经轰动一时的流派创始人编创的新剧目于今又有多少出传承下来了呢？个中主要原因就在于流派创始人到了晚年一些唱做吃重的剧目已难胜任，只有将其已臻于炉火纯青的技艺凝炼到少数剧目之中，或演出或教习也只拘囿于这少数几个剧目了。而其传人也就将这几出戏奉为圭臬，全不知其鼎盛时期的所谓"文武双全"、所谓"昆乱不挡"为何事，致使一些当年的热门戏几近失传，这不能不说是梨园一件憾事。记得梅兰芳先生曾撰文论述学艺过程中的"少、多、少"，大意是初学时会的戏（包括技艺）自然是少的。随着所学剧目的增多，技艺的增长，激发起拓宽其艺术驰骋领域的热情，兼收并蓄，从而极大地丰富了自己。进而又随着审美取向的定型，艺术见识的提高，势必要对自己所学所用下一番去芜存精的工夫，扬长避短，使自己的独特技艺集中在少数几个代表剧目之中。表面看来演出的剧目是少了，但炉火纯青，在艺术创新上却达到了新境界。从少到多，从多而少，贯穿着的是继承与发展的艺术成熟的过程，也闯出了一条攀升艺术高峰的必由之路。后学者以为，学会了几出流派代表剧目便可以薪尽火传，得到了真经，孰不料缺少广博的根基，既影响个人的发展，也造成了剧目越传越少的现实。这难道不是应该汲取的教训吗？

有道是"礼失求诸野"。由于流派剧目的独特韵味及其所富有的艺术魅力，由于京剧作为自娱自乐的审美取向已深入人心，更由于迷恋传统演唱艺术者的大有人在，京剧传统剧目——包括一些已经消失于舞台的流派剧目，至今仍在京剧爱好者中间传唱不息。我们不妨到公园里看一看那一圈圈围着的戏迷，他们来自四面八方，或许彼此并不相识，只凭一把胡琴就将大家凝聚在一起，有滋有味地互相欣赏着一段段流派唱腔。更不用说那遍布全国各地乃至国外华人聚居区的票房，他们还时不时地粉墨登场，过一把戏瘾呢！这种自拉自唱、自娱自乐的红火场面，充分显示了京剧流派剧目的深厚群众基础和顽强的生命力，对于相对落寞的京剧舞台不啻一种发人深省的挑战。然而，这又何尝不是对京剧振兴的潜在的呼唤和有力的支持呢！

**流派剧目集成**

正鉴于其强大的生命力和深厚的群众基础，"振兴京剧"作为文化建设的国策的提出可谓正得其时。而振兴之务，首要的是挖掘和继承优秀传统剧目，以之作为发展和创新的基础和借鉴。我们编纂《中国京剧流派剧目集成》的初衷正在于此：将流派剧目演出的精彩瞬间记录于永恒，将构成流派剧目的诸多元素一一记录在案。诸如每剧的剧情本事、创始人表演特点的提要，剧中人物行当归属、服装扮相，剧本曲文、唱腔谱、伴奏谱、锣鼓经，以及身段谱等得以再现流派表演风格的内容，都力图完整地记录整理出来，为流派艺术的教学和研究提供文字的基础资料。持此，内行自可作为表演的参考，京剧爱好者也可以作为演习的蓝本。

这一工作，对于京剧剧目的基本建设虽然可谓之善举，但具体做起来却困难多多。首当其冲的就是剧目的选定。京剧剧目虽称汗牛充栋，但保存下来的资料却十分有限。京剧形成初期，以“老生三杰”又称“前三鼎甲”的程长庚、余三胜、张二奎为代表的一代固然没有留下什么音像文字资料；即或以“老生新三杰”又称“后三鼎甲”的谭鑫培、孙菊仙、汪桂芬为代表的一代除了少量的唱片外也没有完整的剧目传下来，所以我们的剧目整理工作只能从民国初年以降的“四大须生”、“四大名旦”开始。他们受熏陶于前辈艺术家，可谓传统的集大成而又能创新的一代，整理剧目以他们为重点自然最合适不过。遗憾的是这些艺术大师大都已经作古，得到他们指点和首肯已不可能，为此，我们只能通过其亲传或再传弟子来进行流派剧目的整理工作。从中我们更深地体会到抢救要及时，当初未能抢救下来现在也不要嫌晚而不为，抢救一点是一点，否则能够保存下来的精华越来越少，越加难向历史向后人交代了。

更难的则是遴选整理者。剧目的全面整理需要全面的人才。我们在组织稿件的过程中却发现这样的人手颇不易得。如果流派创始人或其传人曾在戏校任教，且有较为完整的教案保存下来，今日稍加整理即可选用，自然不是难事。不过这样的情况并不多，大量的剧目尚需要对当年的演出本进行追忆记录，加工整理。曾经受业于流派创始人或其传人的京剧工作者虽然是整理演出本的合适人选，但是他们大都是单位的骨干，忙于演出，忙于剧务，或居于领导职位，很难分出身来。即或肯于应承下一两出戏，也常有如下的情况：能演不能说，能说不能写，能写又不能打谱。因此，完成一个剧目经常需由记录者、整理者和打谱人联袂而行，倘再加上剧目的传授者和提要的撰写人，则非四五人鼎力不可。《中国京剧流派剧目集成》收入二百多出戏，每出戏即使平均两三人参加，也要组织四五百人次。其繁难可以想见，其壮观亦可以想见。当然，这还仅就整理者的数量而言，更为难能可贵的还在于参与者的无私奉献。试想，跟演一出戏或教一出戏相比，以文字整理出一出戏，不仅费时而且费力，无疑是一桩一般人不肯为也不屑为的苦差事，而我们的整理者却能甘之如饴，乐此不疲，没有为京剧事业的传承而不计个人得失的宝贵情操，是难有这种积极性的。不仅如此，随着岁月流逝，整理流派剧日益困难，更需要求助一些老专家，他们或是资深艺员、教师，或是资深票友、戏迷，而今已是硕果仅存的京剧艺术的专家、流派历史的见证人。在他们身上洋溢着一种传承京剧流派的使命感，和对振兴京剧的期待。他们热情地参加到这项工作中来，或亲自动手，为我们整理剧目；或答惑解疑，给我们工作以指导。使我们在受教于他们的同时，油然而生一种深深的敬意。

克服了上述困难，《中国京剧流派剧目集成》终于呈现在读者面前。书中，除了囊括主要流派的主要代表剧目，试图反映京剧鼎盛时期的大致面貌而外，尚有可说道者。首先是挖掘整理出一批流派剧目，其中不乏已近失传的流派艺术精品。其中共收流派五十余家、剧目二百多出，不仅是从装扮到曲谱俱全，而且半数以上不曾整理出版过，可算是京剧剧目建设的一个不小的工程。下列剧目可为佐证。如王（瑶卿）派名剧《南天门》（今能见到的只剩下王和老谭合拍的剧照）、余（叔岩）派名剧《太平桥》（据说是老谭给余说的开蒙戏）、马派名剧《白蟒台》（写王莽被俘后向旧臣一一乞命事，老生扮演反面人物堪称奇特）、麒派名剧《斩经堂》（其中吴汉的悲剧性格曾引起过热烈争论）、荀派名剧《鱼藻宫》（写吕后残害戚姬事，乃荀派悲剧剧目之一），以及汪（笑侬）派名剧《哭祖庙》、龚（云甫）派名剧《徐母骂曹》、徐（碧云）派名剧《绿珠坠楼》、裘（盛戎）派名剧《打銮驾》等，都是难得一见的流派剧目之珍品。而以“关外唐”名世的唐（韵笙）派名剧经其家人和传人的努力竟整理出其代表作《驱车战将》、《闹朝击犬》、《好鹤失政》、《绝龙岭》、《未央宫斩韩信》、《刀劈三关》等七出之多，堪称流派剧目建设的新收获。除此之外，《中国京剧流派剧目集成》还特别着力于武戏的挖掘整理。较之文戏，武戏更难整理，需要将演员在台上的动作招式一一准确地反映出来，没有深入的钻研领会、亲身体验，很难下笔。众所周知，杨小楼作为一代武生宗师，其“武戏文唱”乃武生的不二法门，也是令人神往的一种表演境界，在武戏剧目整理中理应得到体现。资深票友朱家溍先生得其真传，整理了杨派名剧《麒麟阁》，并详细记述了前后六次观剧的心得，惜乎不及将其用工尺谱记下的昆曲吹腔翻为简谱便溘然而逝了。另一出杨派名剧《镇潭州》则是根据京剧耆儒刘曾复先生的讲授整理出来的，其中杨再兴上场的“蝴蝶霸”、和岳飞对打的“枪架子”，皆独得杨派之秘，给人以再闻《广陵散》般的惊喜。此外，高盛麟的《长坂坡》、《走麦城》，王金璐的《落马湖》、《八蜡庙》也都走的杨派的路子，有的就是直接跟杨宗师学的。南派大武生盖叫天武功盖世，他的剧目身后却乏人整理，多亏移居上海的原中国戏校武功教师赵雅枫先生以耄耋之年勉力整出《一箭仇》，也算保存了盖派一脉。还值得一提的是收获了一批武丑戏。叶盛章当年是以武丑戏挂头牌演大轴的第一人，勇于创新，能戏甚伙，现将其创作的名剧《酒丐》、《祥梅寺》、《打瓜园》、《徐良出世》、《三盗九龙杯》、《铜网阵》等七出代表作一并推出，既再现了叶氏当年神勇，也为乏人承继的武丑行当提供一些演习之本。尤为可喜的是我们也挖掘整理出富连成科班总教习、文丑“萧派”创始人萧长华老先生的《选元戎》、《荡湖船》、《变羊记》等已近绝迹舞台的拿手剧目。凡此，整理者挖掘流派剧目的辛勤劳作成果，均为我们编纂“集成”增添了光彩。

为了方便读者翻检使用，本书采取四五出戏合编一册的形式，这样全书约有五十册之多，并拟分三批推出。第一批为老生行的余派，以及号称“南麒、北马、关外唐”的三派，和武丑行的叶（盛章）派，计五家八册。第二批则以旦行“梅、尚、程、荀”为代表，包括老旦、刀马旦等流派。第三批是老生、小生、武生、净、丑等其他流派。预期一两年内出齐。倘若其中有重要疏漏，又得人整理，亦可考虑编辑出版“集外集”，以满足读者的需求，也使这部“集成”更为名副其实。

当然，《中国京剧流派剧目集成》的编纂，其目的只在提供流派剧目作为研究家和后学者的参考借鉴。而流派、流派，意重在“流”。所谓流，指流行和流变。流派艺术正是在流行、流变中最终形成的，即或在最终形成之后，也还是靠流行、流变而发展的，倘若泥古不化，抱残守缺，就会失掉其鲜活的生命力，艺苑奇葩也会枯萎，这已为京剧发展史所证明。不过，流派艺术发展也需要有个前提，那就是首先要掌握渗透在表演程式唱念做打、手眼身发步中的艺术个性，而流派剧目就是其艺术个性展现的载体。继承流派艺术，不能只满足于模拟外在的“体”，更要在剧目演练中去体味其艺术个性的“魂”，这样才能促使京剧流派艺术从剧目建设到表演个性都得到发扬光大。此乃传承流派剧目的题内之义，自毋庸赘言。

# 目录

## 程砚秋

锁麟囊（赵荣琛演出本） 1

## 吴素秋

柜中缘（根据吴素秋1981年演出录音整理） 133
铁弓缘（根据吴素秋1985年录像整理） 159

哈鸿儒　整理

# 锁麟囊

赵荣琛演出本

1939年盛夏，程砚秋以清人胡承谱《只麈谭》中的“赠囊”故事作为素材，请翁偶虹编一出具有深刻含义的喜剧。他所需要的喜剧，不仅仅是以大团圆结局使人们皆大欢喜，他还要通过故事揭示人情、针砭世俗，颂扬人与人之间真与善。这是一种“狂飙暴雨都经过，次第春风到吾庐”的喜剧意境。这就是著名的程派代表剧目《锁麟囊》。经过近一年时间的修改润色，经程砚秋先生苦心琢磨安腔，就正于王瑶卿先生，该剧日臻成熟。1940年4月29日，该剧首演于上海黄金大戏院，引起上海剧坛的轰动，赢得了“秋云阅厚，韵绝尘寰”的美誉。

《锁麟囊》又名《牡丹劫》，故事围绕登州两个少女的遭遇展开。富家女薛湘灵和贫女赵守贞同日出嫁。薛湘灵嫁妆丰厚，出嫁前其母又循当地风俗给了她一个装有很多珠宝的锁麟囊，取早生贵子之意。而赵守贞没有妆奁，仅一顶残破不全的花轿。中途天降大雨，二人同在春秋亭避雨。赵守贞苦于身世失声痛哭。薛湘灵命家人问明缘由，深表同情，将锁麟囊相赠，且拒留名姓。六年后登州发生洪灾，薛湘灵与家人失散，漂泊到莱州。昔日佣工胡婆引她去卢府办的粥厂打粥，卢府收留她为公子卢天麟保姆。卢夫人即赵守贞，她将锁麟囊供在后花园东角朱楼之上，叮嘱薛湘灵不得闯入此楼。卢天麟玩耍时将球抛至朱楼之上，逼迫薛湘灵入楼寻找。薛湘灵无奈入楼，适见锁麟囊，伤心痛哭。赵守贞发现后仔细盘问，始知她是赠囊之人，遂奉为上宾，并使她与失散的家人团聚。

1955年，吴祖光按周总理指示与程砚秋研究拍一部能概括程砚秋多方面成就的电影艺术片，程砚秋首先提出最理想的是《锁麟囊》。但当时舆论认为该剧宣扬“阶级调和”、“因果报应”，尤甚者竟扣以“反动思想”的帽子，程砚秋只得忍痛割爱，决定拍另一代表作《荒山泪》。该剧只留下了1941年百代公司录制的六面唱片和1946年在上海天蟾舞台演出的部分实况录音。今天在整理剧本时，怎样才能最接近程砚秋先生演出的原貌，使整理者伤透脑筋。几经比较，现采用赵荣琛音配像的录音作为根据，这个录音是1962年和1982年两个不完整的录音合成在一起的，其不足处按翁偶虹先生的文学剧本加以弥补。

从文学角度来看，《锁麟囊》是京剧中文学水平较高的一出戏。《锁麟囊》产生的历史背景是北京已沦陷，人民在日本军国主义铁蹄蹂躏之下，痛苦地挣扎。这时，程砚秋到山东演出遇到水患，亲见灾民流离失所之苦，萌发了编演一出以洪灾为背景的醒世戏的念头。

从艺术角度来看，将《锁麟囊》列为集程派艺术之大成的剧目，名副其实。

程砚秋曾反复地与翁偶虹研究如何使《锁麟囊》具有最佳的艺术效果。他花费了近一年时间设计唱腔，并就正于王瑶卿先生。设计唱腔时，吸收了不同行当、不同流派、不同板式、不同曲种的腔调，甚至西洋歌曲的旋律。化成程腔时，绝无斧凿之感。观众听了会肯定它是京剧腔，肯定它是青衣腔，肯定它是程派腔。如“忙把梅香低声叫”的拖腔源自小生戏《辕门射戟》“将军休要逞刚强”，“把朱楼来进”的拖腔源自老生戏《洪洋洞》，“羞得我脸似海棠”是将“梅派”〔西皮原板〕的腔安到了〔二六〕腔中。他要求翁偶虹多写突破京剧格式的长句，好创新腔。程砚秋创新腔，不是表现技巧，卖弄噱头，而是为塑造人物、表达人物情绪、渲染剧情服务的。

翁偶虹原为“团圆”时薛湘灵出场安排唱〔南梆子〕，程砚秋认为，虽然〔南梆子〕可以表现类似《春秋配》中姜秋莲那种喜悦和伤感交加的复杂心情，但此时薛湘灵的心情沉重，与姜秋莲不同，唱〔二六〕更显庄重。翁偶虹认为〔南梆子〕可以加【哭头】，程砚秋用有【哭头】的〔二六〕板，以打消他的顾虑。这种创新精神不能不令人感佩。

“朱楼”中〔二黄快三眼〕一段有六处拖腔，每个腔都根据该处人物的心理活动自成一格，耐人回味。其中两个【哭头】都是哭，但心情不同，唱腔变化非常大。前一个是感身世之变的巨大痛苦的总的发泄，腔很长，拖了十二板，腔由低沉委婉变得高亢激昂，由抽咽变成嚎啕，拨动了观众的心弦，令人潸然泪下。后一个是感到“囊赠人娘又丧命”的孤独，暗自伤心，腔比较短，像微风吹皱一湖秋水，虽有起伏，却很短促。不仅在一个唱段中避免重复，在全剧中，几段〔流水〕、两段〔四平调〕、两段〔二六〕、两段〔西皮原板〕，其腔也不尽相同，各有特色。

程砚秋初看剧本时，读到“回忆往事”的这段〔原板〕时，感到只是一问一答唱下去容易把戏唱温，思索良久，他要求翁偶虹把这段唱掐成三节，以便把《三进士》中周子卿夫人盘问孙淑琳身世时三让座的身段吸收进来。演出时，动人的唱腔，优美的让座身段，加上碧玉的嫉妒不服，使场上非常活跃，该段成为全剧达到高潮之前非常精彩的一个小高潮。

说到做工，不能不让人想到程派的水袖。这出戏中水袖表演很多，安排得都很是地方。“发水”一场，【乱锤】中薛湘灵翻舞水袖，使人感到舞台上好似一片汪洋，人是在汹涌的波涛中挣扎。“朱楼”一场，卢天麟说把球扔到楼上了，薛湘灵一惊，折袖，转身，云手，绕袖，盘卧，向“下场门”一望朱楼，亮个矮相，非常漂亮。(此处亮相，是程砚秋化用太极拳到身段中的一例）上楼时的身段，加上一段精彩的〔二黄散板〕，缓与急、动与静、唱与舞有机地结合在一起，又是一个精彩的片断。

《锁麟囊》一剧念白没有大段的，却很精彩。薛湘灵出场是该剧的一个亮点，它有意地突破念引子、定场诗、自报家门这种京剧固有的程式，采用幕内白的形式，刻画出薛湘灵娇矜使性、颐指气使的富家娇小姐的形象，达到了先声夺人的艺术效果。

为了帮助演员加深理解，整理者对某些词语加了注释。有些注释得到了黄克学长的指导，在此致以谢意。

哈鸿儒

## 人物行当

| | | | |
|---|---|---|---|
| 薛湘灵 | 青衣 | 卢天麟 | 娃娃生 |
| 薛　良 | 老生 | 薛　顺 | 丑 |
| 薛　母 | 老旦 | 王　青 | 生 |
| 梅　香 | 丑 | 卢　仁 | 丑 |
| 胡　婆 | 丑 | 卢　义 | 丑 |
| 赵禄寒 | 老生 | 丫　鬟 | 旦 |
| 赵守贞 | 旦 | 二轿夫 | 杂 |
| 少傧相 | 丑 | 二大锣夫 | 杂 |
| 老傧相 | 丑 | 八旗手 | 杂 |
| 胡　杰 | 丑 | 赵家轿夫 | 杂 |
| 程　俊 | 丑 | 赵家锣夫 | 杂 |
| 周庭训 | 小生 | 车　夫 | 杂 |
| 卢胜筹 | 老生 | 船　夫 | 杂 |
| 碧　玉 | 丑 | 四灾民 | 杂 |
| 周大器 | 娃娃生 | | |

## 服装扮相

**薛湘灵**　俊扮。梳大头、线尾子、点翠头面，浅蓝（或绿）绣花褶子（也可以穿帔，衬褶子）、领花、白绣花裙子，彩裤，彩鞋。（“春秋亭”一场加戴红绒花、珠子串，改穿绣凤红帔；“归宁”一场改穿粉红绣花帔；“舍粥”一场换浅蓝色包头，改穿浅蓝绣边素帔；“朱楼”一场加穿黑绣花大坎肩、白腰巾子；“团圆”一场改穿大红绣花帔）

**薛　良**　俊扮。黑硬罗帽、白二涛，黑褶子、紫色小大带，黑彩裤，厚底靴。（“春秋亭”一场披红）

**薛　母**　俊扮。老旦冠、鬖网子、勒子、草绿绸条，紫团花帔，绿裙子，福字履。（“团圆”一场换蓝绸条、香色褶子）

**梅　香**　俊扮。梳古装头、草花，粉红色绣花大坎肩、淡黄色袄子、白绣花腰巾子，淡黄色裤子，彩鞋。（“团圆”一场改穿蓝布大坎肩）

**胡　婆**　俊扮。梳平三头、帽箍，黑坎肩、蓝色彩旦褂子、小腰巾子，黑彩裤，白袜子、抹子鞋。（“舍粥”一场以后戴烟色包头，改穿无坎肩蓝布褂子）

**赵禄寒**　俊扮。黑高方巾、黪三，黑褶子、绦子，彩裤，厚底靴。

**赵守贞**　俊扮。梳大头、线尾子、银泡，黑褶子、绣花白裙子，彩裤，彩鞋。（“朱楼”

一场以后换点翠头面、草花、蓝团花对帔、褶子）

**少傧相** 丑扮。绿豆包（或荷叶巾），蓝绣花褶子、绦子，白大袜、皂靴。（“拜堂”一场插金花、披红）

**老傧相** 丑扮。紫豆包（或荷叶巾）、白五嘴（或白四喜），蓝缎子大坎肩、古铜褶子，彩裤，白大袜、皂靴。（“拜堂”一场插金花、披红）

**胡　杰** 丑扮。蓝鸭尾巾、帽正、黑八字，宝蓝褶子、紫绦子，彩裤，白袜子、皂靴。

**程　俊** 丑扮。绿棒槌巾、黑八字吊搭，绿绣花褶子，彩裤，白袜子、皂靴。

**周庭训** 俊扮。黑学士巾、帽正，红绣花帔，彩裤，厚底靴。（“遇救”一场以后戴黑高方巾，换黑绣领素褶子）

**卢胜筹** 俊扮。蓝员外巾、黑三，蓝团花对帔，彩裤，厚底靴。

**碧　玉** 丑扮。梳小辫、草花、水钻头面，藕荷色绣花大坎肩、浅蓝色袄子、浅蓝色腰巾，浅蓝色裤子，彩鞋。

**周大器** 俊扮。孩儿发，豆绿色茶衣（或对襟褂子）、小腰巾子，裤子，彩鞋。（“团圆”一场换蓝布茶衣或对襟褂子、裤子）

**卢天麟** 俊扮。孩儿发，粉红色茶衣（或对襟褂子）、小腰巾子，裤子，彩鞋。

**薛　顺** 丑扮。黑软罗帽，黑褶子、紫小大带，黑彩裤，白大袜、皂靴。

**王　青** 俊扮。黑硬罗帽、黑三，黑褶子、紫小大带，黑彩裤，厚底靴。

**卢　仁** 丑扮。黑软罗帽，黑褶子、紫小大带，黑彩裤，白大袜、皂靴。

**卢　义** 丑扮。黑软罗帽，黑褶子、紫小大带，黑彩裤，白大袜、皂靴。

**丫　鬟** 俊扮。梳大头、线尾子、水钻头面，天蓝色绣花大坎肩、浅蓝色袄子、白绣花腰巾子，浅蓝色裤子，彩鞋。

**二轿夫** 俊扮。梢子帽，蓝布箭衣、紫大带，黑彩裤，薄底靴。

**二大锣夫** 俊扮。秦椒帽，红马褂，黑彩裤，薄底靴。

**八旗手** 俊扮。秦椒帽，红马褂，黑彩裤，薄底靴。

**赵家轿夫** 俊扮。梢子帽，蓝布箭衣、紫大带，黑彩裤、薄底靴。

**赵家锣夫** 丑扮。梢子帽，蓝布箭衣、紫小大带，黑彩裤，白大袜、皂靴。

**车　夫** 俊扮。梢子帽，蓝布箭衣、紫大带，黑彩裤，薄底靴。

**船　夫** 俊扮。梢子帽，蓝布箭衣、紫大带，黑彩裤，薄底靴。

**灾民甲** 俊扮。白毡帽、绸条、白三，老斗衣、大带，黑彩裤，白大袜、皂靴。

**灾民乙** 俊扮。高方巾、帽正，黑褶子、绦子，彩裤，白大袜、皂靴。

**灾民丙** 俊扮。孩儿发，蓝布茶衣、腰巾子，蓝布裤，彩鞋。

**灾民丁** 俊扮。白发髻、白鬓发、勒子、蓝绸条，老斗衣、白腰巾子，绿裙子，福字履。

## 道具

| | | | |
|---|---|---|---|
| 红绣金团花桌围 | 一套 | 锁麟囊 | 一件 |
| 红绣金团花椅披 | 两套 | 鞋　盒 | 一个 |
| 不同颜色浅色绣花桌围 | 各一套 | 绣　鞋 | 一双 |
| 不同颜色浅色绣花椅披 | 各两套 | 花　瓶 | 一对 |
| 红绣金花轿 | 一乘 | 白手巾 | 一条 |
| 红小轿子 | 一乘 | 托　盘 | 三个 |
| 车　旗 | 一对 | 篮　子 | 一个 |
| 红小帐子 | 一套 | 碗 | 五个 |
| 开道旗 | 两面 | 筷　子 | 一双 |
| 喜字旗 | 八面 | 粥　桶 | 一个 |
| 小红旗 | 一面 | 勺　子 | 一把 |
| 救生标子 | 一面 | 手　绢 | 四条 |
| 大筛锣 | 两面 | 折　扇 | 五把 |
| 大　锣 | 一面 | 红盖头 | 两块 |
| 锣　槌 | 三把 | 笸　箩 | 一个 |
| 船　桨 | 一枝 | | |

## 第一场[①]

〖【冲头】幕启。二幕前。

〖【撤锣】少傧相“小边”侧幕内白：“啊哈！”

〖【小锣五击】少傧相“小边”侧幕上，至二幕前“小边”。

**少傧相** 终朝——

〔数板〕[②]

（多 罗.） 终朝 每日 在花 堂，（边念边走至正场）

吉祥 话儿（哈哈） 打官 腔。

声音 要洪 亮，

词句 要顺 当。

什么叫 麒麟 早送 子，

哪个叫 吹箫 引凤 凰。

不管他 抓髻 夫妻 初合 卺[③]，

不管他 露水 夫妻 野鸳 鸯。

只要 请我 去捧 场，

好话 多说 学灶 王。

只要是 金钱 到了 手，

我就 恭贺 他，

白头 到老 富贵 绵长，（多多乙个 多）

富贵 0 绵 长！

在下，贺吉祥。我爸爸贺富贵。我们家里头是祖传当傧相。我和我爸爸我们爷儿俩，无非是给人家唱唱喜歌儿，说几句吉祥话儿。就指着这个混饭儿吃。哎呀，今儿个是六月十七啦，明儿个十八可是个好日子。有两家儿办喜事儿的，一家儿是薛家，一家儿是赵家。这薛小姐呢，许配给周家啦；呵呵，赵家那个丫头哇，许配卢家啦。人家薛小姐她们家在我们登州城里头，那是有名儿的大财主。她家里头办喜事儿，高亲贵友一定去的不少，我打算到那下（音哈）儿开开眼，见识见识。可是不知道我爸爸他乐意不乐意。嗯，有嘞，我把您请出来，跟您商量商量。（转身面向“小边”侧幕，躬身）呵，爸爸有请。

〖老傧相“小边”侧幕内白：“啊哈！”

---

① 这是翁偶虹先生原编第一场，现在演出或不带这场，赵荣琛的音配像也没有这一场。现据 1983 年纪念程砚秋先生逝世 25 周年赵荣琛等五位程派传人演出《锁麟囊》录相整理补充于此。

② 程砚秋先生五十年代修改《锁麟囊》时，将少傧相数板上改为念对上：“头戴一枝花，喜事到他家。”

③ 合卺：卺是瓢的意思。把一个匏瓜剖成两个瓢，新郎新娘各拿一个饮酒，是旧时成婚时的一种仪式。

〔【小锣五击】老傧相“小边”侧幕上，至二幕前“小边”。

**老傧相** （念）忽听儿子一声叫，

想必喜事又来到。（走至正场与少傧相相见）

**少傧相** （作揖）爸爸有礼。

**老傧相** 儿子少礼。嘿嘿，真格的，把我叫出来，有什么喜事儿呀？哈哈！

**少傧相** 哪儿呀，今儿个不是六月十七了嘛，明儿个六月十八是个好日子。有两家儿办喜事儿的：一家儿是薛家，一家儿是赵家。我把您请出来问问您呐：明儿个您是上薛家呢，还是上赵家？

**老傧相** 别忙，我先合计合计啊！（转身在“小边”台口琢磨）薛家……赵家……（转身对少傧相）哼哼，我上薛家。

**少傧相** 噢，您上薛家。

**老傧相** 对。

**少傧相** 那么我呢？

**老傧相** 你自然去赵家啦！

**少傧相** 我上赵家？干吗我上赵家呀？

**老傧相** 呵呵，你听我跟你说啊：这个薛家呢，是个大门大户，大宅大院儿，那下儿是人多事儿多，礼法规矩也多。自然是应该我去。这个赵家呢，是小门小户，小宅小院儿，是人少，事儿少，规矩少。自然是你去呀！

**少傧相** 我也上薛家得啦。

**老傧相** 叫你上赵家，你就给我上赵家！

**少傧相** 那我上薛家不行是怎么着呀？

**老傧相** 哈哈！好哇，（台）小子！你这不是成心搅和着嘛！噢！我明白啦，你看着人家薛家是有钱有势，你这是攀高枝儿，拍马屁。哎呀，我瞧你这个孩子怎么这么势利眼哪？

**少傧相** 那您一个劲儿地上薛家，不上赵家，看不起赵家，您这不也是势利眼吗？

**老傧相** 哎……（被问住）哼哼！（解嘲地）就算我是势利眼。那么没我这个老势利眼，能有你这个小势利眼吗？

**少傧相** 啊？势利眼还有家传是怎么着？

**老傧相** 嘿嘿，甭管怎么说，明天啊，我去薛家，你去赵家。你要是不听话，我就揍你。叫我生气，你就听我的吧！（转身背手“小边”侧幕下）

**少傧相** 嘿嘿嘿！你听哎，他上薛家，让我上赵家，赵家那么穷，我也不去。哼，干脆，明儿个，我也上薛家。

〔【小锣打下】少傧相“大边”侧幕下。

## 第二场

〔薛良“小边”侧幕内白：“走哇！”

〔【纽丝】薛良双手托着放有锁麟囊的托盘“小边”侧幕上，至二幕前正场。

## 锁 麟 囊

〔西皮散板〕

**薛 良**　サ（$^{7}$6 65 55 31 27 62 11 1）63 21 1 63 21
这 儿 日 为 小

1 3 21 1 $^{23}$2 -（1 61 2 -）62 1 3 13 2
姐 出 阁 期 到，（仓）阖 府 中 上 与

1 $^{23}$2 - 13 $^{3}$2 7 67 61 1 ‖【大锣收头】
下 昼 夜 奔 劳。

老奴，薛良，【小锣报名一击】在薛府为奴。老夫人待人宽厚，我家小姐性情不好。这几日喜期将近，命我调换锁麟囊，三番五次，总不称心。无奈又去调换回来，报与老夫人知道便了！（左手托盘，抖右袖，提袖）

〔西皮散板〕

【大锣凤点头】（过门同前）6.$^{3}$ 32 1 3 2 1 3 2 1
这 也 是 娇 美 儿 天 生 性

$^{23}$2 -（21 61 2 -）6.$^{2}$ 11 62 12 $^{3}$2 3 21
傲，（仓）全 不 念 老 娘 亲 生 养

16 1 -（7 62 1 -）2 1 2 3 1 1 2
劬 劳[①]。（仓）为 一 个 锁 麟 囊

（7 6.1 2 -）2 2 - - $^{3}$2 $^{3}$2 11 2 2 - ┆（仓）
东 颠 西 跑，

〔薛良半个小圆场，面向“小边”侧幕。
〔胡婆“小边”侧幕内白：“薛哥慢走！”

〔亮弦〕

（7. 0 6.1 2 -）

---

① 劬（qú）劳：劳苦、勤苦之意。出于《诗经·小雅·蓼莪》：“哀哀父母，生我劬劳。”指父母生养子女的劳苦。

〔西皮散板〕

**薛　良**　【大锣凤点头】（过门同前）1　3　2　1 3　2　1　2　$^{3}$2

又　听　得　众　伙　伴

2 1　1　-　6 1　2　2　1　-　‖

呼　叫　声　（呐）　高。

〖【冲头】胡婆右手拿手帕，左手端着放有一对花瓶的托盘招呼着王青、薛顺“小边”侧幕同上。王青双手托着放有鞋的托盘，薛顺托着放有手巾的托盘，站“小边一条鞭”。胡婆上前与薛良招呼。

**胡　婆**　哟，这不是薛哥嘛！

**薛　良**　是呀，你们换什么去了哇？

**胡　婆**　我们呀，给小姐换嫁妆去啦。您瞧瞧，我换了一对儿花瓶，您看好不好？

**薛　良**　噢，倒也不错。

**胡　婆**　您这儿换的什么呀？

**薛　良**　我去调换锁麟囊去了。你们看看，这是新花样的呀！

**胡　婆**　哎哟，这花样儿倒是不错呀！可小姐要是不中意，您还得换去！

**薛　良**　唉！

**胡　婆**　得啦，别发愁啦，咱们赶紧回去吧！

**薛　良**　（对王青、薛顺）你们的东西都换齐了么？

**王　青**
**薛　顺**　（同）我们也都换齐啦！

**薛　良**　噢，好好好，一同回去便了！（抖右袖，提袖）

**胡　婆**　对了，咱们回去吧，啊！

〔西皮散板〕

**薛　良**　【大锣凤点头】（过门同前）2　1　2　6 2　1 2　3　2　-　2　2　1　3　$^{3}$2　-

与 你 等 急　速　归　件 件 回(呀) 报，

**胡　婆**　哎，对了，咱们回去！

〖【纽丝】薛良领胡婆等小圆场。开二幕，场上置正场桌，“小座”，桌侧放一备椅，“大边”斜放一桌。红色绣金团花桌围椅披。众人至“小边”，王青、薛顺站“小边一条鞭”，胡婆站“小边”右首，薛良站“小边”左首。

〔西皮散板〕

**薛　良**　【大锣凤点头】（过门同前）6 2　3 21 1　6 2　1 2　$^{3}$2　3 2 1　6 3　6 1　-　‖【大锣住头】

怕　小　姐不　称　心 枉 费 徒　劳。

（回身对胡婆）

胡　婆　唉，别发愁啦，赶紧进去吧！

〈薛良无奈地点点头，【小锣一击】进门至“大边”。胡婆招呼着王青、薛顺进门至“小边”，王青、薛顺站“小边一条鞭”，胡婆站“小边”。胡婆、薛良分别在二边寻找梅香。【小锣一击】

薛　良　（对胡婆）哎，梅香这个丫头往哪里去了哇？

胡　婆　是啊，她上哪儿啦？您喊喊她。（说完站王青、薛顺前面等候）

薛　良　（朝“下场门”喊）啊，梅香！【小锣一击】（无人应声）嘿，这个丫头！（转身朝“上场门”喊）梅香！【小锣一击】梅香！（边喊边往“小边”移动）梅香！

〈（匝匝匝匝……）梅香拿手帕蹑手蹑脚地“上场门”上，走向正场。

梅　香　（出门，用手帕拂薛良）嗨，老大爷，您怎么越老越糊涂啦？您不知道咱们小姐这两天不高兴，老夫人呢，又在睡午觉。您瞧瞧您，扯开喇叭嗓子，这梅香梅香的，这让小姐听见，哎，她也不哭哇，她也不闹，就把那小嘴儿这么一噘，老夫人呢，还得调色各样地哄她。到那个节骨眼儿，咱不又得遭瘟了嘛！

〈众人点头称是。

梅　香　往后点儿吧！

〈众人后退一步，梅香看着都拿着东西。

梅　香　哟，你们把东西都换齐啦？

众　都换齐啦。

梅　香　这么办，一样一样地交给我，我往里头递。可这么着，小姐要是中意呀，就收下啦；要是不中意的话呀，那可没什么说的，你们呀，还得换去，啊！

众　啊，是。

〈王青至梅香身旁。

梅　香　你先递呀？交给我。

王　青　绣鞋换回来了。（将托盘交给梅香）

梅　香　噢，绣鞋换回来啦？

王　青　换回来了。

梅　香　我给你递上去啊！

王　青　多说好话吧！

梅　香　成啦，成啦，我会说好话，啊！

〈（台匝匝匝匝……）梅香拿托盘进门，“上场门”下。

〈（台匝匝匝匝……）梅香“上场门”幕内白：“哟，是啦，是啦！哟，小姐，您别生气，这是干什么呢！小姐！”梅香边说边从“上场门”上，不时地回身向“上场门”幕内回话，走至“九龙口”。

梅　香　我让他们给您换去。【小锣一击】何必生这么大气呀！气个好歹的，那奴婢我担得起吗，那个！成啦，成啦！（哄劝）您消消气儿，我的好小姐，好小姐……（台匝匝匝匝……）（蹑脚蹑手地往外走，出门）【小锣一击】（无奈地招呼王青）过来，过来吧！

王　青　怎么样了哇？

梅　香　你说花样儿好哇？偏偏不凑巧，小姐瞧着不中意，那可没什么说的，你还得受受累，再换换去！

**王　青**　哎呀，已经换过几次了哇！

**梅　香**　（同情地）哟，我也知道你换过好几回啦！不是我不愿意呀，要是我呀，我早就收下啦！它是小姐不中意，我有什么办法呀？你再换换去吧啊！（将鞋盒给王青）

**王　青**　哎，多多地美言……（听见薛湘灵呼唤梅香，无奈地退回原位）

〔薛湘灵“上场门”幕内招呼：“啊，梅香！”（大大　大大　大大）

**梅　香**　这……（多罗.）有！（赶紧转身进门面向“上场门”）

〔薛湘灵“上场门”幕内白：“那花样儿要鸳鸯戏水的。”

**梅　香**　哎，要鸳鸯戏水的。（欲出门）

〔薛湘灵“上场门”幕内白：“转来！”

**梅　香**　（大大）这，有——（台）（忙转身回去，面向“上场门”）

〔薛湘灵“上场门”幕内白：“鸳鸯一个要飞，一个要游，不要太小，也不要忒大。”

**梅　香**　哎，（答应着又往房外走）不要太小，还不要太大。

〔薛湘灵“上场门”幕内白：“快快转来！”

**梅　香**　（大大　大大　大大　大）（忙答应着又转回身去）哎！（台）

〔薛湘灵“上场门”幕内白：“鸳鸯要五色，彩羽透清波，莫绣鞋尖处，提防走路磨。”

**梅　香**　（大大）哎！（台）还提防走路磨！（欲出门）

〔薛湘灵“上场门”幕内白：“啊，梅香！”

**梅　香**　（大　大　大大　大）哎，（台）在这儿呢！（转回）

〔薛湘灵“上场门”幕内白：“配景须如画，衬个红莲花。莲芯用金线，莲瓣用朱砂。”

**梅　香**　（掰着手指强记）（台）哎哟，小姐，您说得太细致了，我记不清楚。干脆，这么着得啦，您亲自出来吩咐他们吧。

〔薛湘灵“上场门”幕内白：“无用的丫头！”

**梅　香**　（双手插腰，面向前）啊，没用就没用吧！

〔薛湘灵“上场门”幕内白：“快快搀我来呀！”

**梅　香**　（右手指着“上场门”，面向前）哟，哟，哟！你瞧喂，她，她还得用人搀呢！

【小锣平板夺头】　　〔四平调〕

（梅香搀薛湘灵“上场门”上，至“九龙口”左手抚鬓，右手

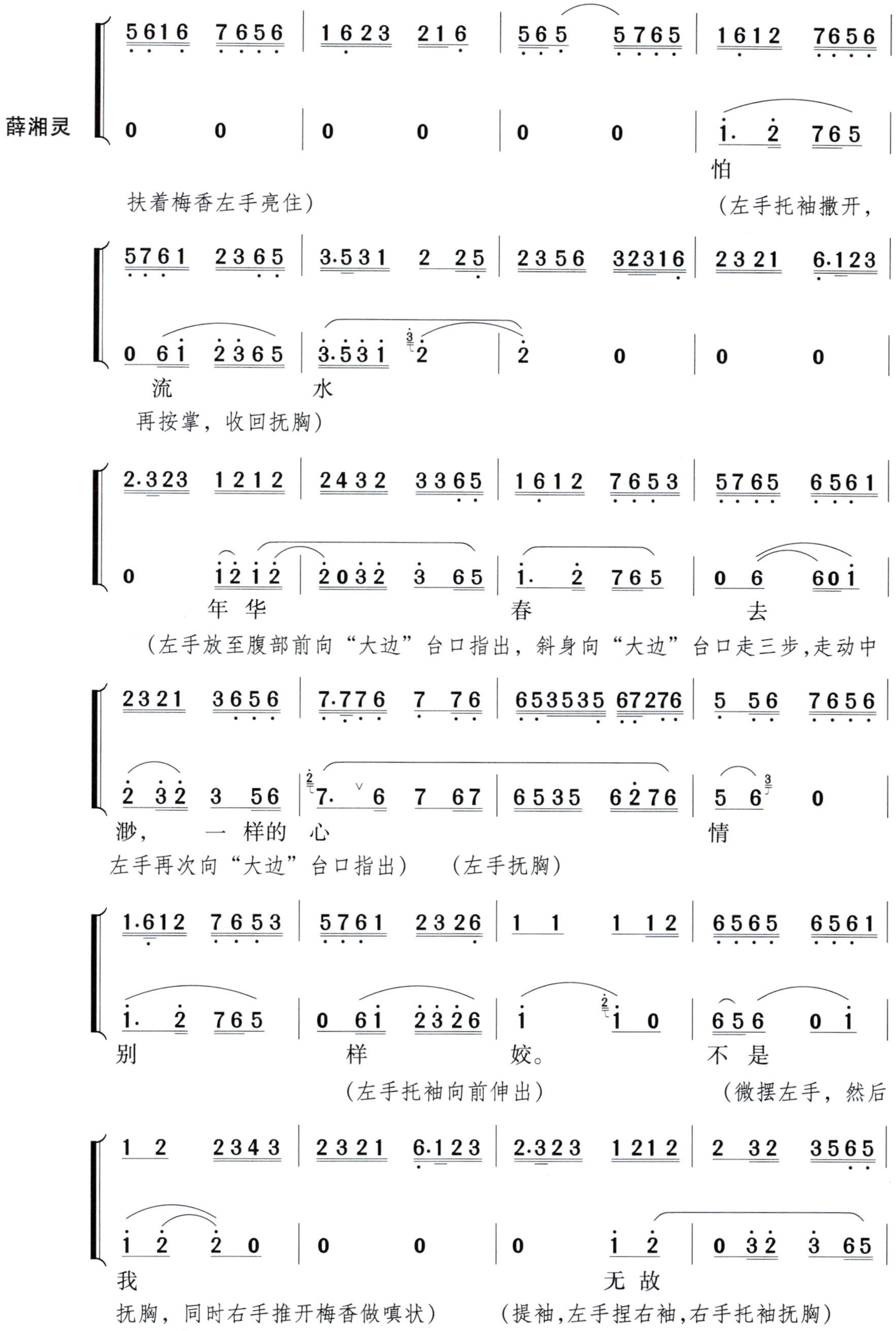
薛湘灵
怕
扶着梅香左手亮住）
（左手托袖撒开，
流 水
再按掌，收回抚胸）
年 华
春
去
（左手放至腹部前向“大边”台口指出，斜身向“大边”台口走三步，走动中
渺， 一 样的 心
情
左手再次向“大边”台口指出） （左手抚胸）
别
样
姣。
不 是
（左手托袖向前伸出）
（微摆左手，然后
我
无 故
抚胸，同时右手推开梅香做嗔状） （提袖，左手捏右袖，右手托袖抚胸）

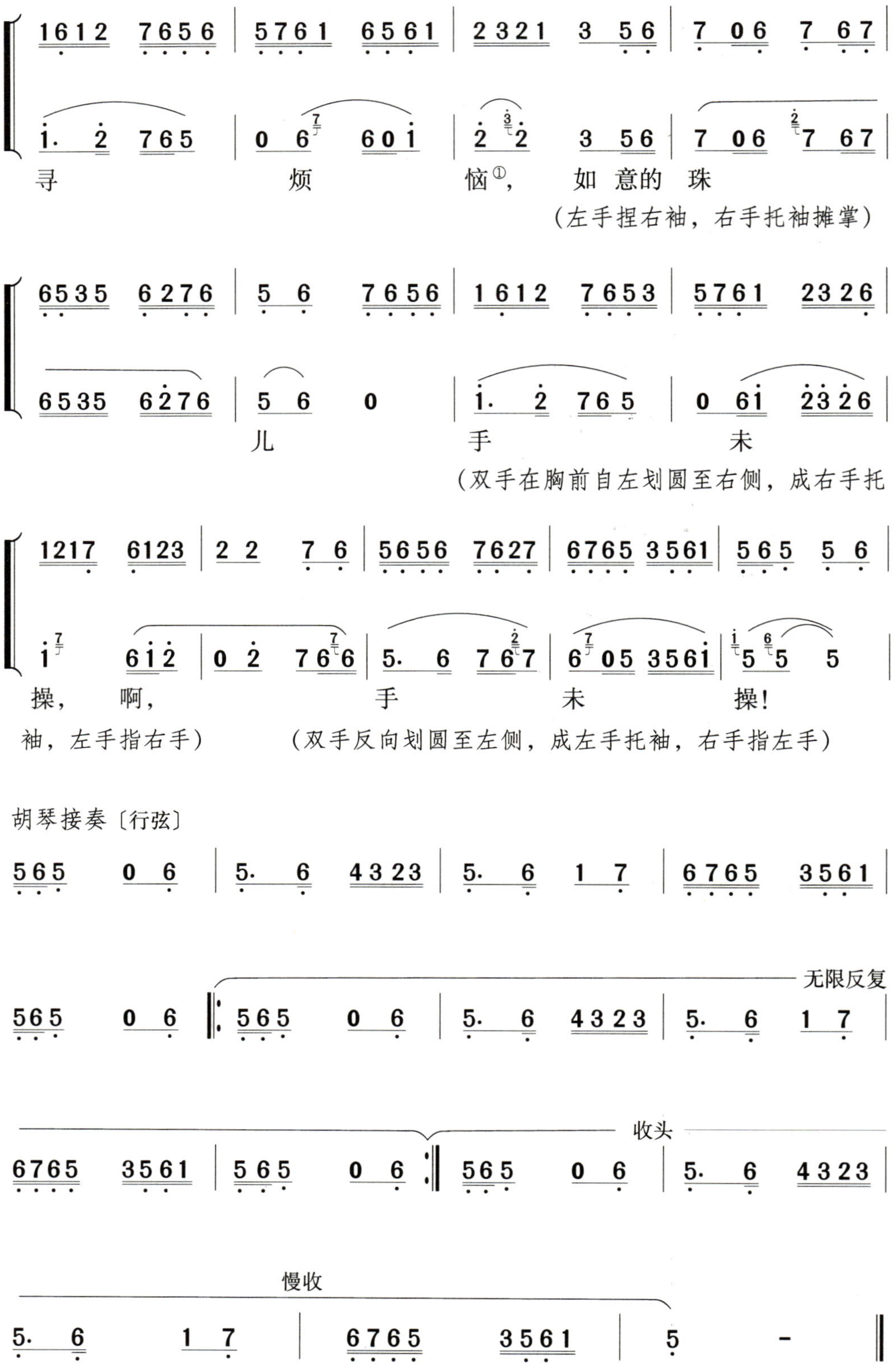


① 翁偶虹原词为“不是我苦苦寻烦恼”。

「薛湘灵在胡琴〔行弦〕中做身段，梅香在“小边”一侧学薛湘灵，动作要夸张：别左腿右手托左肘，左手抚鬓；（台）别右腿左手托右肘，右手抚鬓；（台）收回左腿，先后撣出双袖，再成抱袖状。（台）头扭向“小边”发现梅香学自己，拂右袖，左手举起要打梅香状。梅香跑开，做鬼脸，回头看看薛湘灵。薛湘灵垂下左手，提袖，左转身面向里；梅香忙跟上，右手托住薛湘灵左手走到“小座”前，护她转身坐下。（台）〔行弦〕止。

**薛湘灵**　这衫儿花样儿不好，若配那鸳鸯戏水的鞋儿，是越发地不中看了。

**梅　香**　啊，不好哇，不要紧，让他们再去换去。家里有的是人腿，闲着可干什么呀！

**薛湘灵**　真真令人生气。（台）

**梅　香**　哟，小姐！您呐，别生气。花样儿不好不要紧的。这么办，把朱裁缝找进府来，您自己出花样儿，让他们再做。您瞧好不好哇？

「薛湘灵矜持地向梅香点头。（台匝匝匝……）梅香见薛湘灵同意，小心地出门。招呼王青过来轻声交谈，并接过他拿着的鞋盒。

**梅　香**　（轻声的）把朱裁缝找来。

**王　青**　噢，是是是。（“上场门”下）

「梅香用身体挡住薛湘灵的视线进门，轻手轻脚地将鞋盒放在“大边”桌上，再转身出门。（台）胡婆端着放着花瓶的托盘迎过来。二人轻声地交谈。

**梅　香**　（轻声地）哟，胡妈妈。

**胡　婆**　梅香。

**梅　香**　您换的什么呀？

**胡　婆**　我给换一对儿花瓶儿。

**梅　香**　噢，花瓶儿啊！

**胡　婆**　还有吉祥话儿呢！

**梅　香**　什么吉祥话儿呀？

**胡　婆**　富贵白头。

**梅　香**　哟，倒是挺吉祥的。我给您递上去啊！

**胡　婆**　您多给我说几句好话儿得啦。

**梅　香**　您交给我啦。您受累了，受累了。

「胡婆回原位。梅香进门，端着放着花瓶的托盘站在“大边”桌的外侧。

**梅　香**　小姐，您看胡妈妈换来一对儿花瓶，富贵白头。

「薛湘灵左手托右肘，右手托腮，看花瓶。

**梅　香**　倒是挺吉祥的！

「薛湘灵点头认可。梅香把花瓶放在“大边”桌上，轻步地跑出门，轻声地叫过胡婆交谈。

**梅　香**　唉，胡妈妈！

**胡　婆**　梅香，怎么样啦？

**梅　香**　成啦，小姐中意啦。

**胡　婆**　哟，小姐中意啦？

**梅　香**　对了。

**胡　婆**　呵，阿弥陀佛呀！

**梅　香**　您歇会儿去吧啊!

〔胡婆转身“上场门”下。梅香叫薛顺过来轻声地交谈。

**梅　香**　薛顺呐!你换的什么呀?

**薛　顺**　换的手巾。哎,多说好话啊!(将托盘给梅香,回原位)

**梅　香**　成啦!成啦!(进门,至“小边”,边走边说)小姐,您瞧薛顺换来了手巾。

〔梅香托着托盘给薛湘灵看手巾,薛湘灵拿起手巾,生气地扔在地上。(台)

**梅　香**　哟,小姐,这手巾不错呀!

**薛湘灵**　蠢丫头,这吉日良辰,就用这素白白的手巾么?(拂袖)

**梅　香**　哟,对了,(忙跑着出门,边跑边说)我也撑糊涂啦!(叫薛顺)过来,过来!(薛顺到梅香身边)不行,拿去!(薛顺接过托盘)换去,换去!

**薛　顺**　这手巾换了……

**梅　香**　(学薛湘灵口气)哎,(台)这吉日良辰,就用这素白白的手巾么!

**薛　顺**　你怎么了?

**梅　香**　我怎么逛怎么卖!让你换,你就换,走,换去!

〔薛顺端托盘“上场门”下。薛良过来将放着锁麟囊的托盘给梅香。

**梅　香**　哟,老大爷,您这锁麟囊换来啦?

**薛　良**　换来了!

**梅　香**　哟,这是什么花样儿啊?

**薛　良**　新花样的呀!

**梅　香**　哟,这牛不牛、狗不狗的,这还新花样儿哪?

**薛　良**　(捂梅香嘴)新的!

〔梅香端着放着锁麟囊的托盘进门,将其放在“大边”桌上,站在桌的外首向薛湘灵禀报。

**梅　香**　小姐,东西都换齐啦,您仔细地再看看吧!

胡琴奏曲牌〔行弦〕

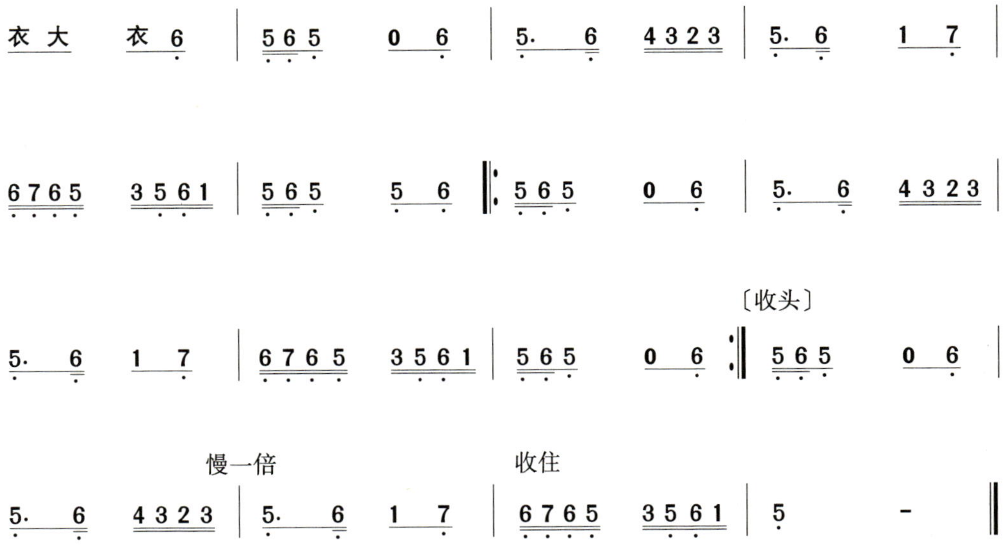

〓薛湘灵在〔行弦〕中离座站起，左手抚鬓往“大边”走，梅香走到桌里首举起鞋盒给薛湘灵看。薛湘灵折右袖，看鞋盒，不满意地将水袖翻回拂右袖。退回至正场。（台）梅香放下鞋盒，拿起花瓶给薛湘灵看。薛湘灵提右袖，右手抚鬓，走至“大边”看花瓶。（台）转身面向前往正场移动，觉得花瓶好，又转身至“大边”。梅香又将花瓶举起给薛湘灵看，然后，将花瓶放下，拿起锁麟囊。薛湘灵回正场面向前。〔行弦〕止。

**梅　香**　（在“大边”外首举起锁麟囊）小姐，您再看看这锁麟囊！（台）

〓薛湘灵至“小边”里首，左手抚鬓右手托袖右伸出，看囊。梅香移至“大边”里首举起锁麟囊。薛湘灵移到“小边”外首，右手抚鬓左手托袖左伸出，看囊。（台）转身面向前，抬左臂遮挡，右手左指。（台）

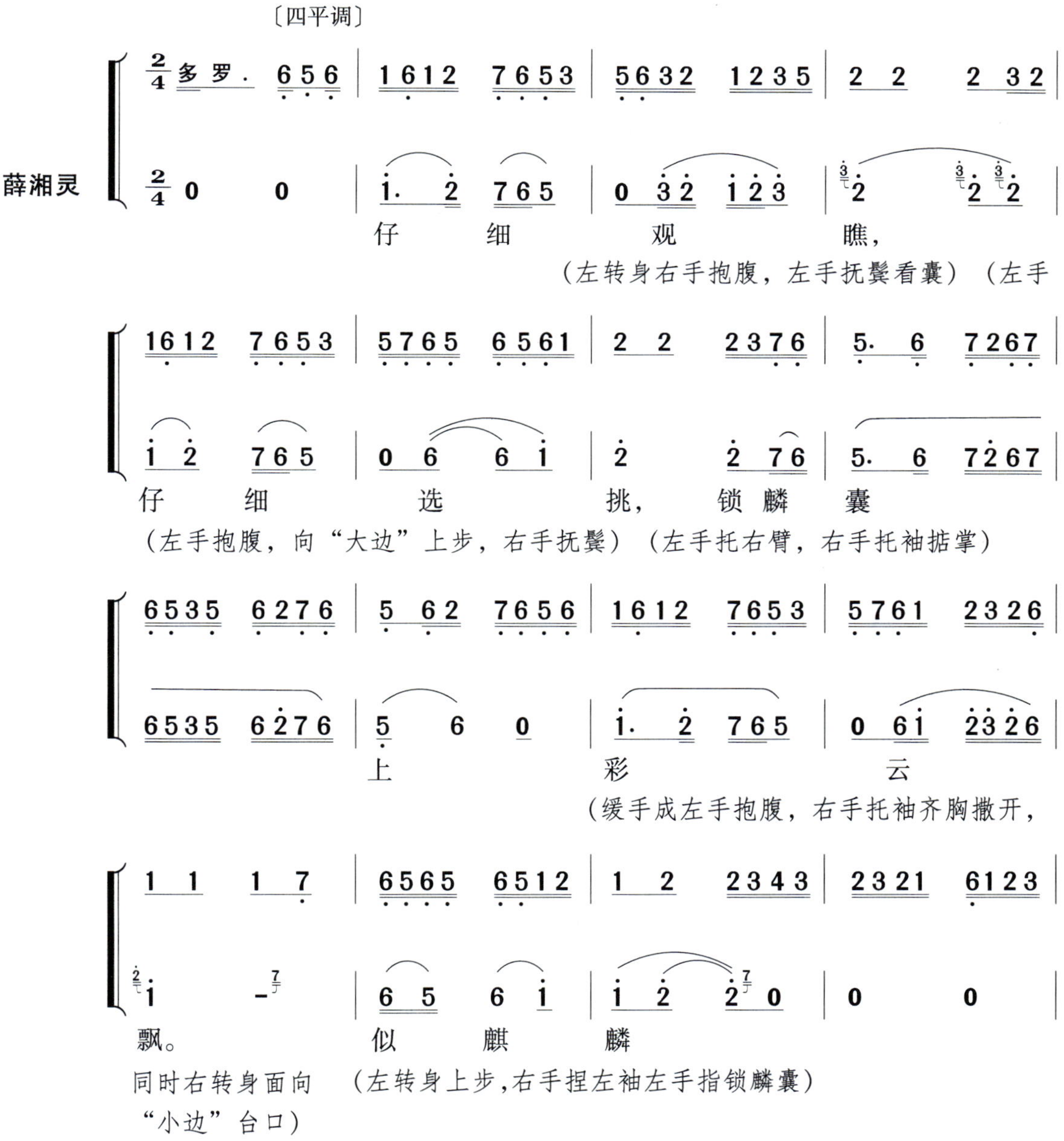

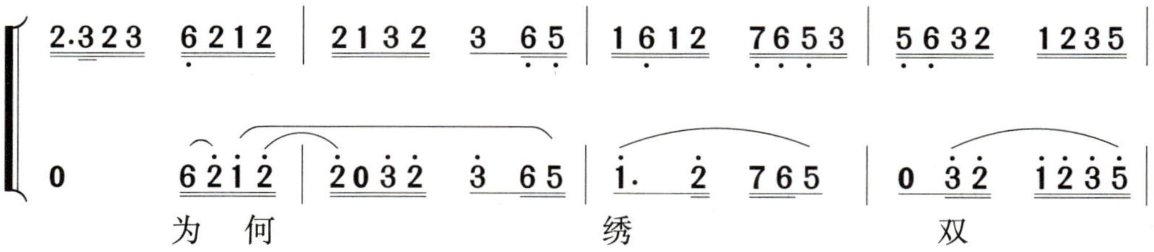


（右转身右脚向“小边”退一步，左脚向右横跨一步，双手伸出食指比做双角。梅香也举着囊跟着上步）

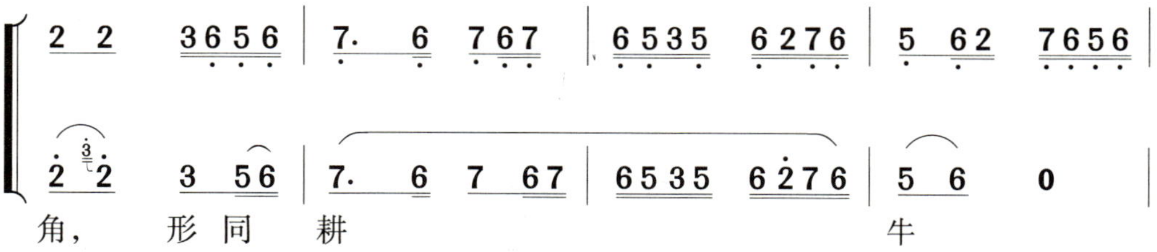


（向左看，右手一指锁麟囊，面向前，右手抬至齐胸，左手捏右袖口，

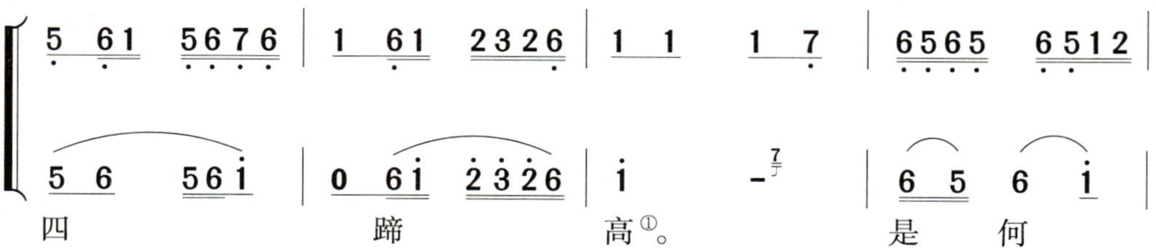


再左转身上步，双手缓一圈，左手捏着右袖口成兰花指指向锁麟囊） （右转身

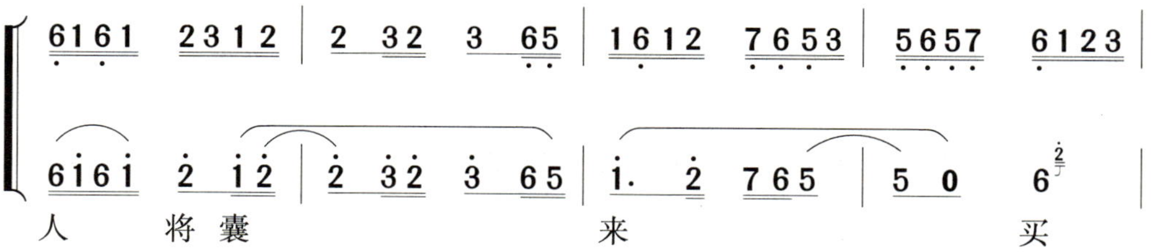


面向“小边”台口，左手托右肘，右手抚胸，左转身折右袖，再翻回，往里绕一

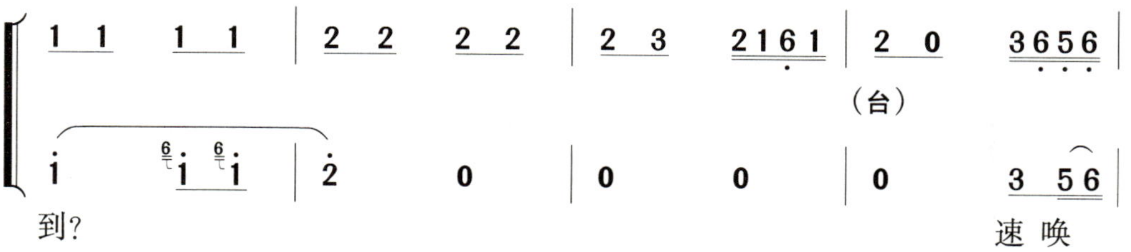


周，拂袖，右转身面向前）梅香夹白：“薛良买的。”

---

① 翁偶虹文学本此二句词为“似良骥不该多麟角，形同蛟龙四蹄高”。

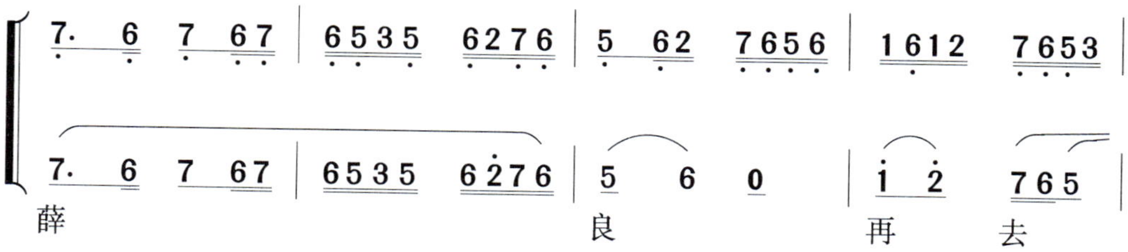


（提右袖，左手捏右袖口，右手指“小边”台口、右手

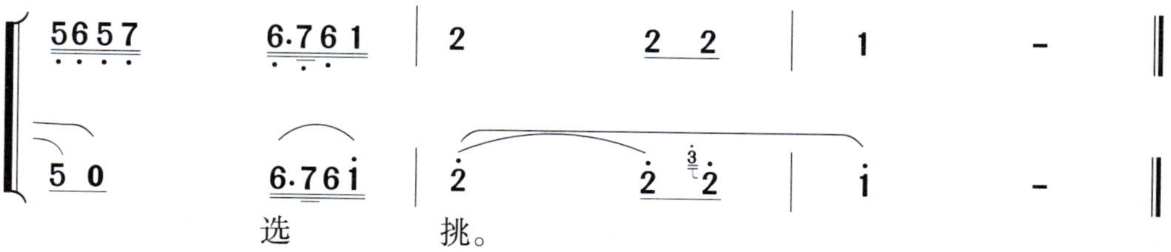


捏住右水袖头折袖，再将袖翻回，外绕一周，甩至背后左肩头，左转身，面向里将水袖撣出）

**薛湘灵**　快去！（坐“小座”）

〔（**台匝匝匝**……）梅香忙将锁麟囊放回托盘，端着盘往外跑，边跑边说。

**梅　香**　哎，是啦，是啦！（出门，对薛良）老大爷，老大爷！不行，不行，拿去再换换。（**台**）（将托盘给薛良）花样儿不好，不中意！

**薛　良**　怎么，还是不中意么？

**梅　香**　（指着锁麟囊轻声地）小姐不中意嘛！

**薛　良**　**【撕边】**唉，（哭）难了哇……（拭泪）

**梅　香**　（轻声地）嗨，别嚷啊！（进门，侍立薛湘灵右侧）

〔二黄散板〕

**薛　良**　**【大锣凤点头】**

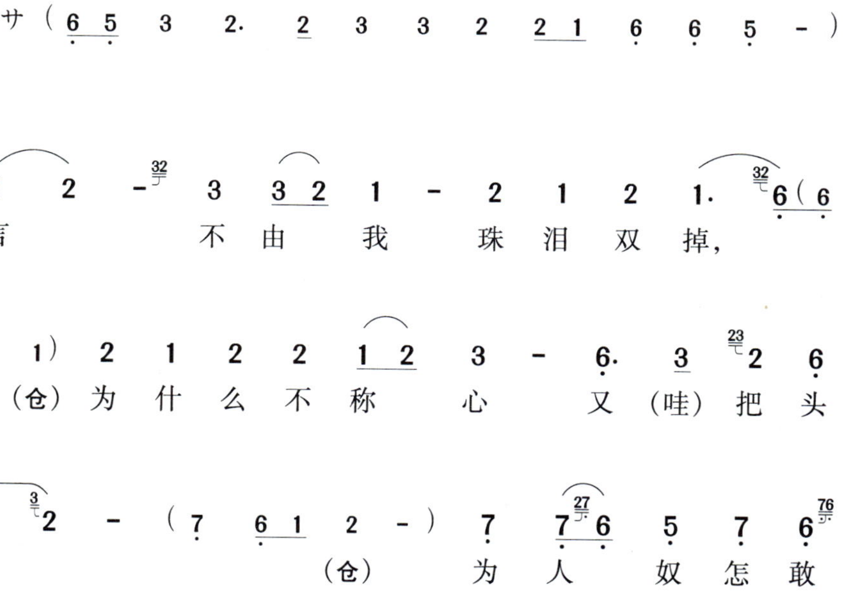

5 6 6 (6 6 5 7 6 -) 3 2 1 2 1. 2 2 1 -
把　　　　　　　　　忠言　相　告，　　　　（拭泪）

〔【大锣凤点头】薛母"下场门"上至正场。

〔二黄散板〕

**薛　母**　（过门同前）1 3 3 3 3 2 2 3 - 3 2 1 1 2 - ‖【住头】
问薛良因何　故　　哭嚎　啕？

〔薛良施礼。

**薛　母**　薛良，你为何在此痛哭哇？

**薛　良**　老夫人有所不知，小姐命我调换锁麟囊，三番五次总不称心，故而如此。（拭泪）【小锣一击】

**薛　母**　原来如此。随我进来。

**薛　良**　是。

**薛　母**　嗯哼！（左转身进门，薛良随进）

**梅　香**　老夫人来啦！【小锣一击】

〔薛湘灵站起，至"小边"，薛母坐"小座"，薛良站"大边"，梅香至"小边"侧幕搬椅子摆成"小边跨椅"，然后侍立在"大边"外首。

**薛湘灵**　（施礼）孩儿参见母亲。

**薛　母**　一旁坐下。

〔薛湘灵面带不悦坐"小边跨椅"。

**薛　母**　（哄）哈哈哈……【小锣一击】好女儿，乖女儿，明日喜期到了，明日你出嫁的日子到了哇，哈哈哈……【小锣一击】

〔薛湘灵不语。

**薛　母**　啊，女儿，嫁妆俱已齐备，你还有什么不顺心，（站起，到薛湘灵身边）不满意的吗？

〔薛湘灵还不言语。

**薛　母**　啊，为娘与你讲话，（拍薛湘灵肩）怎的不言，怎的不语呀？

〔薛湘灵仍不言语。

**梅　香**　噢，老夫人，我们小姐就为锁麟囊的花样儿不好，他的心里头不痛快。

**薛　母**　（含笑地哄劝）噢，噢，你为的是那锁麟囊花样儿不好哇？哎呀呀，不妨事，（拍拍薛湘灵肩）你自己出个样儿，叫薛良再去调换调换，是无妨的呀！

**薛　良**　是呀，老奴我再去调换呐！

〔薛湘灵依然不言语。

**薛　母**　（佯装生气）啊，你怎么不言哪？为何不语？再若不言不语，啱，我就要生气了！哼，哼！【小锣一击】

**薛湘灵**　啊母亲，女儿哪有不悦之心，只是……（羞状）

**薛　母**　（和颜悦色地）什么？啊？呵呵呵……【小锣一击】哎呀，好女儿，乖女儿，为了出嫁之事，羞得你这般光景。不妨事，我有的是好东西，多与你一些就是了哇，好女儿！（对薛良）哎，将囊儿交付与我。

**薛　良**　哦，是是是。

〖薛良将“大边”桌上的锁麟囊交给薛母。

**薛　母**　（对薛良）你歇息去吧！

**薛　良**　（施礼）多谢老夫人、小姐！（出门）

**梅　香**　（随着薛良出门，拿出一锭银子）唉，老大爷！【小锣一击】小姐赏您一锭银子。（给薛良赏银）

**薛　良**　（接过赏银）多谢小姐！①

〖薛良转身“下场门”下。梅香进门，侍立“小边”外首。

**薛　母**　梅香。

**梅　香**　有。

**薛　母**　取我的珠宝箱儿来。

**梅　香**　是啦。（“下场门”下）

**薛　母**　（站起）女儿，你随我挑选来哟，哈哈哈……（闭二幕）

〖薛母拉着薛湘灵左手站起，圆场，梅香取珠宝箱“上场门”上，随之圆场。

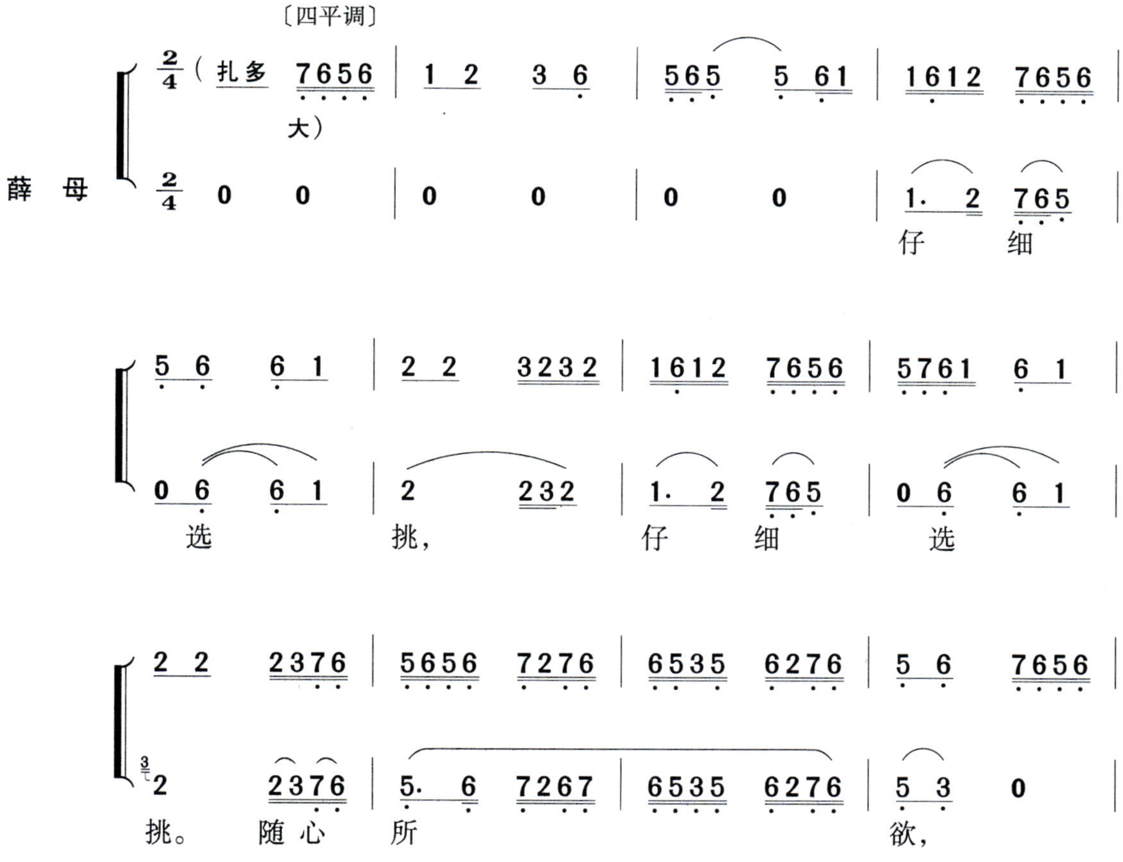


① 原录音为薛拒绝赏银，不甚合情理。今按翁偶虹文学本，整理为接受赏银。

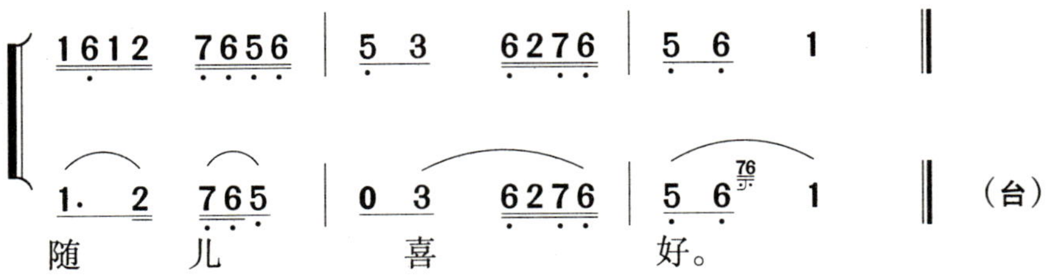


〔开二幕。场上置“正场桌”。浅色团花桌围。

〔薛母、薛湘灵、梅香进门，梅香将珠宝箱放在桌上，站“大边”；薛母领薛湘灵至“正场桌”前，将锁麟囊给薛湘灵。薛湘灵站“大边”里首。薛母从珠宝箱内取物。

**薛　母**　（对薛湘灵）你看看，这么多的好东西。（取出一串夜明珠）这是夜明珠，无价之宝。待我与你装入囊内。

**薛湘灵**　啊，母亲，有道是，多藏易诲盗哇。

**梅　香**　（自语）哟，这么好的东西不爱要！换了我，给我鼻子都得乐歪了。

**薛　母**　少讲话！

**梅　香**　（辩解）没言语呀，我！

**薛　母**　（对薛湘灵）话不是那样讲。这锁麟囊是本地乡风：凡女子出嫁，必有此物。里面多装珠宝，祝你们夫妻齐眉到老，麟儿早降啊，哈哈哈……

〔薛湘灵做羞状。薛母转身取出一只玉镯。

**薛　母**　哎呀，来来来，你看看，这只玉镯也是无价之宝。（放入囊内）

〔薛母又去取珠宝，薛湘灵将锁麟囊交给梅香拿着接珠宝，自己转身“下场门”暗下。

**薛　母**　来来来，这儿还有好东西呢，这好东西甚多呀，（低着头往囊内装珠宝）啊，女儿，女儿！

**梅　香**　闷儿——【小锣一击】

**薛　母**　啊？你家小姐呢？

**梅　香**　小姐她害羞，回房啦！

**薛　母**　快快与她送去！

**梅　香**　我给她送去……

**薛　母**　这还了得，快送去！【小锣一击】

**梅　香**　是啦！（拿着锁麟囊转身“下场门”跑下）

**薛　母**　（转身看珠宝箱）哎呀呀，还有许多好东西未曾装完，（拿着珠宝箱往外走）我不免都与她装在锁麟囊内。（出门）看将起来，这做母亲的都是这样疼爱女儿呀，哈哈哈……

〔【小锣圆场】薛母“下场门”下。闭二幕。

# 第三场

〔开二幕。空场。

〔赵禄寒“上场门”幕内白：“走啊！”

〔【大锣水底鱼】赵禄寒“上场门”上，至正场。

**赵禄寒** （右拳击左掌）唉！想我赵禄寒，半世清贫，未曾作孽。明日乃是我女儿出阁之期，这催妆之物，丝毫皆无。实指望去到亲戚朋友家中借贷，谁知他们俱是一样的炎凉，连一文钱都不肯借我，空空地两手而回。怎好回去对我那苦命的女儿言讲呢？【撕边大锣一击】我不免回到家中，再做道理。

〔【大锣水底鱼】赵禄寒右手抓袖，左手撩袍，圆场。【撕边大锣一击】至“小边”，往家门一望。

**赵禄寒** 到了自家门首，少时我那女儿不是一哭，就是一叹，叫我这做父母的，拿何言答对呀？唉，至死也不叫门。我哇，不进去了！（欲往回走）哎，不好。【小锣一击】若不叫门，我那女儿岂不盼望于我？唉，待我叫门，（轻声地叫门）啊，女儿，女儿！（无人应声，转身面向前）哎呀呀，赵禄寒哪，赵禄寒，你无有钱，怎么连自己的女儿也不敢高声一叫哇？唉，我替你放大了胆，高声一叫。（叫门）啊，女儿！你开门来呀！（哭，拭泪）

〔赵守贞“下场门”幕内白：“来了！”

〔【小锣抽头】赵守贞“下场门”上，至“大边”。抖右袖，提袖。

〔西皮摇板〕

**赵守贞**

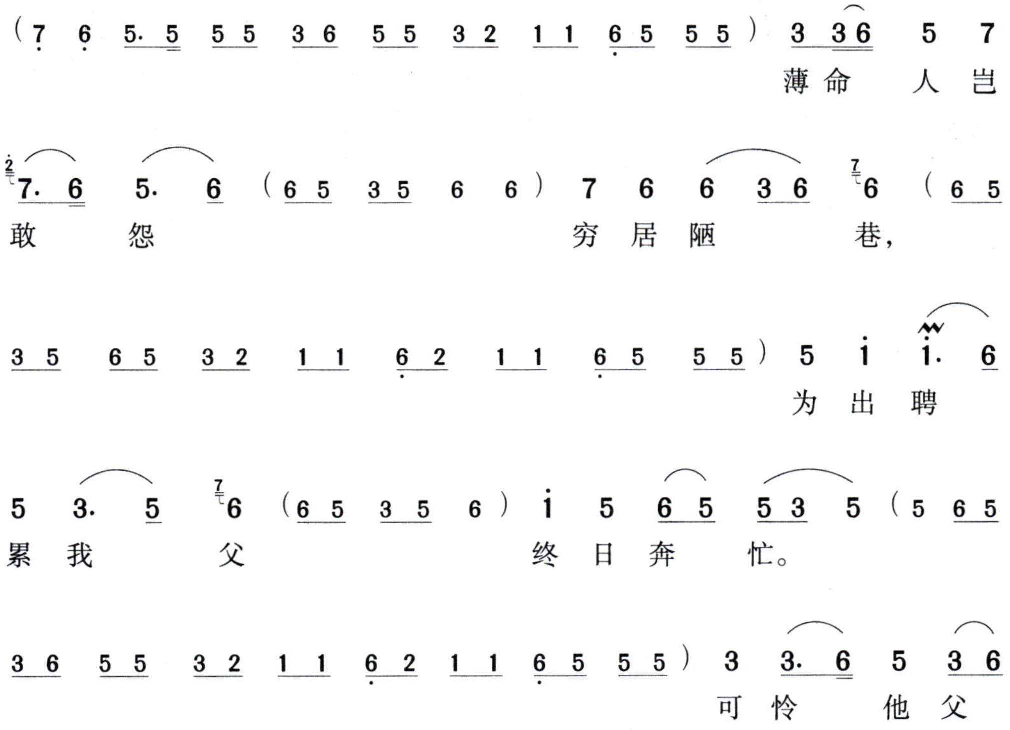

5 7 5 6 (6 5 3 5 6) 5 6 6 3 5 3 5 - - ⁶5 ⁷6 ⁷6 -

母 心 去借 银 两,

**赵守贞** 爹爹!

〔【小锣抽头】赵禄寒进门。赵守贞随进,关门。赵禄寒至“大边”,赵守贞至“小边”,父女相对一望,赵禄寒做惭愧状。

〔亮弦〕

(4 3 5 7 6 - )

〔西皮摇板〕

**赵守贞** 【小锣凤点头】(过门同前)5 1̇ 1̇. 6 3 3 5. ⁷6 - (6 5 3 5

老 爹 爹 为 女 儿

6 - ) 3 6 5 - 6 5 5 3 5 3 5 - (5 5 3 6 5 - )‖

费 尽 思 量。

**赵守贞** 爹爹回来了?

**赵禄寒** 儿呀,为父的对不起你呀!【小锣一击】

**赵守贞** 爹爹何出此言?

**赵禄寒** 唉,想你自幼清贫,如今出阁一场,还是这样冷冷清清,就是铁石人儿也要落泪呀!(哭,拭泪)【小锣一击】

**赵守贞** 爹爹说哪里话来。想这催妆之物,俱是敷衍俗人眼目的东西,难道一无所有,女儿就不登花轿了么?

**赵禄寒** 也罢,待我去到你程叔叔那里前去借贷。我就此去也!(欲出门)【小锣一击】

**赵守贞** 且慢,爹爹去了几家了?

**赵禄寒** 呃,待我算算:王四叔父、前堂内崔员外、周二舅母、何二奶奶、李二叔父……我一共借了六家了。

**赵守贞** 爹爹再若要去,岂不是七绝了!

〔西皮摇板〕

**赵守贞** 【小锣凤点头】(过门同前)3 3. 6 5 - 7 ²7. 6 5 6 (7 6) 7

自 古 道 人 贫 苦 谁

6 6 3 5 ⁷6 (6 5 3 5 6 5 3 2 1 1) 5 1̇ 1̇ 6 7

肯 来 往, 老 爹 爹 岂

6 3　5　6（6 5　3 5　6　-）5 5　5　$^{67}$6　5　3 ˅ 5　-

不　知　世 态　炎　凉。

〔西皮摇板〕

**赵禄寒**　**【小锣一击】**(过门同前)3　2 4　$^{4}$3　3　1 2　3（3　3　3）3　-

我　的　儿 明　事　理　宽

3 2　1 2　$^{5}$3　-（5　3 2　1 2　3　3　6 5　5 5）2　1 2　3　1

心　话　讲，　掩 内　疚　顾

2　2·　3 2（3）6·　2　1　-　2　3 21　2　1　-

不　得　脸　上　无　光①。

儿呀，随为父的来呀！（哭，拭泪）

〔**【小锣原场】**赵禄寒、赵守贞“下场门”下。

## 第 四 场

〔胡杰、程俊同时在幕内白：“啊哈！”

〔胡杰持折扇从“上场门”、程俊持折扇从“下场门”同时上。

**胡　杰**
**程　俊**　（同念干牌子**【小锣水底鱼】**）

急急走，走慌忙，

下大雨，湿衣裳！（二人相撞）（**大 大 大大 乙 台**）

**程　俊**　谁呀，这是！（二人抬头相见）

**胡　杰**　哟，这不是大哥吗？

**程　俊**　这不是兄弟吗？

**胡　杰**　大哥，您这是上哪儿呀？

**程　俊**　我呀，随份子去！

**胡　杰**　随份子去，上谁家？

**程　俊**　你不知道？这老薛家的姑娘给了老周家啦，我上老薛家随份子去。

**胡　杰**　噢。唉，随份子去，干吗穿这么好的衣服哪？

**程　俊**　这你就不知道啦！

---

① 录音词为：“虽不比富豪女光华万象，难道说这行装怎拜花堂。”此词不通，整理时按翁偶虹文学本词并安腔。

胡 杰 怎么哪？
程 俊 这老薛家有的是高朋贵客（读 qiě，音且），我穿干净点儿，往那儿那么一戳一站，多光彩，多体面呐！
胡 杰 噢。
程 俊 哎，兄弟，你上哪儿去呀？
胡 杰 我也随份子去。
程 俊 你上谁家呀？
胡 杰 老赵家的姑娘给了老卢家啦，我上老赵家随份子去！
程 俊 老赵家的姑娘？
胡 杰 啊。
程 俊 唉，他的姑娘这个命可太不好啦。
胡 杰 怎么着哪？
程 俊 你瞧，今天她成亲，这天儿都让她妨得[①]要下雨啦！
胡 杰 唉，老薛家姑娘不也是今儿个出门子吗？
程 俊 那能比吗？
胡 杰 怎么着？
程 俊 那老薛家的姑娘，那是龙女儿一转。常言道，龙行有雨，那虎行有风啊！
胡 杰 噢，这么说，老赵家的姑娘沾了老薛家的光啦！
程 俊 哎，然也，然也。孺子可教也！哟，天儿下雨啦，咱们回头见！
胡 杰 回头见！

〔**【小锣打下】**胡杰“上场门”下，程俊“下场门”下。闭二幕。

## 第五场

〔赵家锣夫扛一面小红旗，轻轻敲着锣引赵禄寒（押轿）、赵守贞（乘小轿）“小边”侧幕上，至“正场”。

赵禄寒 （对锣夫）敲打起来呀！

〔赵家锣夫故意轻敲。

赵禄寒 敲响些呀！
锣 夫 敲响些？敲饿了，你管饭吗？
赵禄寒 势利的小人。
锣 夫 瞧你这穷样儿！快走吧，天儿要下雨啦！

〔锣夫引赵禄寒，赵守贞乘小轿，“大边”侧幕下。

〔场上响开道锣。吹奏唢呐曲牌<小傍妆台>二大锣夫扛开道红旗打着大锣，八旗手扛着喜字红旗，成“骨牌对儿”“小边”侧幕引薛湘灵乘绣双凤的花轿上，薛良、梅香押轿随上。过场，“大边”侧幕下。

---

① 妨（fāng，音方）：使人或事不利，是种迷信的说法。

「开二幕。后场正中设置春秋亭。

「薛湘灵等“上场门”上。曲牌止。**【乱锤】**

**梅　香**　哟，下雨啦，老大爷，咱们快避会儿雨吧！

「花轿至“大边”斜向“小边”台口停下。给薛湘灵放一座椅坐在轿内，梅香在花轿里首侍立，薛良在花轿外首侍立，二大锣夫、八旗手至后场“大边”一侧席地而坐。

「赵家锣夫扛着小红旗，举着锣遮雨“上场门”上，赵守贞（乘小轿）、赵禄寒（押轿）随上。“小边”小圆场。

**锣　夫**　（催赵禄寒等）哎，快着点，快着……

**赵禄寒**　哎呀，下起雨来了，找个地方避避雨吧！

「赵禄寒一行人进春秋亭，赵家锣夫重重地放在轿内一把座椅，比做停轿。

**赵禄寒**　（对锣夫）唉，唉，你们慢着些呀！那轿中还有人呢！

**锣　夫**　我知道有人，那又不是鸡蛋，怕什么的！

**赵禄寒**　这是怎么讲话！

「小轿在“小边”斜向“大边”台口停下。赵守贞坐在轿内，赵禄寒站小轿外首，赵家锣夫站小轿里首。

**锣　夫**　我就是这样说话！

**赵禄寒**　岂有此理呀！

**锣　夫**　我就是这样说嘛！

**赵禄寒**　讨厌得很呐！

**梅　香**　嘿嘿嘿……得嘞！你们吵吵什么呀？吓着我们小姐，你们担得起吗？（看看小轿）哟，这轿子怎么这么点儿呀！哟，这是什么轿帏子呀！红不红，绿不绿，地道八百子月湖毛蓝紫花色（读 shǎi）儿呀！

**赵禄寒**　呸！（台）（上前与梅香理论）

**梅　香**　哎，怎么啦？

**赵禄寒**　你是甚等样人，在此多口哇？

**梅　香**　哈哈，我呀，没瞧见过这么穷的聘姑娘的，今儿个呀，我要开开眼！

**赵禄寒**　（右转身面向“小边”台口，仰头拱手）哎呀天哪！（仓）

**梅　香**　（好奇地）怎么了你？

**赵禄寒**　想人生在世，贫者安贫，方为君子之道。如今被这样势力的小人百般嘲笑，真真岂有此理，哼！（朝梅香拂袖）**【撕边】**

**赵守贞**　爹爹！（撩开轿帘）

〔哭头〕

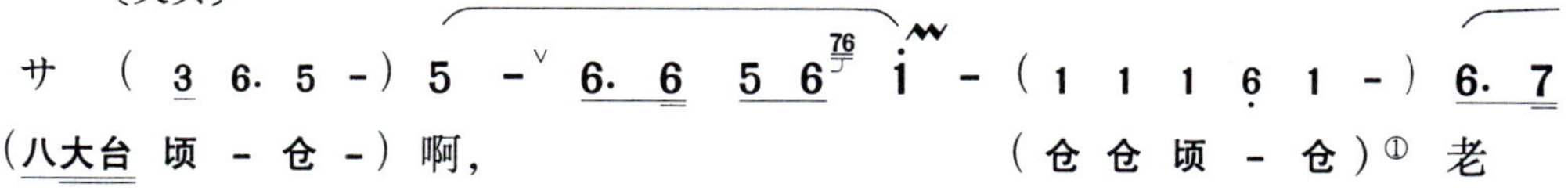


---

① 此处〔哭头〕的过门和锣经均做简化处理。

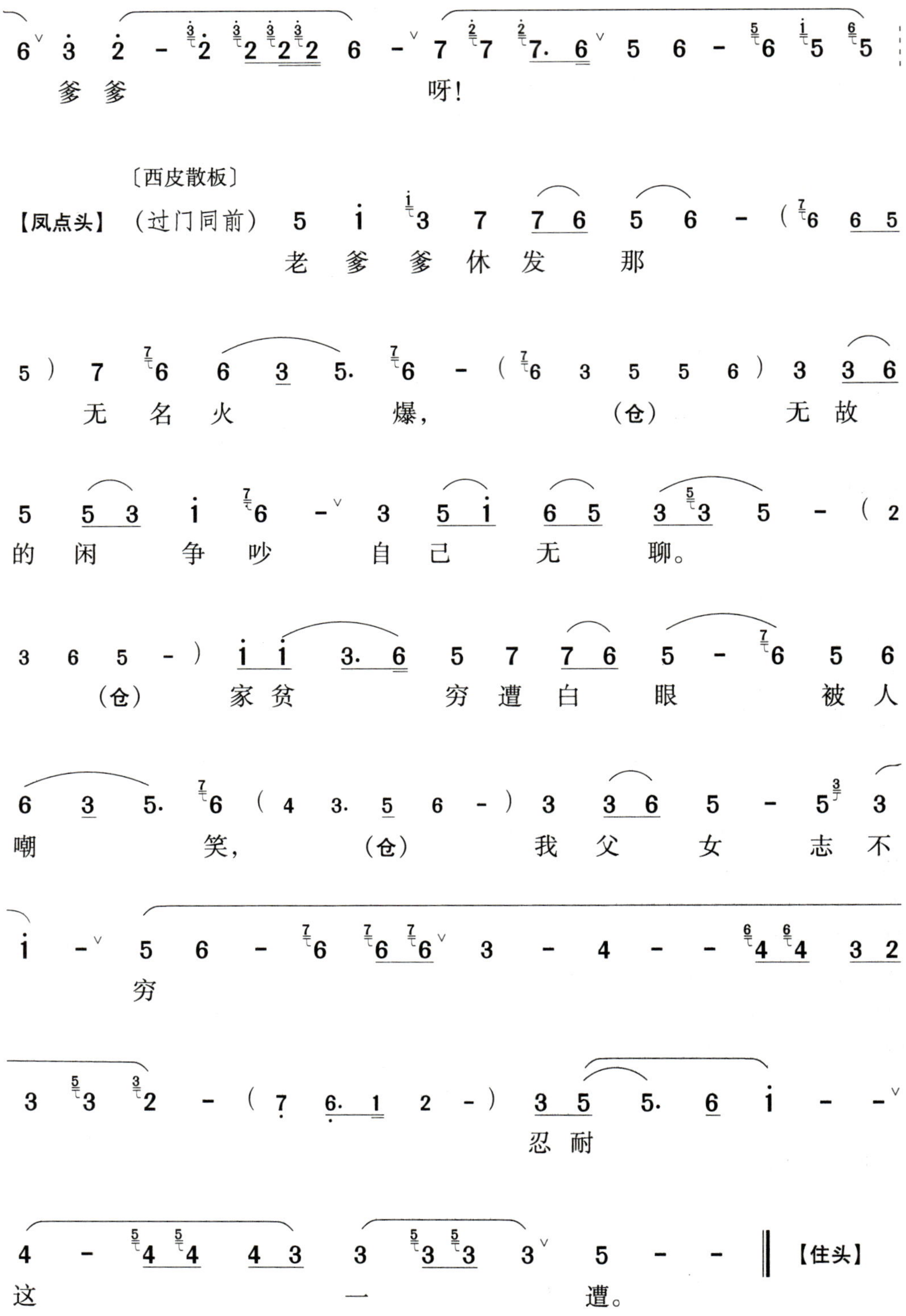


（哭）喂呀……（合上轿帘）

**梅 香** （指着小轿）这……这丧不丧啊！（看天气）哟，小姐，这雨越下越大啦！

「【小锣一击】梅香、薛良打开轿帘。

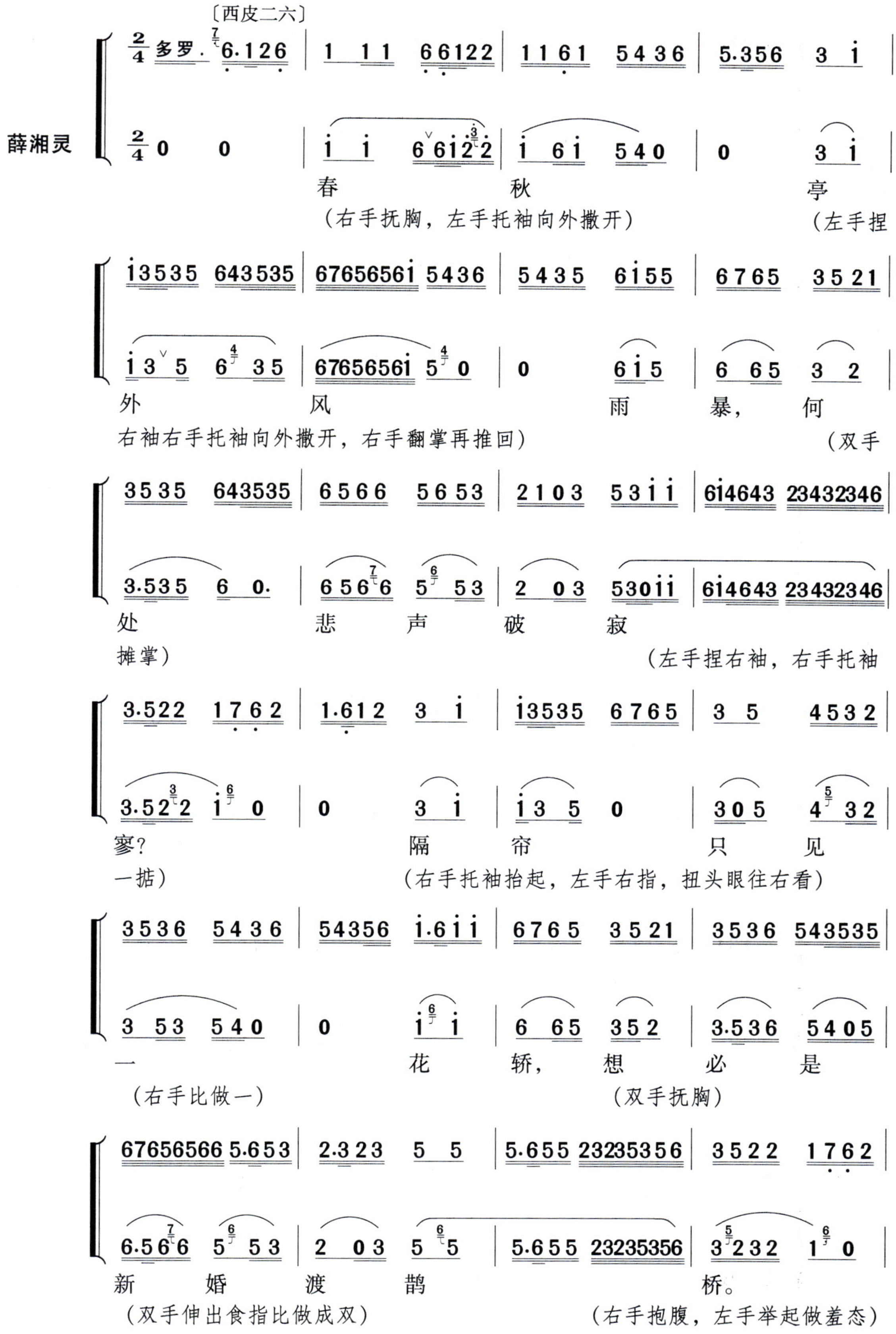
〔西皮二六〕
多罗
薛湘灵
春　秋　亭
（右手抚胸，左手托袖向外撒开）
（左手捏
外　风　雨　暴，何
右袖右手托袖向外撒开，右手翻掌再推回）
（双手
处　悲　声　破　寂
摊掌）
（左手捏右袖，右手托袖
寥？　隔　帘　只　见
一掂）
（右手托袖抬起，左手右指，扭头眼往右看）
一　花　轿，想　必　是
（右手比做一）
（双手抚胸）
新　婚　渡　鹊　桥。
（双手伸出食指比做成双）
（右手抱腹，左手举起做羞态）

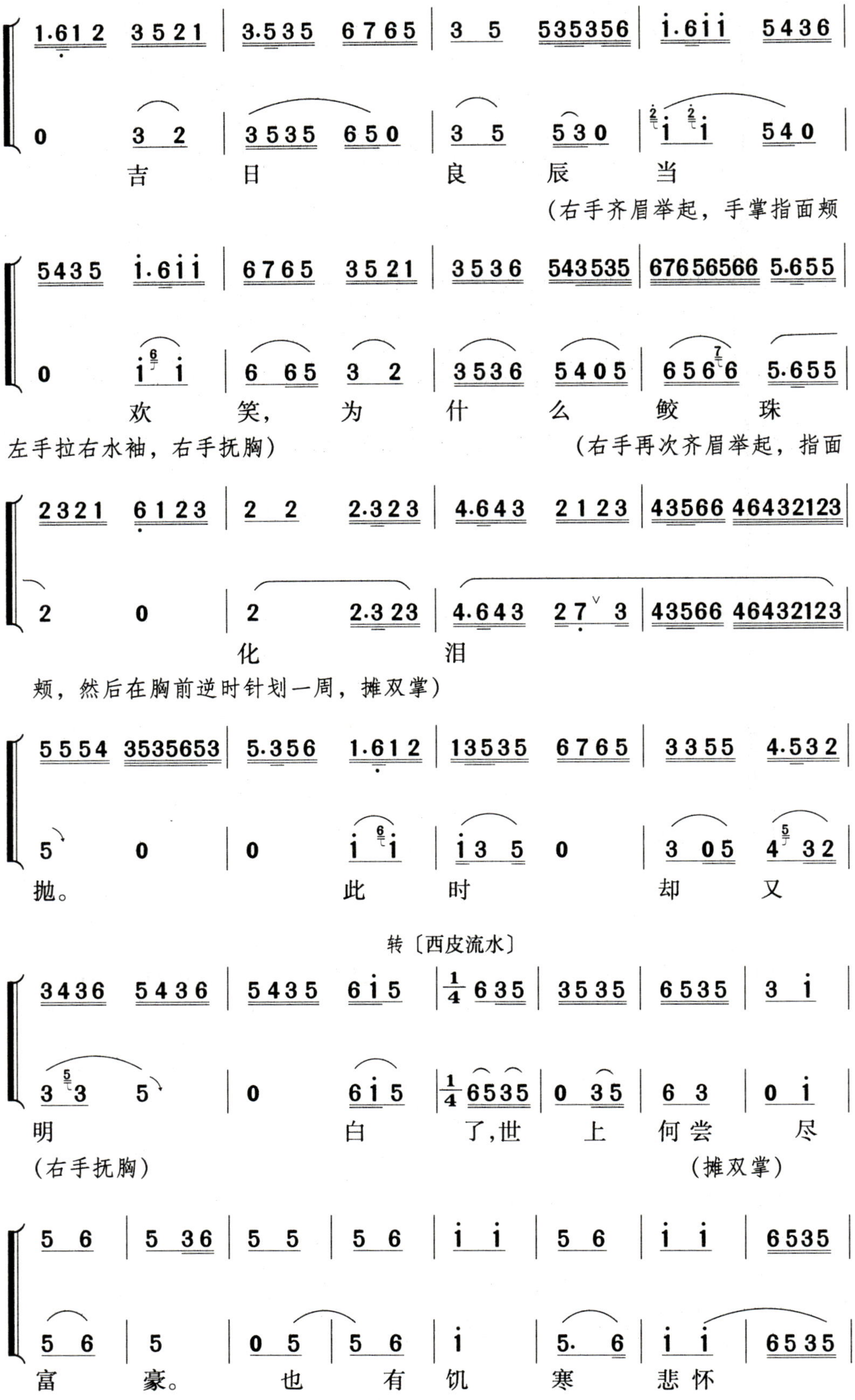
吉日良辰当
（右手齐眉举起，手掌指面颊
欢笑，为什么鲛珠
左手拉右水袖，右手抚胸）
（右手再次齐眉举起，指面
化泪
颊，然后在胸前逆时针划一周，摊双掌）
抛。此时却又
转〔西皮流水〕
明白了，世上何尝尽
（右手抚胸）
（摊双掌）
富豪。也有饥寒悲怀

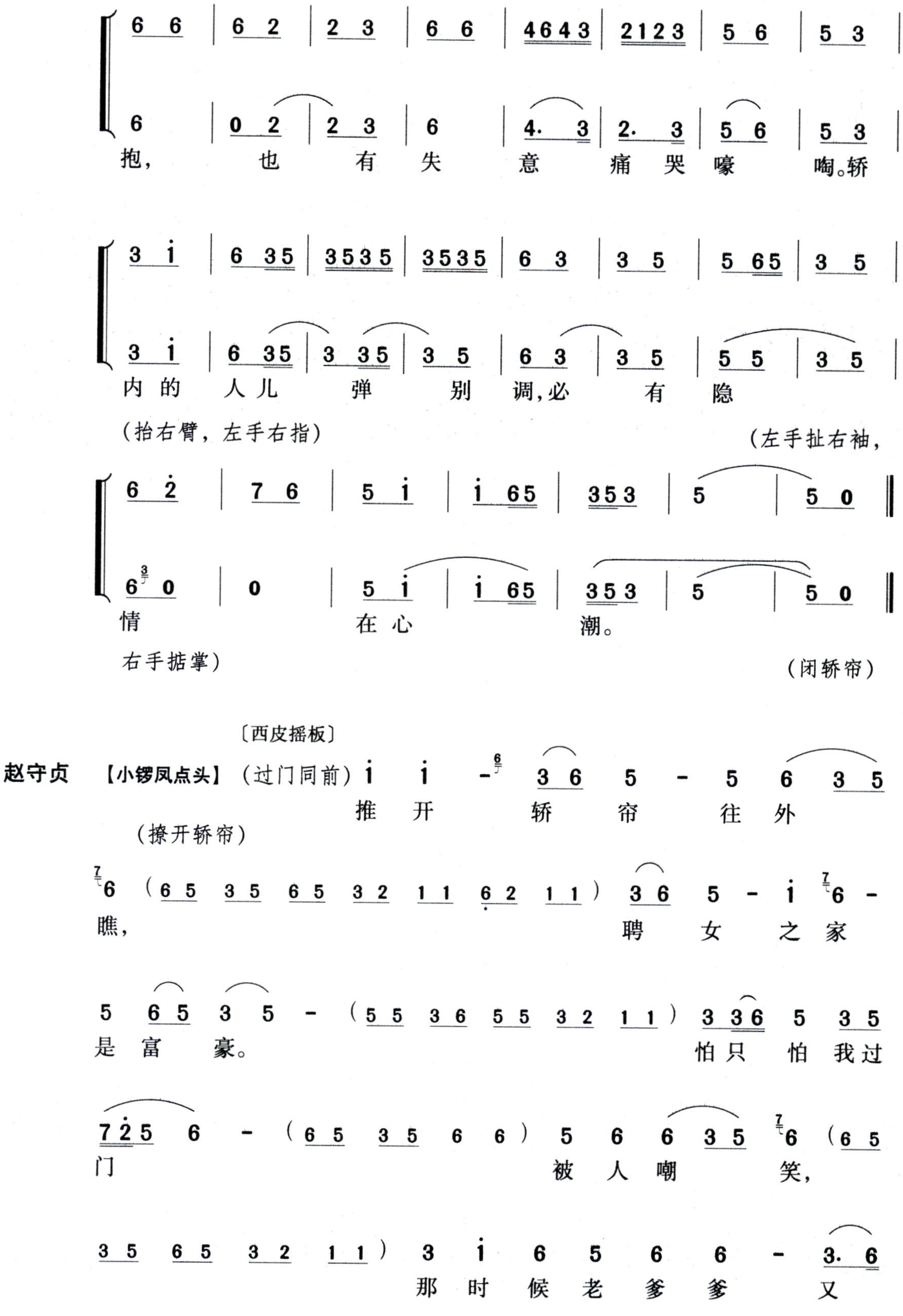
抱，也有失意痛哭嚎啕。轿
内的人儿弹别调，必有隐
（抬右臂，左手右指）
（左手扯右袖，
情在心潮。
右手掂掌）
（闭轿帘）
〔西皮摇板〕
赵守贞
【小锣凤点头】（过门同前）
推开轿帘往外
（撩开轿帘）
瞧，聘女之家
是富豪。怕只怕我过
门被人嘲笑，
那时候老爹爹又

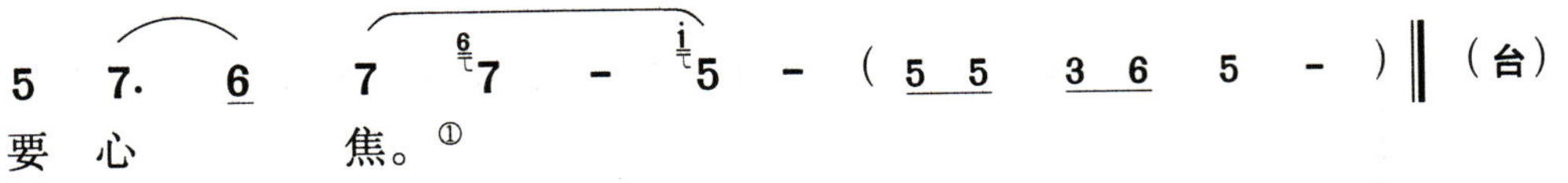


**赵守贞** （哭）喂呀……

**梅 香** （对赵禄寒）嘿，嘿！老头儿啊，过来，过来！

**赵禄寒** （到梅香身旁）做什么？

**梅 香** 我问问你们，真格的，你们家还有点儿家庭教育没有哇？我没听说过，出门子的姑娘坐在轿子里这么嚎丧的。赶明儿我，我要是出门子，我还巴不能够儿的呢！

**赵禄寒** 啊？我女儿她爱哭，她要哭！这亭子是你家的亭子么？哭与不哭，与你什么相干，与你什么相干？（台）

**梅 香** 你呀，你别跟我瞪眼！让她哭吧，到了婆婆家，指不定有炕席没有呢！

**赵守贞** （在轿内哭）喂呀……

**赵禄寒** 你多口！（拂袖，回原位）

**梅 香** 哟，讨厌！（回原位，向轿内）小姐，您听，她又哭上啦！

〔西皮流水〕

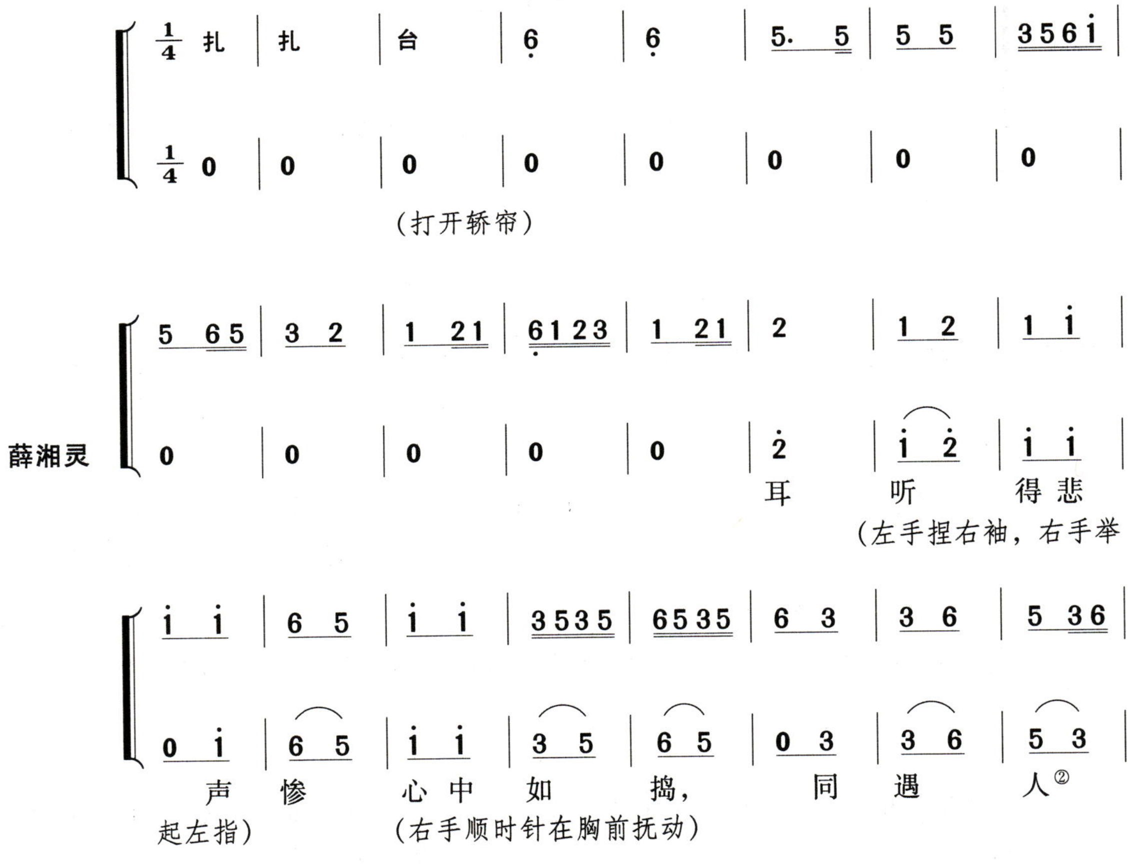


---

① 翁偶虹文学本原词为："隔轿帘看对面有乘花轿，锦绣围珠玉绕好似仙轺（音摇）。我与她一样的闺阁命造，为什么她富贵我自萧条。""轺"是指轻便的马车，此处"仙轺"是指薛湘灵的花轿富贵华丽。

② 赵荣琛唱作"途遇人"。

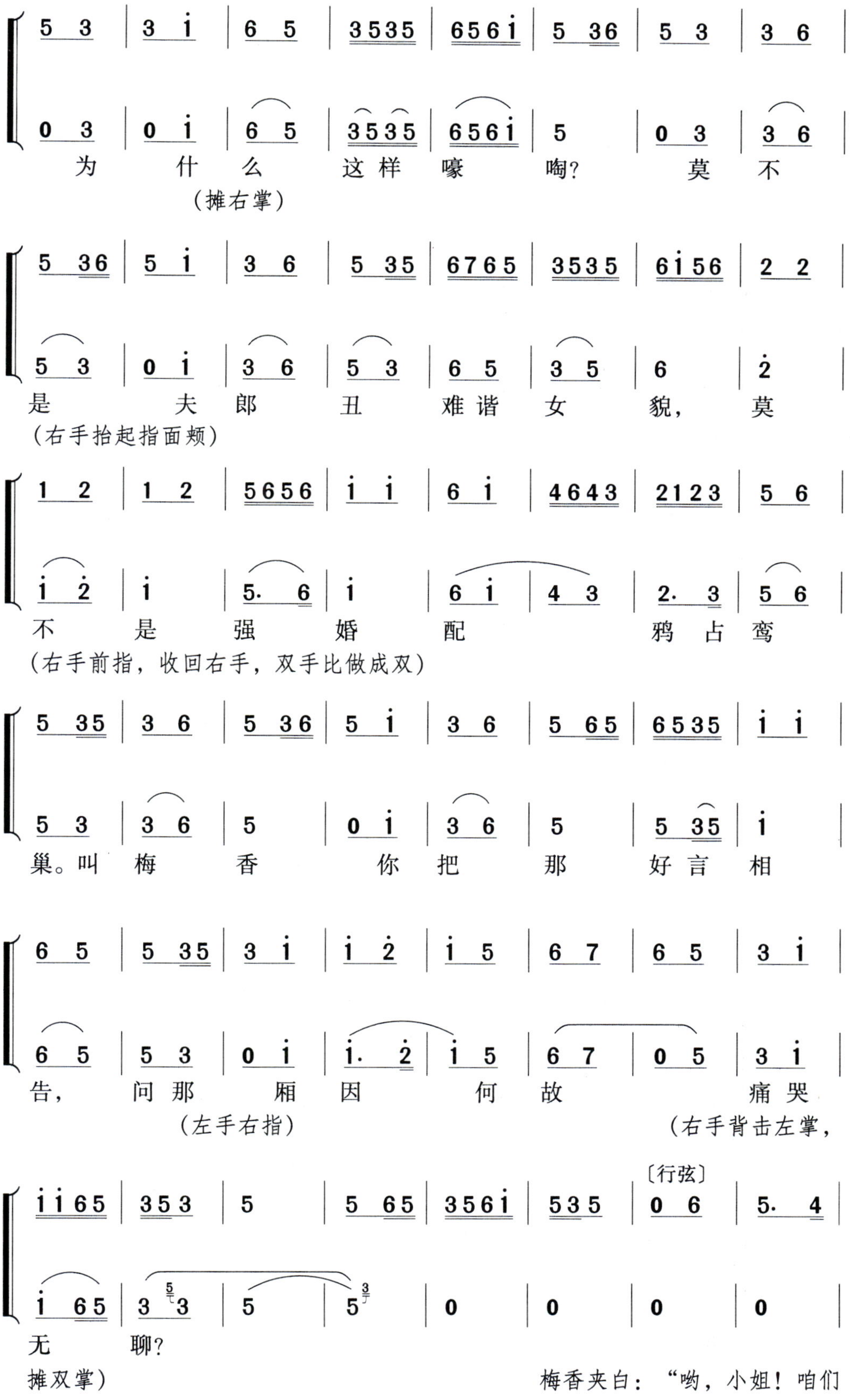
为 什 么 这样 嚎 啕？ 莫 不
（摊右掌）
是 夫 郎 丑 难谐 女 貌，莫
（右手抬起指面颊）
不 是 强 婚 配 鸦 占 鸾
（右手前指，收回右手，双手比做成双）
巢。叫 梅 香 你 把 那 好言 相
告，问那 厢 因 何 故 痛哭
（左手右指）
（右手背击左掌，
无 聊？
摊双掌）
〔行弦〕
梅香夹白：“哟，小姐！咱们

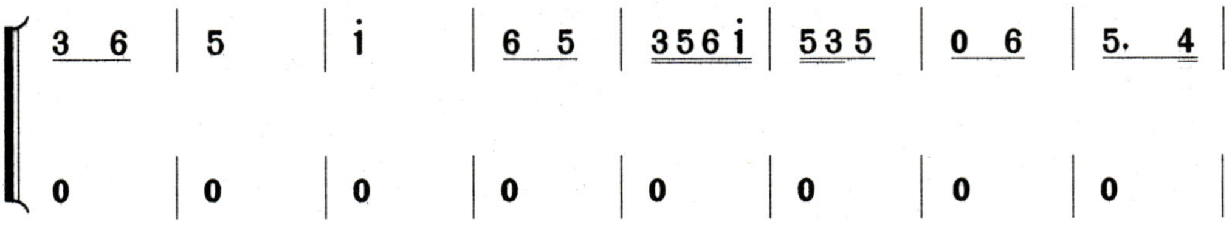

避咱们的雨，她避她们的雨。少时雨过天晴，各自走去。她哭不哭的，咱们管

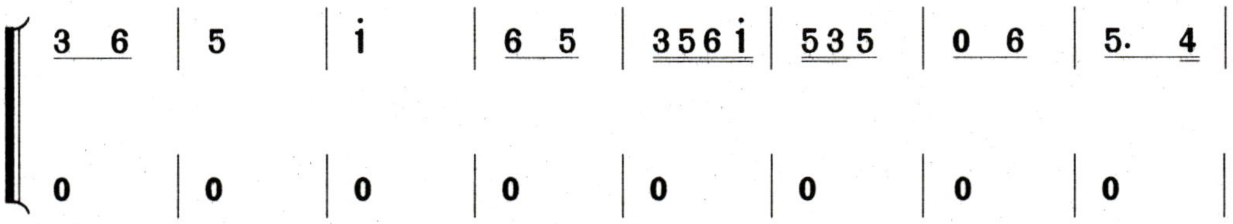

得着吗？”

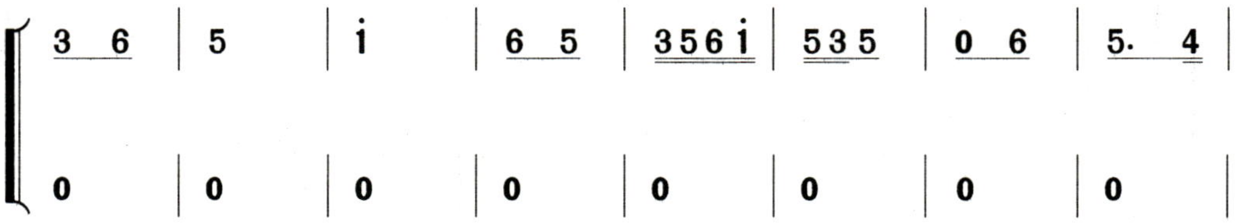

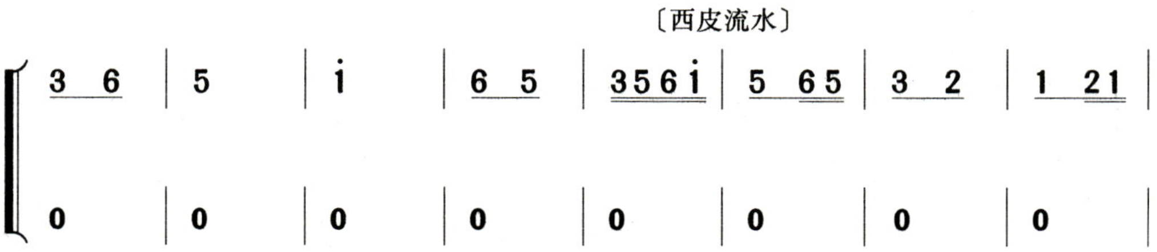


（薛湘灵做嗔怪梅香状）

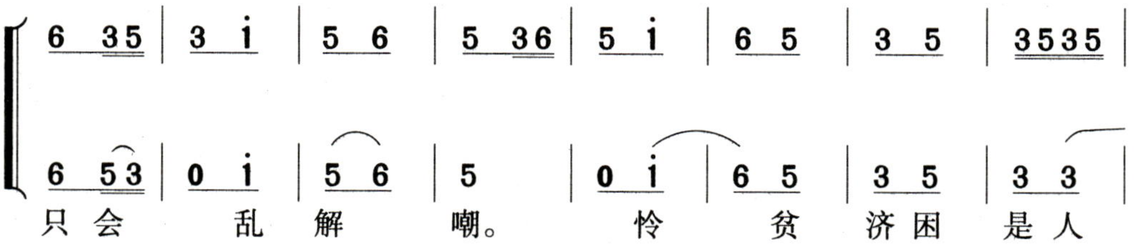

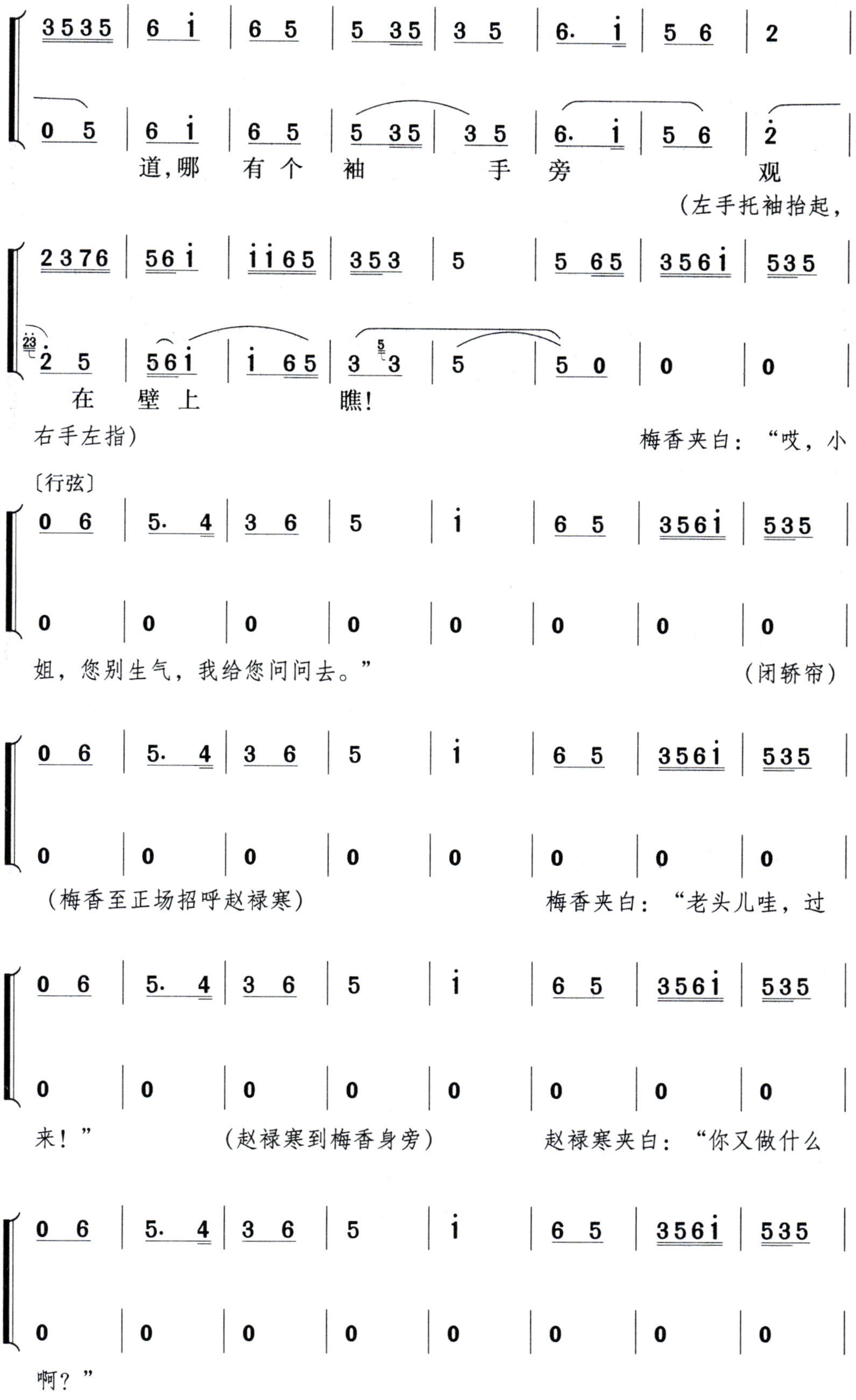
道，哪 有个 袖 手 旁 观
（左手托袖抬起，
在 壁 上 瞧！
右手左指）
梅香夹白：“哎，小
〔行弦〕
姐，您别生气，我给您问问去。”
（闭轿帘）
（梅香至正场招呼赵禄寒）
梅香夹白：“老头儿哇，过
来！”
（赵禄寒到梅香身旁）
赵禄寒夹白：“你又做什么
啊？”

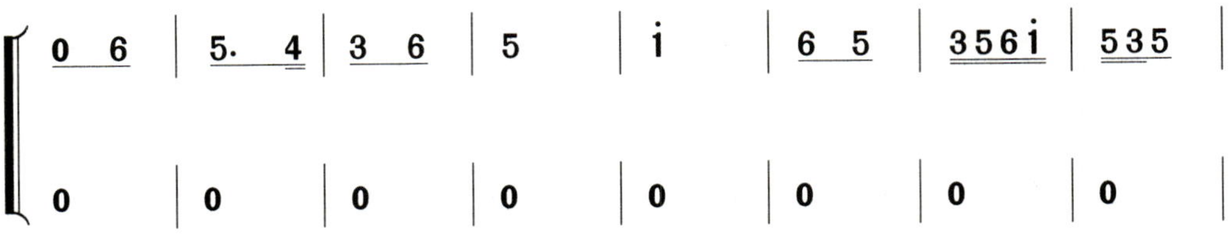

梅香夹白："啊，我们小姐问你们姑娘为什么哭？"

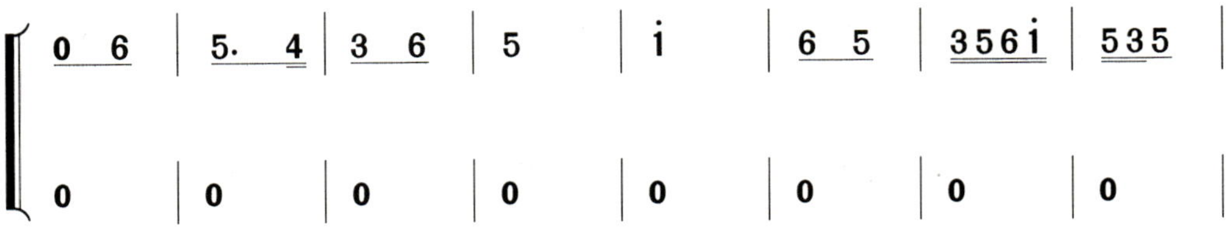

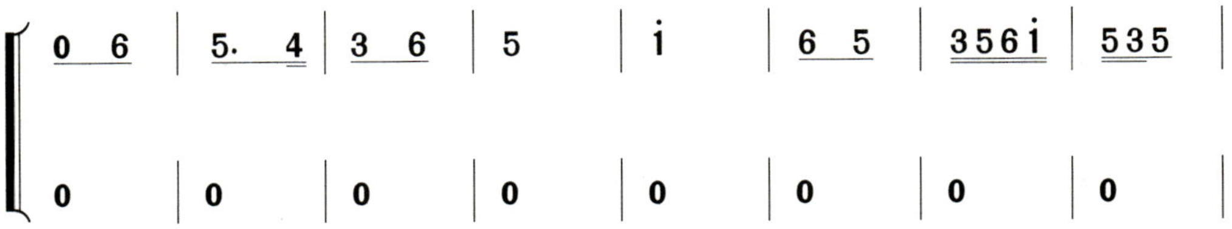

赵禄寒夹白："你避你的雨，我避我的雨，等候雨过天晴各自走去，哭与不哭与

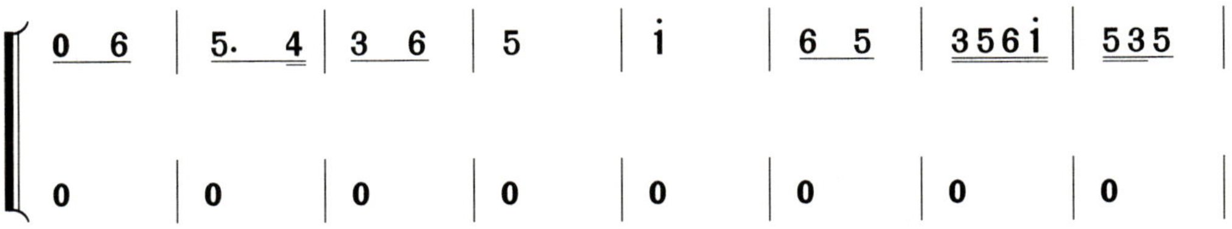

你什么相干？"

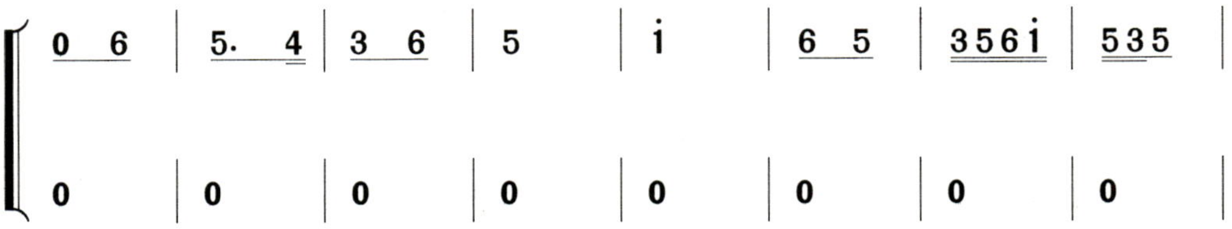

梅香夹白："啊！"　　　　赵禄寒夹白："与你什么相干？"

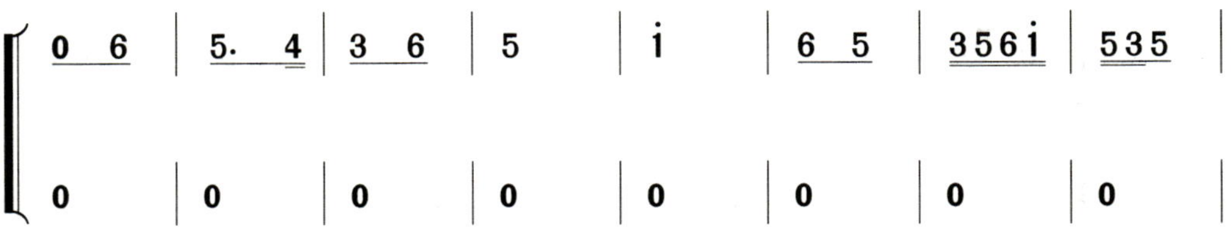

梅香夹白："你呀跟人学（音淆）变狗毛。我那一套哇，你全都学会了。"

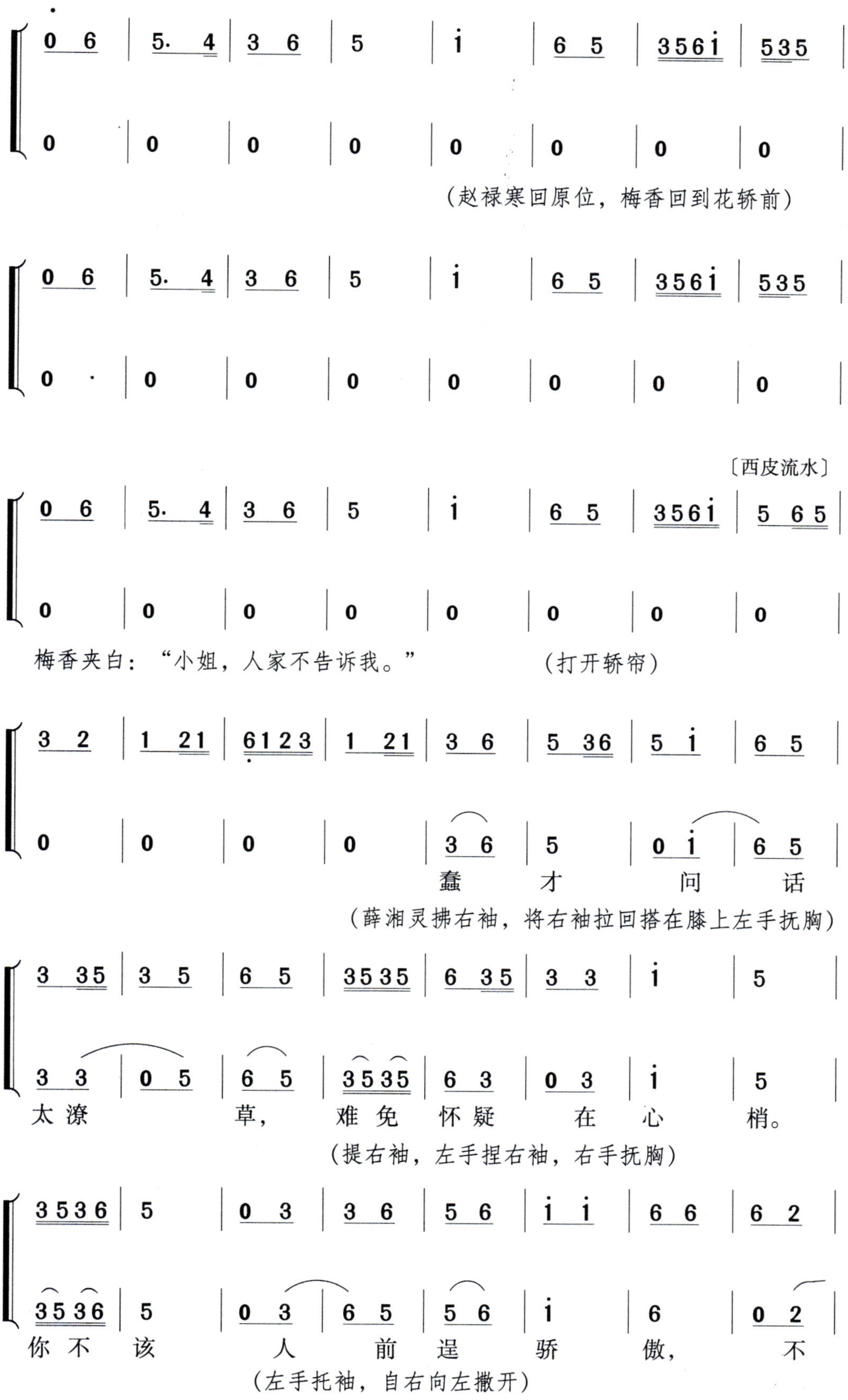
（赵禄寒回原位，梅香回到花轿前）
〔西皮流水〕
梅香夹白："小姐，人家不告诉我。"
（打开轿帘）
蠢才问话
（薛湘灵拂右袖，将右袖拉回搭在膝上左手抚胸）
太潦草，难免怀疑在心梢。
（提右袖，左手捏右袖，右手抚胸）
你不该人前逞骄傲，不
（左手托袖，自右向左撇开）

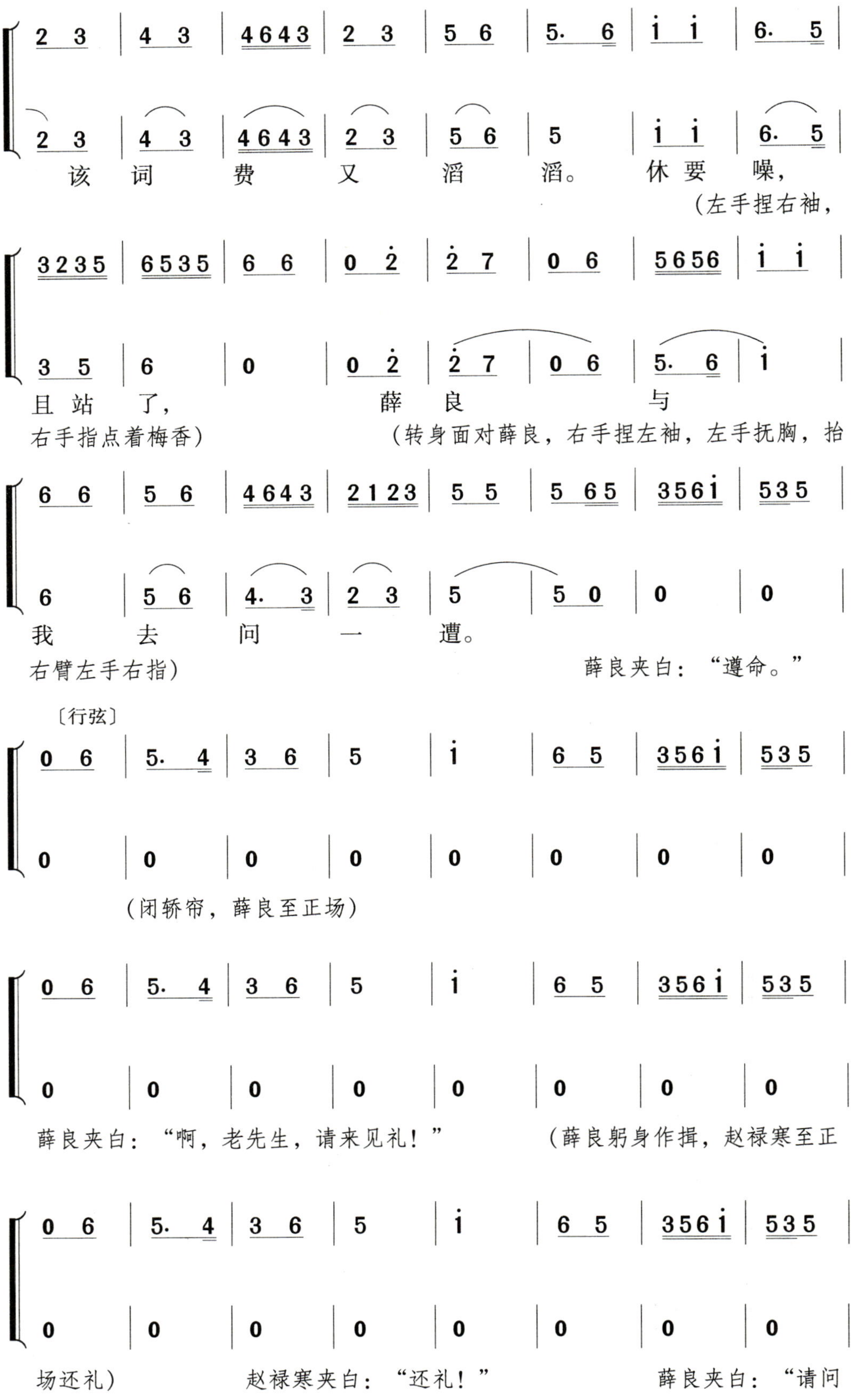
该 词 费 又 滔 滔。休 要 噪，
（左手捏右袖，
且 站 了， 薛 良 与
右手指点着梅香） （转身面对薛良，右手捏左袖，左手抚胸，抬
我 去 问 一 遭。
右臂左手右指） 薛良夹白：“遵命。”
〔行弦〕
（闭轿帘，薛良至正场）
薛良夹白：“啊，老先生，请来见礼！” （薛良躬身作揖，赵禄寒至正
场还礼） 赵禄寒夹白：“还礼！” 薛良夹白：“请问

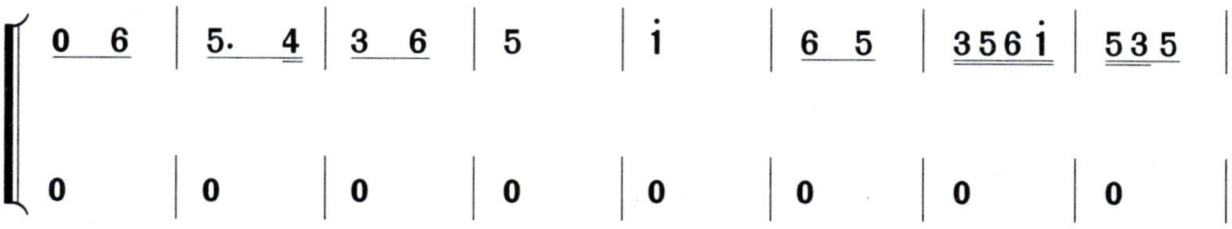

老先生上姓？”

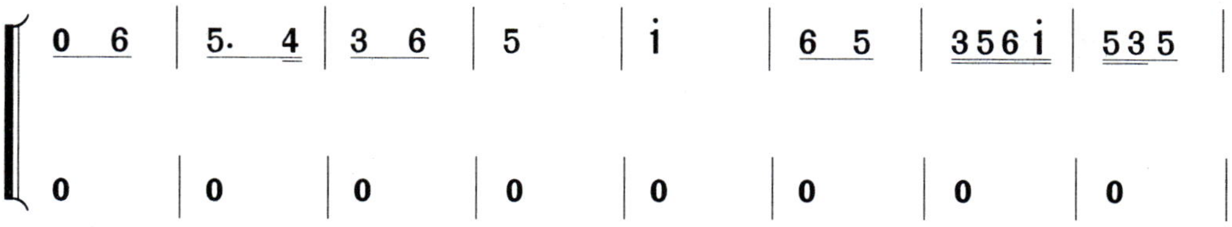

赵禄寒夹白：“在下姓赵。”

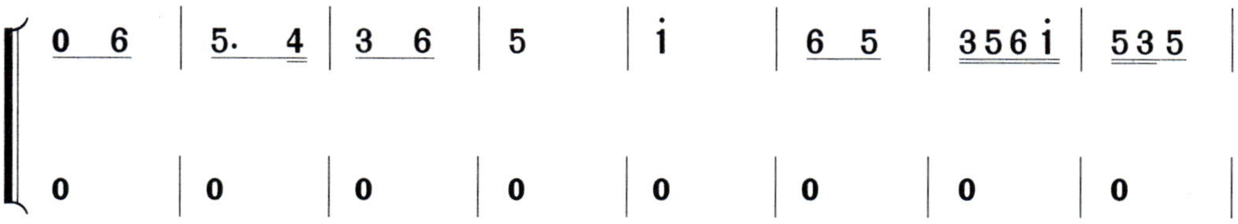

薛良夹白：“这轿内是你什么人？”

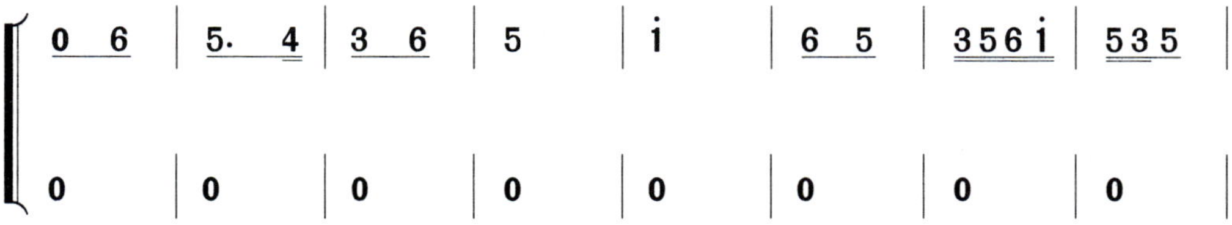

赵禄寒夹白：“乃是我的女儿。”

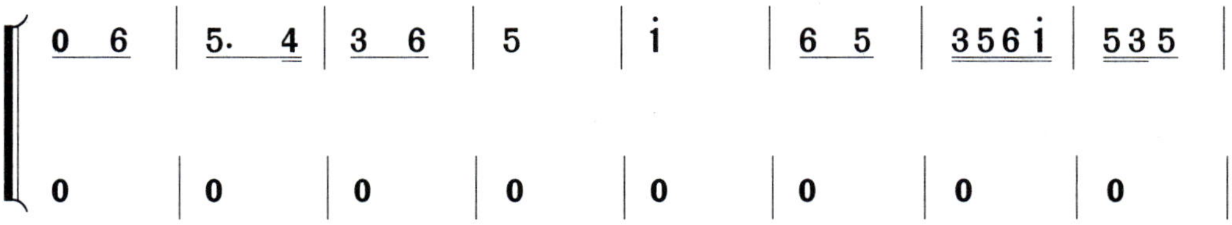

薛良夹白：“她为何这样地痛哭？莫非是不愿出聘么？”

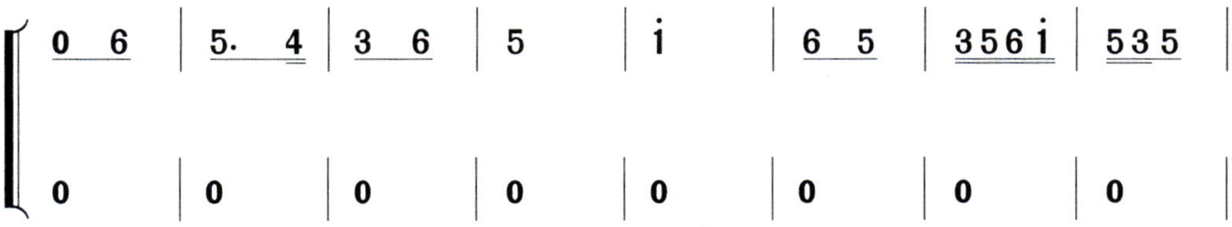

| 0 6 | 5· 4 | 3 6 | 5 | 1̇ | 6 5 | 3 5 6 1̇ | 5 3 5 |

| 0 | 0 | 0 | 0 | 0 | 0 | 0 | 0 |

赵禄寒夹白：“因贫富相遇，未免触景伤情耳！”

| 0 6 | 5· 4 | 3 6 | 5 | 1̇ | 6 5 | 3 5 6 1̇ | 5 3 5 |

| 0 | 0 | 0 | 0 | 0 | 0 | 0 | 0 |

薛良夹白：“哦，哦！原来如此。”

| 0 6 | 5· 4 | 3 6 | 5 | 1̇ | 6 5 | 3 5 6 1̇ | 5 3 5 |

| 0 | 0 | 0 | 0 | 0 | 0 | 0 | 0 |

（薛良、赵禄寒各回原位）

| 0 6 | 5· 4 | 3 6 | 5 | 1̇ | 6 5 | 3 5 6 1̇ | 5 3 5 |

| 0 | 0 | 0 | 0 | 0 | 0 | 0 | 0 |

薛良夹白：“启禀小姐：她家姓赵，（梅香和锣

| 0 6 | 5· 4 | 3 6 | 5 | 1̇ | 6 5 | 3 5 6 1̇ | 5 3 5 |

| 0 | 0 | 0 | 0 | 0 | 0 | 0 | 0 |

夫打开轿帘）轿内乃是他的女儿，因贫富相遇，触景伤情耳！”

| 0 6 | 5· 4 | 3 6 | 5 | 1̇ | 6 5 | 3 5 6 1̇ | 5 3 5 |

| 0 | 0 | 0 | 0 | 0 | 0 | 0 | 0 |

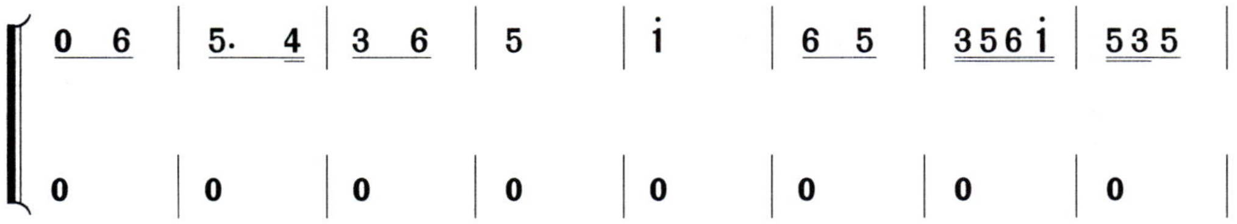

梅香夹白："哟，为穷呀！那她命不好，甭说把我们小姐的嫁妆给她，

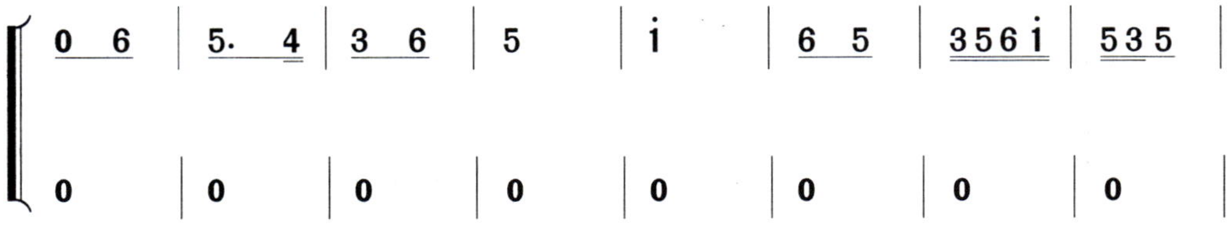

把锁麟囊给她，够她们吃后半辈儿的。"

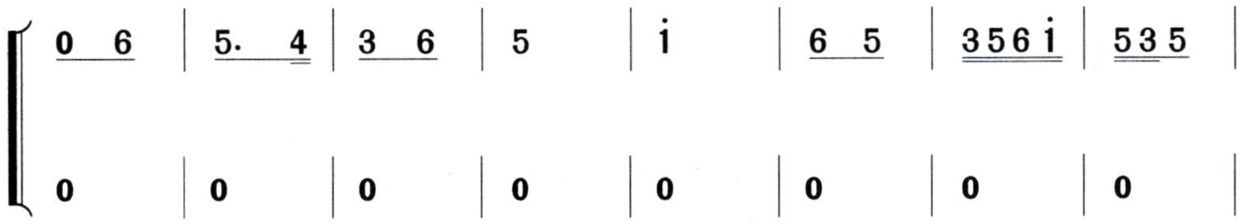

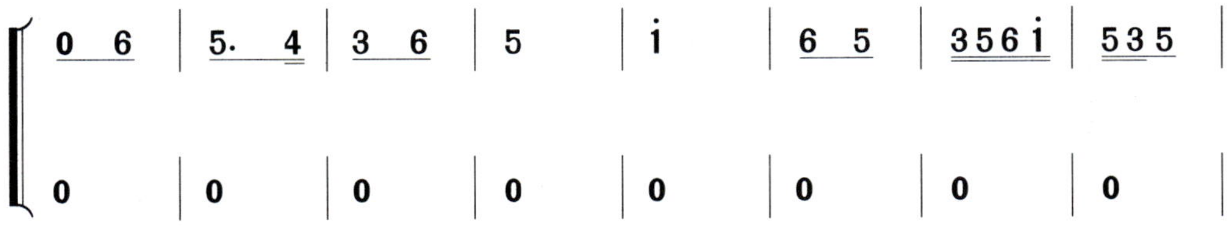

（薛湘灵听到梅香的言语提醒了自己，打定注意帮助赵守贞）

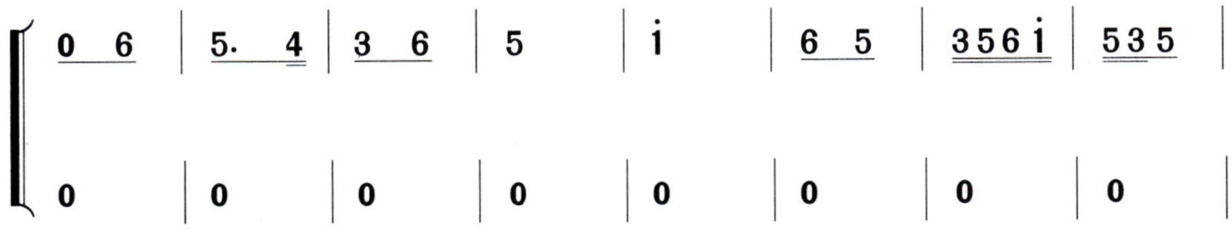

〔西皮流水〕

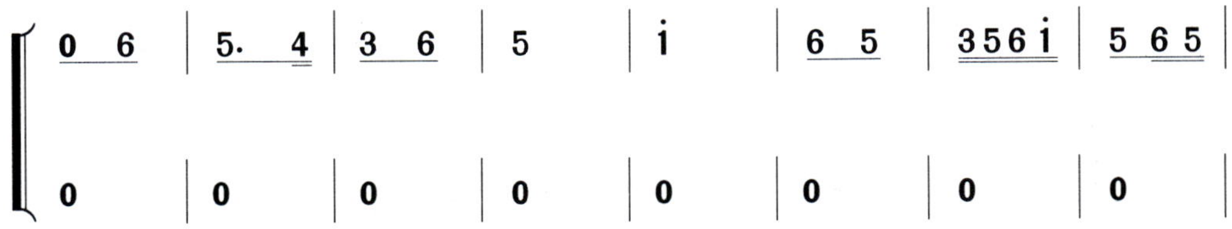

听薛良一
（抬右臂，右手左指）
语来相告，满腹骄矜顿雪
（左手捏右袖，
消。人情冷暖凭空造，谁能
右手托袖）
移动它半分毫。我正不足她
（左手抚胸，抬右臂左手右指）
正少，她为饥寒我为娇。分我
一枝珊瑚宝，安她半世凤凰巢。忙

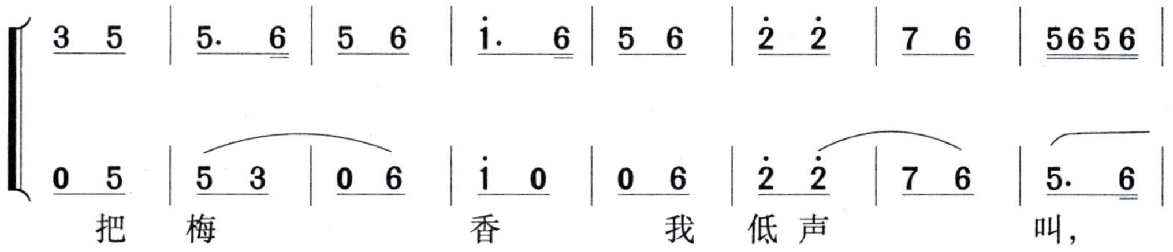


（面转向梅香，左手提袖，右手托袖）

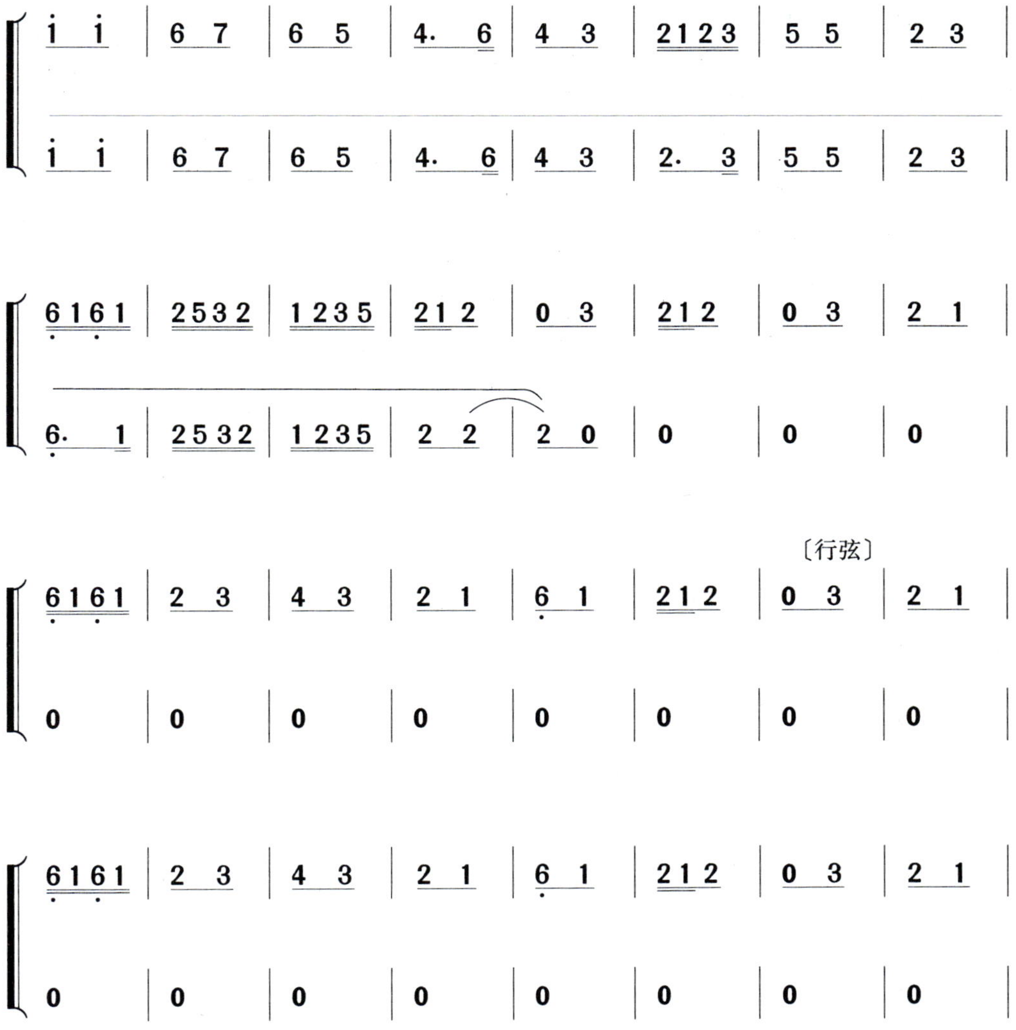


（薛湘灵向左回身，从座椅上取出锁麟囊。再转身招呼梅香，右手指着锁麟囊，

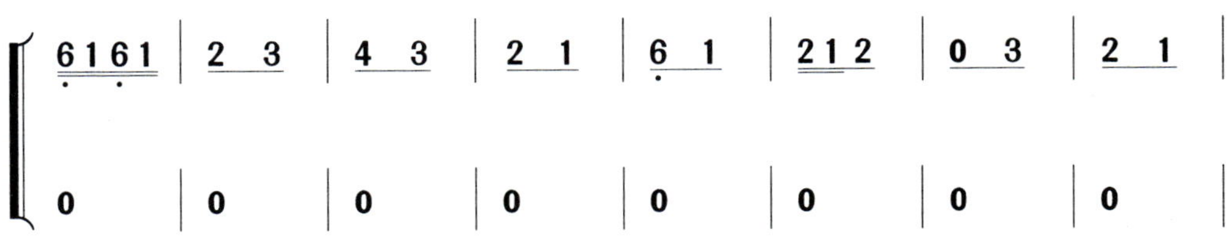

示意将囊送给赵守贞。梅香做身段示意：“真要把锁麟囊给赵守贞吗？”

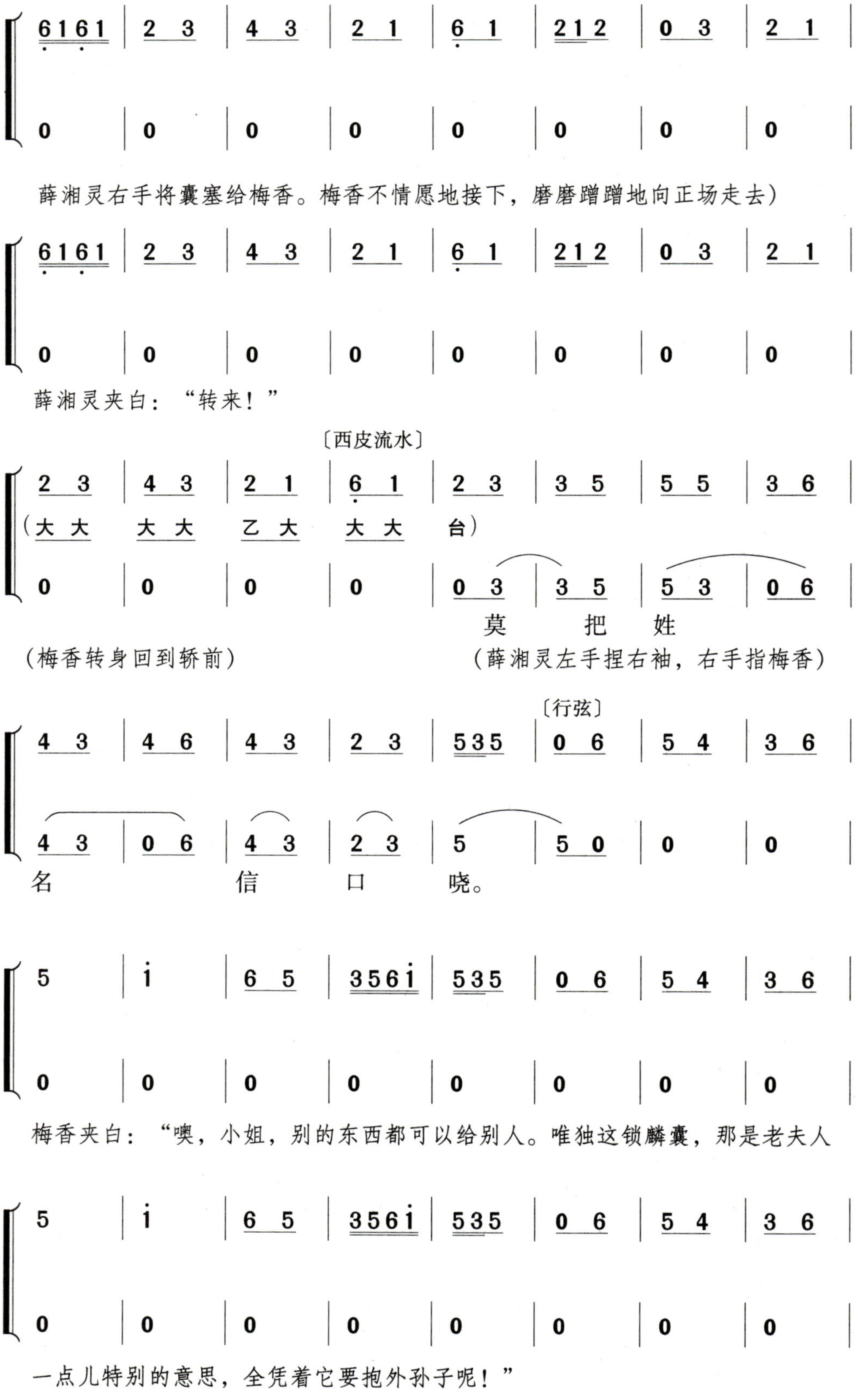
薛湘灵右手将囊塞给梅香。梅香不情愿地接下，磨磨蹭蹭地向正场走去）
薛湘灵夹白：“转来！”
〔西皮流水〕
（大 大 大 大 乙 大 大 大 台）
莫 把 姓
（梅香转身回到轿前）
（薛湘灵左手捏右袖，右手指梅香）
〔行弦〕
名 信 口 哓。
梅香夹白：“噢，小姐，别的东西都可以给别人。唯独这锁麟囊，那是老夫人
一点儿特别的意思，全凭着它要抱外孙子呢！”

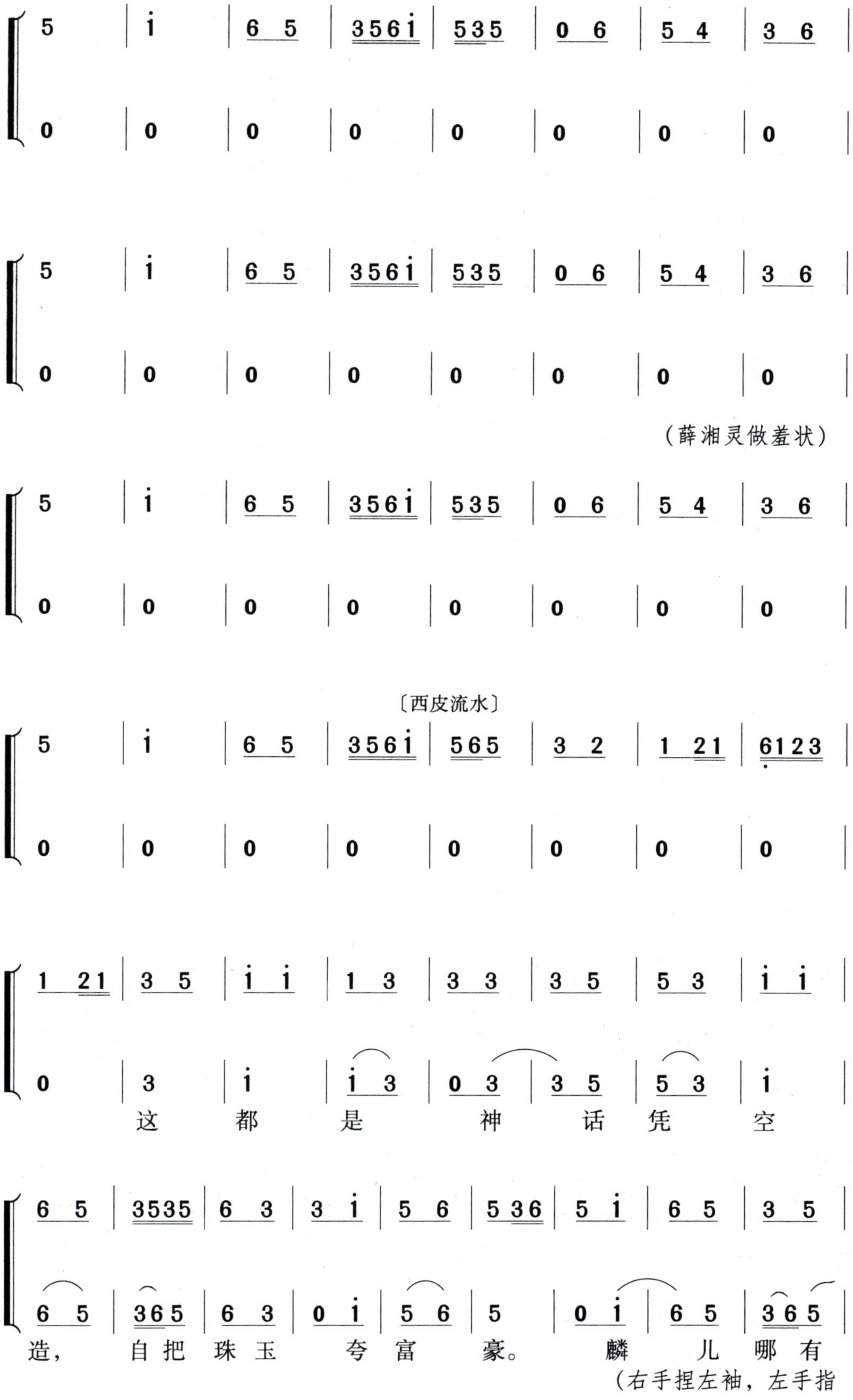
（薛湘灵做羞状）
〔西皮流水〕
这 都 是 神 话 凭 空
造， 自 把 珠 玉 夸 富 豪。 麟 儿 哪 有
（右手捏左袖，左手指

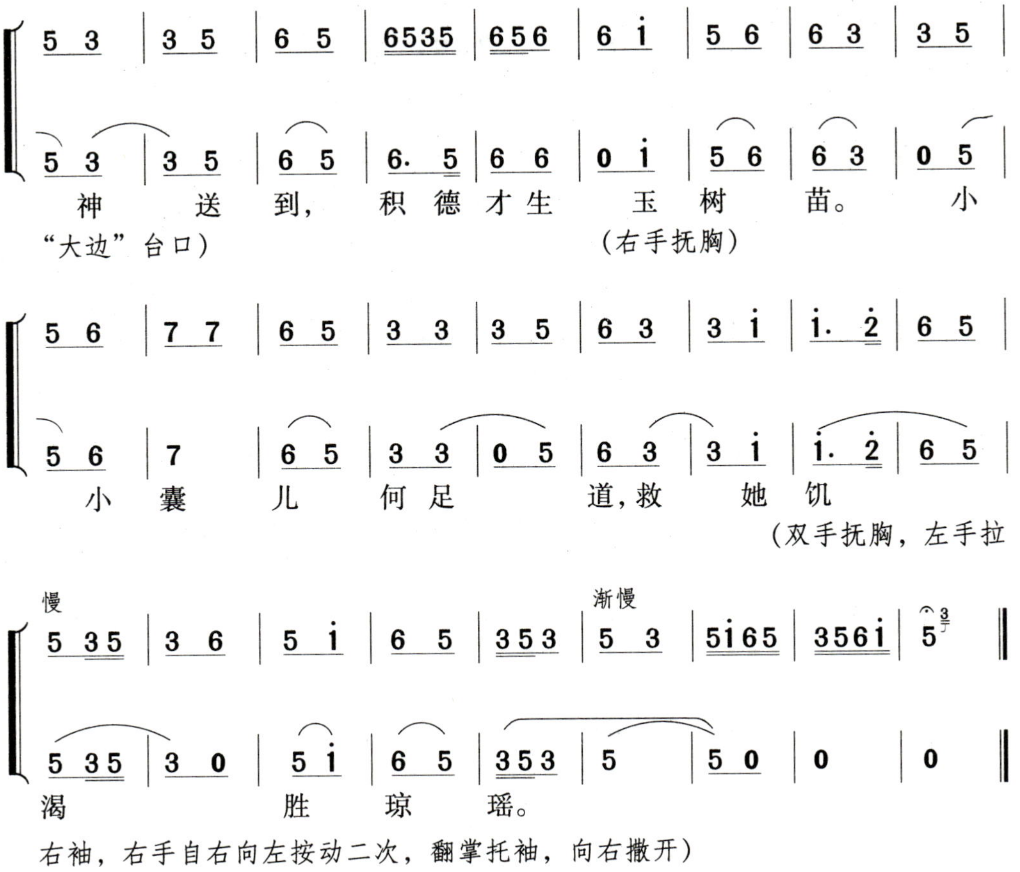


**梅　香**　嗯，得啦，小姐是修定了好啦，也别拦着她的善心。

〔合上轿帘。梅香上前。

**梅　香**　唉，成啦，成啦，（指着赵禄寒）你们算是哭出理来啦！老头儿，过来吧！

**赵禄寒**　（到梅香身旁）你又做什么？

**梅　香**　我们小姐瞧你们姑娘可怜，把她的锁麟囊给你们啦。（举锁麟囊给赵禄寒看）你瞧瞧，里头霞光万道，瑞彩千条，珍珠、玛瑙、翡翠……

〔赵禄寒推开，转身回原位。**【小锣一击】**

**梅　香**　你瞧，他倒犯了疑心病啦！

**薛　良**　哎……待我上前。

**梅　良**　瞧您的！（将锁麟囊交给薛良，回原位）

**薛　良**　（至花轿前，拱手）呵呵，老先生，请过来！

**赵禄寒**　（到薛良身旁）啊，何事呀？

**薛　良**　我家小姐听你女儿哭得可怜，故有此赠，名曰锁麟囊，内有珠宝甚多。老先生收下，一生无忧矣。收下了吧，呵呵，收下了吧！

**赵禄寒**　（接过锁麟囊，转身面向"小边"台口，仰天拱手）哎呀，天哪！为我女儿出阁之事，东摘西借，他们连一文钱都不肯借与我。今日遇此仁义的小姐，真乃是难得呀，难得！（面向小轿，赵守贞撩开轿帘）啊，儿呀！今有仁义小姐赠你的锁麟囊，我儿好好收起。

赵守贞　爹爹，请问赠囊人上姓，日后也好答报。
赵禄寒　噢，是是是。（至花轿前对薛良）啊，管家！
薛　良　哎哎。
赵禄寒　你家小姐贵姓啊？
梅　香　（抢上去回答）哎，我们姓薛。
薛湘灵　（在轿内）啊，梅香！（台）
梅　香　有。
薛湘灵　你对他讲，漂母饭信，非为报也[①]。
梅　香　是啦！
　　　　「赵禄寒回原位。
薛　良　哦，天晴了！
梅　香　（看天）可不是天晴了嘛！
薛　良　伙计们，吹打起来！
　　　　「奏唢呐曲牌<小傍妆台>二大锣夫、八旗手站起，打开道锣，“骨牌对儿”绕至轿前引花轿“下场门”下，薛良、梅香押轿，薛湘灵坐轿随下。赵禄寒至正场望花轿远去。曲牌止。
　　　　「赵家锣夫扛起小红旗，提着锣，走至小轿前。
赵禄寒　哎呀，天也晴了哇！
锣　夫　天晴了，走吧，走吧！
赵禄寒　哎，哎，我们也吹打起来呀！
锣　夫　怎么？吹打完了，你管酒钱吗？
赵禄寒　唉！我女儿得了锁麟囊，有了钱了，你们只管吹打起来！啊，我多把你们的酒钱！
锣　夫　怎么，多给酒钱？
赵禄寒　多把酒钱！
锣　夫　好，伙计们，吹打起来！
赵禄寒　（同喊）吹打起来！
　　　　「锣夫重击大锣。
　　　　「**【小锣打下】**锣夫领赵禄寒、赵守贞乘轿“下场门”下。

## 第 六 场

「奏唢呐曲牌<小傍妆台>二大锣夫扛开道旗，打开道锣与八旗手扛喜旗“骨牌对儿”“上场门”上，双排站“小边一条鞭”。薛良、梅香押轿，薛湘灵乘花轿，“上场门”上至“九龙口”。

---

① “漂母饭信，非为报也”：典故出自《史记·淮阴侯列传》。韩信贫困时，在淮阴城下钓鱼，一洗衣服的漂母见他腹饥，将饭分一半给他。以后数十日，韩信每日钓鱼时，漂母都分给他一半饭食。韩信说，日后必有重报。漂母生气地说：“我是可怜你现在连自己都养活不了，岂是指望你的答报？”

〔同时丫鬟、周庭训"下场门"上。出门，站"大边"。丫鬟与梅香搀薛湘灵下轿。二轿夫、锣夫、旗手等人"上场门"暗下。

〔丫鬟搀薛湘灵进门，周庭训同进门。梅香、薛良随进，站"小边"。老傧相"下场门"暗上，站"大边"。丫鬟与梅香搀薛湘灵与周庭训拜天地。

**老傧相** 伏以：一拜天地，

〔少傧相"上场门"跑上，进门，站"小边"，随老傧相一起赞礼。

**老傧相 少傧相** （同白）二拜高堂，

**老傧相** （嗔少傧相）好小子！（忙又回身赞礼）夫妻交拜，

**少傧相** 送入洞房！

〔梅香、丫鬟搀薛湘灵与周庭训一起"下场门"同下。

〔老傧相忙转身教训少傧相。

**老傧相** 好小子！你给我回去！（欲打少傧相）

**少傧相** 你打人呐！

〔少傧相转身"上场门"跑下，老傧相追下。薛良出门。曲牌止。

**薛　良** 待我回去报与老夫人知道便了。

〔西皮散板〕

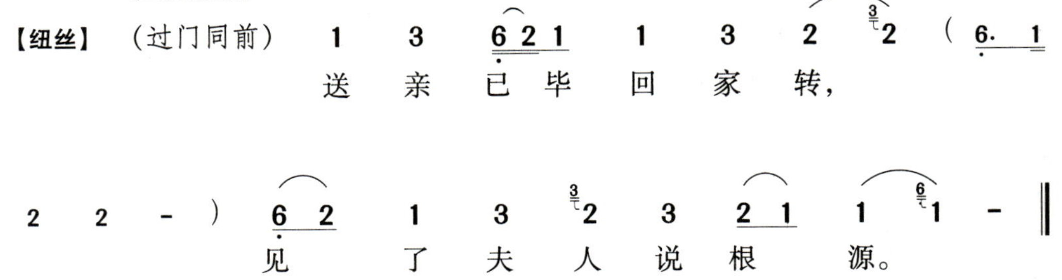


〔【乱锤】薛良转身往"下场门"走。少傧相喊着"上场门"跑上，老傧相追上，二人在"大边"扭打，少傧相躲至"小边"，又扭打至正场。胡杰自"上场门"、程俊自"下场门"跑上至正场将二傧相拉开。【乱锤】止。薛良在"下场门"台口观看四人议论。

**胡　杰** 唉，老兄啊，你们爷儿俩为什么吵起来啦？

**程　俊** 就是呀！

**老傧相** 您先别忙，啊！听我慢慢儿地跟您说。唉，今儿个是薛家跟赵家都在这一天儿办喜事。昨天呢，我们爷儿俩说好啦，我来薛家，叫他去赵家。（指少傧相）这小子，他也上这儿来啦，把赵家的喜事儿给人撂啦！他呀，这是势利眼。我呀，非管教管教他不可！

〔老傧相说着又要打少傧相，程俊、胡杰拦住。

**胡　杰** 啊，你们爷儿俩谁跟谁呀！（对老傧相）得啦，你先消消气儿，我去说说他去！

**老傧相** 说说他去！

**程　俊** （到老傧相身旁）哈哈哈……唉，老兄，大热的天儿，别生气。

**老傧相** 不生气，哎，这小子不听话呀！

胡 杰 （到少傧相身旁）哎，你怎么不听你爸爸的话呀？

少傧相 唉，你不知道，是这么档子事儿。今儿个有两家办喜事儿的。一家是薛家，一家是赵家。他上薛家，让我上赵家。他看不起那没钱的，他是个势利眼！

胡 杰 噢，就为这事儿呀！

少傧相 哎，为这事儿。

胡 杰 唉，要是依着我看呢，从今往后，不管做什么事情，千万可不能势利眼呐！

程 俊 得得得……你别说了你！（指胡杰）我瞧哇，你就是势利眼！

胡 杰 哎，我怎么会是势利眼呢？

程 俊 你跟我说的话，你都忘啦？

胡 杰 我跟你说什么来着？

程 俊 你说赵家这个丫头出门子，妨得老天爷都要下雨。这话儿是你说的不是呀？

胡 杰 哎，不错是我说的。

程 俊 还是的，你瞧不起那没钱的，你这不是势利眼，这是什么呀？这是！

胡 杰 什么，我是势利眼？

程 俊 啊。

胡 杰 哼哼，我瞧你才是势利眼呢！

程 俊 哟，我怎么会是势利眼呢？

胡 杰 我问问你，刚才你跟我说的那话，你还记得不记得了？

程 俊 我说什么啦，我？

胡 杰 你说什么薛小姐是龙女儿一转，什么龙行有雨呀，虎行有风，这话是你说的不是？

程 俊 哎，是我说的。

胡 杰 你说这话就是替那有钱人说的。我瞧你才是势利眼呢！

程 俊 你势利眼！

胡 杰 你势利眼！

〔程俊、胡杰二人争吵，老傧相将二人劝开。

老傧相 你们二位打什么呀？哎哎……别吵啊！要说这势利眼，我儿子才是势利眼呢！

程 俊<br>胡 杰 （同）哎……你怎么占我们俩便宜呀？

老傧相 没有哇！

程 俊<br>胡 杰 （同）有你那么说话的吗，这么大岁数啦，这是！

少傧相 哎……二位，二位，二位！要说势利眼呢，我爸爸才是势利眼呢！

程 俊<br>胡 杰 （同）噢，我是势利眼！哈哈哈……

薛 良 （来到四人当中）啊——！列位，列位！哈哈……列位！你等不要争吵。我想世界之上那些个为富不仁，反不如那贫而有志；况且，富贵之家，也不见得长久富贵呀！

程 俊 老人家，您这两句话呀，呵呵，也不过是老生常谈。哈哈哈……

薛 良 不然哪，不然！有道是东风常向北，北风也有转南时。

程 俊 不然，不然！依着我看呢，薛家一辈子也穷不了。

胡 杰 哼，要是依着我看呢，赵家那个丫头这辈子她也阔不了。她要是阔喽，我趴在地下当马，叫小孩儿骑。

**程　俊**　好，以后薛家要是穷啦，我看见五岁的孩子，我管他叫大叔。

**老傧相**
**少傧相**　好极啦，这个主意不错。

**薛　良**　依我看来，你们四位真乃是八只……

**四　人**　（同白）什么呀？

**薛　良**　哼哼，势利眼！呵呵呵呵…… **【小锣一击】**（转身“下场门”下）

**程　俊**　八只？哈哈哈……真是想不到哇，咱们四位凑到一块儿啦！

**胡杰、老傧相、少傧相**　（同）哎呀，真是难得呀！有缘呐！不容易！……

**程　俊**　不容易，不容易！这么着吧，今儿我请客，找个地儿吃点儿，喝点儿，来个势利眼大聚会，你们看怎么样啊？

**胡杰、老傧相、少傧相**　（同）嘿，这个主意不错，叨扰，叨扰！

**程　俊**　（对老傧相）哎呀，这里头就您岁数大，得啦。老势利眼！

**老傧相**　哎。

**程　俊**　您请吧！

**老傧相**　哎——不不不，不敢，不敢！承蒙抬爱，实不敢当。还是您二位势利眼请！

**胡　杰**　唉——不不不，（对小傧相）那么，小势利眼请吧！

**少傧相**　哎——不不不，（对程俊）今儿个请客是您花钱，还是您这位势利眼请吧！

**程　俊**　好好好好。如此不恭！请！

**胡杰、老傧相、少傧相**　（同）请！

「**【大锣原场】**程俊、胡杰、老傧相、少傧相“下场门”同下。

## 第七场

「**【撤锣】**梅香“上场门”幕内白：“啊哈！”

「**【小锣五击】**梅香“上场门”跑上，至正场。

**梅　香**　（念）光阴似箭真似箭，
日月如梭果如梭。
我，梅香。自从跟着姑奶奶陪嫁到了周府，一晃的工夫都六年啦。我们姑奶奶生下一个小少爷来，取名大器，今年五岁了。哟，这个孩子呀，跟我们姑奶奶脾气一样，谁要是把他招翻了哇，神仙都哄不好他。今儿个是我们姑奶奶住娘家的日子，让我准备车辆。车辆齐备啦，我把姑奶奶请出来。（朝“上场门”喊）有请姑奶奶！

「**【小锣抽头】**薛湘灵右手领着大器“上场门”上，至“九龙口”。梅香至“大边”侍立。

〔西皮摇板〕

**薛湘灵** （过门同前） i i 3. 5 5 5 7 6 3 5 5

欣 逢 这 日 晴 和

（6 6 5 3 5 6） 5 7 6 3 5 6 – （台）

回 家 望 看，

（进至“正场”）

**周大器** 妈呀，咱们上哪儿呀？是不是又上我姥姥那儿去呀？

**薛湘灵** 是呀。

**周大器** 我不去。

**薛湘灵** 你为何不去？

**周大器** 上次我去啦，跟她要根儿头发拴蚂蚱，她都不给我。我不去，我不去！

**薛湘灵** （拂袖）胡说！

〔西皮摇板〕

**【小锣一击】**（过门同前）3 3 6 5 i i65 5 3 5 i 6 3 5 –（3 5 5

哪 有 个 千 金 发 任 你 摘 玩。

大器夹白：“我

3 2 1 1 6 2 1 1） i 6 3 5 3 3 6 5 7 6 6 3 5 6 – （台）

我 与 你 买 竹 马 小 试 庭 院，

不去，我不去！”

**周大器** 要买马呀，我可要个绿马。

**薛湘灵** 哎，黑马、白马倒也现成，哪里来的绿马呀？

**周大器** （撒娇）我要绿马，我要绿马，我要绿马……

**梅　香** 哎哎，得啦！小少爷，有绿马，有绿马。

**周大器** 去你的，你说不成，非得我妈说才成呢！妈呀，有绿马没有哇？

**薛湘灵** （哄劝）有，有，有。

〔西皮摇板〕

**【小锣一击】**（过门同前） 3 3 6 5 3 3 5 6 （6 5

这 是 我 疼 爱 他

3 5 6） i 5 – 3 5 3 5 6 6 6 5 5 – ‖

娇 纵 千 端。

〔**【长锤】**梅香朝“下场门”招呼车夫推车上，至“大边”。薛湘灵领大器上车，抖右袖提袖。梅香在车左侧随侍。

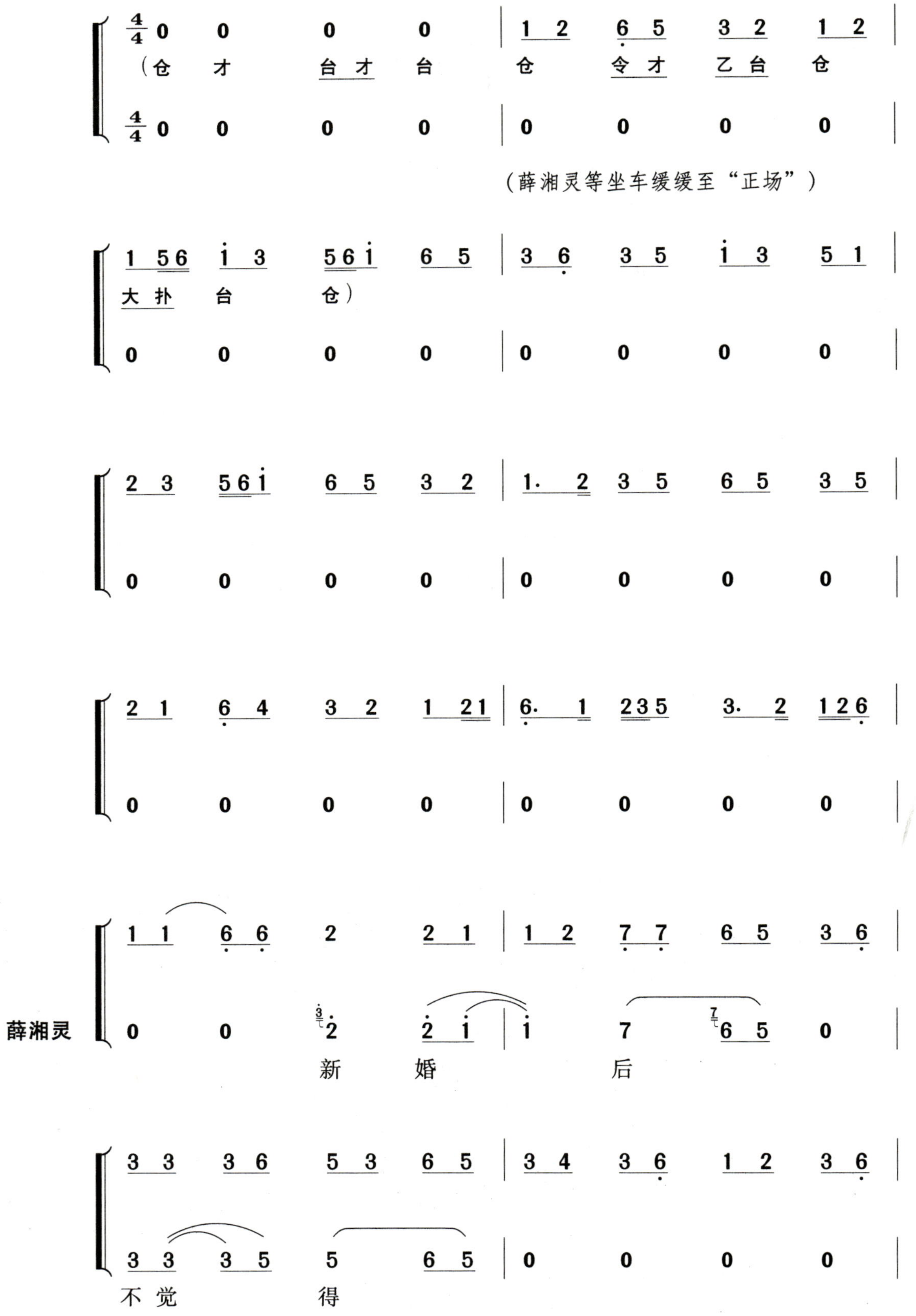
（仓 才 台 才 台 仓 令 才 乙 台 仓
（薛湘灵等坐车缓缓至“正场”）
大 扑 台 仓）
薛湘灵
新 婚 后
不 觉 得

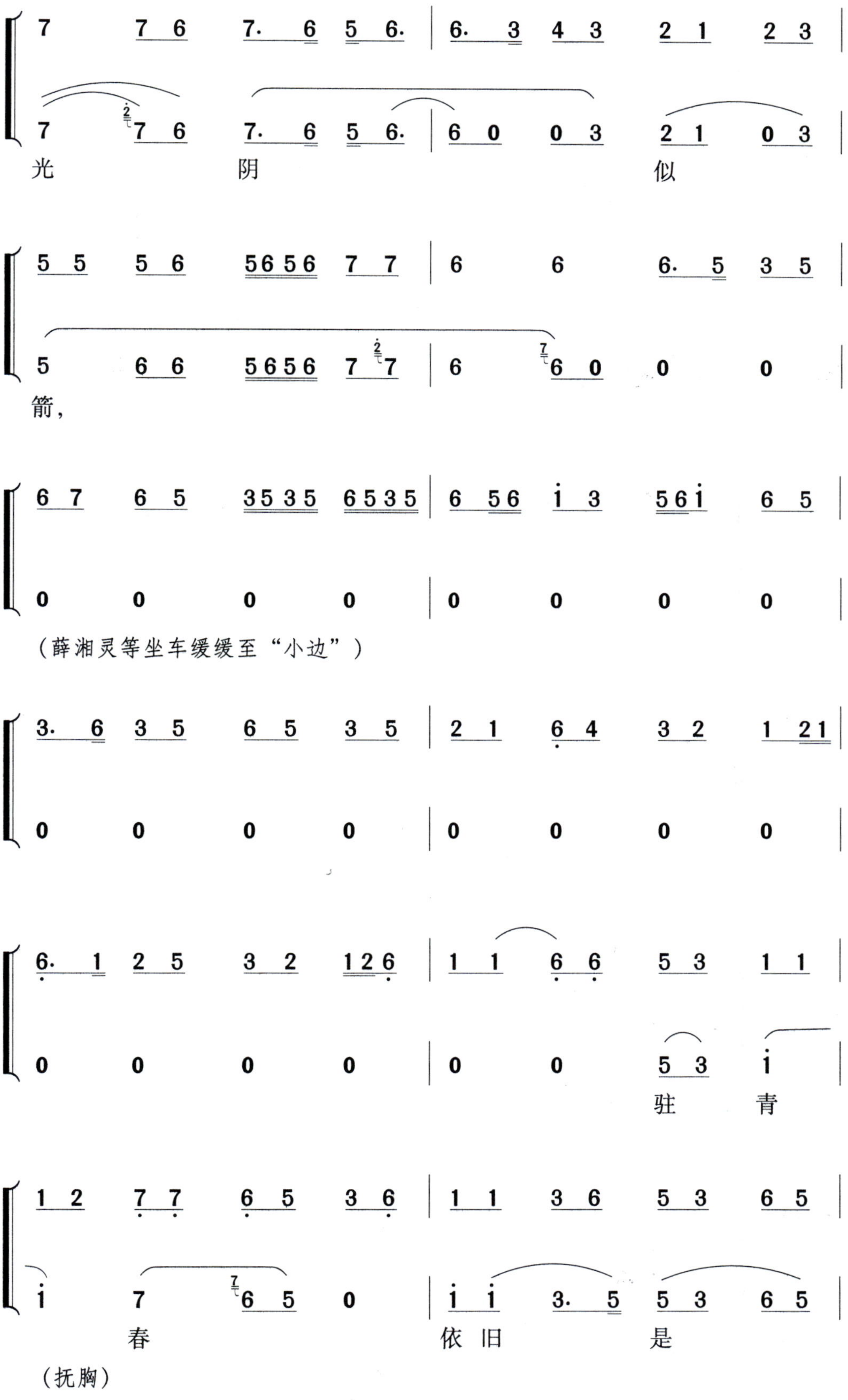
光 阴 似
箭，
（薛湘灵等坐车缓缓至“小边”）
驻 青
春 依 旧 是
（抚胸）

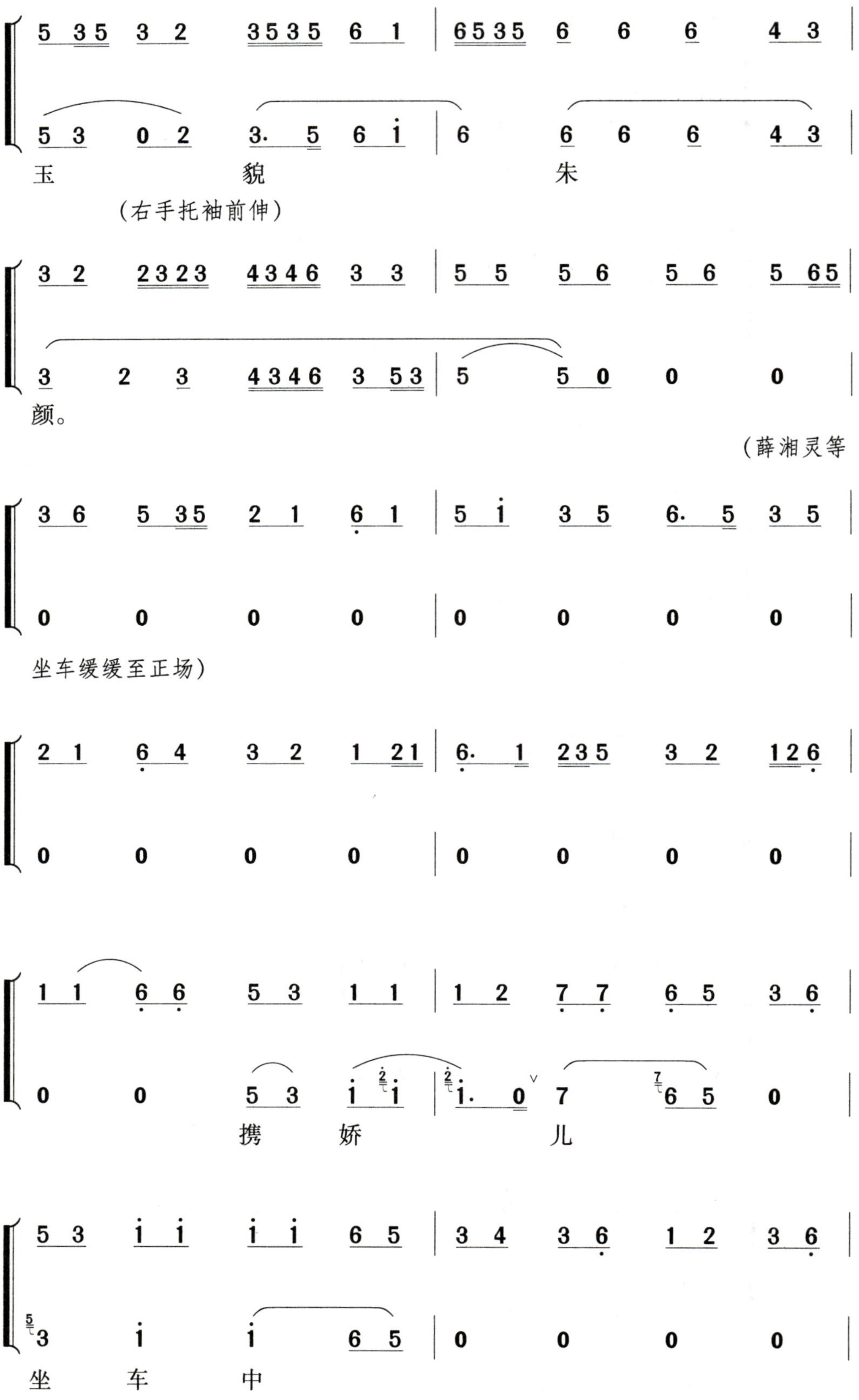
玉 貌 朱
(右手托袖前伸)
颜。
(薛湘灵等
坐车缓缓至正场)
携 娇 儿
坐 车 中

（胡琴随腔伴奏，略）

サ 5. 7 6 6 353 5 5 6 - （仓）
长 街 游 遍，

（薛湘灵等坐车半个反圆场至“九龙口”朝“上场门”内望）

〔亮弦〕

（4 3 5 7 6 - ）

〖众灾民“上场门”幕内白：“哦——！”

〔西皮摇板〕

**薛湘灵** **【大锣凤点头】**（过门同前） 3 i 6 335 6 5 3 0 6 5
又 听 得 呼号 声 动 地

（薛湘灵等大惊，半个圆场急至正场）

6 5 6 i 5 （6 5 5 3 6 5 5 3 2 1 1） 3 3 6 5 3
惊 天。 却 为 何 众

3 6 5 2 2 6 i 2 - 2 - i i -
百 姓 纷 纷 逃 窜？

〖**【乱锤】**四灾民“上场门”逃窜跑上，过场，“下场门”下。薛湘灵等惊，半个圆场急至“下场门”台口，往“下场门”内望。

〖**【纽丝】**薛湘灵等退回至正场。

〔西皮散板〕

**薛湘灵** （过门同前） 3 3 6 5 3 3 5 6 5 3 5 i
见 此 情 倒 叫 我 胆 战

6 5 6 i （5 3 6 5 - ） 5 i i 5 7
心 寒。 （仓） 叫 车 夫 改 程

765 6 6 6 353 5 - 5 - 6 -
途 忙 往 回 转。

（薛湘灵等走反圆场）

〖**【扫头】**洪水冲散薛湘灵等人。大器、梅香、车夫做在水中挣扎状“上场门”

下。薛湘灵在正场被冲至水中挣扎：双手各捏住水袖头，折双袖，后退，双臂分别后抡，甩袖，再将双袖向前冲，双臂后摆，拉回双袖，双手松开水袖头，从身后将水袖向前掸出，再上扬水袖，变为右手撑袖，左手外折袖，身向“大边”台口，面向“大边”亮住。“下场门”急下。

〔**【乱锤·冲头】**四灾民分别从两边上，做在水中挣扎状，过场，两边分下。

## 第八场

〔**【纽丝】**船夫摇桨载老傧相、少傧相、周庭训、胡杰、程俊坐救生船“上场门”上至正场，船夫位于“小边”。

〔西皮散板〕

**周庭训**

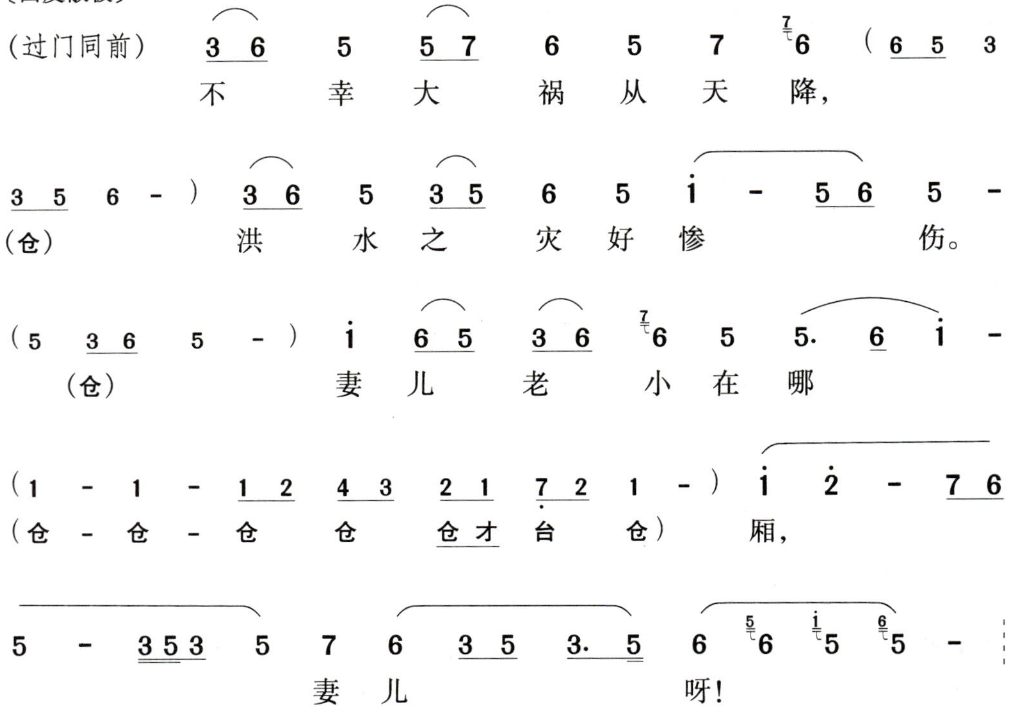


**程　俊**　相公！

〔西皮散板〕

相公，登州城这场大水为患，家家户户都被淹了。幸亏遇见救生船才得活命，您怎么还哭哭啼啼的哪？

**周庭训**　唉，你等哪里知道，想我这万贯家财，俱被这场大水淹没尽了。到如今也不知我那妻室孩儿生死存亡，怎不叫我伤心哪！（哭）

**程　俊**　嗳…… （哭）

**胡　杰**　嘿嘿嘿！你哭什么呀？

**程　俊**　他这一哭哇，勾起我的心烦来啦！

**胡　杰**　呀哟，你还有什么心烦的呢？

**程　俊**　你没听他说呀，他的夫人让大水给淹了。

**胡　杰**　可不是嘛！

**程　俊**　我想我奶奶呀，也让大水给淹啦。没想到他儿子也让大水淹了。我想起我爸爸也让水淹啦。嗳…… （哭）

**胡　杰**　哎，哎，老程啊！你可别往下说啦。

**程　俊**　怎么着？

**胡　杰**　这你就矮下三辈儿去啦！

**程　俊**　（轻声）去，你知道什么！这跟有钱的人说话呀，就得吃点儿亏。

**胡　杰**　嘿，好哇！都到什么节骨眼儿啦，你怎么还势利眼呢？

**程　俊**　你势利眼！

**胡　杰**　你势利眼！

〔二人争吵不休，使船摇晃起来。**【水声】**

**周庭训**　不要吵了，开船！

〔**【一锤锣】**老傧相、少傧相、周庭训、胡杰、程俊、船夫“下场门”下。

## 第九场

〔**【撤锣】**胡婆左臂挎篮子“上场门”上，至正场。

**胡　婆**　（念）登州发大水，

差点儿做了鬼。

这场大水，可真是天灾人祸呀，幸亏我还遇见救生船啦，给我救到莱州地面。到了这下儿（下儿读 hēr）人生地不熟的，没吃没喝没住处。要一想起来呀，这心里头别提多难过啦。（哭）还好，此地有位卢大官人，是这儿一位财主。见我们灾民实在可怜，便搭棚舍粥。我这两天就打粥，不过是糊口而已。唉，这可真是呀，千算万算也没算计到了这步天地呀。天儿不早啦，我还是赶紧去打两碗粥喂喂我这老肚要紧。

〔薛湘灵“上场门”幕内白：“苦哇！”

**胡　婆**　哎哟，您听啊，这叫苦连天的，叫人心里头多么难过呀！（哭）

〔**【撞金钟】**胡婆至“大边”后场。薛湘灵“上场门”背向台口上，退步缓缓至正场，左转身，右袖搭在左臂上，一亮。叹息，右手撑袖左手齐胸托袖。

〔西皮哭头〕

**薛湘灵**　（0　0　0　0　$^{4}$3　6　5　-）　5　-　-　-　6. 7　6 76　$^{\dot{2}}\dot{1}$　-$^{6}$

（匝　匝　匝　大　顷　-　仓　-）　啊！

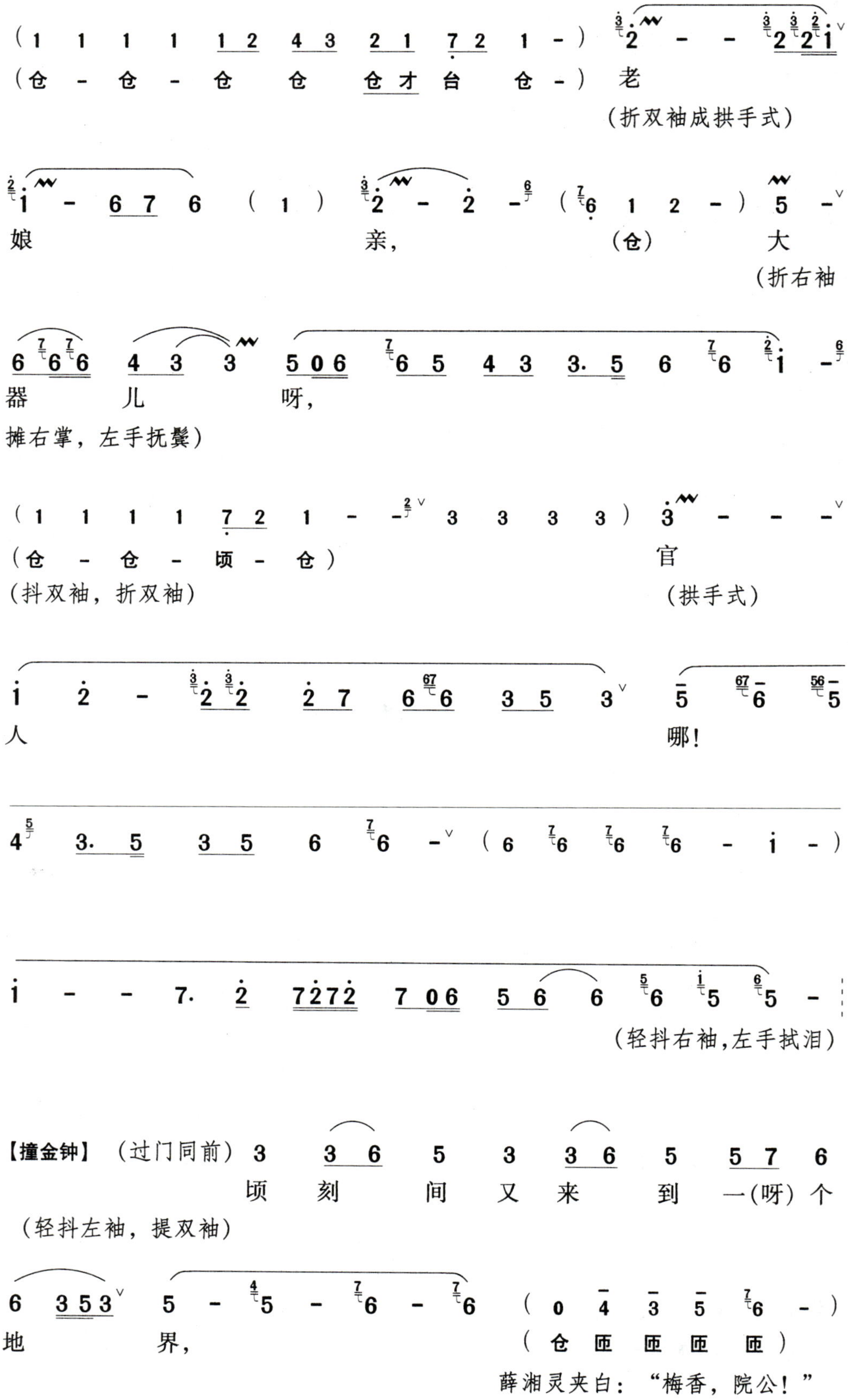
（仓 - 仓 - 仓 仓 仓才台 仓 -）老
（折双袖成拱手式）
娘 亲，（仓）大
（折右袖
器 儿 呀，
摊右掌，左手抚鬓）
（仓 - 仓 - 顷 - 仓）官
（抖双袖，折双袖）
（拱手式）
人 哪！
（轻抖右袖，左手拭泪）
【撞金钟】（过门同前）
顷 刻 间 又 来 到 一（呀）个
（轻抖左袖，提双袖）
地 界，
（仓 匝 匝 匝 匝）
薛湘灵夹白：“梅香，院公！”

〔西皮散板〕

【大锣凤点头】（过门同前）3　3 6　5　3　5 3　i̇ — i̇　5　6 i̇　4 3　2 3　5 —

叫 梅 香 和 院 公 为 何 不 来？

（摊双掌）

〔行弦〕

（仓大0）5 36 | 5 i̇ 6536 | 5 5 36 | 5 i̇ 6536 | 5 5 36 | 5 i̇ 6536 | 5 — ‖

薛湘灵夹白：“官人，官人！我饿了哇！”

〔西皮散板〕

【大锣凤点头】（过门同前）3　3 6　5　3. 6　5 6　7. 6　5

腹 内 饥 唤 郎 君

6 0　6　6. 5　3 5　6 —（4　3 5　6 —）3　3 6　5

他 他 也 不 在，（仓） 却 为 何

（左转身一周

5 3　i̇　i̇ — i̇　6　5　6 i̇　4 3　2 3　5 — （台）

在 荒 郊 不 见 亭 台。

观察环境，摊右掌，再摊左掌，双手掂掌）

〔亮弦〕

（4　3　6　5 —）

（里绕左袖，再里绕右袖，抖双袖）

**薛湘灵**　我明白了！

〔西皮散板〕

【大锣凤点头】（过门同前）3　3 6　5　3　3 6　5　5　6

恍 惚 间 与 众 人 同 把

（提袖）

6. i̇　3 5　6 —（6 5　3　5　6 —）3　3 6　5　5 3

舟 载，（仓） 莫 不 是 应

3 5　6 5　4　4 3　2 3　5（4　3 6　5 —）3　3 6

验 了 无 情 的 水 灾。（仓） 老 娘

（左手抚鬓，右手指“小边”台口）

5 i 6. 5 5 0 7 6 6. i 3 5 6 - （4
亲 她 必 定 波 中 遇 害，

3 5 6 - ） 3 3 6 5 5 3 i i 5 6 - 5
（仓） 苦 命 的 大 器 儿 鱼

〔行弦〕

6 i 4 3 2 3 5 - （大大 大大 乙大 大 仓大0） 5 36
腹 葬 埋。

（薛湘灵拭泪，

5 i 6536 | 5 5 36 | 5 i 6536 | 5 - ‖

胡婆发现薛湘灵，向其走去）

**胡 婆** 哟，您是姑奶奶吧？哟，姑奶奶！

**薛湘灵** （认出胡婆）胡婆！

**胡 婆** 你在这儿哪？

**薛湘灵** （搂住胡婆痛哭）胡婆哇…… （曲牌停）

〔西皮散板〕

【快纽丝】（过门同前）3 3 6 5 3 3 6 5 7 6 6. i 3 5 6 - （4
见 胡 婆 好 一 似 空 山 闻 籁，

3 5 6 - ） 3 3 6 5 5 3 3 5 6 5 5 5 6 4 3 2 3 5 - ‖【住头】
（仓） 你 可 曾 见 我 夫 与 我 萱 台[①]？

**胡 婆** 姑奶奶，这场大水，可真是天灾人祸呀！咱们登州都被水淹啦。我想老夫人跟咱们姑老爷恐怕见不着面了，我看呢，这辈子也许不能见面喽！（哭）

〔亮弦〕

（4 - 3 6 5 - ）

**薛湘灵** 哎呀！

〔薛湘灵与胡婆同拭泪。

---

① 萱台：萱，草名，萱草令人忘忧，喻指母亲。

〔西皮散板〕快速

【快纽丝】（过门同前）5 i̇ 3 3 3 6 5 7 6 6. i̇ 3 5 6 3 3

听 凶 言 把 我 的 肝 肠 痛 断，你

3 6 5 5 3 3 5 6 7 6 5 3 5 i̇ 6 5 353 5 – ‖【住头】

随 我 回 故 乡 寻 找 尸 骸。

（左手拉住胡婆，右手指向“小边”台口，上几步，同时右手捏住右水袖头折袖，翻回，往里绕袖，别右腿，右手指向“小边”台口，亮矮相）

（外绕右袖轻抖出，左手拭泪，提右袖）

**胡 婆** 姑奶奶，我不是跟您说了嘛，登州发了大水，咱们故乡都成了大河啦。老夫人跟姑老爷这阵儿早变成了鱼粪虾屎啦。

**薛湘灵** （抽咽）喂呀…… **【小锣一击】**

**胡 婆** 唉，您就甭哭了，往开了想得了，啊！（拭泪）啊，姑奶奶，您饿不饿呀？

**薛湘灵** 是呀，我腹中饥饿。胡婆，你与我开饭来吧！

**胡 婆** 哎哟，姑奶奶，您还当是先前呐！您在府里的时候，称得起是一呼百诺哇！说一声开饭，丝儿溜片儿炒，燕儿窝鱼翅都给您端上来了。到今天呢，您甭想做那个梦啦。

**薛湘灵** 如此我拿何物充饥，身旁又不曾带着银钱呐！

**胡 婆** 哎呀，怎么到了这个时候，您还说这胡涂话哪？咱们要知道发水，不是早就搬家了吗！

**薛湘灵** 如此说来，胡婆，我拿何物来充饥呀？

**胡 婆** （想）拿何物充饥……唉，这么着得了，你呢，跟我打粥去吧。

**薛湘灵** 什么叫做打粥？

**胡 婆** （背供）哎呀，对呀！您哪儿知道什么叫打粥哪！（对薛湘灵）哎，姑奶奶，这下儿呀，有个卢大员外，您是个财主。见咱们灾民实在可怜，就搭棚舍粥。我每天到那儿打两碗粥喝。这就叫打粥。

**薛湘灵** 这就不对了！

**胡 婆** 哟，怎么不对啦？

**薛湘灵** 想这粥乃是饭后之品，一碗稀粥也不能充饥呀！

**胡 婆** 哎哟，到这时候，您可别这么说啦！我跟您转（读 zhuǎi）文说一句吧，这就叫此一时也彼一时也！

**薛湘灵** 胡婆，但不知这粥是怎样地打法？打到几时才有饭吃呀？

**胡 婆** 哎哟，您问得我心里头怪难受的。（拭泪）得，这么着得了，您也甭着急，有我吃的呀，就有您吃的。这横是行了吧？唉，您跟我走吧。

〔西皮散板〕

**薛湘灵** **【大锣凤点头】** （过门同前） i̇ 3 6 5 3 3 6 5 （5 – ）

一 席 话 说 得 我

3 6　5　6　353 ∨　5　-　$^{6}$5　$^{7}$6　-

如　梦　方　解，

〔【撞金钟】胡婆拉薛湘灵左手半个圆场至正场里首。卢仁、卢义抬粥桶“下场门”上至“大边”。四灾民“上场门”陆续上，打粥，转身“上场门”下。胡婆夹在其间打粥。

**胡　婆**　二位大哥，多给盛点儿，我们俩人儿呢！

**卢　仁**　对，多给盛点儿！

〔胡婆取出筷子递给薛湘灵一碗粥。老婆婆灾民没打上粥。

**卢　仁**　哎呀，没有啦……

〔老婆婆叹口气，失望地转身朝“上场门”走。

**薛湘灵**　（见状上前）啊，老婆婆。

〔薛湘灵把粥倒给老婆婆。老婆婆谢过，转身“上场门”下。卢仁、卢义抬下粥桶，复上，站“大边”。

〔西皮散板〕

**薛湘灵**　【散板长锤】（过门同前）i　3 6　5　5　3 5　6$^{3}$　5　6 i　4 3　2 3　5 -‖【住头】

一个　个男和　女骨瘦　如　柴。

胡婆夹白：“哟，您这阵儿还行好呢！”　（双手交插抱肩）

**卢　仁**　（见薛湘灵还没走）嘿，打完了粥你们还不走，在这儿磨蹭什么呢！

**胡　婆**　（转身对卢仁）哎哎，二位大哥，您哪，是不知道。（指薛湘灵）这个是我们家的姑奶奶，也是登州被水淹上来的。娘家姓薛，婆家姓周。没打过粥，未免有点儿难为情。有什么到不到的，二位大哥您就多担待，多担待！

**卢　仁**
**卢　义**　（同）哎哎，没什么，没什么！

**卢　仁**　伙计，你这儿来吧！

**卢　义**　干吗？

**卢　仁**　你不是要做好事吗？

**卢　义**　是呀！

**卢　仁**　哎，这就要做好事啦。

**卢　义**　怎么着？

**卢　仁**　你瞧见没有，这位大娘子怪可怜的，咱们府里头正缺少个老妈子哄小少爷，倒不如把她举荐到咱们府里头去，哄哄小少爷。

**卢　义**　这倒是个好事儿。可是不知道人家愿意不愿意呢！

**卢　仁**　没关系，我说说去！

**卢　义**　对，你说说去……

**卢　仁**　（叫胡婆）唉，老妈妈，您请过来。

**胡　婆**　哎，什么事情啊？

**卢　仁**　我瞧这位大娘子怪可怜的。我们府里头正缺少个老妈子哄小少爷。倒不如把她举荐到我们府里头去，哄哄小少爷。活儿呢，也不累，工钱虽然不多，可是每日三餐是准有把握。不知道这位大娘子她乐意不乐意?

**胡　婆**　哎呀，这倒是好事儿，不知道她愿意不愿意呀!

**卢　仁**　对，您去问问。

**胡　婆**　我去问问。(薛湘灵听到此事,往"上场门"走去)唉,姑奶奶，您别走，您回来……(拉薛湘灵回至正场）姑奶奶，这二位大哥的话您都听明白了吧？我想着，倒是好事儿。您在这下儿给哄哄小少爷，活儿呢，不太累，工钱虽然不多呀，一日三餐总有把握。且比您在外头漂流着强得多呢!

**薛湘灵**　胡婆，有这样的好事，你为何不去？（嗔怨地一推胡婆）

**胡　婆**　哟，您可别这么说呀！我不是遇见您了吗？要没有您我早就去啦！再者说啦，我这半大老帮子,还怕什么呀！不用说每天打粥，就是天天要饭，也比您保险得多呀!

**薛湘灵**　（犹豫地）胡婆……

**胡　婆**　（劝说）您就答应了吧，啊?

**薛湘灵**　但不知这看少公子，是要怎样地看法呢?

**胡　婆**　（想）呃……怎样地看法……哎，我想起来啦。我在您府上时候，您小的时候，我怎么哄着您玩儿，您就照着我那样儿不就成了吗？**【小锣一击】**

**薛湘灵**　胡婆，你这片苦心，只为救我不死，如今我已明白。我情愿跟他们去到大户人家求个温饱就是……（拭泪）**【小锣一击】**

**胡　婆**　唉，您愿意啦？（薛湘灵点头）我可跟人家说去啦！（对卢仁）哟，二位大哥!

**卢　仁**<br>**卢　义**　（同）哎。

**胡　婆**　她呢，倒是愿意啦。可有一样儿啊，上工的时候，你们二位多关照一点儿。

**卢　仁**<br>**卢　义**　（同）哎。

**胡　婆**　千金小姐呀，没干过这个，你们二位就多受累……

**卢　仁**<br>**卢　义**　（同）没什么，没什么……您放心得啦!

**胡　婆**　（提起篮子)姑奶奶,我呀,都给您托付好啦。您就跟这二位去得啦！我呀,可走啦!

〔胡婆向"上场门"走，薛湘灵向"大边"走。

**薛湘灵**　（转身叫）胡婆!

**胡　婆**　（转身应）哎!

**薛湘灵**　你要来看我来呀!

**胡　婆**　哎，姑奶奶，您放心吧！过三两天呐，准看您来。您那心里头哇，就别难过啦！（转身欲走）

**薛湘灵**　（难舍地）胡婆，你要时常看我来呀!

**胡　婆**　（难过地）姑奶奶，您放心吧。有工夫哇，我就看您来！您心里头倒是甭难过，要是有个好歹的，叫我这心里头，我……怎么受哇！（哭，拭泪）**（台）**

〔薛湘灵拭泪，遥望着胡婆"上场门"下。

**卢　仁**　大娘子，跟着我们走吧!

〔薛湘灵随卢仁、卢义圆场，卢仁边走边说。闭二幕。

**卢　仁**　您哪，放心。到那儿也没有什么累活儿。

**卢　义**　对啦，不累，就是哄哄小少爷玩儿。

**卢　仁**　绝比您在外头这么漂流着可强得多啦！（三人转至“小边”）

**卢　义**　哎，到啦！

**卢　仁**　到啦。（回头对薛湘灵）大娘子，您在这儿等着，我们给您回禀一声儿去。

〔开二幕。场上置正场桌，八字椅。浅色团花桌围椅披。

〔卢仁、卢义进门，站“大边”，朝“上场门”喊。

**卢　仁**　有请员外！

〔**【小锣抽头】**碧玉、丫鬟“上场门”上，分两边侍立；卢胜筹、赵守贞“上场门”同上，至正场。

〔西皮摇板〕

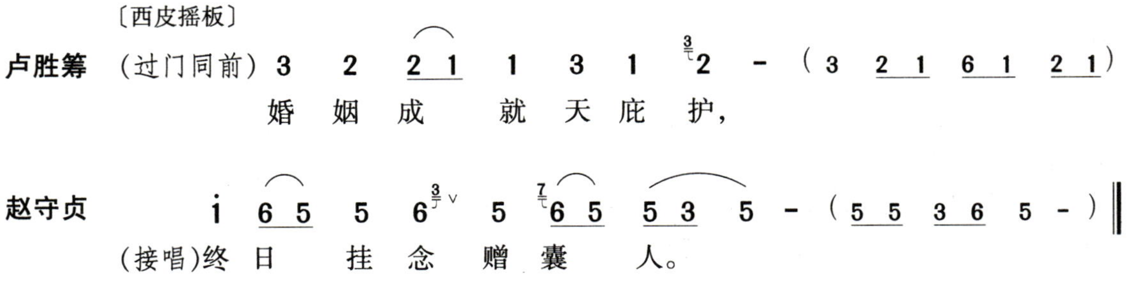


〔卢胜筹坐“大边”椅，赵守贞坐“小边”椅，丫鬟在赵守贞身旁侍立，碧玉在卢胜筹身旁侍立。

**卢胜筹**　何事？

**卢　仁**　回禀员外，粥棚外有个好人，她是登州人，因被水灾，前来打粥，小人们瞧她怪可怜的。咱们府里头正缺个老妈子哄小少爷玩儿。您不如把她收留府下，哄哄小少爷，这也是一件阴功的事儿。请示员外、安人示下。

**卢胜筹**　她今在何处？

**卢　仁**　现在外面。

**卢胜筹**　好，唤她进来。

**卢　仁**　是。（出门）这位大娘子，跟我进来，啊！

〔（**大台匝匝匝匝台**）薛湘灵随卢仁进门，站“小边”，卢仁回原位。

**卢　仁**　大娘子，见过员外、安人。（见薛湘灵没有反应）哎哎哎，你倒是给员外、安人见个礼儿呀！

〔薛湘灵福拜。（**台**）卢仁、卢义“下场门”暗下。

**赵守贞**　这一女子，你姓什么？

**薛湘灵**　我姓薛。

**赵守贞**　哪里人氏？

**薛湘灵**　登州人氏。

**赵守贞**　登州灾情如何？

**薛湘灵**　俱已淹没了。

**赵守贞**　俱已淹没了，唉，（对卢胜筹）真真可惨！（卢胜筹点头）丫鬟！

**丫　鬟**　有。

**赵守贞**　带领薛妈后面更衣。

**丫　鬟**　是啦。（对薛湘灵）随我来！

「**【小锣五击】**丫鬟招呼薛湘灵出门，二人“下场门”下。

**赵守贞**　碧玉。

**碧　玉**　有。

**赵守贞**　唤你家小少爷前来。

**碧　玉**　是啦！（出门，朝“上场门”喊）小少爷，小少爷！……

「麟儿“上场门”幕内白：“来啦，来啦！”

「**【小锣打上】**麟儿摇着拨浪鼓“上场门”跑上，到碧玉身旁。

**碧　玉**　别跑，别跑！叫你呢！（领麟儿进门，回原位）

**麟　儿**　（在正场施礼）爸，妈！

**卢胜筹**
**赵守贞**　（同）儿呀，你往哪里去了哇？

**麟　儿**　我念书玩儿呢！

**赵守贞**　唉，读书哪有玩耍的道理呀？

**麟　儿**　妈，我一边儿念书，一边儿玩儿，岂不比光玩儿强吗？

**赵守贞**　（对卢胜筹）老爷，看将起来，你我的儿子有出息了。

**卢胜筹**　哼，你自己养的自己疼。他哪里能是去读书。呃，你来看，衣服上面还有许多土呢！

**赵守贞**　（起身给麟儿掸土）儿呀，哪里来的这身尘土呢？（坐）

**麟　儿**　妈，我在后花园儿打秋千来着。一阵子没留神，我摔下来啦！

**赵守贞**　唷，跌着无有？

**麟　儿**　没摔着。

**赵守贞**　儿呀，为娘与你雇个妈妈同儿玩耍，可好哇？

**麟　儿**　我不要。

**赵守贞**　却是为何？

**麟　儿**　又是那七八十岁的老婆子，（指碧玉）跟她似的，又脏又臭！

**赵守贞**　这个妈妈与众不同。碧玉。

**碧　玉**　有。

**赵守贞**　唤薛妈前来。

**碧　玉**　是啦！（出门朝“上场门”喊）薛妈！换好了衣裳没有哇？夫人叫你呢，快点儿来呀！（进门，站原位）

「**【小锣五击】**薛湘灵“上场门”上，至“九龙口”，左手后背，右手抚胸一亮。看看自己的装着，垂下右袖搭在左臂上。

**薛湘灵**　（念）青衣休笑我，
　　　　今日倍相亲。（**台**）

「薛湘灵进门，“小边”侍立。

**赵守贞**　（对麟儿）儿呀，你看可好哇？

「麟儿到薛湘灵身边，薛湘灵搂住麟儿。

**薛湘灵** 公子，我来陪你玩耍，可好哇？

**麟　儿** （高兴地）挺好的，我愿意跟你玩儿！

**赵守贞** 薛妈，带领你家公子花园玩耍去吧！

**薛湘灵** 遵命。

**麟　儿** 走哇，走哇！

〔薛湘灵领麟儿欲出门，卢胜筹、赵守贞从后场向“上场门”走。

**赵守贞** （转身）啊，薛妈转来。带领你家公子花园玩耍，提防金鱼池，小心太湖石。（转身欲走）

**薛湘灵** 晓得。（欲出门）

**麟　儿** 走哇！

**赵守贞** （转身）转来。莫惹蜜蜂刺，休挑蛛网丝。松枝已长，不要刺着小东人。（又转身欲走）

**薛湘灵** 件件晓得。（欲出门）

**麟　儿** 走哇！

〔**【小锣一击】**赵守贞想起重要事情，转身招呼。

**赵守贞** 啊，薛妈转来！

**卢胜筹** （抢先说）好了，好了！我来替你讲了吧！（对薛湘灵，薛湘灵抬左臂遮挡，倾听）带领小东人去往花园玩耍，呃，要提防金鱼池，小心太湖石，莫惹蜜蜂刺，休挑蛛网丝。松枝已长，不要刺着小东人。（对赵守贞）呃，夫人，是与不是呀？

**赵守贞** 唉，还有一件紧要的事儿呢！

**卢胜筹** 快些讲吧！

**赵守贞** 薛妈，带领你家公子花园玩耍，唯有东角朱楼**【小锣一击】**不可乱闯。若违我命，定责不贷。

**薛湘灵** 是。

**麟　儿** （不耐烦地）走哇！

**薛湘灵** 走哇！（领着麟儿）

**碧　玉** 走吧（**台**），我跟你们一块儿去啊！（**台**）（领薛湘灵、麟儿出门，圆场，闭二幕）

**麟　儿** （边走边说）薛妈，你们家有这么大房子吗？

**碧　玉** （回身抢着说）她们家呀，她们家尽是草房子。

**麟　儿** 跟你说话了吗？

**碧　玉** 本来是嘛！

**麟　儿** 薛妈，你们家有这么大的花园吗？

**碧　玉** （又回身抢着说）她们家呀，她们家有花园就不出来佣工啦！

**麟　儿** 不理你！

〔开二幕。“下场门”台口斜置一桌，内置一椅，左侧置一椅。浅色团花桌围椅披。桌上放一笸箩，内装有拨浪鼓、小喇叭、小马鞭、剪子、纸人、纸马、纸蝴蝶。

**碧　玉** 嘿，到了花园儿啦！（开花园门）来来来，进来，进来！（**台**）（领薛湘灵、麟儿进门，介绍）这边是花厅，这儿有床。小少爷要是玩儿腻了哇，就让他在这儿睡一觉。（薛湘灵环视周围）薛妈，看你这样子，没在外边佣过工吧？这伺候人不容易，小少爷要是有什么磕着、碰着都是我们的责任。其实呀，我这是多说话，你爱听不听！（见薛湘灵没应答，双手叉腰，做生气状）

**薛湘灵** 如此多承照应。

**碧　玉** （转笑脸）哼哼哼，没什么，没什么！（指桌上的笸箩）哟，这都是玩意儿！真的，你们会玩吗？我教给教给你。（拿起喇叭吹）

**麟　儿** 干吗呀你！（台）

**碧　玉** 她不会玩儿，我教给教给她！

**麟　儿** 我不让你教。你走吧，我讨厌你！你走吧，你走吧！

**碧　玉** （赖着不走）我再呆会儿。

**麟　儿** 我不要你嘛！（推碧玉出门）出去！（台）

**碧　玉** 哟，瞧这个小少爷啊！有了新就不要旧。（台）（"下场门"下）

**麟　儿** （对薛湘灵）薛妈，你倒是哄着我玩儿呀！（台）

〔薛湘灵到桌上取过笸箩，拿出拨浪鼓哄麟儿。（台）

**薛湘灵** 公子，你提这个可好哇？

**麟　儿** （摇摇拨浪鼓）这个呀，我都玩腻了，不要！（台）（将拨浪鼓扔到地上）

**薛湘灵** （拿出一个摇铃）公子，这个呢？

**麟　儿** 这个……也不好！（台）（把摇铃扔到地上）

**薛湘灵** 公子。我与你捡吧。（将地上的拨浪鼓捡起放到笸箩里）

**麟　儿** （跟着薛湘灵将摇铃捡起放到笸箩里）什么踢毽儿、耍宝剑的，我都玩腻了。唉，薛妈，你给我想个新鲜的玩儿呀！

**薛湘灵** 我与你剪个纸蝴蝶玩耍可好哇？

**麟　儿** 唉，你给我铰蝴蝶儿？我不要蝴蝶儿。薛妈，你给我铰个纸人儿吧。

**薛湘灵** 纸人儿？

**麟　儿** 啊。

**薛湘灵** 好，我与你剪来！

**麟　儿** 快着啊！（台）

〔薛湘灵坐斜桌旁座，麟儿坐里座。

**麟　儿** 快铰哇！（台）

〔薛湘灵剪纸人状。（台）

**麟　儿** 快铰哇！（台）

**薛湘灵** 这就好了！（拿起剪好的纸人）你看这纸人儿可好哇？

**麟　儿** 哎，这个纸人儿倒是挺好的。哎薛妈，你再给我铰个马吧！

**薛湘灵** 噢，马呀？

**麟　儿** 薛妈，你给我铰个绿马！

**薛湘灵** 绿马——！（联想大器要绿马的情景，无限惆怅）【小锣一击】

**麟　儿** 啊，铰哇！

**薛湘灵** （回过神来）好，好，我与你剪。（剪绿马状）

**麟　儿** 快点儿呀！

**薛湘灵** 人两足，马四足，自然要慢些呀！

**麟　儿** 人两条腿，马四条腿？你给我快着点！

**薛湘灵** 公子，这就好了！（剪好）你看这个绿马可好哇？

**麟 儿** 薛妈，它怎么不会走哇？

**薛湘灵** 唉，纸马儿如何会走哇？

**麟 儿** 薛妈，我还会学马走呢！你看我给你学一个。你瞧着啊！

**薛湘灵** 公子，你要仔细了！

**麟 儿** 不要紧的。（趴在地上学马走）**【小锣一击】**

**薛湘灵** （忙站起拦阻）啊公子,快快起来!（台）（给麟儿掸土）公子，你不要脏了衣服哇!

**麟 儿** 不要紧的,我们家有的是钱!脏了我妈还给我买新的呢!薛妈,我学完了,该你学啦!

**薛湘灵** 学什么？

**麟 儿** 学马呀。

**薛湘灵** 哎，人自人，马自马，哪有学马的道理呀？

**麟 儿** 你学不学？

**薛湘灵** 不能。

**麟 儿** 你不学？你不学，我告诉我妈去！

**薛湘灵** 啊公子！

〔急拉麟儿回来。

〔二黄行弦〕

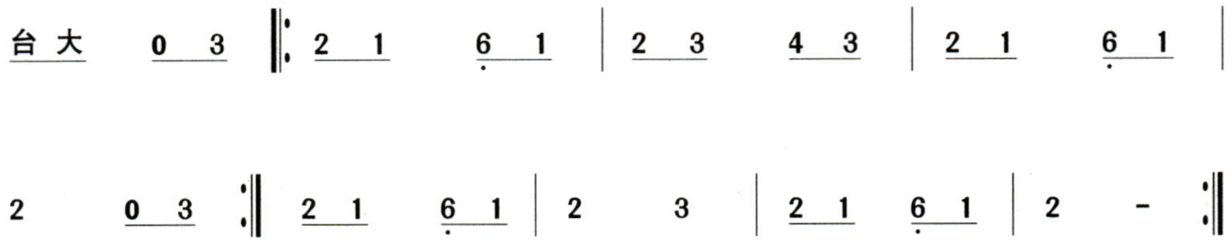


**薛湘灵** 啊公子，你不要前去，我与你学来就是。

**麟 儿** 你给我学啊！快给我学哇！

**薛湘灵** 哎，给你学。

〔薛湘灵向右上两步，右腿盘蹲，左水袖搭在右臂上，右水袖自然下垂，向左一望；站起向左上两步，左腿盘蹲，右水袖搭在左臂上，左水袖自然下垂，向右一望。站起，后退几步，抖双袖，提袖，到麟儿身旁。麟儿不断地催着学马走。

**薛湘灵** 哎呀，公子，学不成了。

**麟 儿** 怎么啦？

**薛湘灵** 无有马鞭儿，怎么学马呀？

**麟 儿** 马鞭儿？哎，薛妈，我那儿有马鞭儿。

〔薛湘灵抬左臂遮挡，右手指麟儿。半个小圆场至正场，摊双掌。麟儿跑到桌前，取过小马鞭。

**麟 儿** 薛妈，你学马，你跑累了，我给你草吃。（台）你快学哇！

〔麟儿摇着小马鞭，不断催着薛湘灵学马走。薛湘灵向前上步，双手捏水袖头，向上扬起，折双袖，“云手”，翻回双袖，掸出双袖，左腿盘蹲，右手举袖，外折左水袖，左手拉回至右侧，站起，翻回左袖，右腿盘蹲，举左袖，右水袖外折，翻回右袖，趁势将水袖甩到右肩后，站起，左手改成抱腹，左水袖自然下垂，右水袖拉下盖在左袖前，退步，提双袖。（台）想出办法不学马走。

**薛湘灵** 公子，（左手拉麟儿到自己身旁）你看那旁，有一个蝴蝶飞来呀！

**麟　儿** 蝴蝶儿？在哪儿？

**薛湘灵** 在那厢。

**麟　儿** 哪儿呢？

〔薛湘灵小圆场，麟儿“大边”反圆场，二人会合，薛湘灵左手拉住麟儿，右水袖撣出。

**薛湘灵** 它飞了哇。

**麟　儿** （撒娇）它飞了，不，我要蝴蝶儿，我要蝴蝶儿……

**薛湘灵** 它飞了哇！（台）

**麟　儿** 不，我要蝴蝶儿，要蝴蝶儿，要蝴蝶儿……

**薛湘灵** （搂过麟儿，哄劝）公子，不要啼哭，我与你剪个纸蝴蝶儿吧！

**麟　儿** 你给我铰个纸蝴蝶儿？

**薛湘灵** 对呀！

**麟　儿** 哎，那你快点儿给我铰！

**薛湘灵** 哎，公子请坐。（搂着麟儿各坐原位）

**麟　儿** 快铰哇！

〔薛湘灵剪蝴蝶。麟儿看着看着打哈欠睡着。薛湘灵拿起剪好的蝴蝶看，转身欲给麟儿，见他睡着，（台）便将纸蝴蝶放在桌上，拭泪。

〔二黄慢板〕

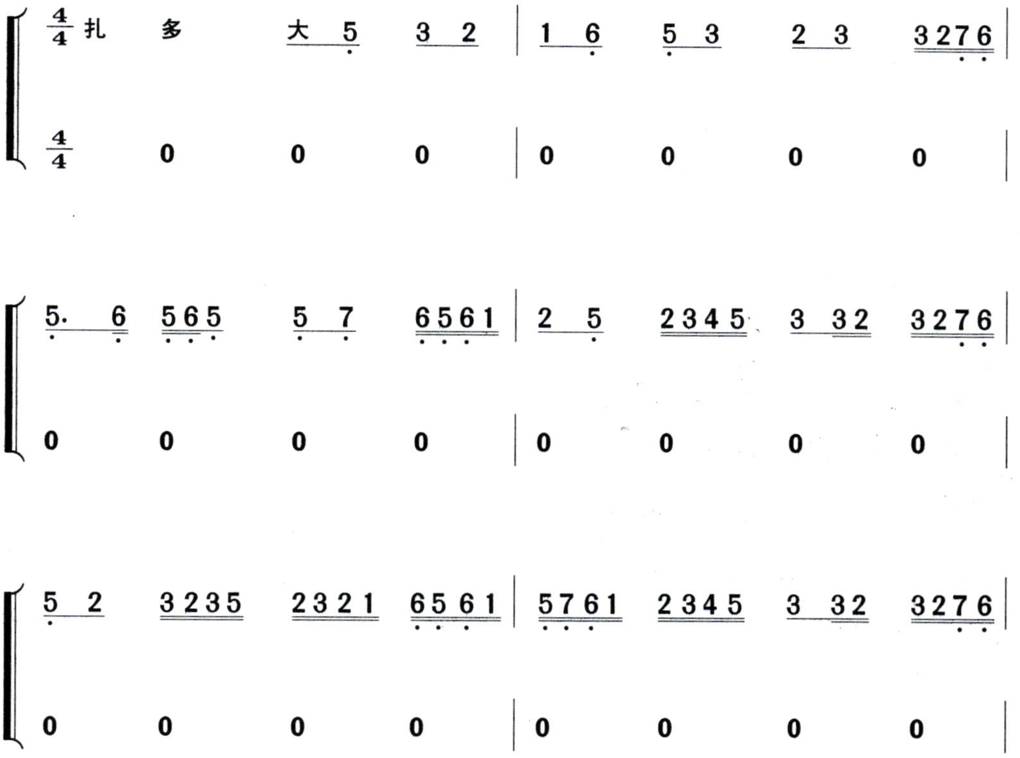

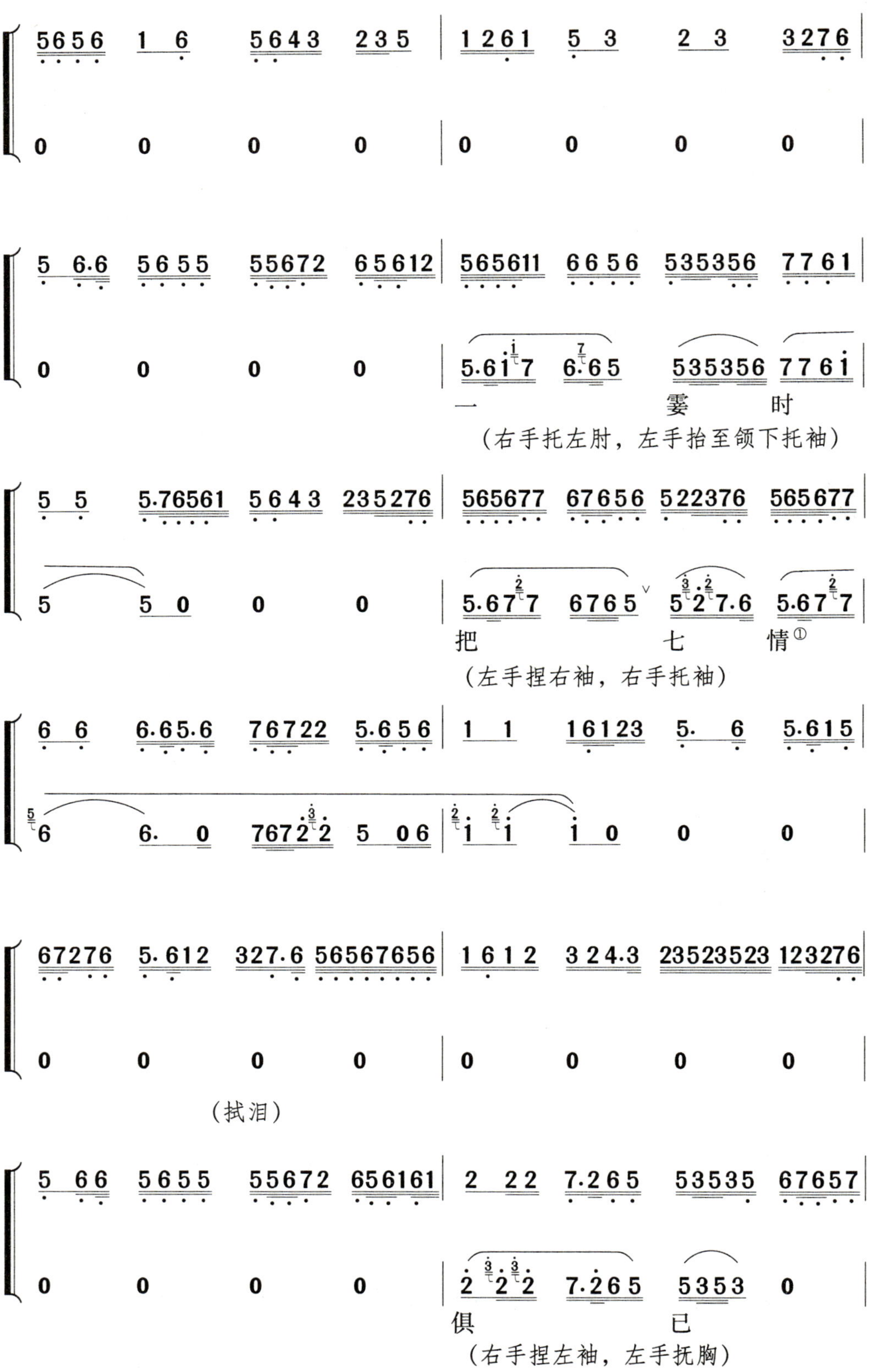


① 七情：指人的七种感情。儒家指的是喜怒哀惧爱恶欲，佛家指的是喜怒忧惧爱憎欲。

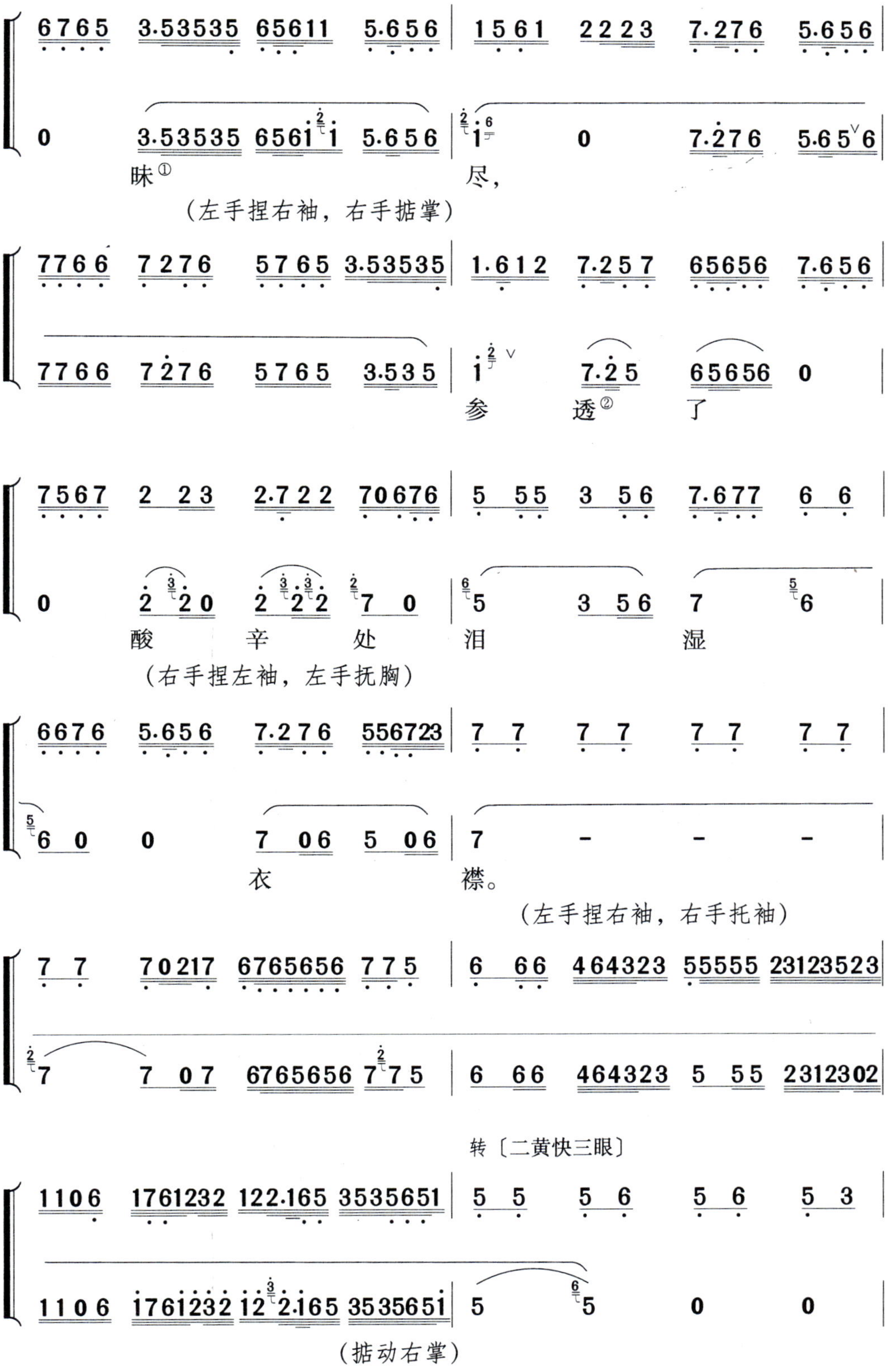


---

① 翁偶虹原本“昧”作“味”，后，皆以“昧”唱。

② 参透：领悟。

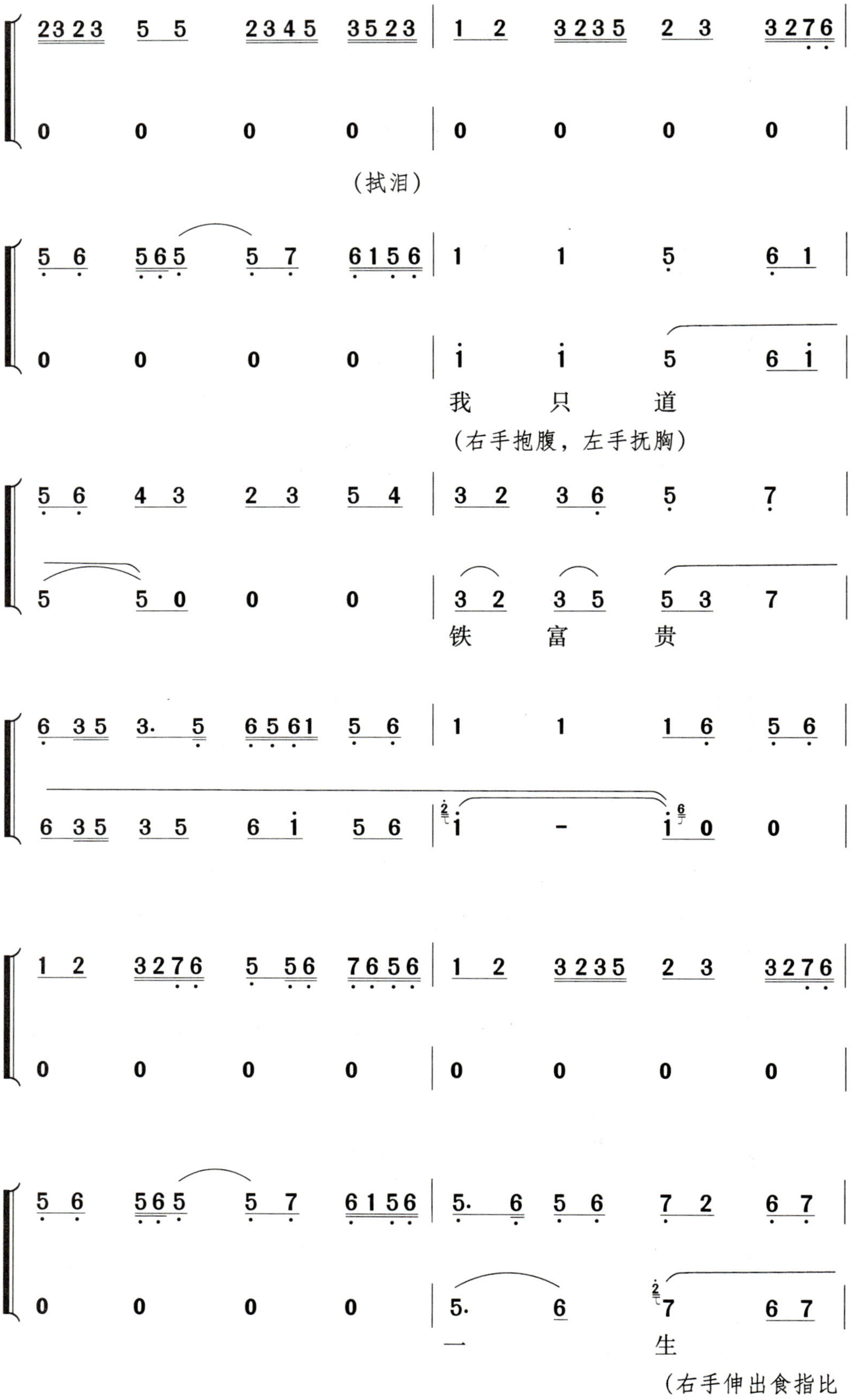
（拭泪）
我 只 道
（右手抱腹，左手抚胸）
铁 富 贵
一 生
（右手伸出食指比

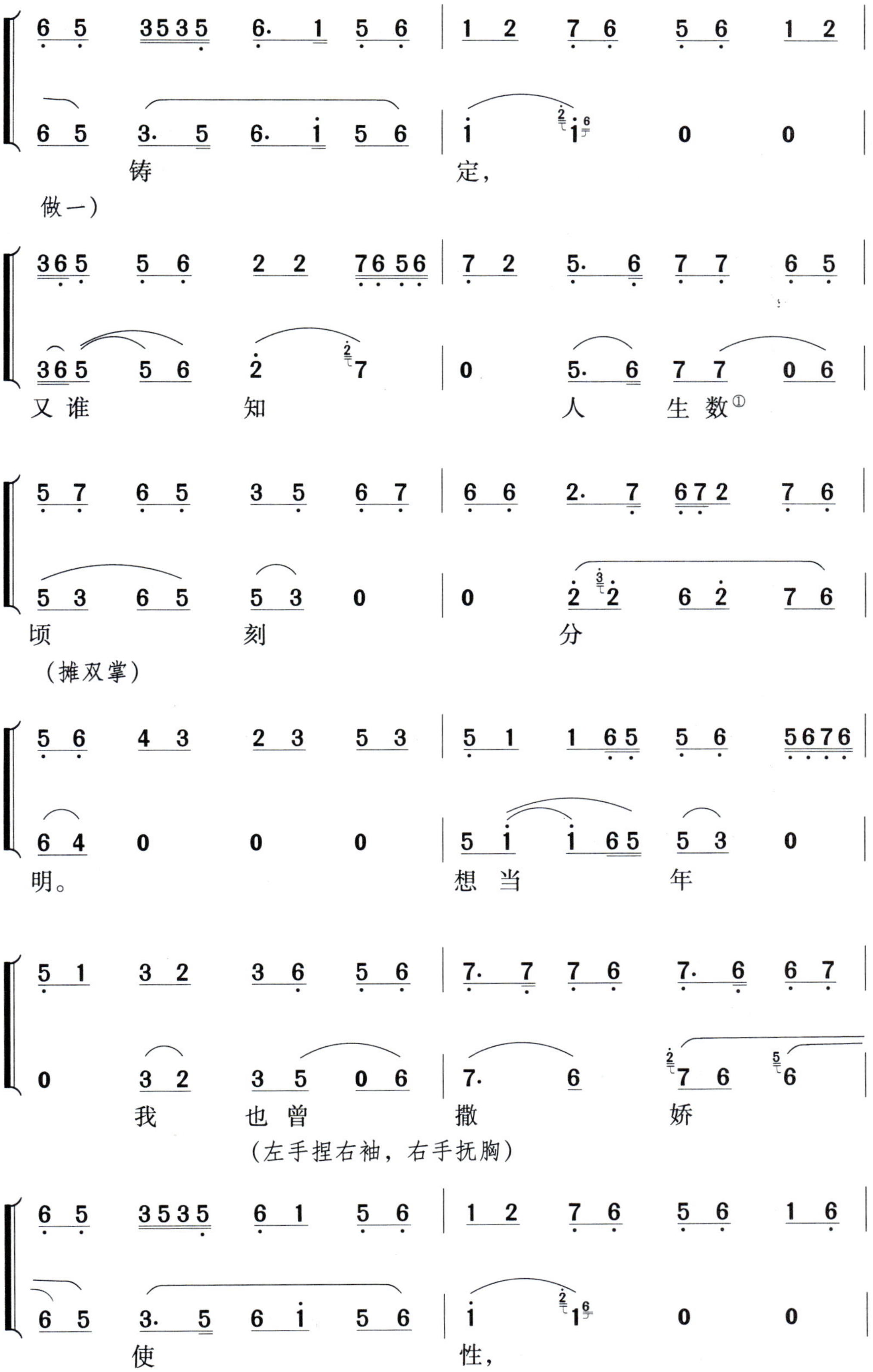


① 数：命运。人生数，即指人的命运。

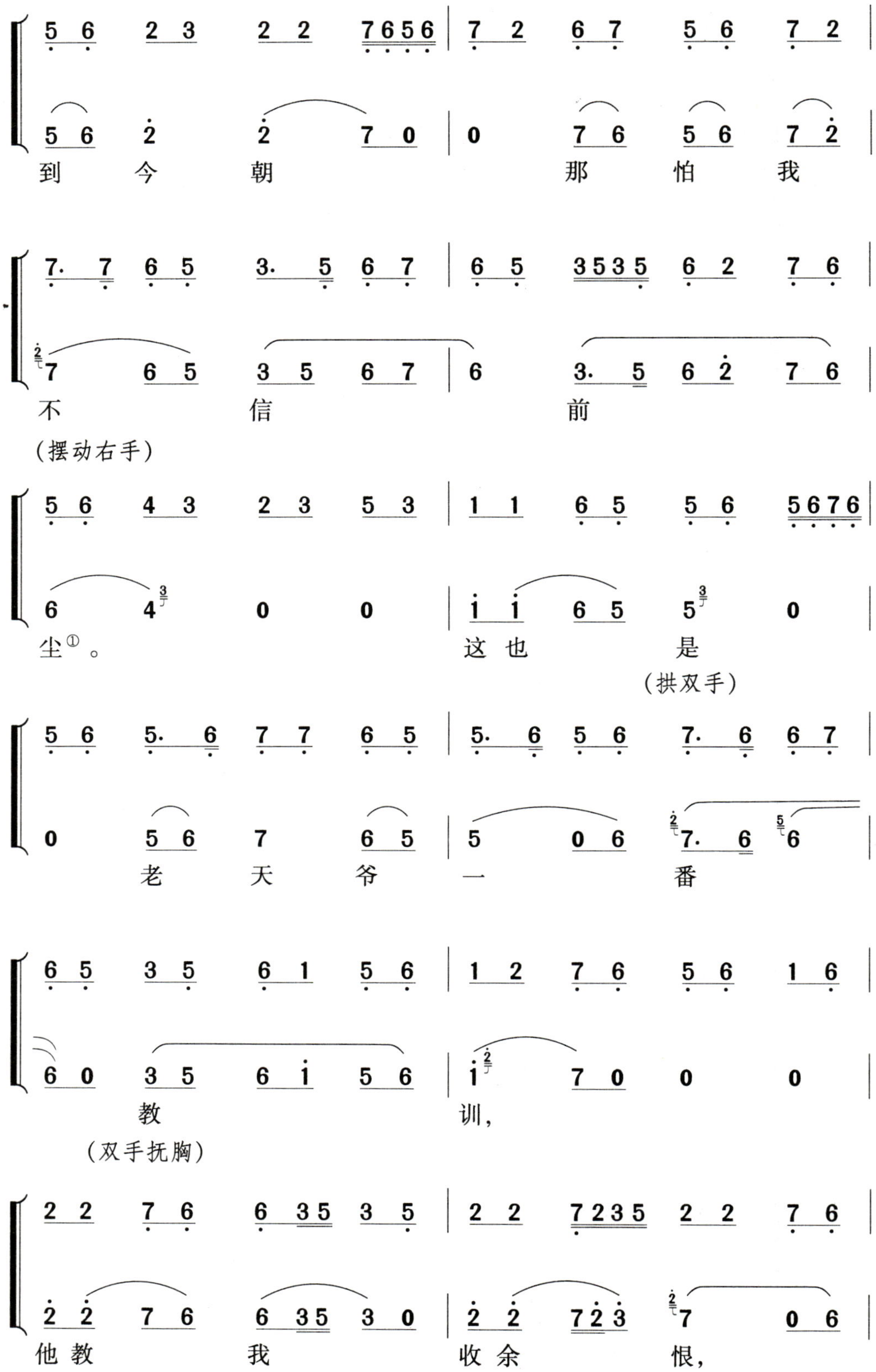


① 前尘：指从前所经历过的事。

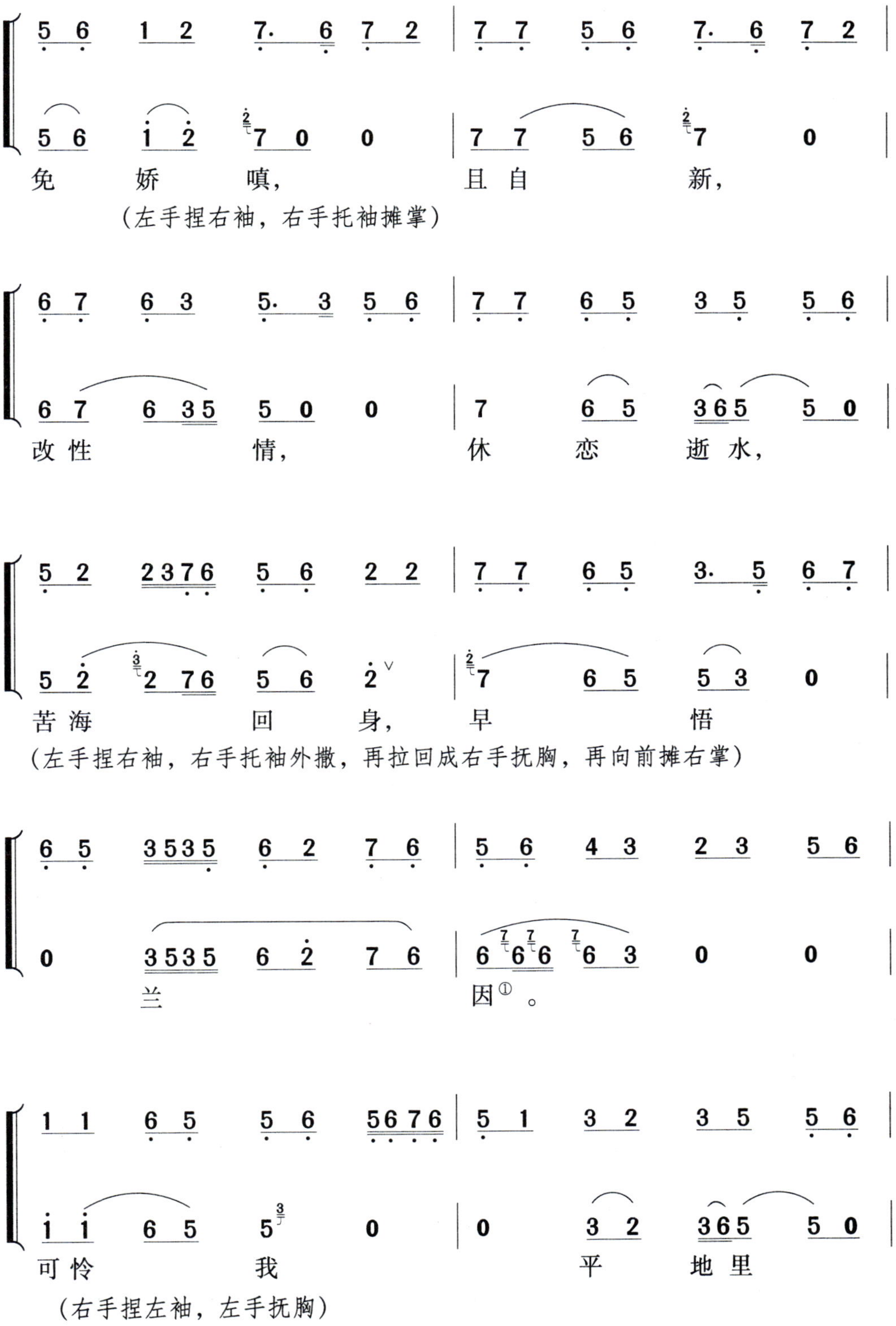


① 兰因：即兰因絮果。兰因，兰花样的前因；絮果，飞絮样的后果。喻指前合后分，命运无定。

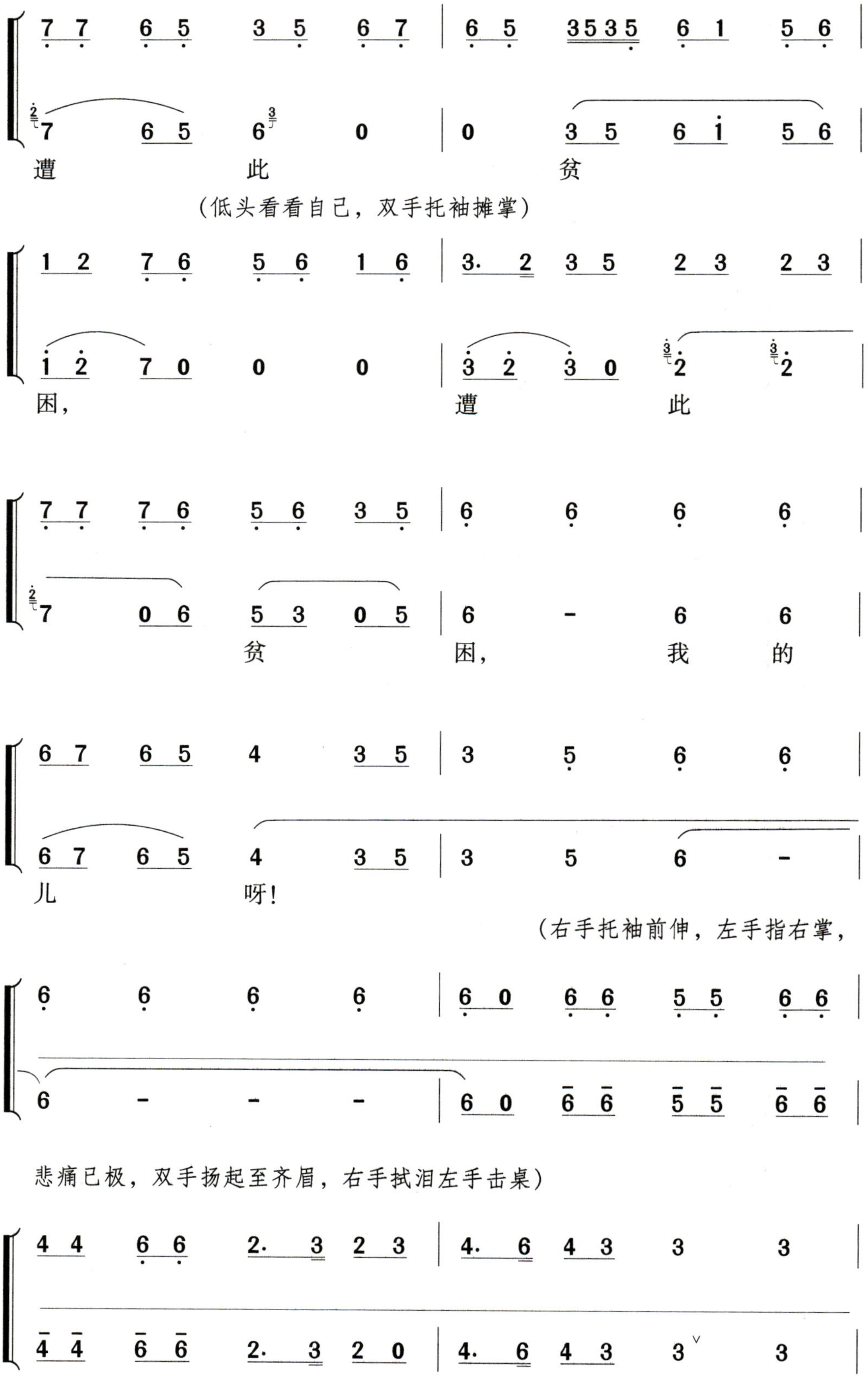
遭 此 贫
（低头看看自己，双手托袖摊掌）
困， 遭 此
贫 困， 我 的
儿 呀！
（右手托袖前伸，左手指右掌，
悲痛已极，双手扬起至齐眉，右手拭泪左手击桌）

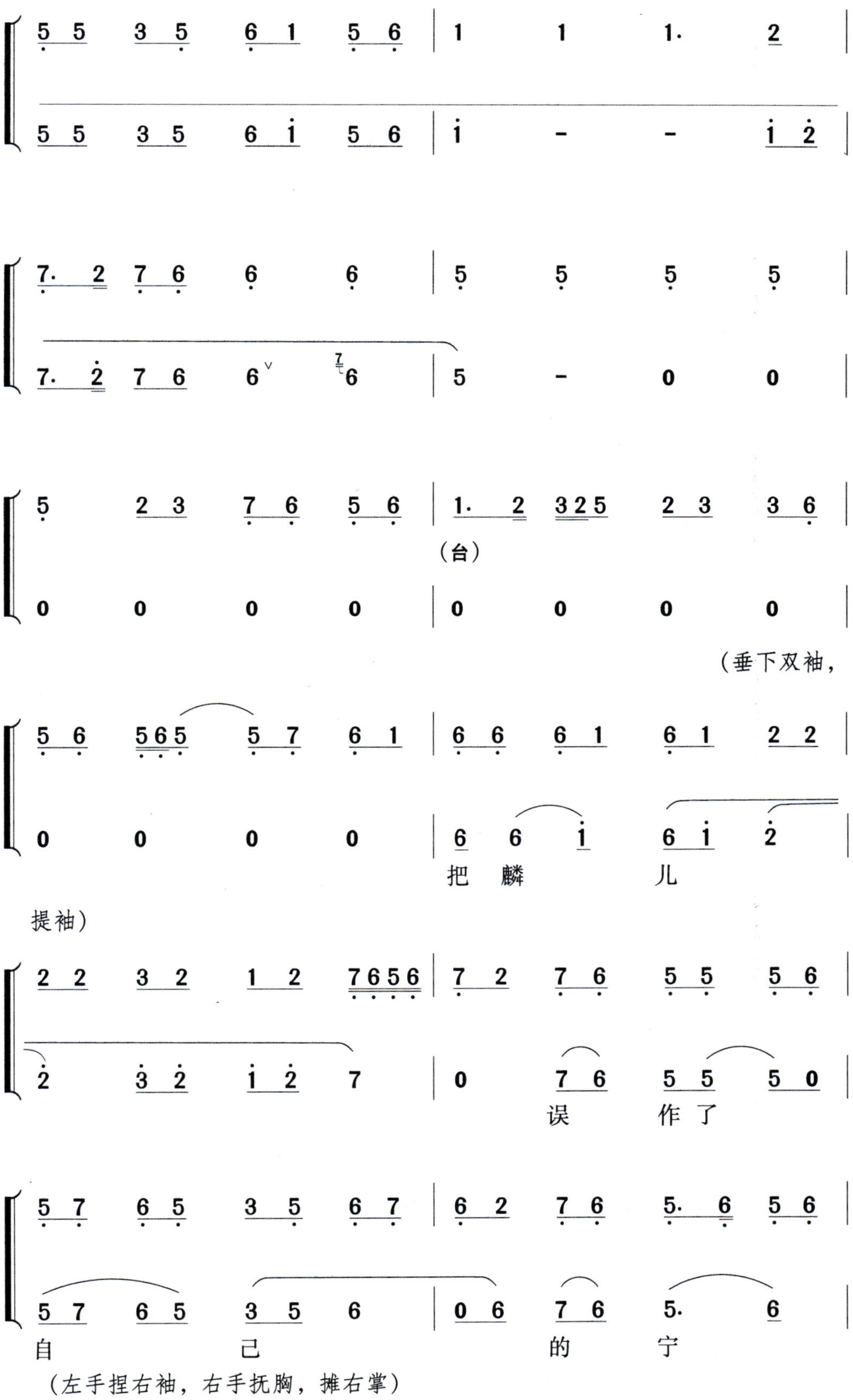
（台）
（垂下双袖，
把 麟 儿
提袖）
误 作 了
自 己 的 宁
（左手捏右袖，右手抚胸，摊右掌）

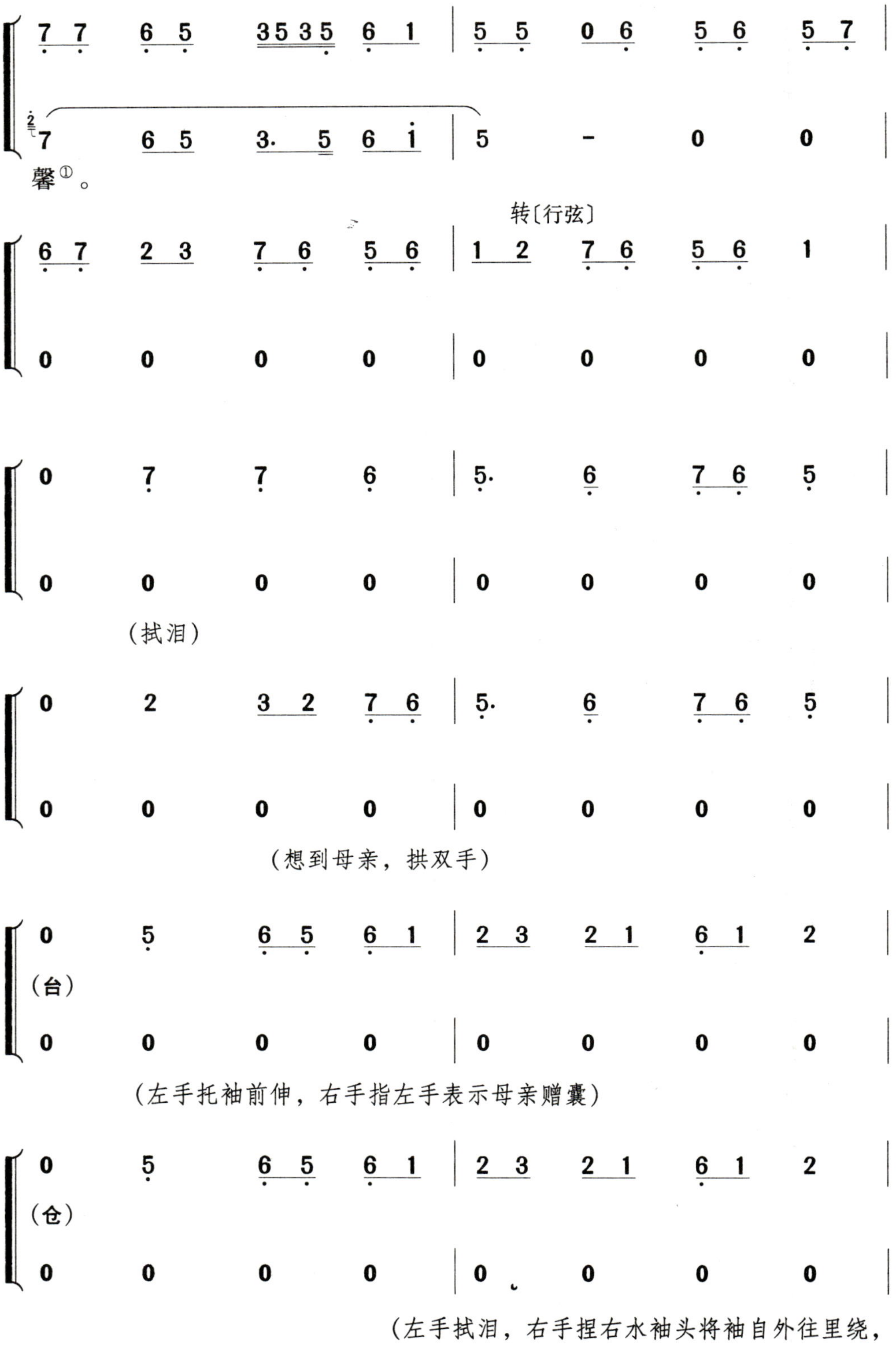


① 宁馨：指宁馨儿。宁馨本晋宋时俗语，如此、这样的意思。宁馨儿，这样的孩子，多用于褒义。即可爱的孩子。

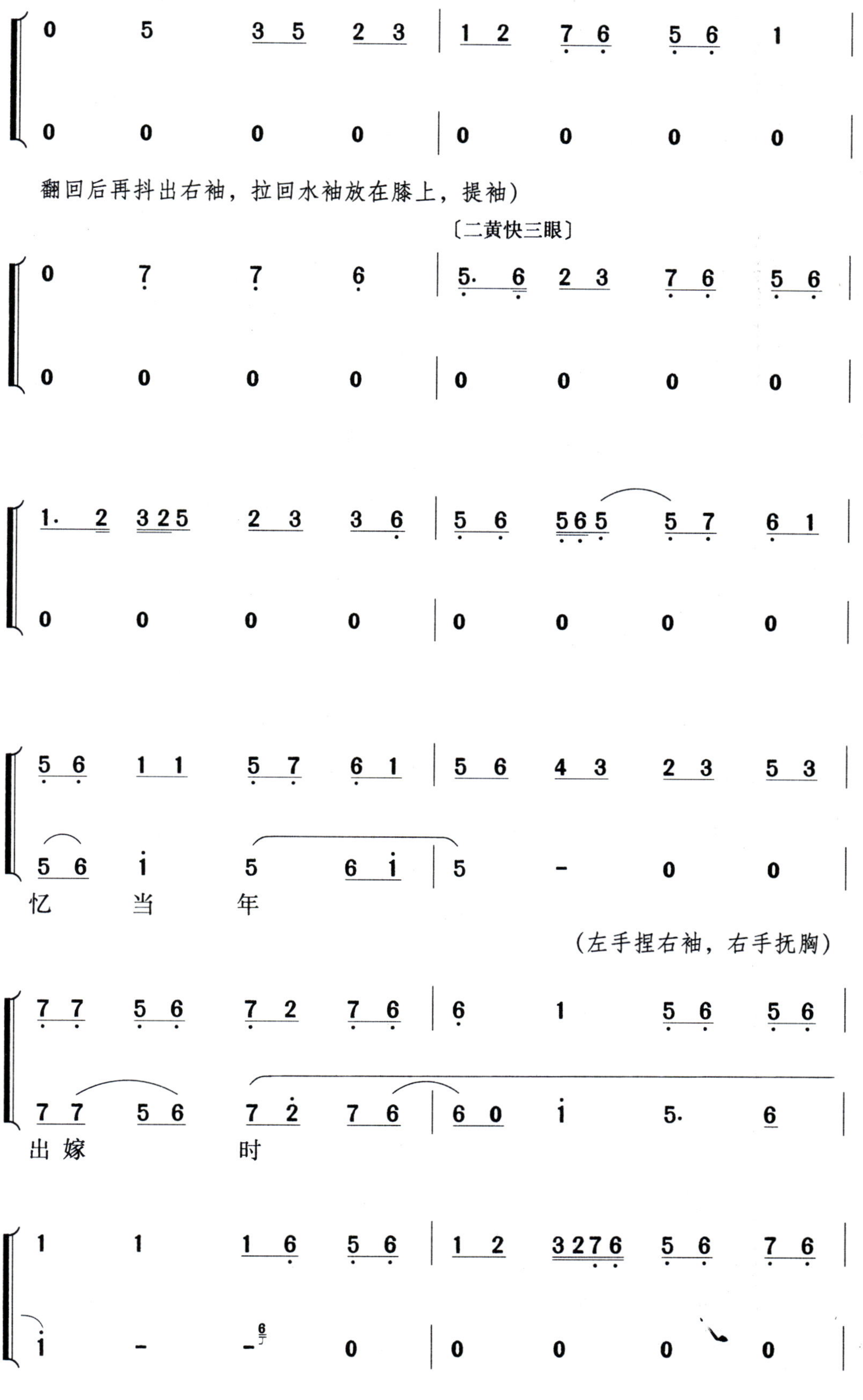
翻回后再抖出右袖，拉回水袖放在膝上，提袖）
〔二黄快三眼〕
忆 当 年
（左手捏右袖，右手抚胸）
出 嫁 时

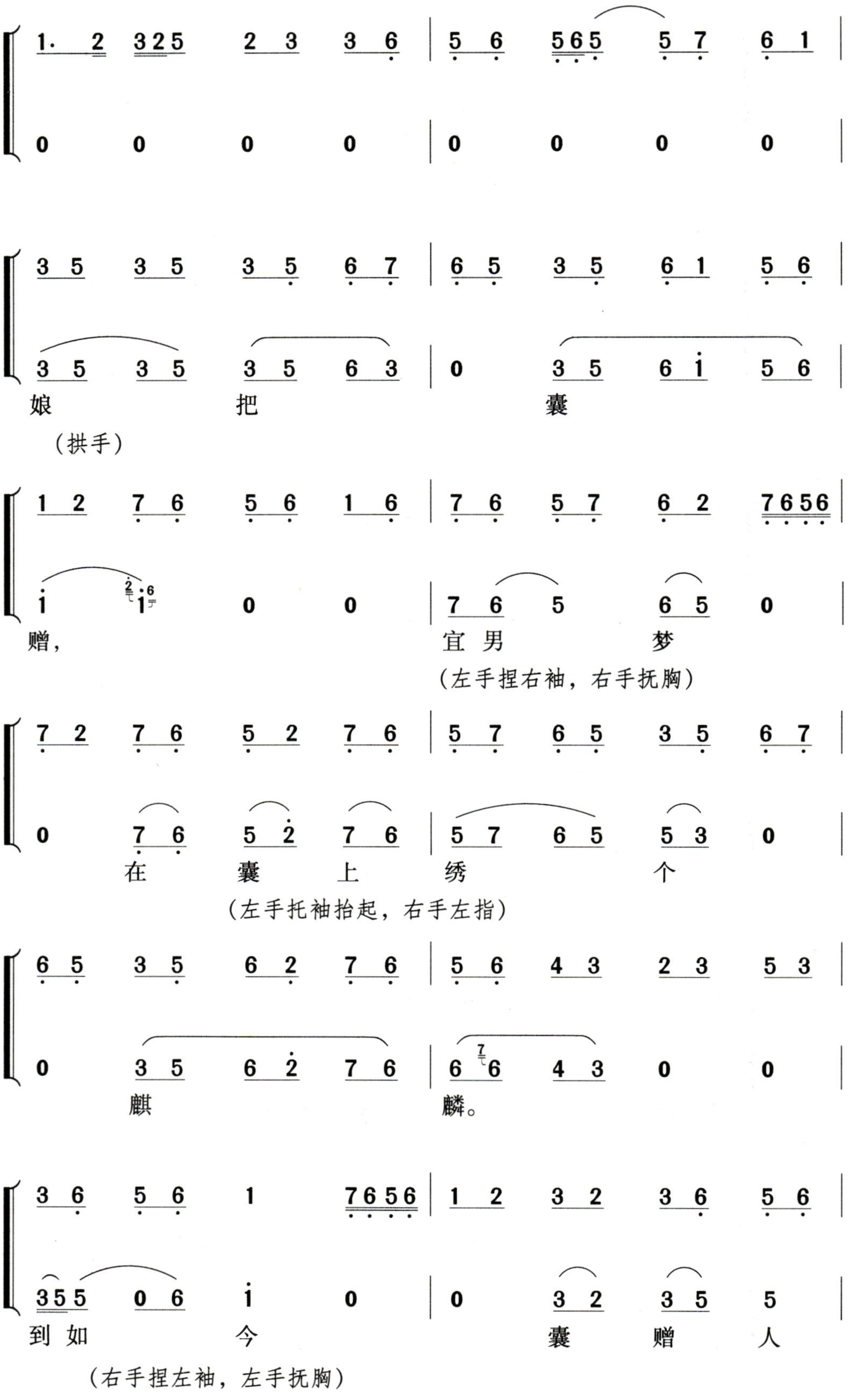
娘 把 囊
（拱手）
赠，宜男梦
（左手捏右袖，右手抚胸）
在囊上绣个
（左手托袖抬起，右手左指）
麒 麟。
到如 今 囊 赠 人
（右手捏左袖，左手抚胸）

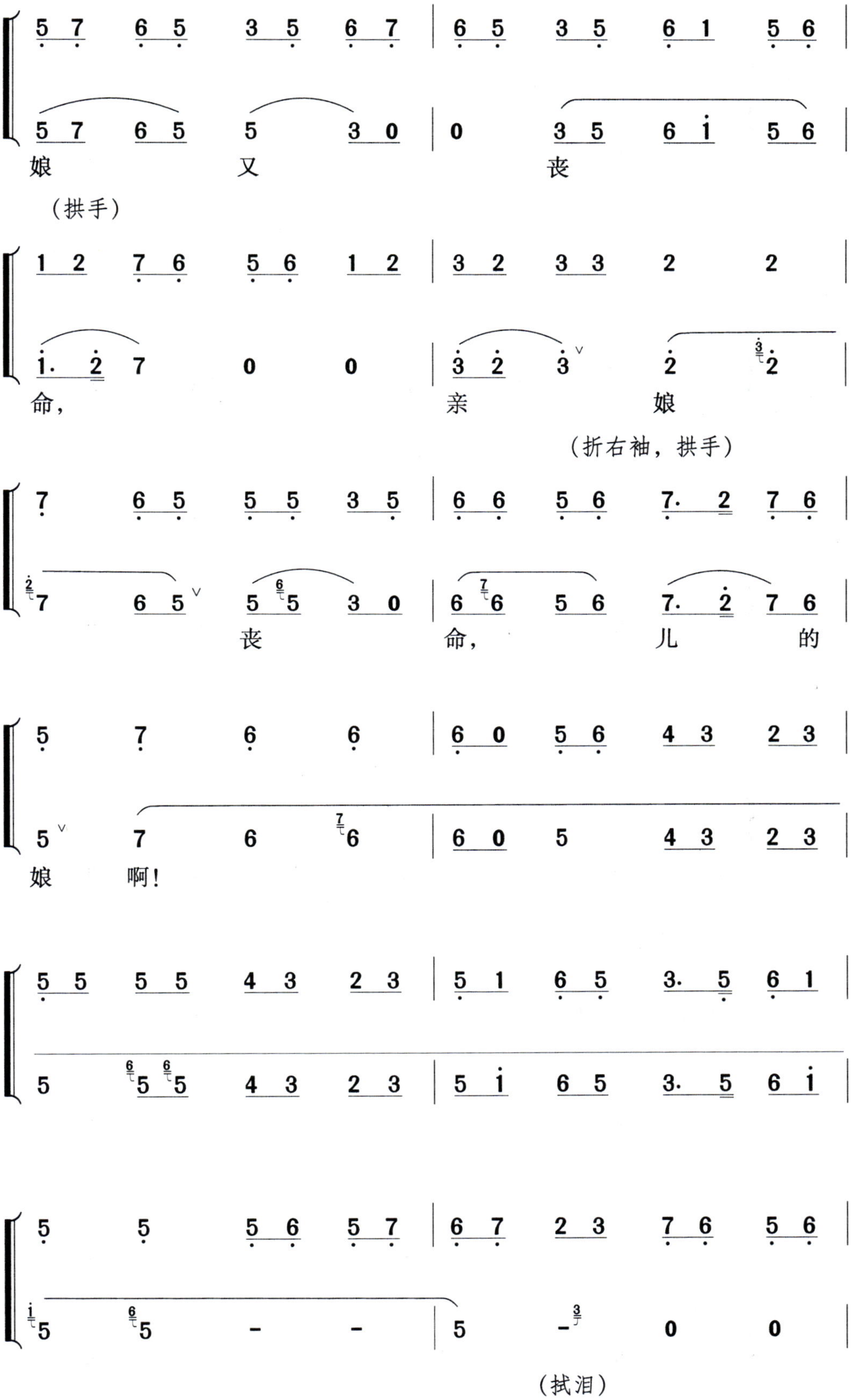
娘 又 丧
（拱手）
命，亲 娘
（折右袖，拱手）
丧 命，儿 的
娘 啊！
（拭泪）

转〔行弦〕

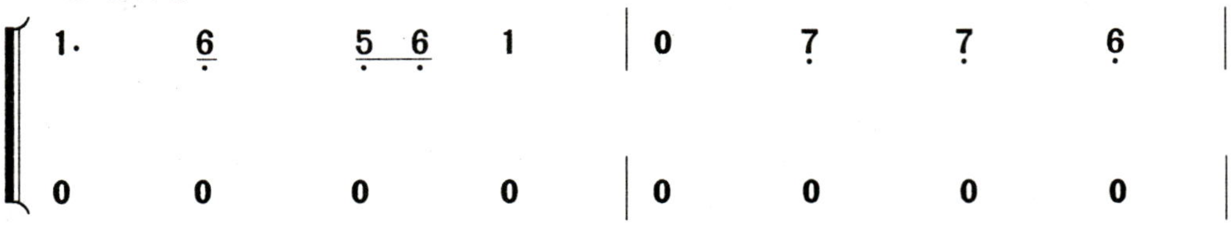

（麟儿醒）

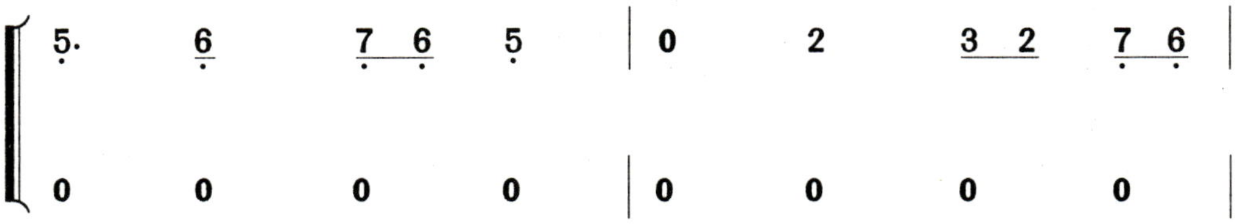

（薛湘灵抖右袖，右手再将水袖拉回放在膝上）

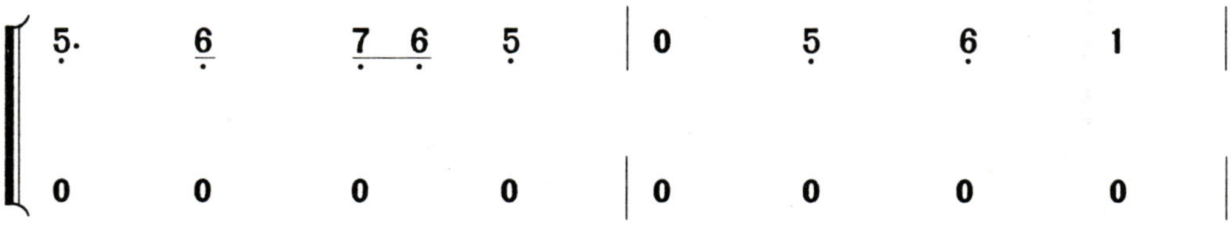

（麟儿见薛湘灵哭，出座，跑至薛湘灵身旁，拉其左袖，

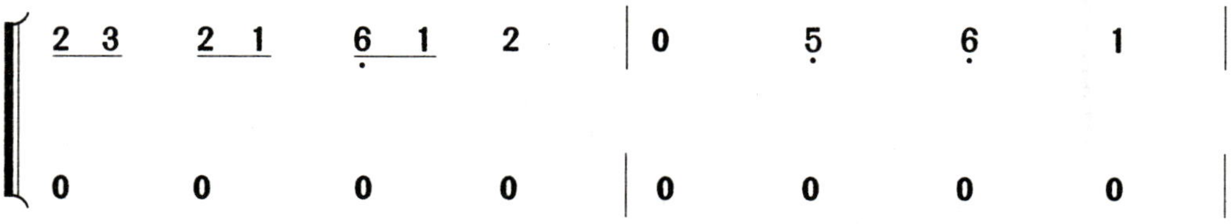

薛湘灵右转身背向麟儿拭泪）

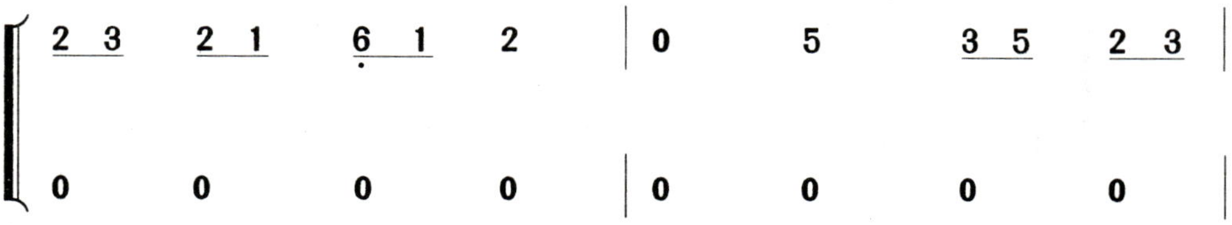

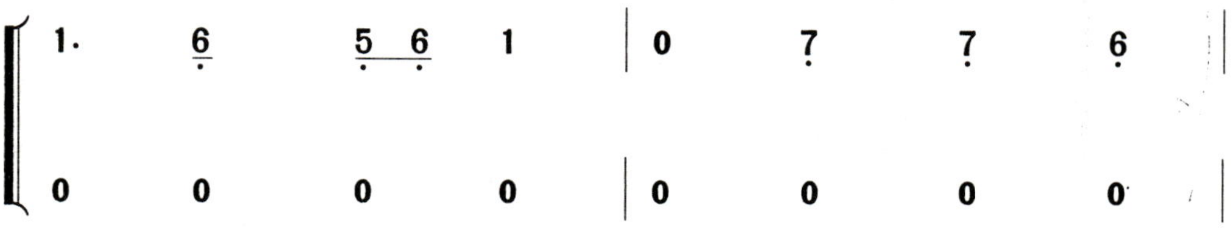

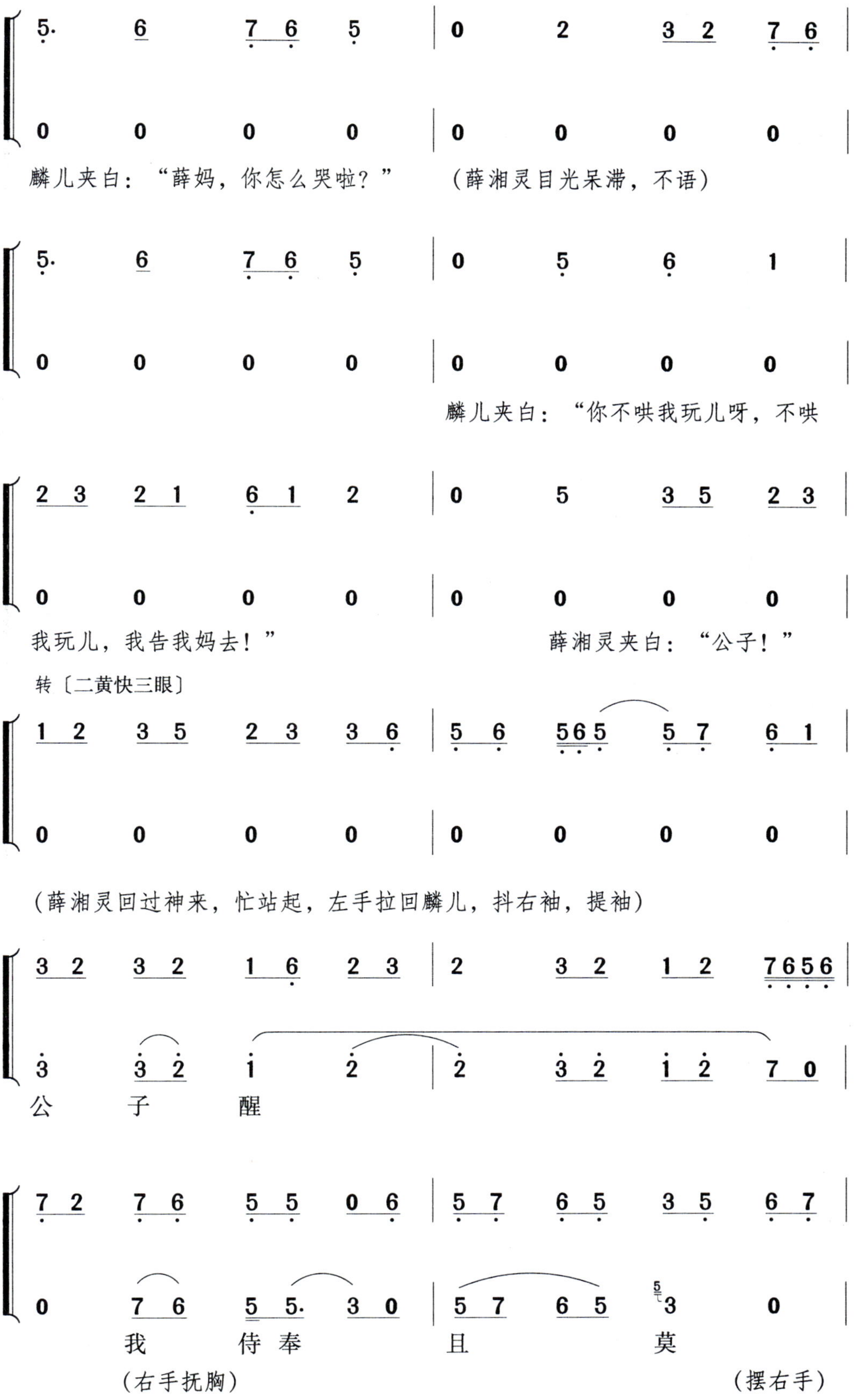
麟儿夹白：“薛妈，你怎么哭啦？”
（薛湘灵目光呆滞，不语）
麟儿夹白：“你不哄我玩儿呀，不哄
我玩儿，我告我妈去！”
薛湘灵夹白：“公子！”
转〔二黄快三眼〕
（薛湘灵回过神来，忙站起，左手拉回麟儿，抖右袖，提袖）
公 子 醒
我 侍 奉 且 莫
（右手抚胸）
（摆右手）

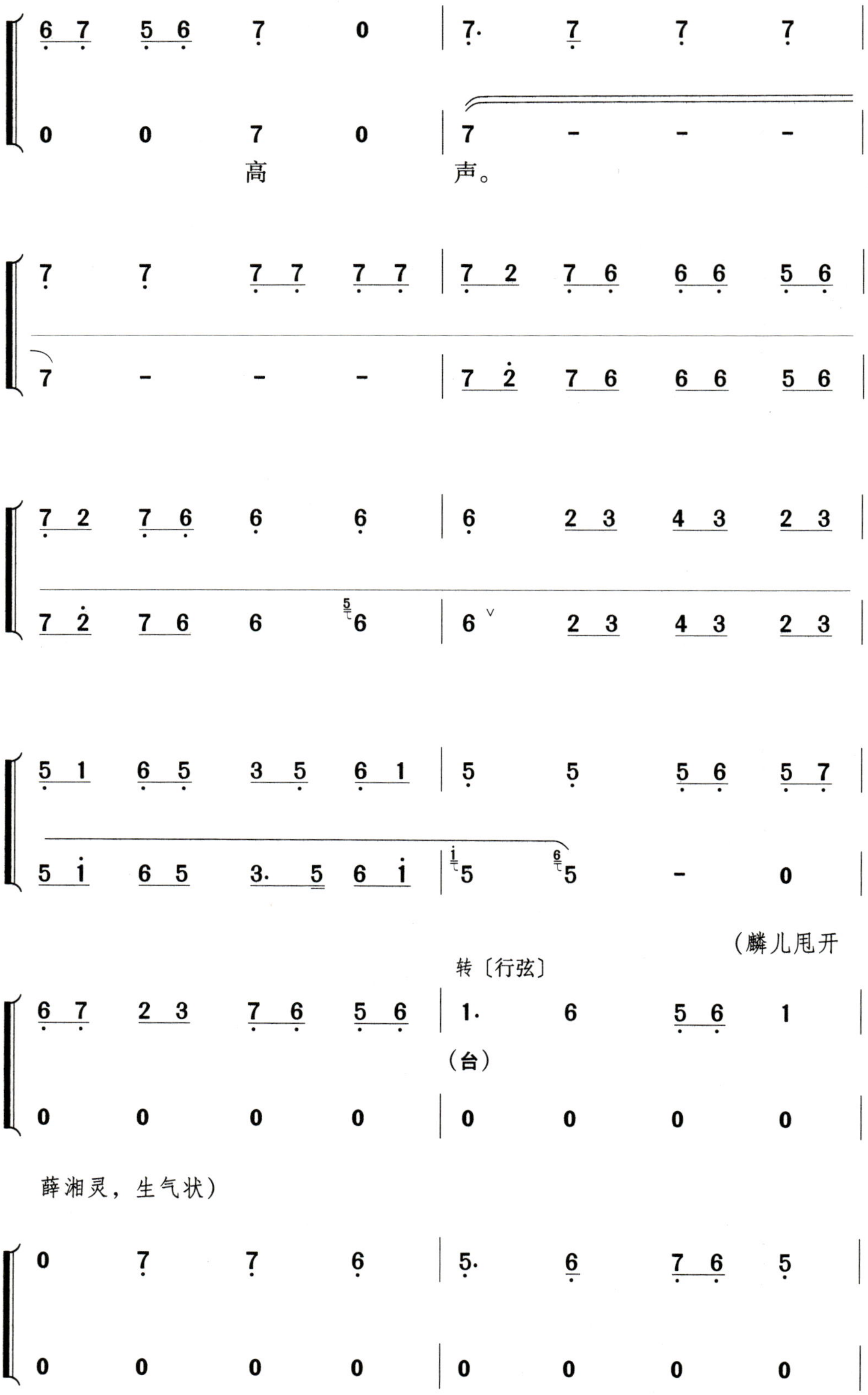
高
声。
（麟儿甩开
转〔行弦〕
（台）
薛湘灵，生气状）

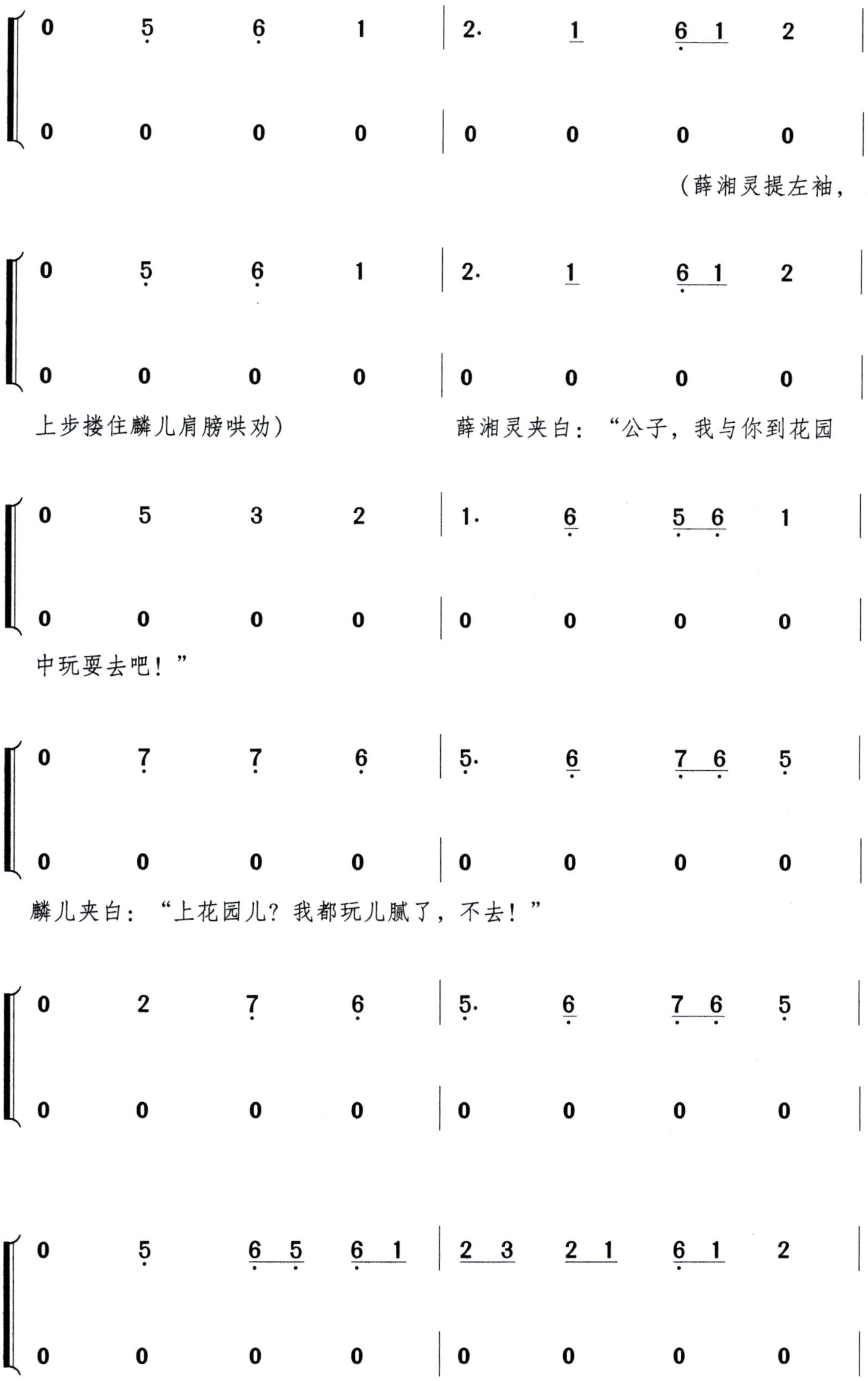
（薛湘灵提左袖，
上步搂住麟儿肩膀哄劝）
薛湘灵夹白：“公子，我与你到花园
中玩耍去吧！”
麟儿夹白：“上花园儿？我都玩儿腻了，不去！”

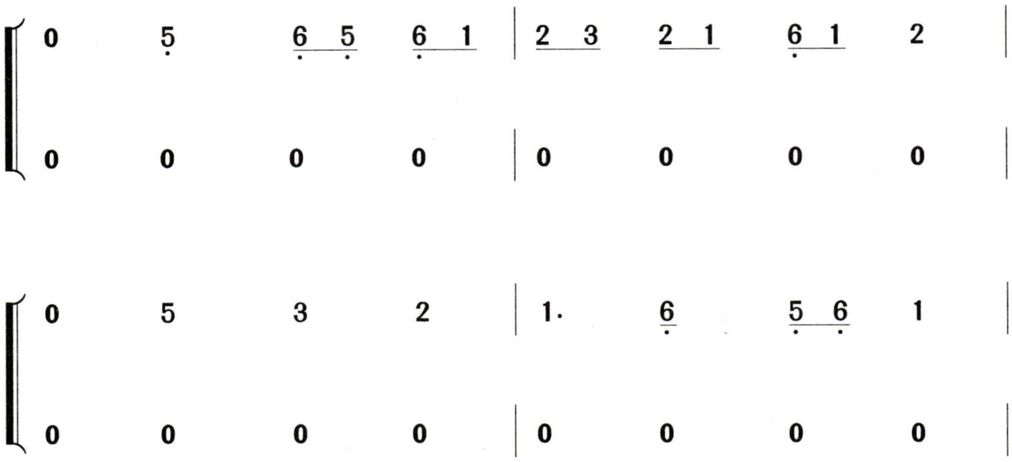

薛湘灵夹白："公子，在花园中与你捉个黄莺儿玩耍吧！"

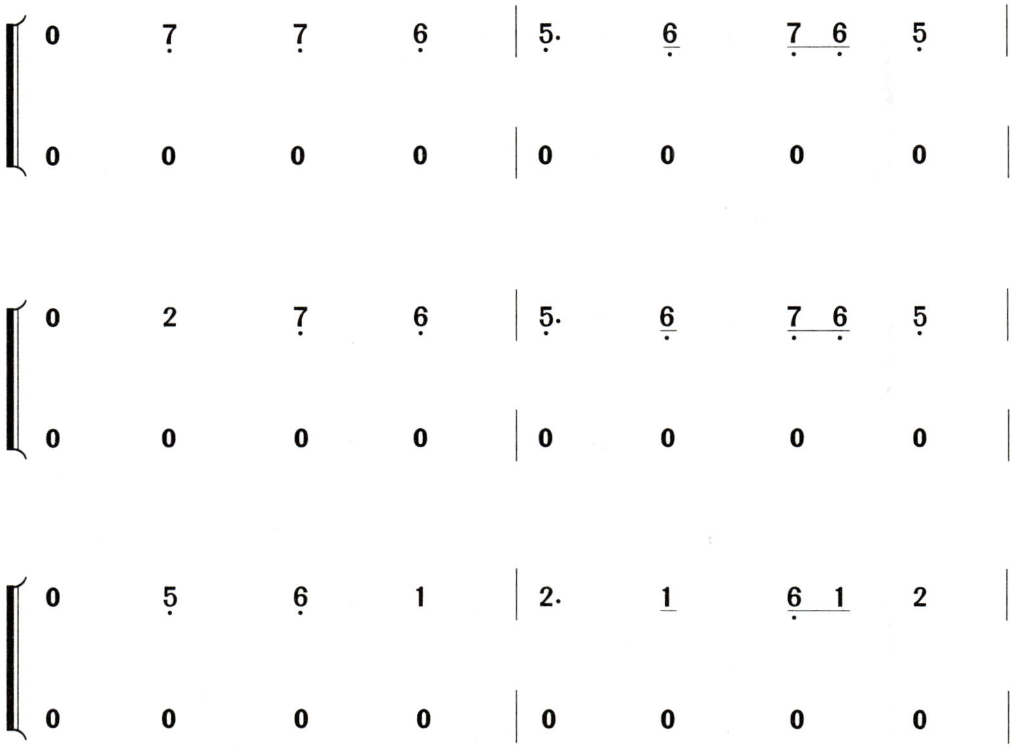

麟儿夹白："给我逮鸟儿？"　　　薛湘灵夹白："是呀！"

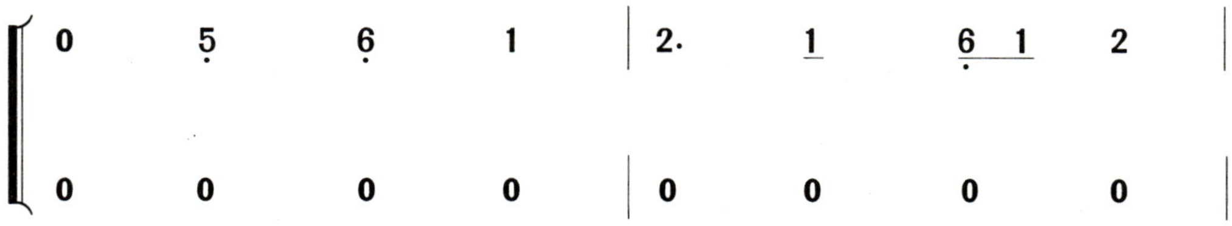

麟儿夹白："薛妈，走！上花园儿逮鸟去！"

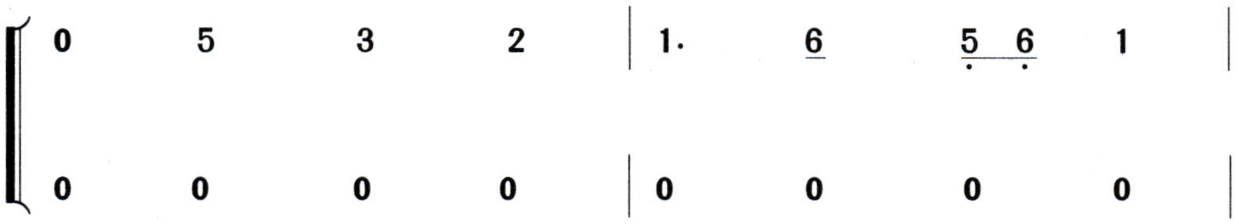

薛湘灵夹白："花园去吧！"　麟儿夹白："走！"

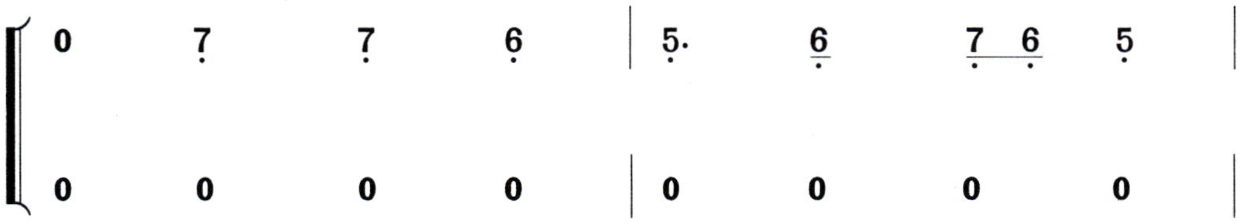

（薛湘灵搂着麟儿肩膀出门，圆场。闭二幕。二人边走边说）

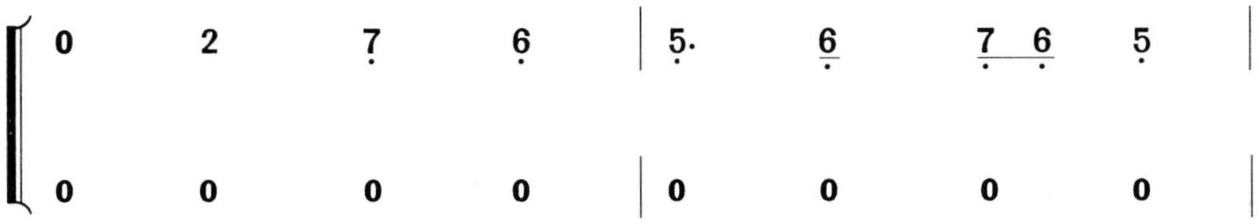

麟儿夹白："薛妈，你给我逮个大鸟儿。"

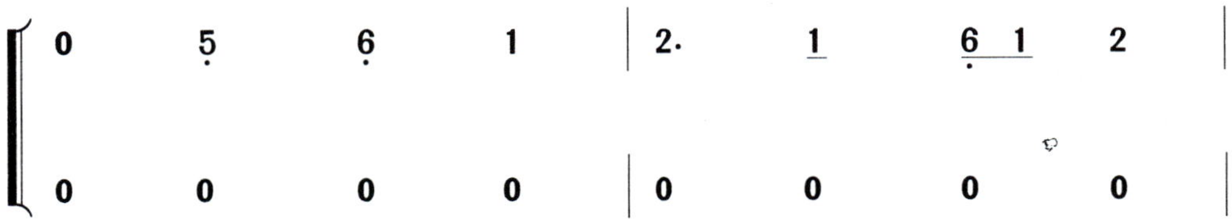

薛湘灵白："是呀。"　麟儿夹白："我要一个白的。"

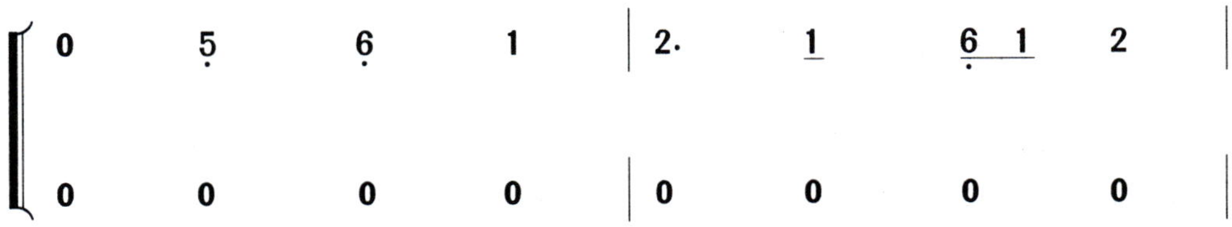

薛湘灵夹白："白的。还要什么？"　（开二幕，后场置堂桌，红色小帐子，

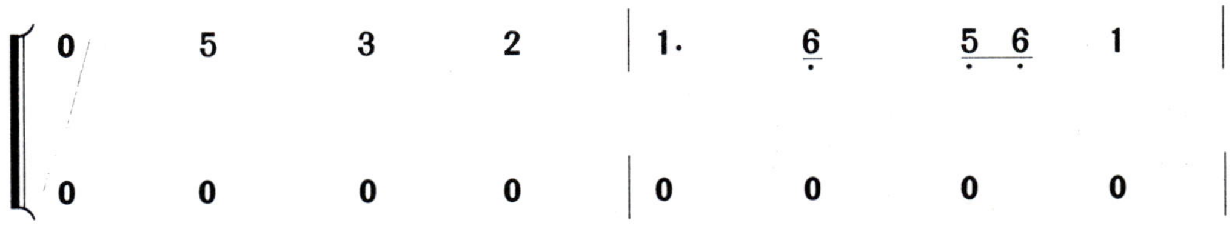

帐子内挂锁麟囊）　麟儿夹白："还要……还要一个黄的。"

0 7 7 6 | 5· 6 7 6 5 |
0 0 0 0 | 0 0 0 0 |

薛湘灵夹白：“黄的。” （二人走至“小边”）

0 2 7 6 | 5· 6 7 6 5 |
（仓）
0 0 0 0 | 0 0 0 0 |

麟儿夹白：“到啦！” （麟儿看见皮球）

0 5 6 1 | 2· 1 6 1 2 |
0 0 0 0 | 0 0 0 0 |

麟儿夹白：“薛妈，我的皮球在这儿呢！”

0 5 6 5 6 1 | 2 3 2 1 6 1 2 |
0 0 0 0 | 0 0 0 0 |

（麟儿拾起皮球）

0 5 3 2 | 1· 6 5 6 1 |
0 0 0 0 | 0 0 0 0 |

麟儿夹白：“我拍个皮球你瞧瞧啊！”

0 7 7 6 | 5· 6 7 6 5 |
0 0 0 0 | 0 0 0 0 |

薛湘灵夹白：“好哇！公子，你要仔细了！”

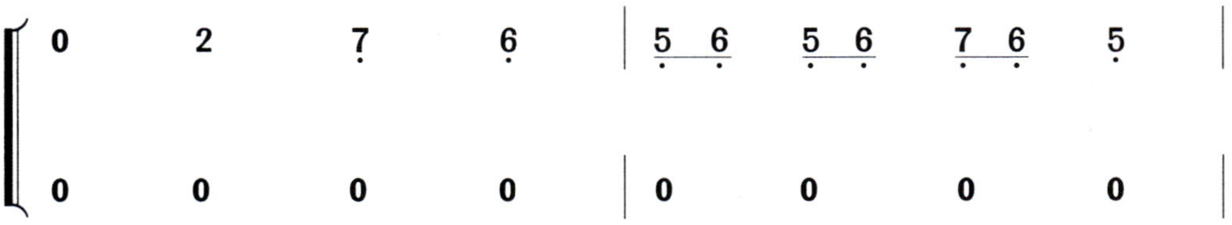

麟儿夹白：“不要紧的。”　　　　　　　　薛湘灵夹白：“小心了！”

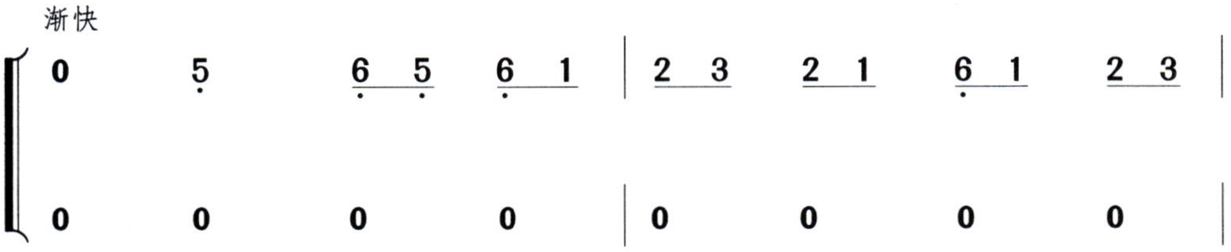


（麟儿拍皮球反圆场；薛湘灵双手捏住水袖头，左手举起，右手折袖略弯腰护

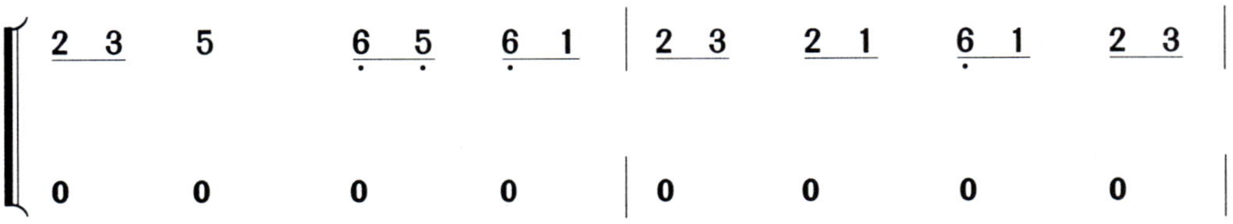

着麟儿随之反圆场，左手放下护住麟儿后腰）

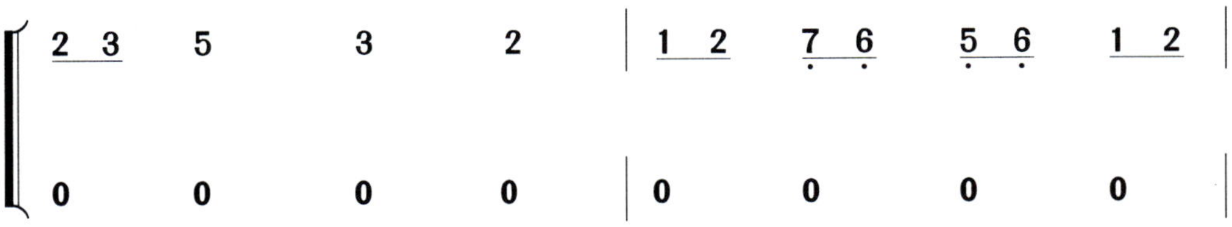

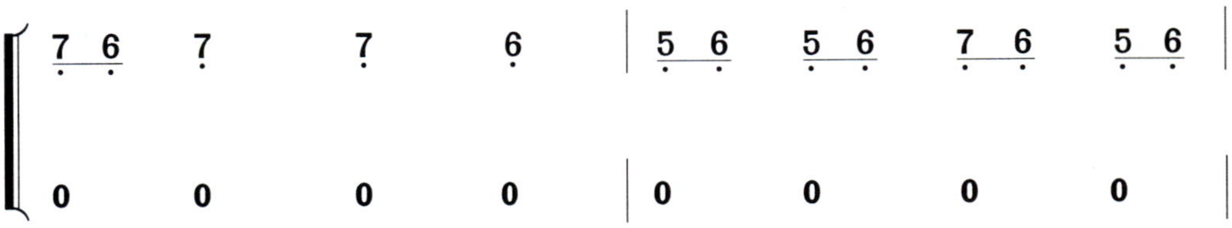

（反圆场至“小边”台口，

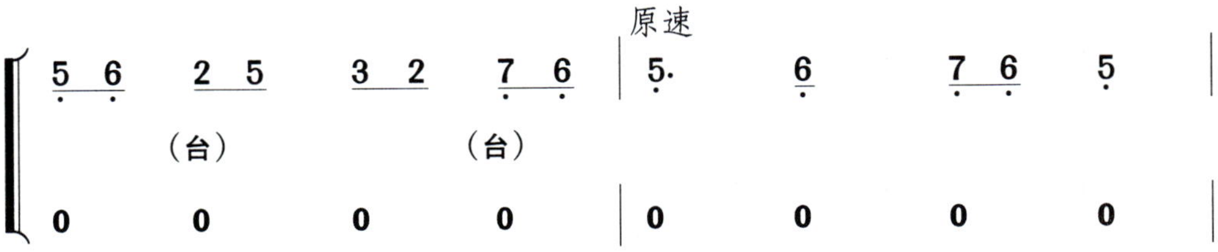


麟儿一闪，薛湘灵绕回右袖再折右袖扶住麟儿，抖右袖，左手将水袖垂下，提

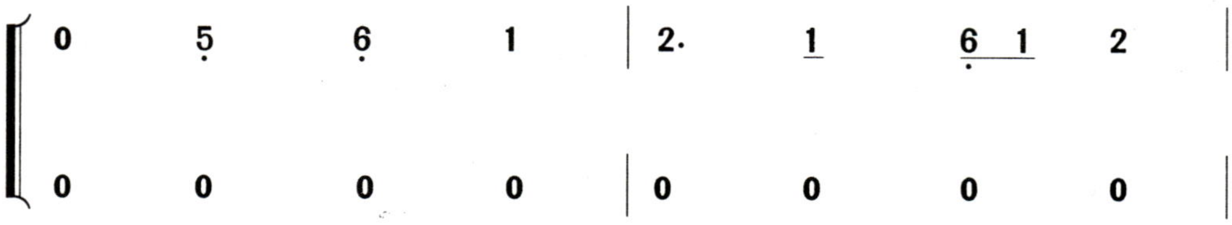

双袖）

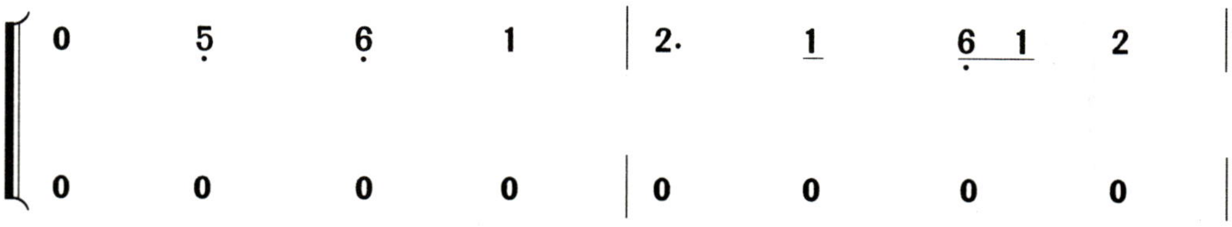

（麟儿顽皮地看着薛湘灵）

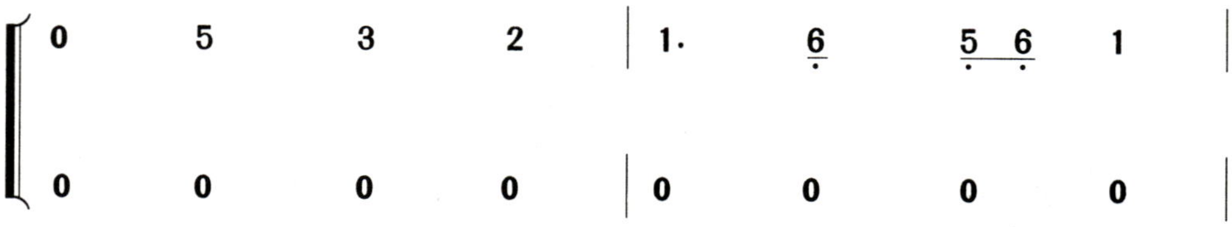

麟儿夹白："薛妈，我扔一个高儿你瞧哇！"

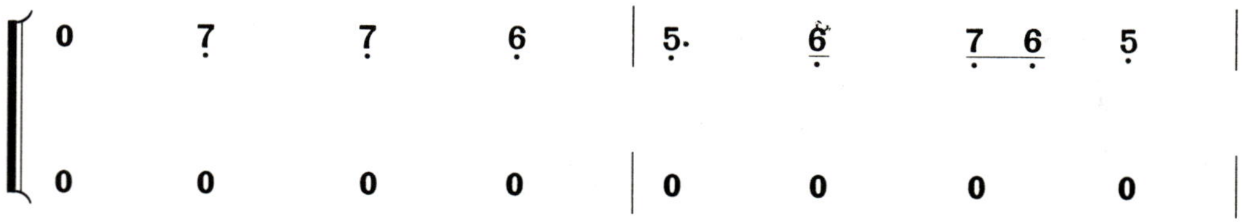

薛湘灵夹白："你要小心了！"　　麟儿夹白："不要紧的！"

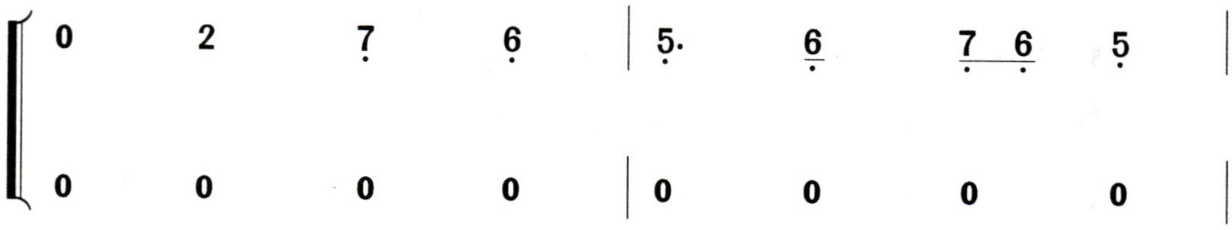

（麟儿往"大边"扔球，随

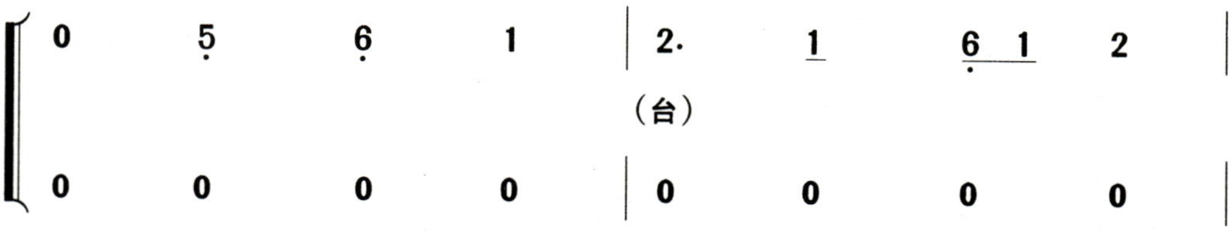


之跑向"大边"）　　麟儿夹白："哎呀，薛妈，

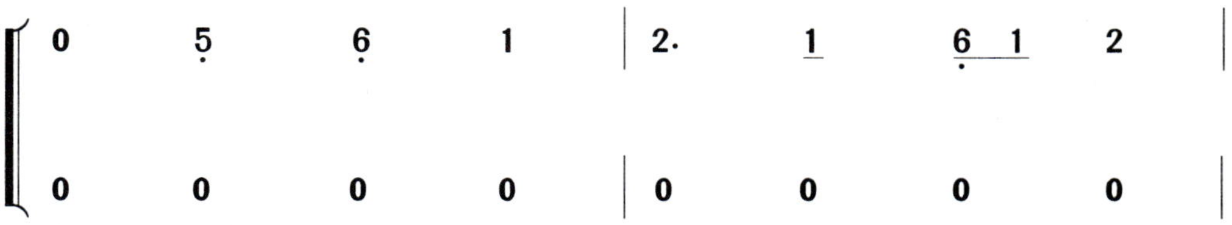

我把球扔到楼上去啦！你给我够皮球去呀！”

（薛湘灵双手捏住水袖头，折左袖，里翻右袖，左转身，“云手”，

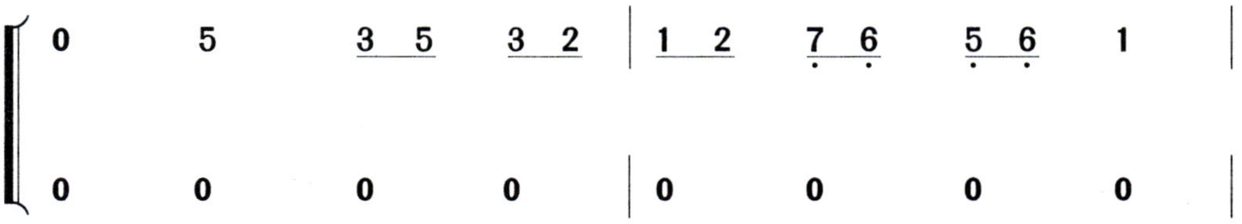

双臂向两侧扬出，往里绕袖两周，身向“下场门”举右手，伸左臂，托袖，左

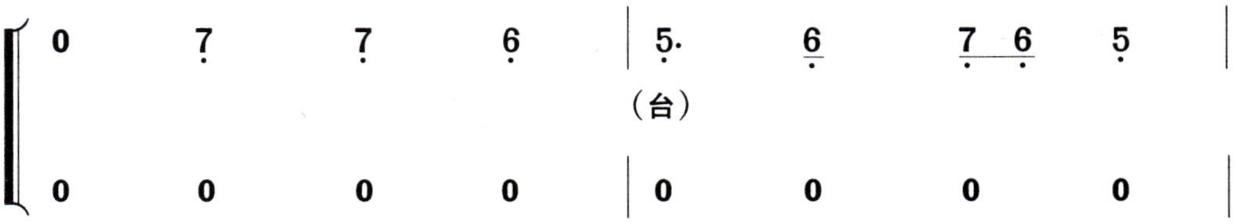

麟儿夹白：“快去呀！”

盘卧斜身亮住）　　（薛湘灵站起，

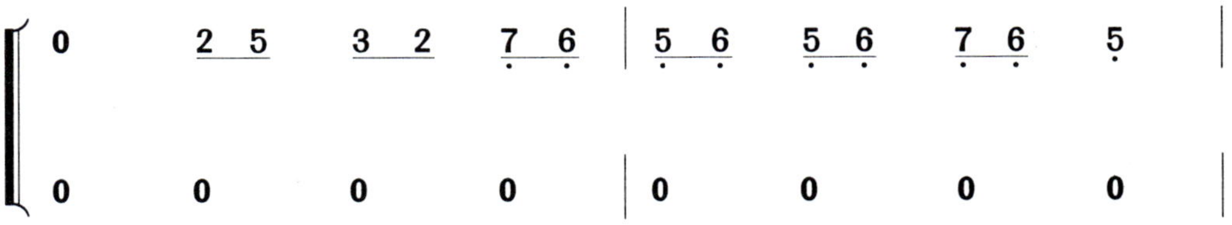

退一步，举左手，抖右袖，垂下左袖，提双袖，走到麟儿身旁）

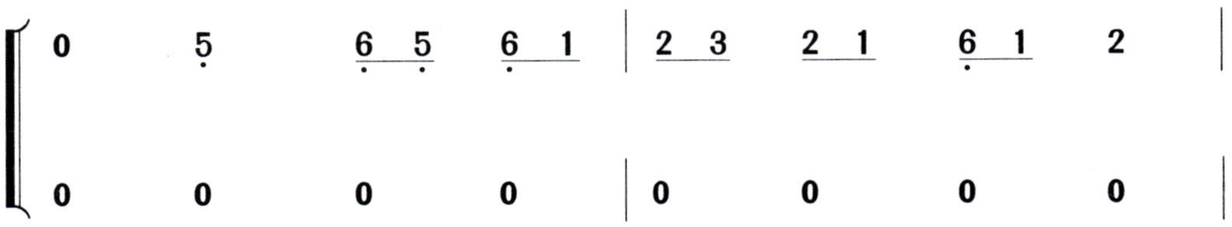

麟儿夹白：“快去呀，快去呀！”　　薛湘灵夹白：“公子，

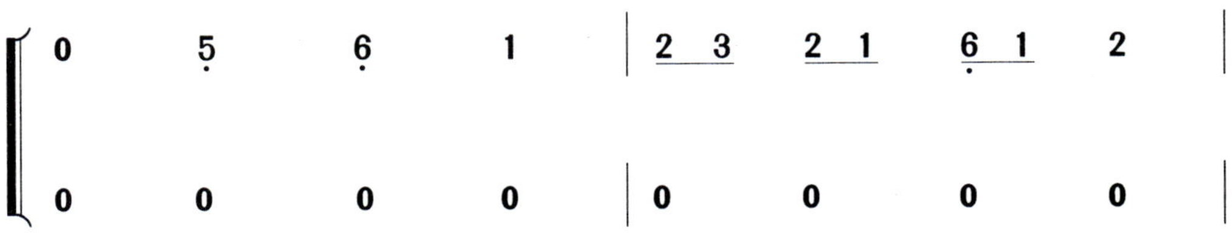

这东角朱楼不可上去，不要了吧！”

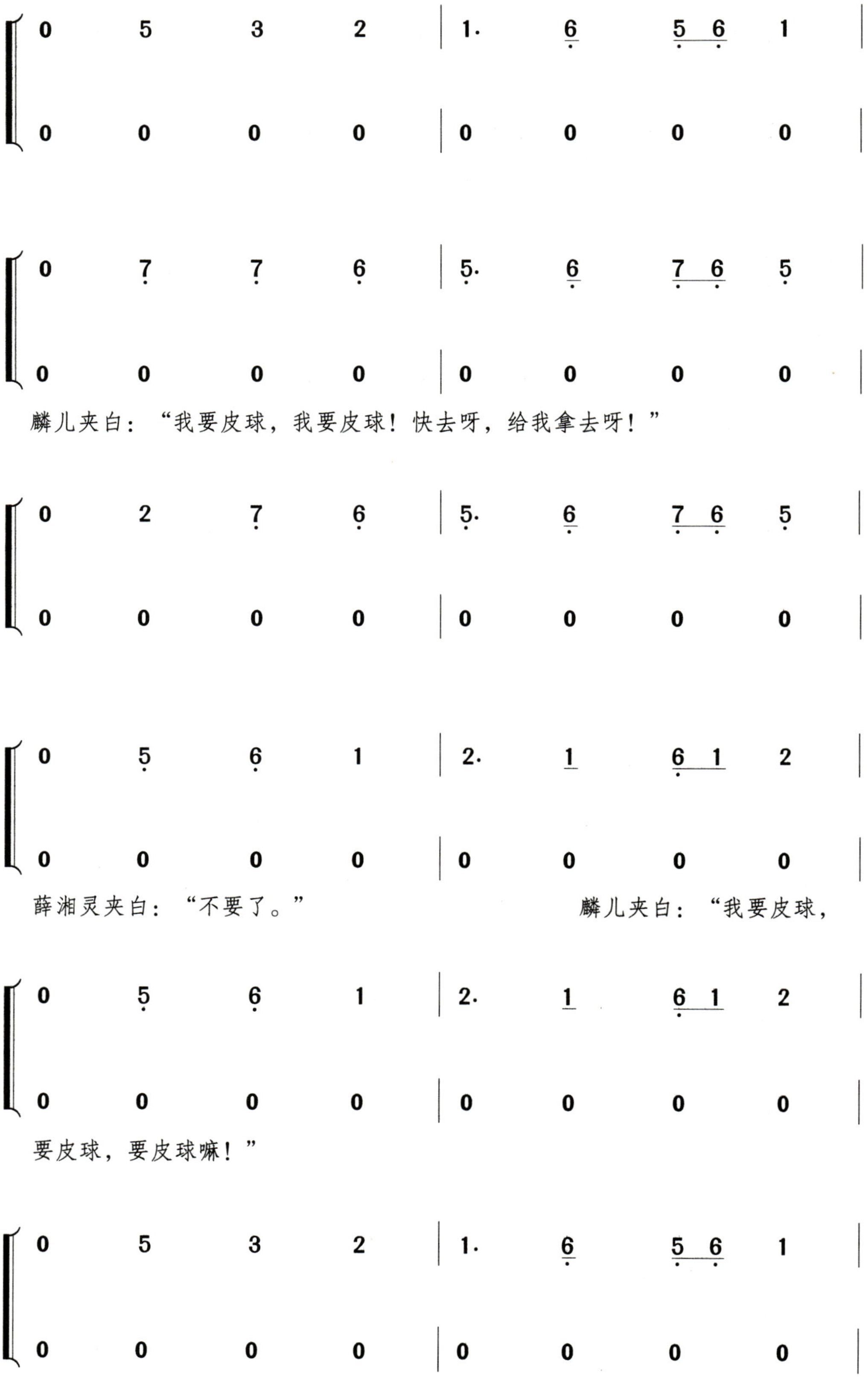
麟儿夹白："我要皮球，我要皮球！快去呀，给我拿去呀！"
薛湘灵夹白："不要了。"
麟儿夹白："我要皮球，
要皮球，要皮球嘛！"

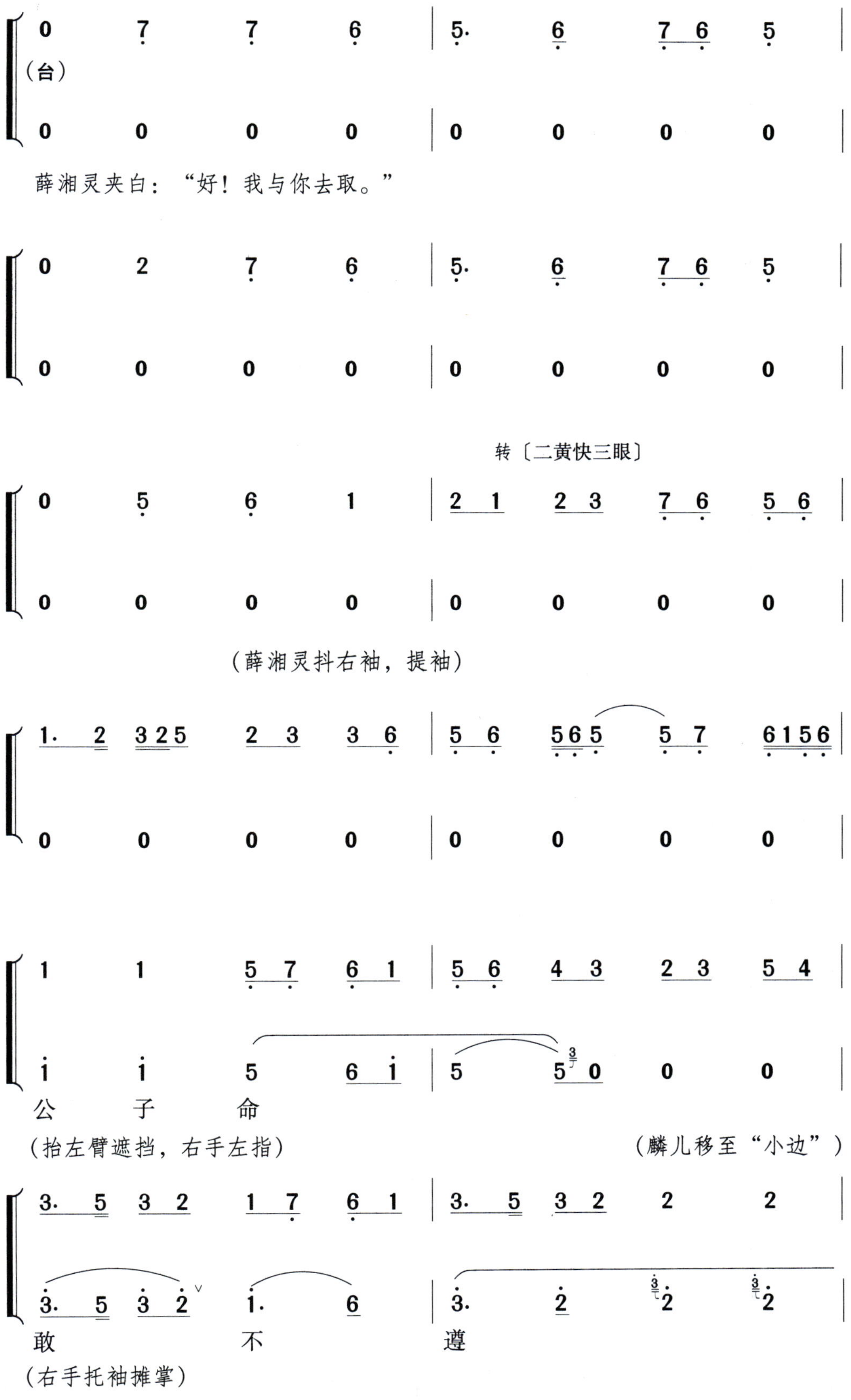
（台）
薛湘灵夹白：“好！我与你去取。”
转〔二黄快三眼〕
（薛湘灵抖右袖，提袖）
公 子 命
（抬左臂遮挡，右手左指）
（麟儿移至“小边”）
敢 不 遵
（右手托袖摊掌）

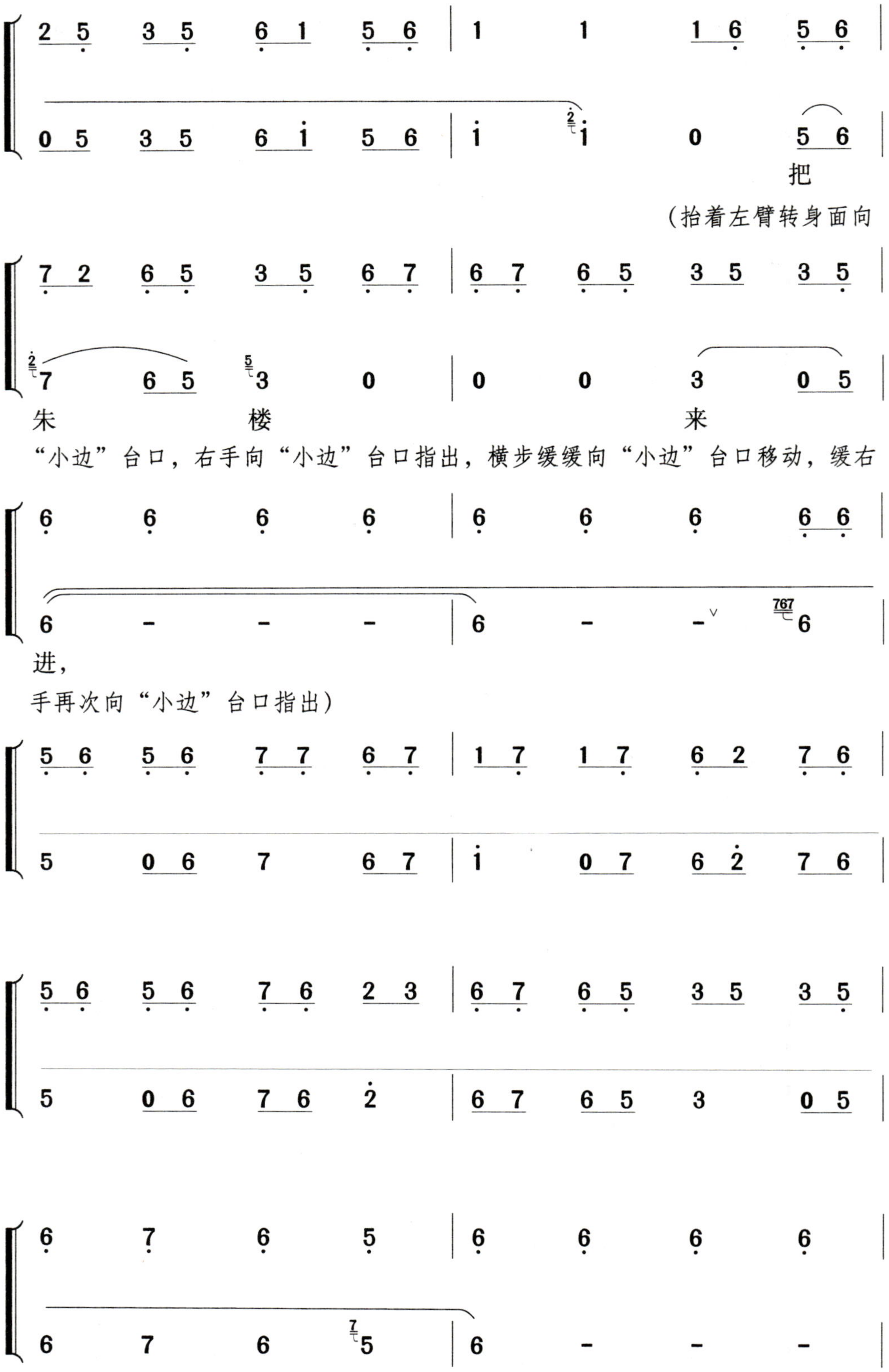


（至“小边”台口放下左臂，回身一望楼上，再转过身来将左水袖搭在右臂上，折右袖，抬右臂，左转身面向“大边”欲上楼，犹豫，绕回右袖，垂下左袖，提

转〔行弦〕
（台）
双袖右转身面对麟儿）
麟儿夹白：“薛妈，你怕什
么的呀，上头又没有妖怪。”
薛湘灵夹白：“不是呀，
夫人怪罪，哪个担待？”
麟儿夹白：“噢，
我妈怪罪下来呀，不要紧的，都有我哪！”

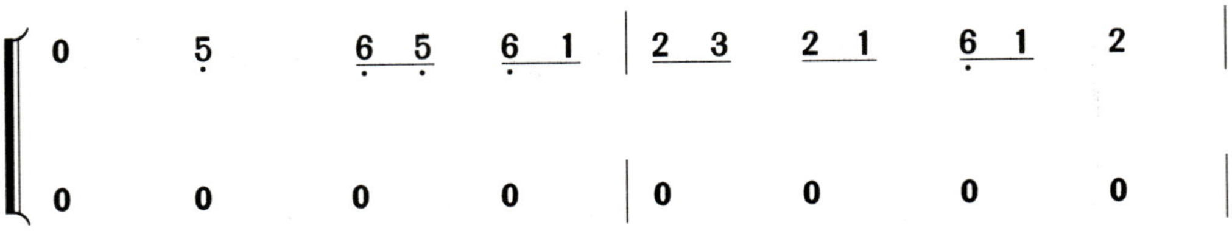

薛湘灵夹白：“好。”　　　　麟儿夹白：“快去呀！”

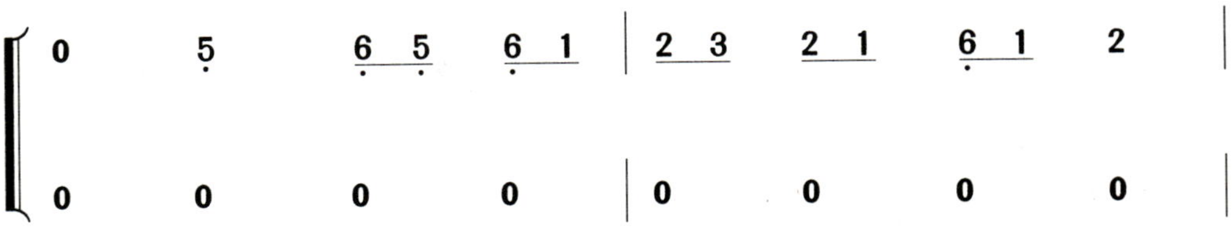

薛湘灵夹白：“有公子担待？”

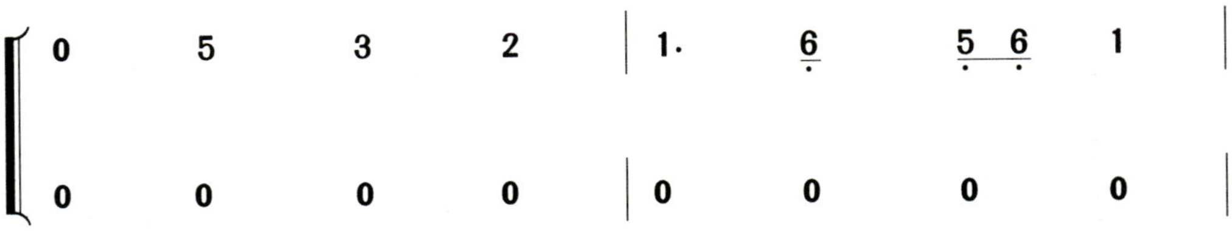

麟儿夹白：“有我哪！快去呀！”

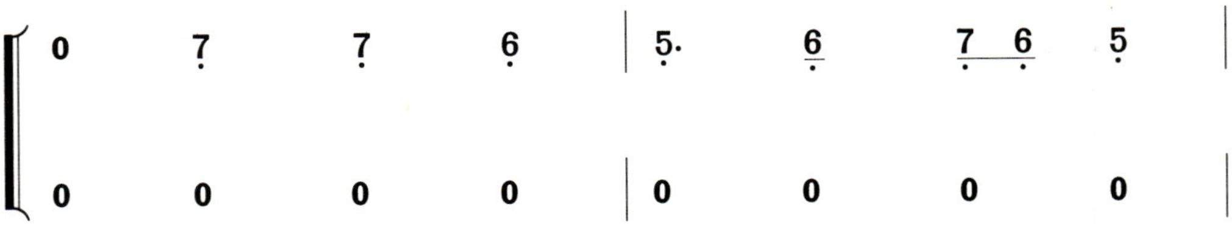

（薛湘灵左转身折右袖，左手提裙，欲上楼，仍不敢上）

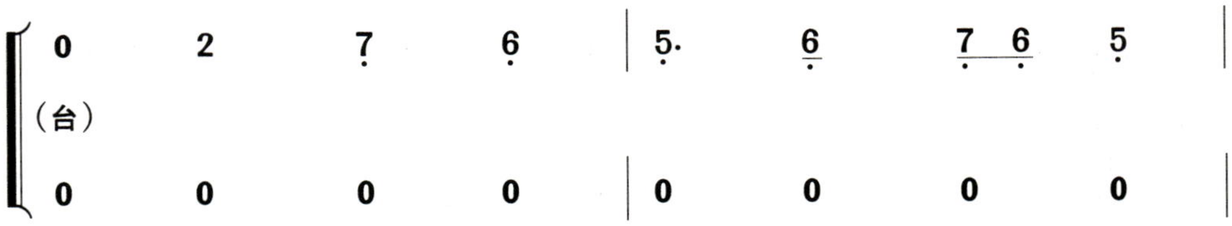


（抖右袖，右转身面对麟儿）　薛湘灵夹白：“公子，还是不要了

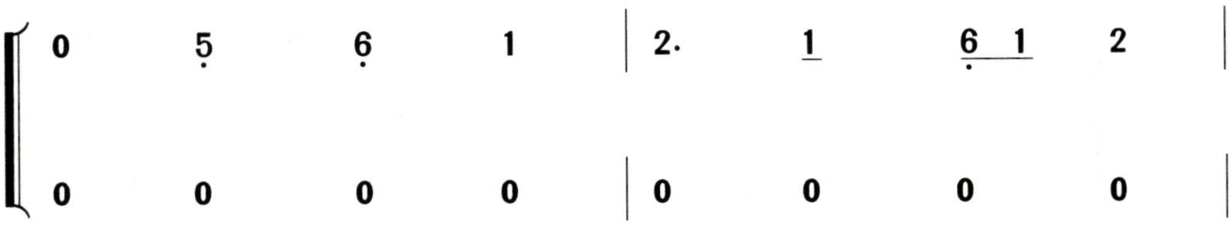

吧！”

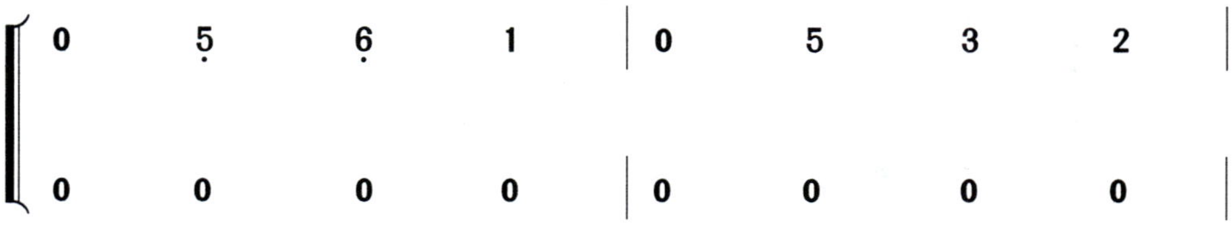

麟儿夹白："我要皮球嘛！要皮球嘛！你去呀，快着点儿！"

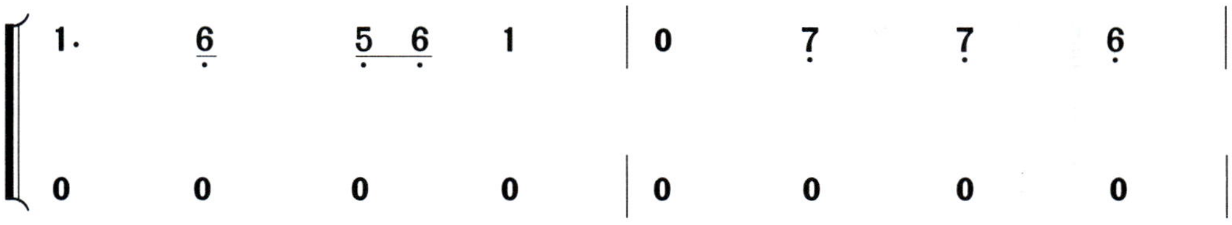

薛湘灵夹白："好，待我与你去取！"

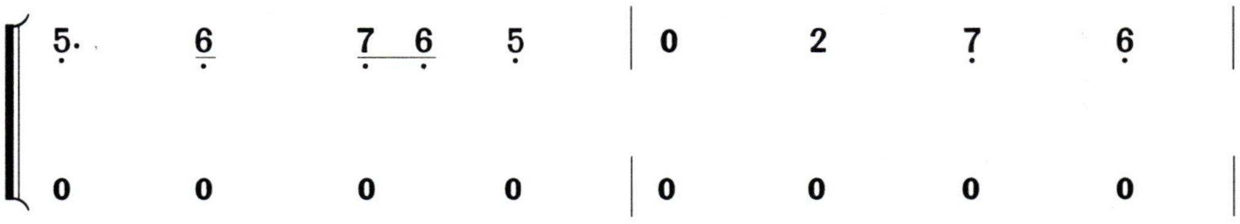

（双手捏水袖头，左手下甩里绕，再举至肩头，右手下甩里绕两周，双手后

转〔二黄快三眼〕

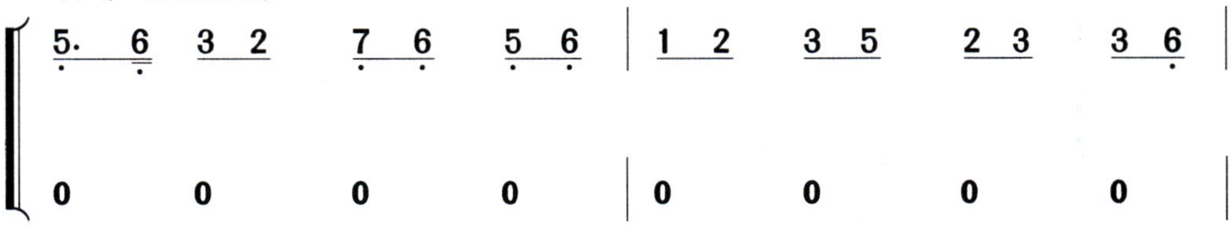

甩，水袖顺势甩到后肩头，再抖双袖，提袖）

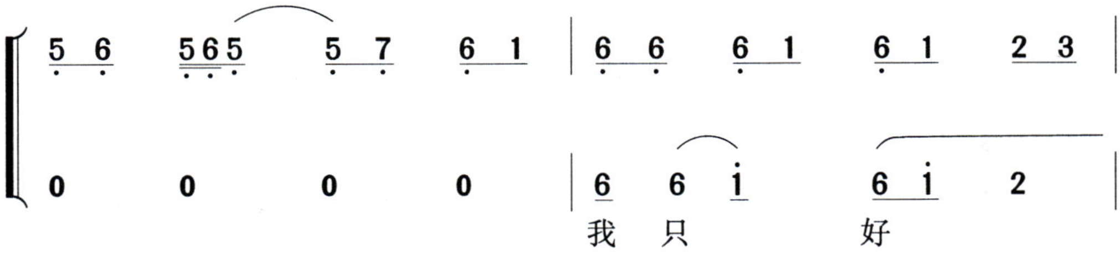


（双手抚胸）

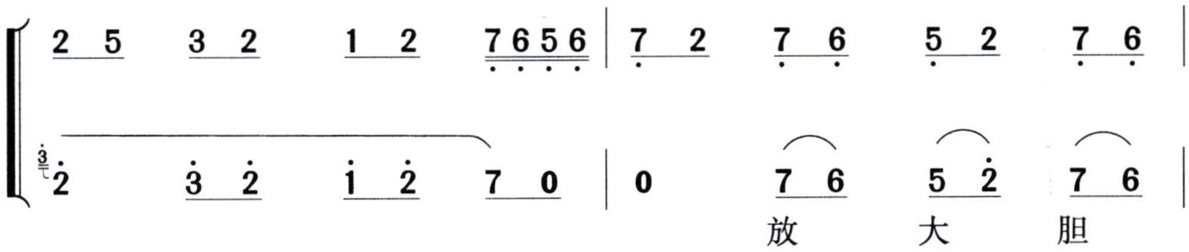


（托袖摊双掌）

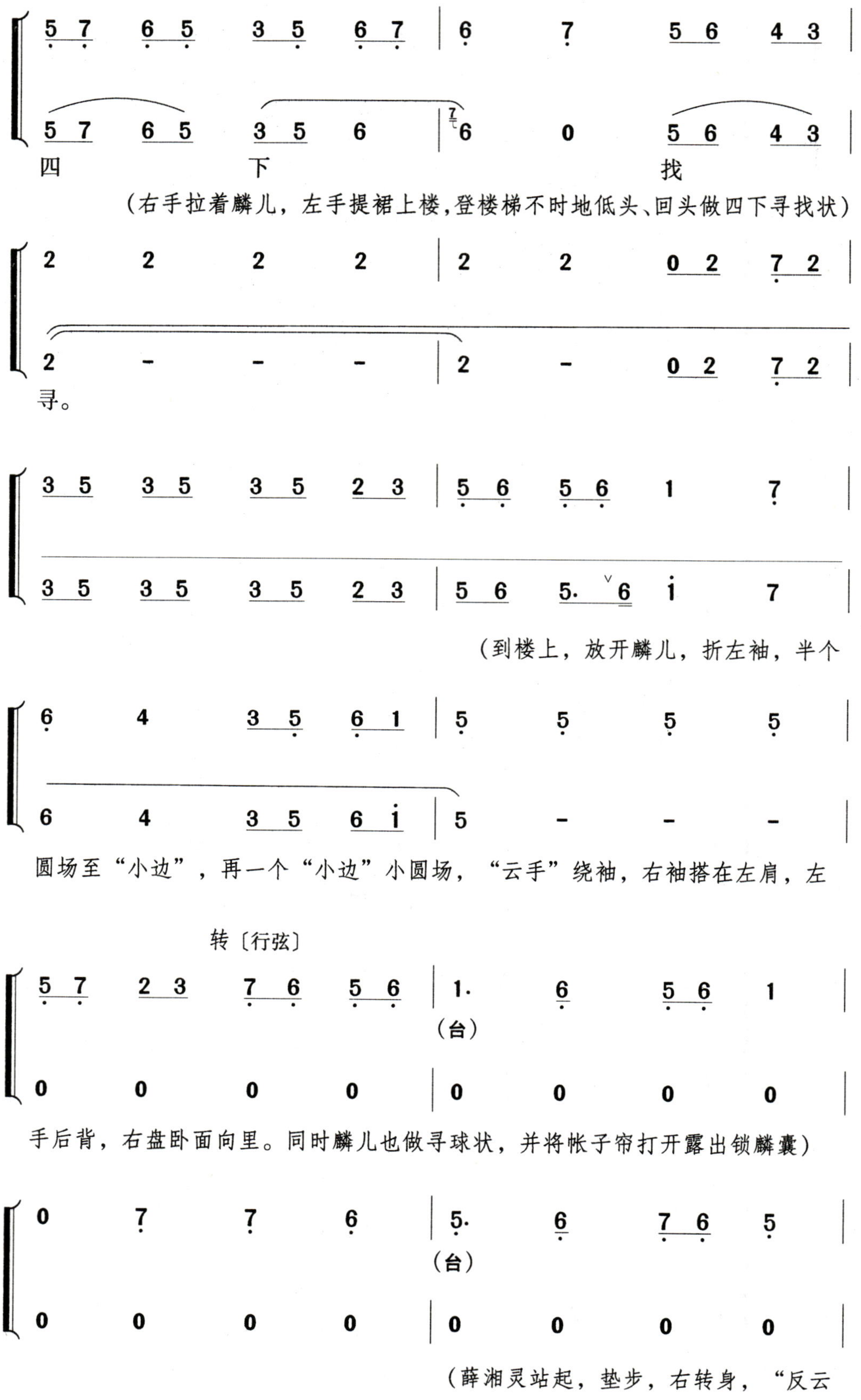
四 下 找
（右手拉着麟儿，左手提裙上楼，登楼梯不时地低头、回头做四下寻找状）
寻。
（到楼上，放开麟儿，折左袖，半个
圆场至“小边”，再一个“小边”小圆场，“云手”绕袖，右袖搭在左肩，左
转〔行弦〕
（台）
手后背，右盘卧面向里。同时麟儿也做寻球状，并将帐子帘打开露出锁麟囊）
（台）
（薛湘灵站起，垫步，右转身，“反云

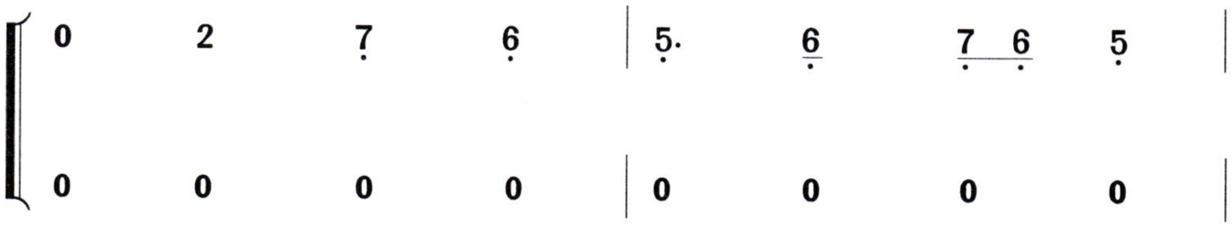

手”绕袖至正场，扬左袖，甩右袖，左盘卧面向前，甩出左袖后背，折右袖抱腹）

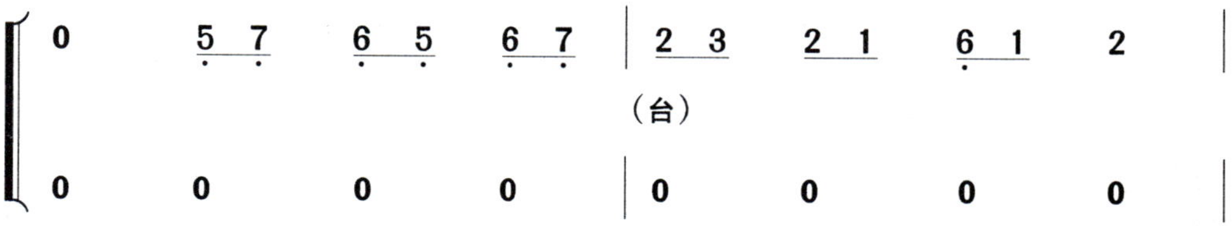


（折左袖，绕回右袖站起左转身，背右

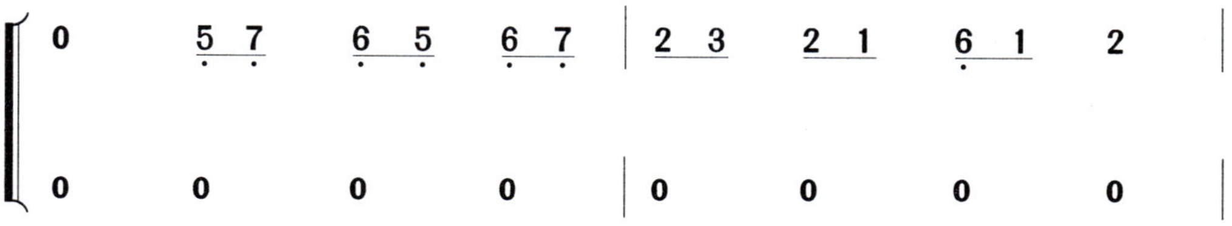

袖，面向前时绕回左袖，右脚向左斜走一步，左脚向右斜走一步，同时折右袖，绕回右袖，折左袖，左盘卧面向“大边”台口，左袖绕回，再里绕，折右

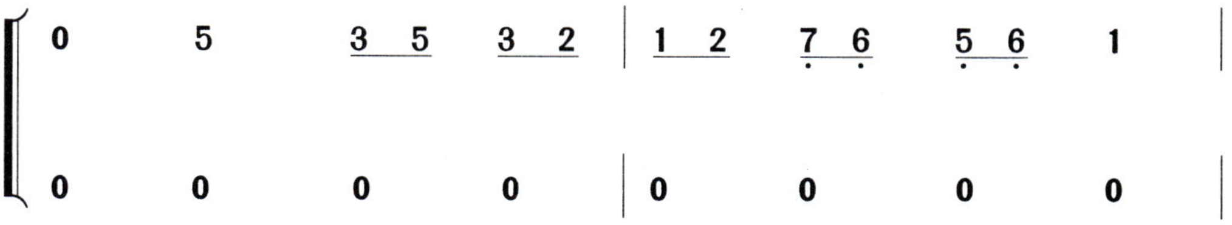

袖，双臂张开，站起，右盘卧面向“小边”台口，右袖绕回，再里绕折左袖，双臂张开。站起左转身，垫左步，右袖后甩，左袖上扬；垫右步，左袖

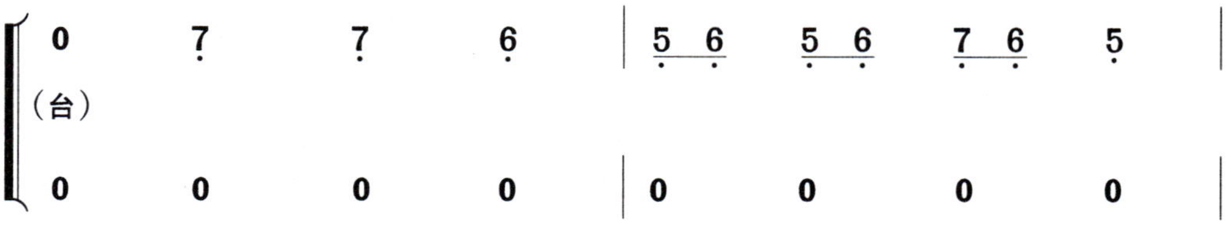


后甩，右袖上扬，面向里。反圆场至小帐子右前侧，背右袖，折左袖，面向小

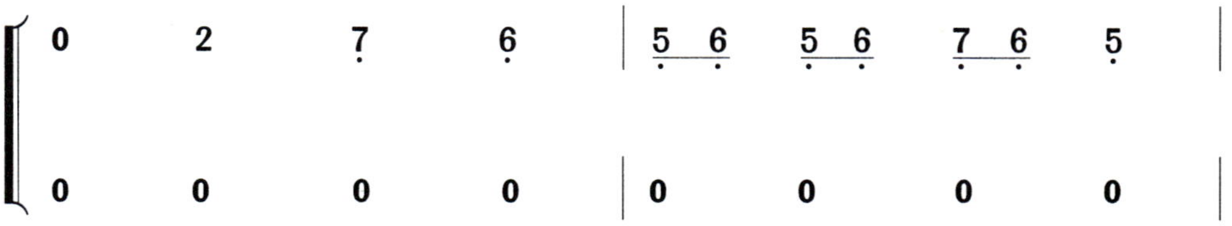

帐子，看见锁麟囊，愣住，一亮。麟儿归“大边”面向小帐子站）

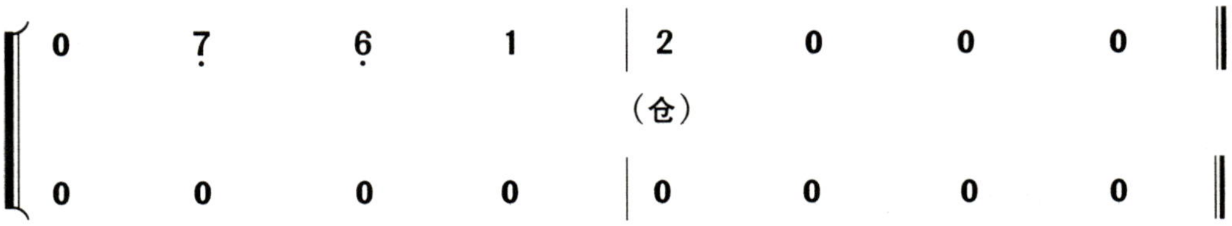


丆(大 0 台 – 大 0 台 – 大 0 台 –) 薛湘灵渐渐回过神来,(大 0 仓 – 大 0 台 –) 将双袖垂下,缓步走向堂桌,(大 0 仓 –) 仔细端详着锁麟囊。(大 0 仓 – 嘟……) 摘下锁麟囊右转身面向前,捧着锁麟囊掩面(大 0 仓 – 嘟……) 痛哭。

**薛湘灵** 喂呀……

**麟　儿** (不明白) 她怎么瞧上它啦?我去告诉我妈去!(转身跑下楼,"上场门"下)

〔二黄散板〕快速

**薛湘灵** 【快纽丝】

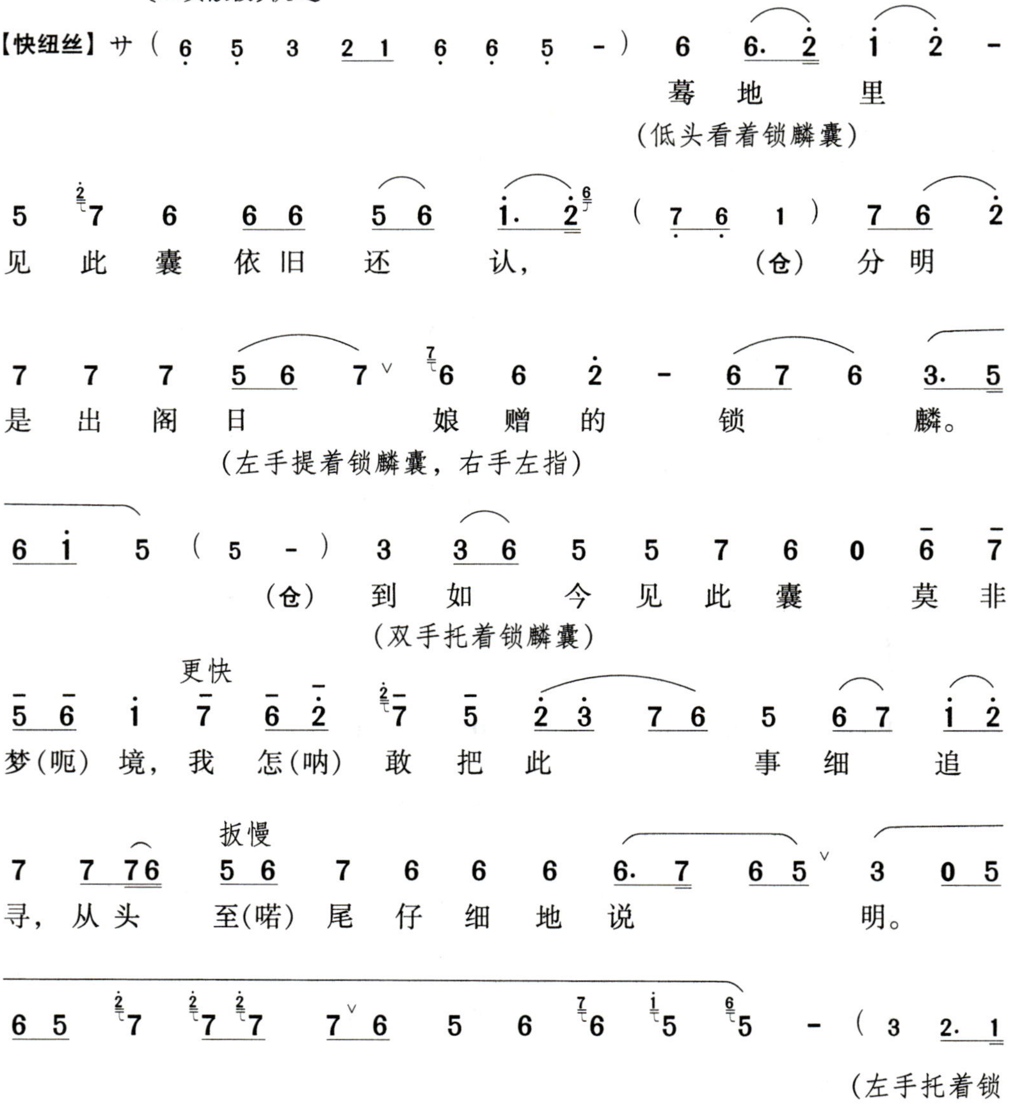

6 6 5 - ) 2 2 1 2 ( 2 - ) 7 7 6 5 6 2
(仓) 手 托 囊 (仓) 悲 往 事
麟囊，右手撑袖) (甩下右水袖，提袖)

7 6 5 ( 5 - ) 2 2 1 2 ( 2 2 1 2 - )
(顷 仓) 珠 泪 难 (仓 仓 仓才 台 仓)
(右手拿锁麟囊，左手抚鬓)

1 - 2. 1 7 6 6 7 6 1 -
忍，
(双手托着锁麟囊) (拭泪，低着头看锁麟囊)

〔【急急风】赵守贞领麟儿“上场门”急上，碧玉随后跟上，上楼，赵守贞站“大边”外首，碧玉搂麟儿站“大边”里首。薛湘灵见赵守贞，右手后背将囊放在堂桌上，左手举起甩下水袖，面向“小边”台口，惊怕状。

**赵守贞** 薛妈，(仓 嘟 ……)大胆——！

〔二黄散板〕

【大锣凤点头】 (过门同前) 1 - 1 2 3 3 - ( 6
胆 大 的 薛 妈

1 2 3 - ) 2 2. 1 6 1 1 1 2 -
乱 胡 行。

**赵守贞** 【快叫头】嘟！大胆薛妈，我是怎样嘱咐于你，快来随我下楼领责。

**薛湘灵** 【叫头】夫人哪！适才公子将球抛在楼上，命我去取。他曾言道，夫人怪罪，由他担待。

**赵守贞** (对麟儿)儿呀，此话可是你讲的？

**麟　儿** 这话是我说的。妈呀，那她干吗抱着咱们家的红口袋哭哇？

〔【小锣一击】薛湘灵拭泪。赵守贞察觉原由，态度缓和下来。

**赵守贞** 薛妈，随我下楼，有话问你。

**薛湘灵** (害怕状)这…… (台)

**碧　玉** 哎，夫人叫你下楼呢，还不快走哇！

**赵守贞** 随我来！(台)有话问你。(台)

〔赵守贞拉着薛湘灵走至“大边”。(台)薛湘灵后背右手，折左袖，左盘腿半蹲，回身望堂桌上的锁麟囊。

**赵守贞** 你看什么？

**薛湘灵** 锁麟囊。

**赵守贞** 怎么讲?

**薛湘灵** 锁——麟——囊——。

**赵守贞** 随我——来!

〔赵守贞折左袖左转身。薛湘灵右转身，右手捏水袖头抬起旋个袖花后背，再将右袖甩出。赵守贞右手拉薛湘灵左手下楼。闭二幕。

〔**【水底鱼】**碧玉搂着麟儿随赵守贞下楼，圆场。

〔开二幕。场上置正场桌，“小座”，桌右侧置备椅。浅色团花桌围椅披。

〔赵守贞、薛湘灵、碧玉、麟儿进门，赵守贞坐“小座”，薛湘灵站“小边”，碧玉搂着麟儿站“大边”。

**赵守贞** 我来问你，你，你到底是哪里人氏?

**薛湘灵** 登州人氏。

**赵守贞** 你叫什么名字?

**薛湘灵** (害怕状)这……

**碧　玉** 哎，哎，哎!夫人问你话呢!一个老妈子，还这么捻酸假醋的。

**薛湘灵** 我叫薛湘灵。

**赵守贞** 薛湘灵。**【小锣一击】**我来问你，你从前家世如何?

**薛湘灵** 我的家世么…… **【小锣一击】**与夫人今日一样。

**碧　玉** (不服气)吹嘛!

**赵守贞** 你几时出阁的?

**薛湘灵** 乙酉年六月十八日出阁，今已六载。

**赵守贞** 噢，今已六载。**【小锣一击】**(对麟儿)儿呀，你玩耍去吧!

**麟　儿** 哎。我玩儿去喽!**【小锣五击】**(出门，“下场门”跑下)

**赵守贞** (对碧玉)丫鬟。

**碧　玉** 有。

**赵守贞** 与薛妈看座。(台)

**碧　玉** 哟，我说夫人，在您的跟前哪儿有她们老妈子的座儿呀!

**赵守贞** 不要多言，快去!

**碧　玉** (不情愿)哎。

**赵守贞** 去呀!

**碧　玉** (慢慢地往前蹭)哎。

**赵守贞** (厉声)去呀!

**碧　玉** 哎。(搬起备椅)这倒不错啊，老妈子都混出座儿来啦!(重放座椅，摆成“小边跨椅”)坐下吧!

〔薛湘灵缓步欲坐。

**碧　玉** 哼!

〔**【小锣一击】**薛湘灵至椅背之后，左手抚鬓，折右水袖搭在椅背前，让碧玉坐。

**碧　玉** 你呀，甭让。我站惯啦!

〔**【小锣一击】**薛湘灵坐“小边跨椅”。

**赵守贞** 我来问你，你出阁那日，天气如何，你可记得?

**薛湘灵** 倒还记得。

**赵守贞** 记得，讲——！

**薛湘灵** （拱手）夫人容禀！

〔西皮原板〕

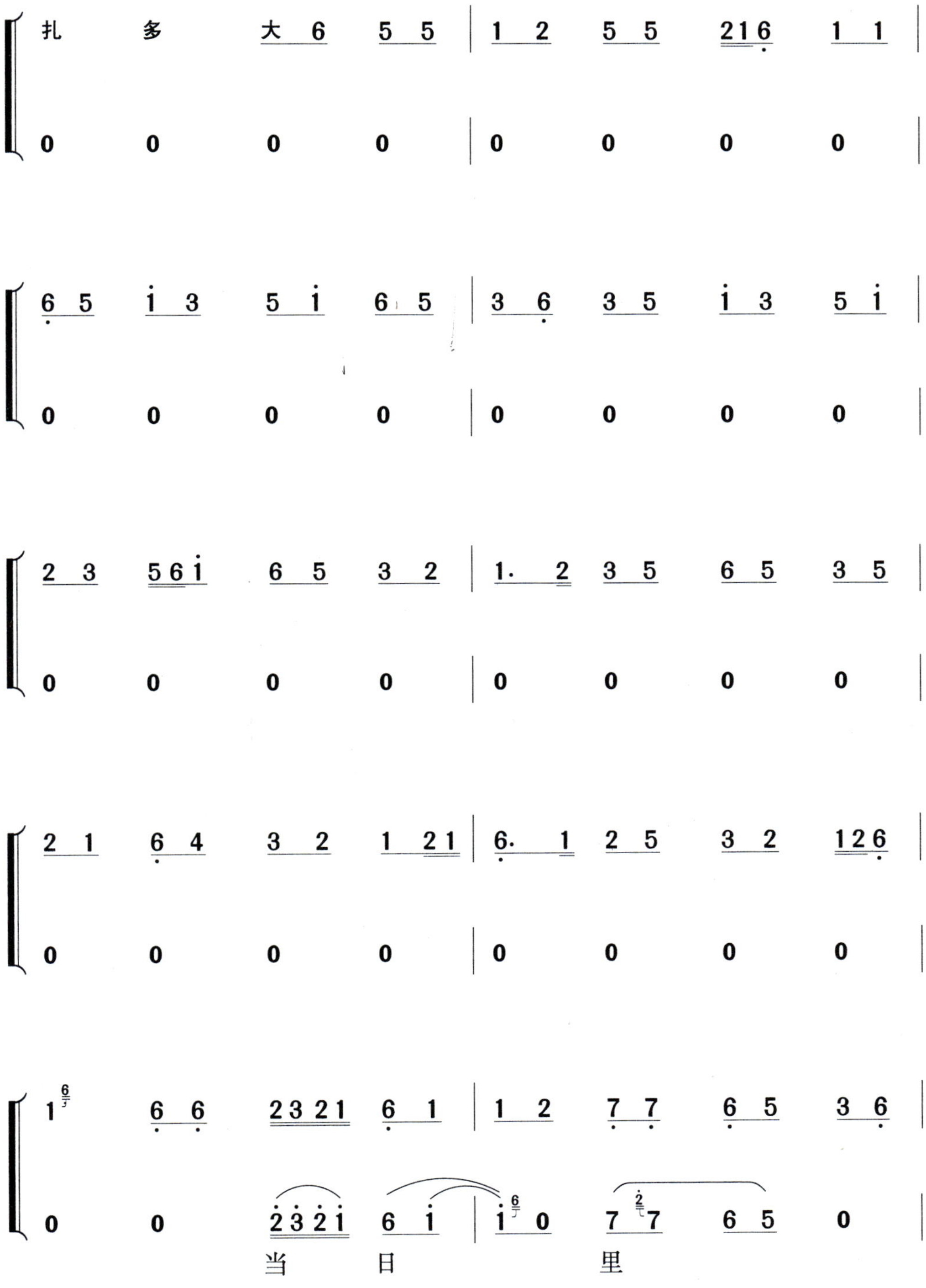


（左手捏右袖，右手指“小边”台口）

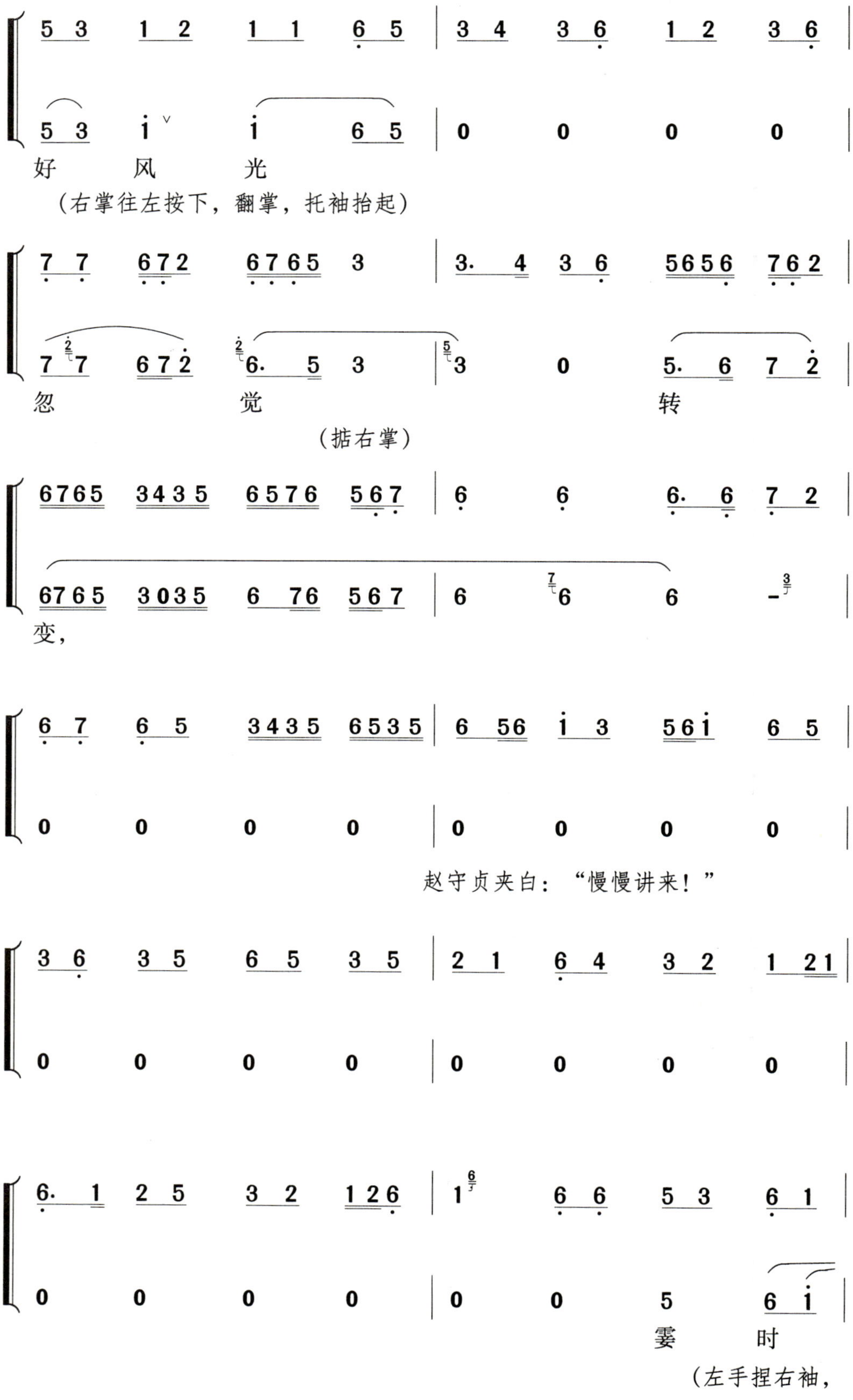
好 风 光
（右掌往左按下，翻掌，托袖抬起）
忽 觉 转
（掂右掌）
变，
赵守贞夹白：“慢慢讲来！”
霎 时
（左手捏右袖，

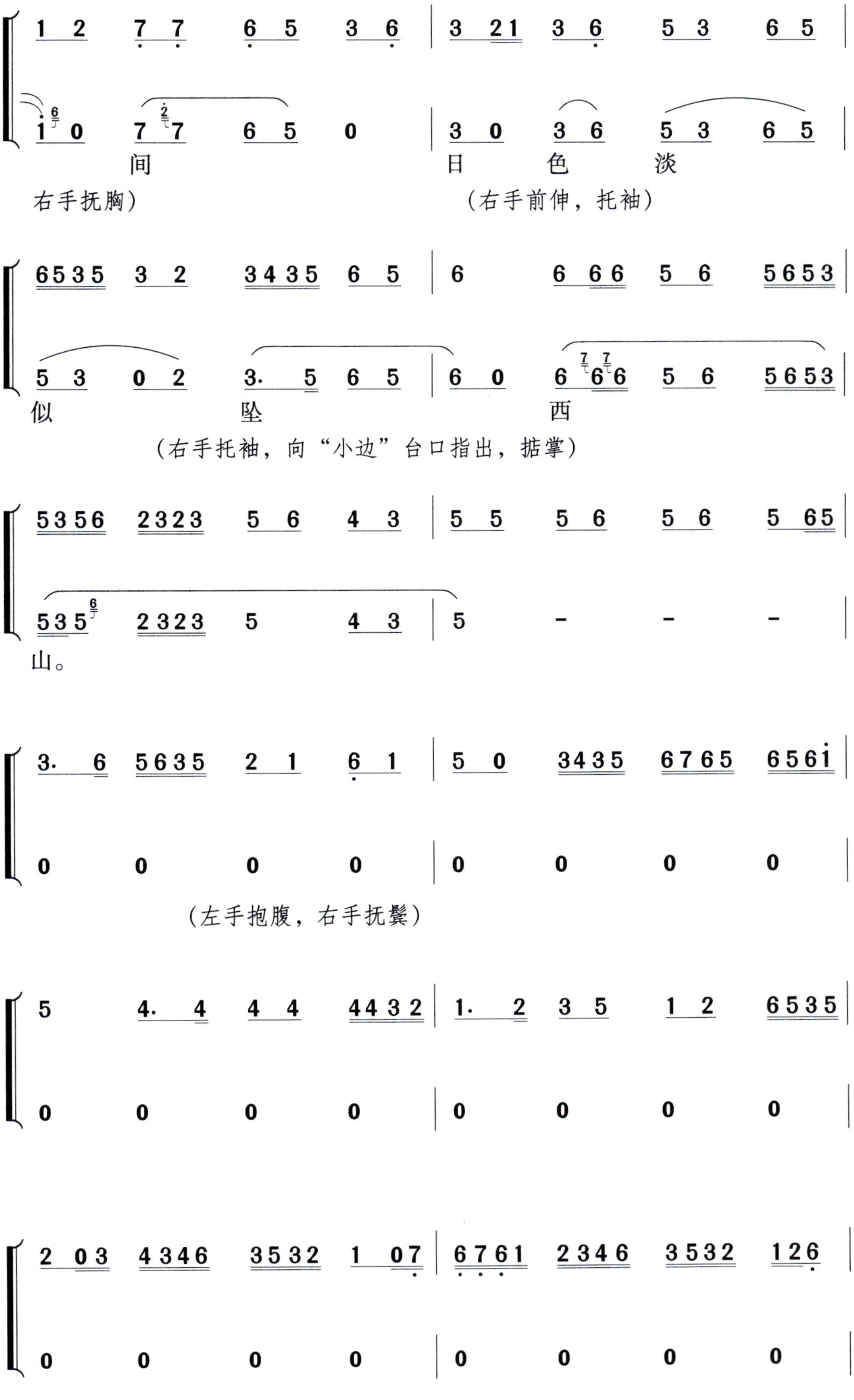
间
日　色　淡
右手抚胸）
（右手前伸，托袖）
似　坠　西
（右手托袖，向“小边”台口指出，掂掌）
山。
（左手抱腹，右手抚鬓）

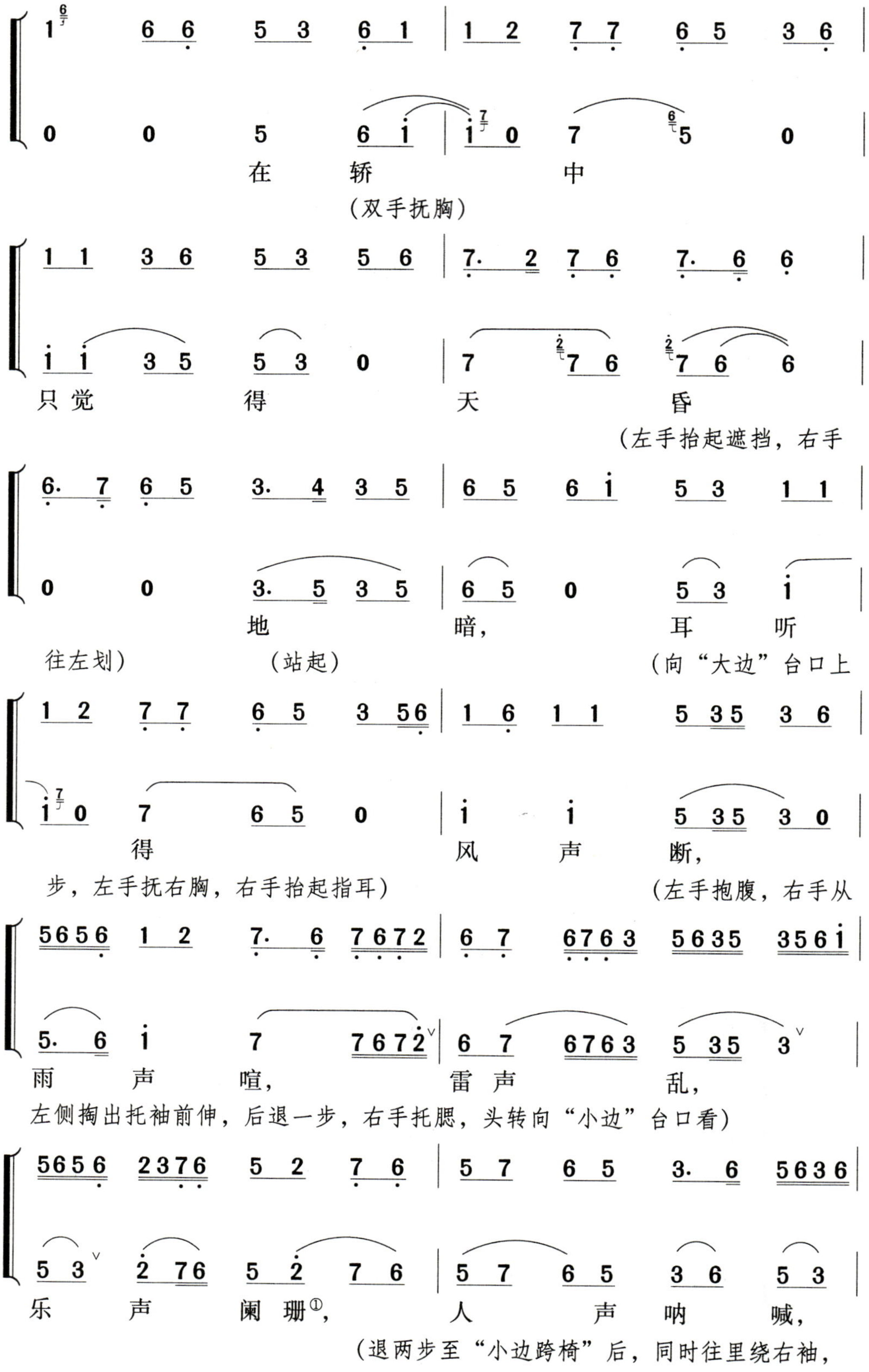


① 阑珊：衰落，将残，将尽之意。此处是说迎娶乐队停止了吹打。

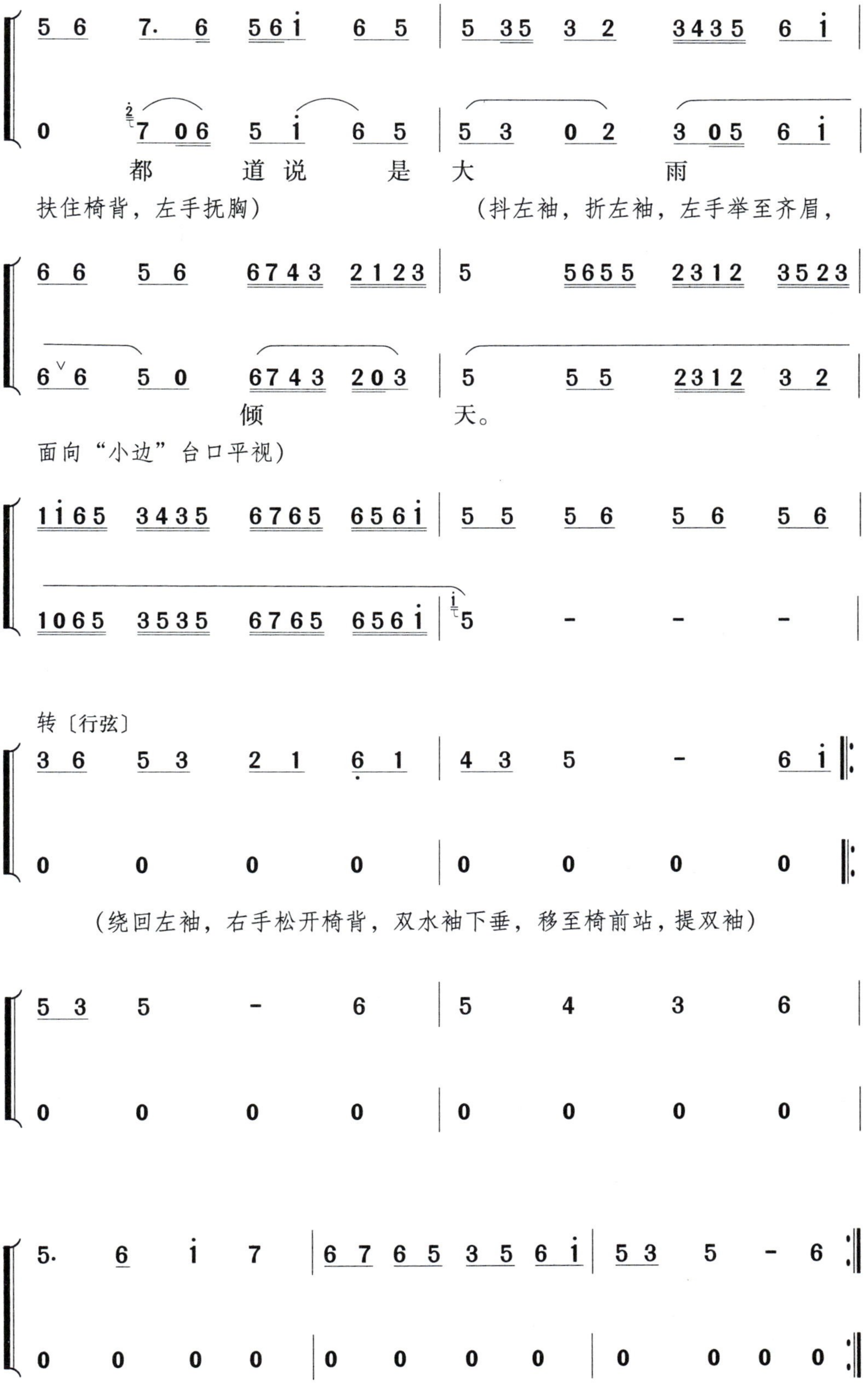


赵守贞夹白：“天降大雨，就该找个避雨的所在。”

薛湘灵夹白：“当日避雨在春秋亭。”
赵守贞夹白：“春秋亭…… （站起）我来问你，在春秋亭避雨，是你一乘花轿，还有别的花轿无有？”
薛湘灵夹白：“还有一乘。”
赵守贞夹白：“怎么，还有一乘？……此时，怎样地风光？”
薛湘灵夹白：“那花轿么……”（台）
赵守贞夹白：“正是。”

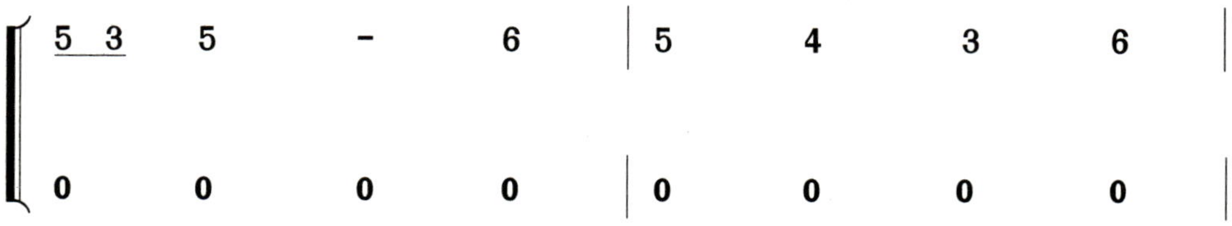

薛湘灵夹白：“（拱手）夫人哪！”

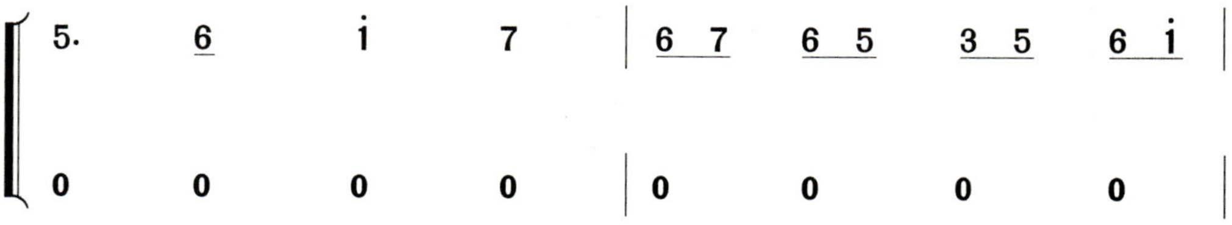

转〔西皮原板〕

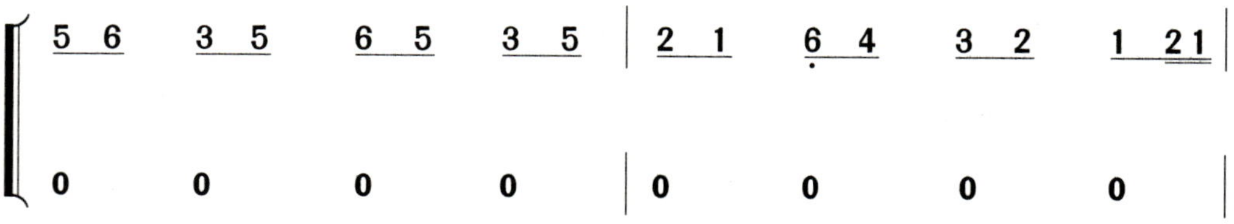

赵守贞夹白：“你坐下讲。” （赵守贞拉着薛湘灵的手让她坐下）

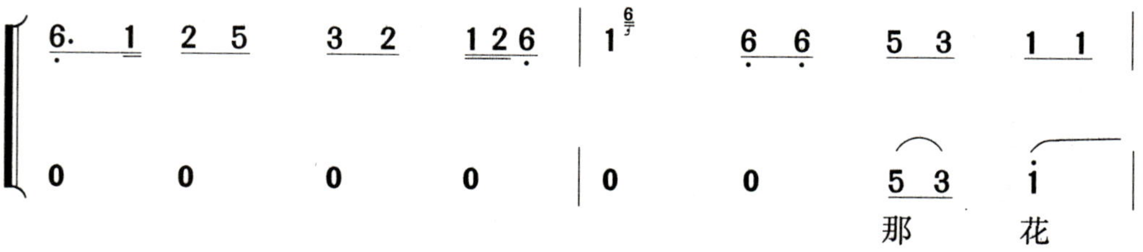


（左手捏右袖，

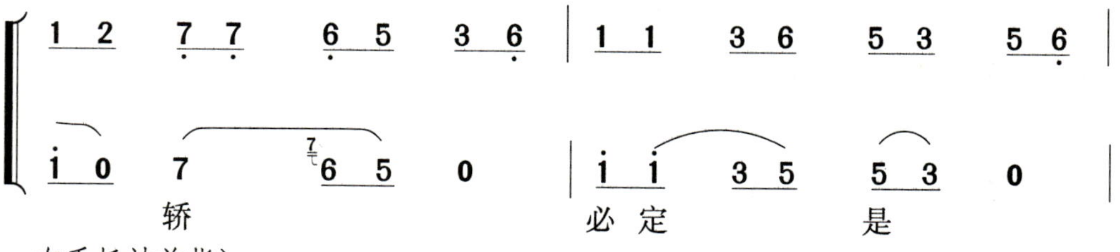


右手托袖前指）

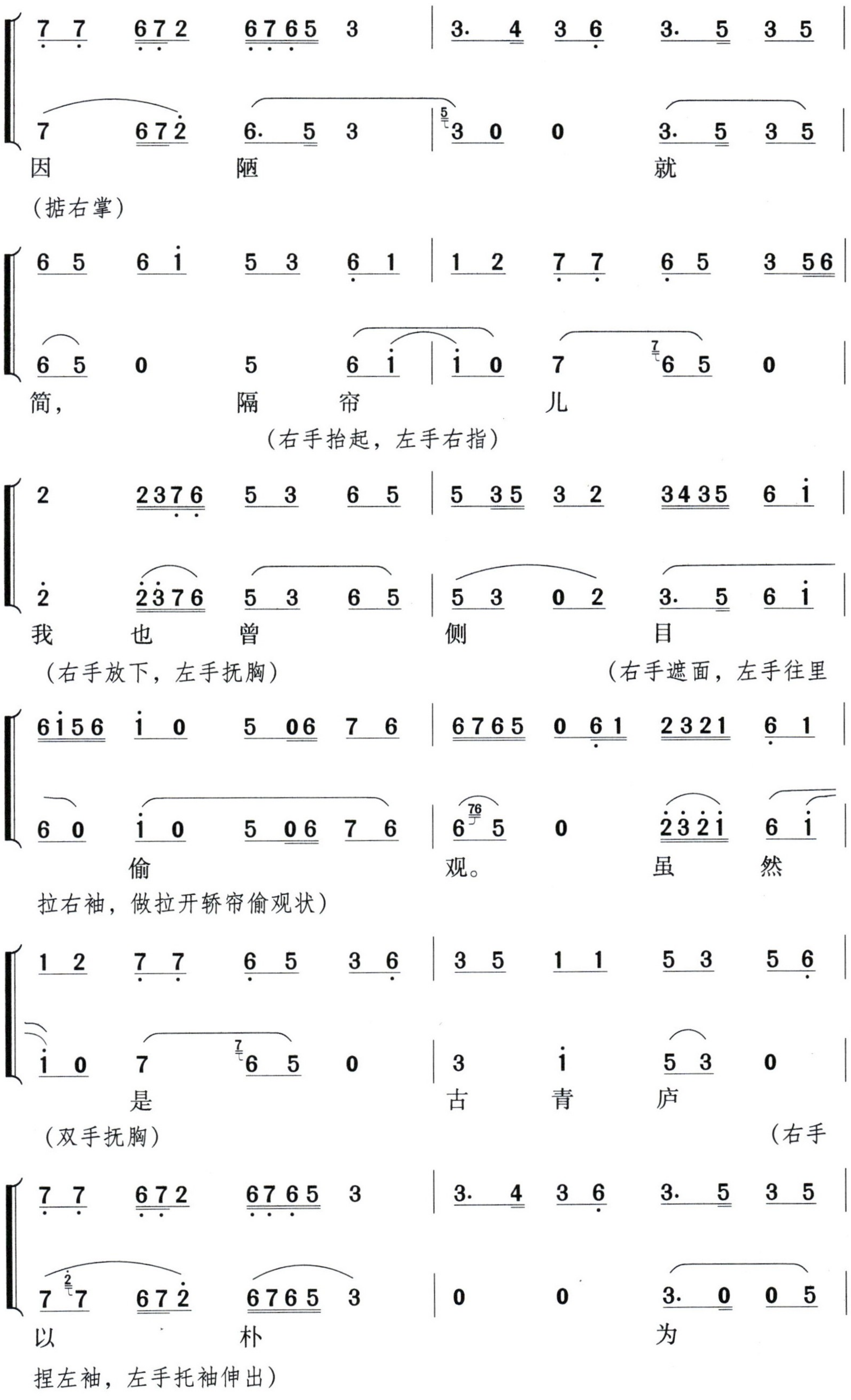
因 陋 就
（掂右掌）
简， 隔 帘 儿
（右手抬起，左手右指）
我 也 曾 侧 目
（右手放下，左手抚胸） （右手遮面，左手往里
偷 观。 虽 然
拉右袖，做拉开轿帘偷观状）
是 古 青 庐
（双手抚胸） （右手
以 朴 为
捏左袖，左手托袖伸出）

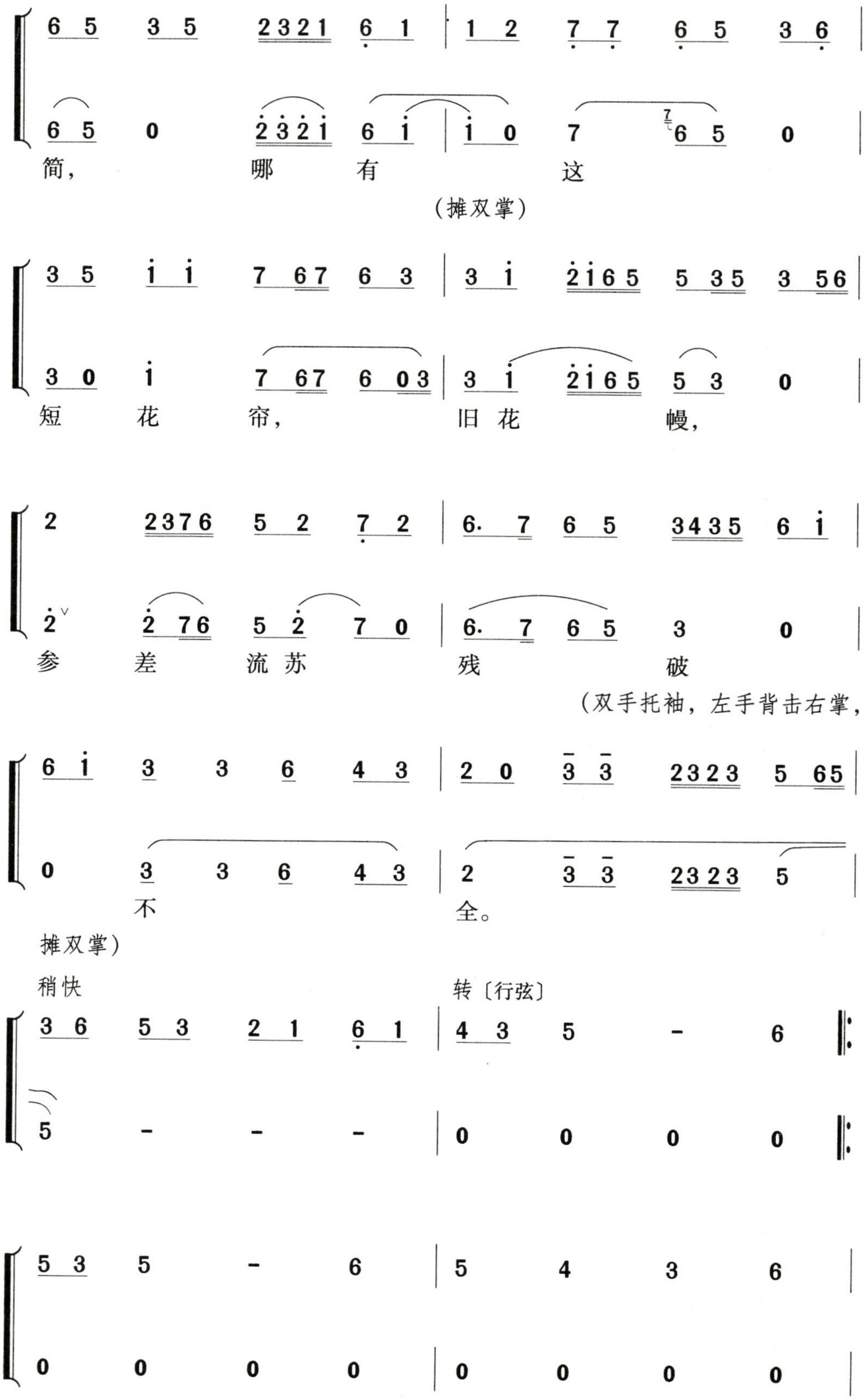
简， 哪 有 这
（摊双掌）
短 花 帘， 旧 花 幔，
参 差 流 苏 残 破
（双手托袖，左手背击右掌，
不 全。
摊双掌）
稍快
转〔行弦〕

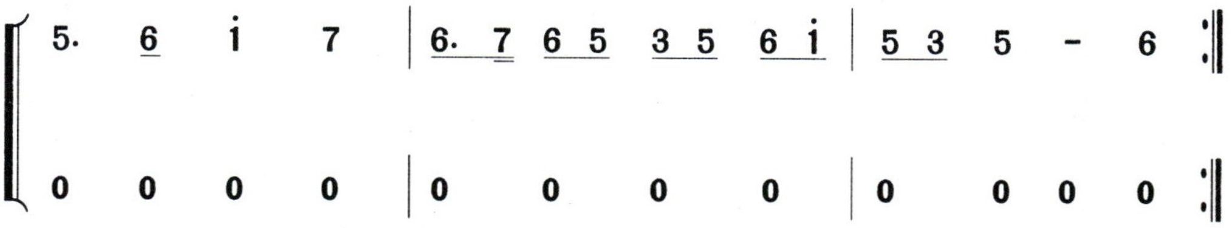

赵守贞夹白："碧玉。"
碧玉夹白："有。"
赵守贞夹白："将薛妈的座位移到客位。"（台）
碧玉夹白："哟，我说夫人，有她的座儿就结了，这客位她可不能坐呀！"
〔薛湘灵站起，左臂抬起遮挡，右手左指，再摊右掌，表示不解。
赵守贞夹白："不要多言，你快去！"（拂右袖）（台）（提袖）
碧玉夹白："哎！（看看赵守贞）哎！（慢慢蹭着往"小边"走）哎！（搬起椅子往"大边"走）一个老妈子在这儿胡捏弄人儿！（摆成"大边跨椅"。在椅子后边喊）坐下吧！"
〔赵守贞站起，到薛湘灵身旁让座，薛湘灵往"大边"走，右转身伸出右手谦让，赵守贞让座，薛湘灵左转身面向前，摊左掌，至"大边跨椅"前，右转身推让，赵守贞扶薛湘灵坐"大边跨椅"。碧玉移至"小边"站。薛湘灵见赵守贞还没坐，又站起。（台）（提袖）
赵守贞夹白："我来问你，轿中之人有什么动静无有？"

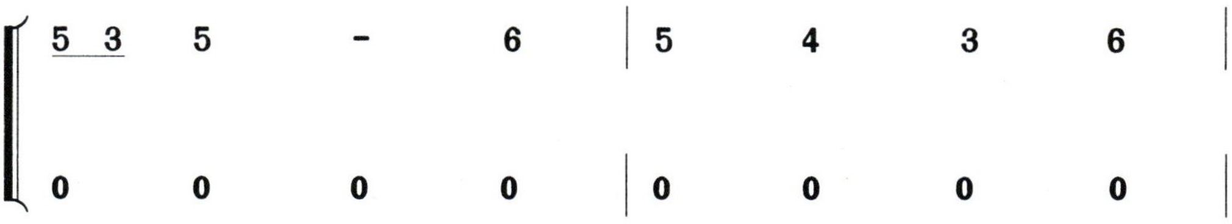

薛湘灵夹白："这轿中人么……"

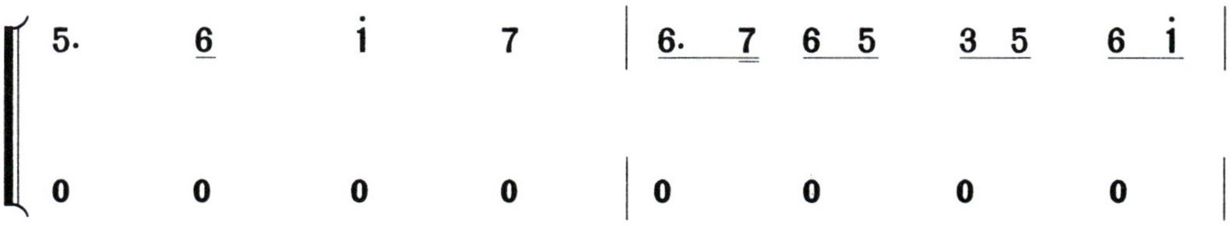

（赵守贞点头，并让薛坐下，自己回到"小座"坐下）

〔西皮原板〕

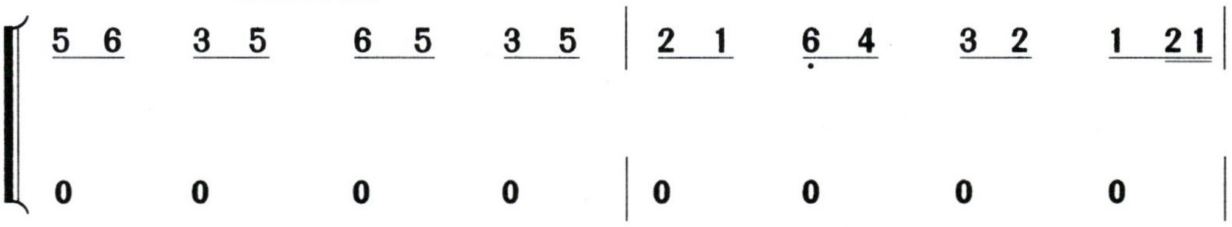

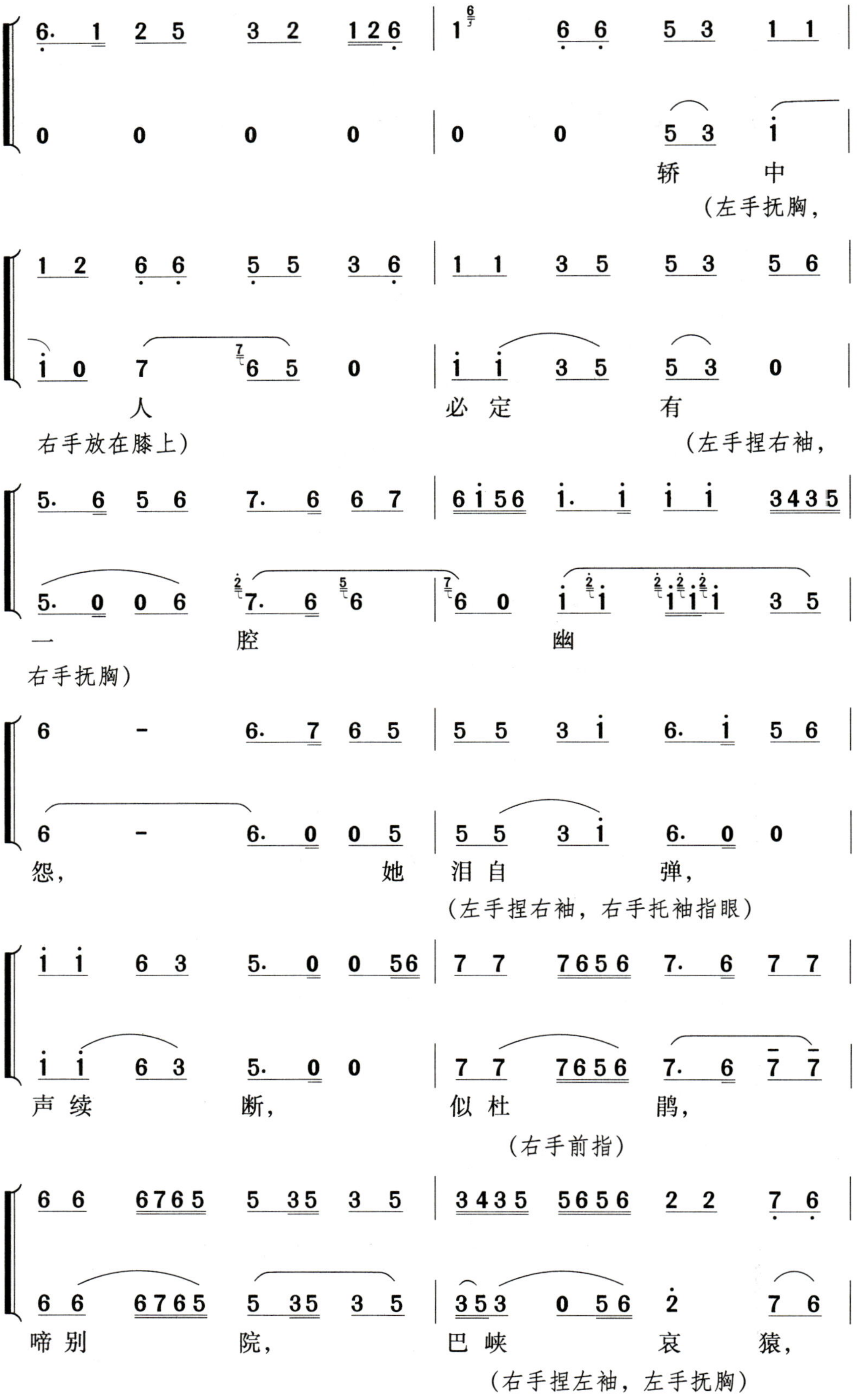

轿 中
（左手抚胸，
人
必 定
有
右手放在膝上）
（左手捏右袖，
一
腔
幽
右手抚胸）
怨，
她
泪 自
弹，
（左手捏右袖，右手托袖指眼）
声 续
断，
似 杜
鹃，
（右手前指）
啼 别
院，
巴 峡
哀
猿，
（右手捏左袖，左手抚胸）

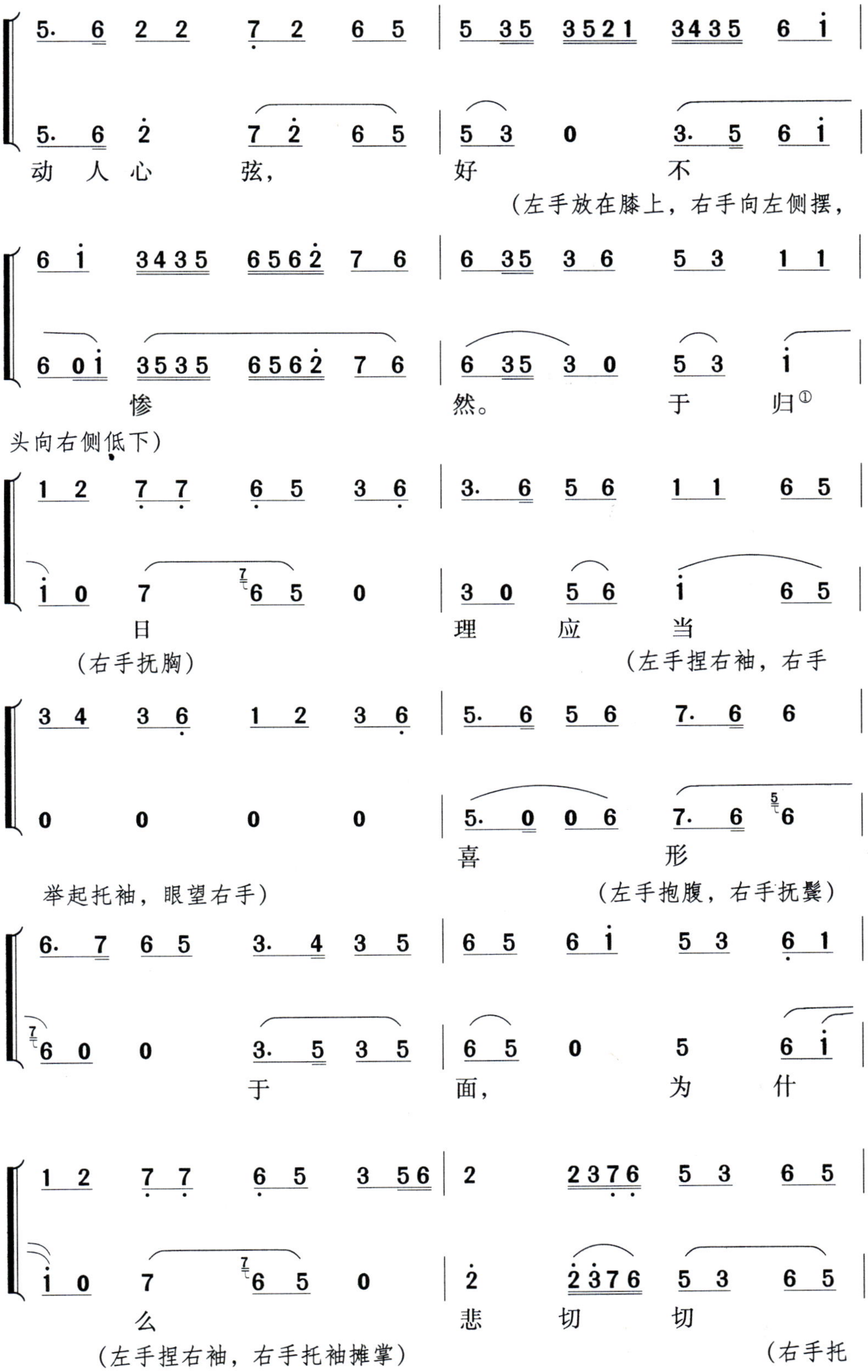


① 于归：旧时女子出嫁称为于归。

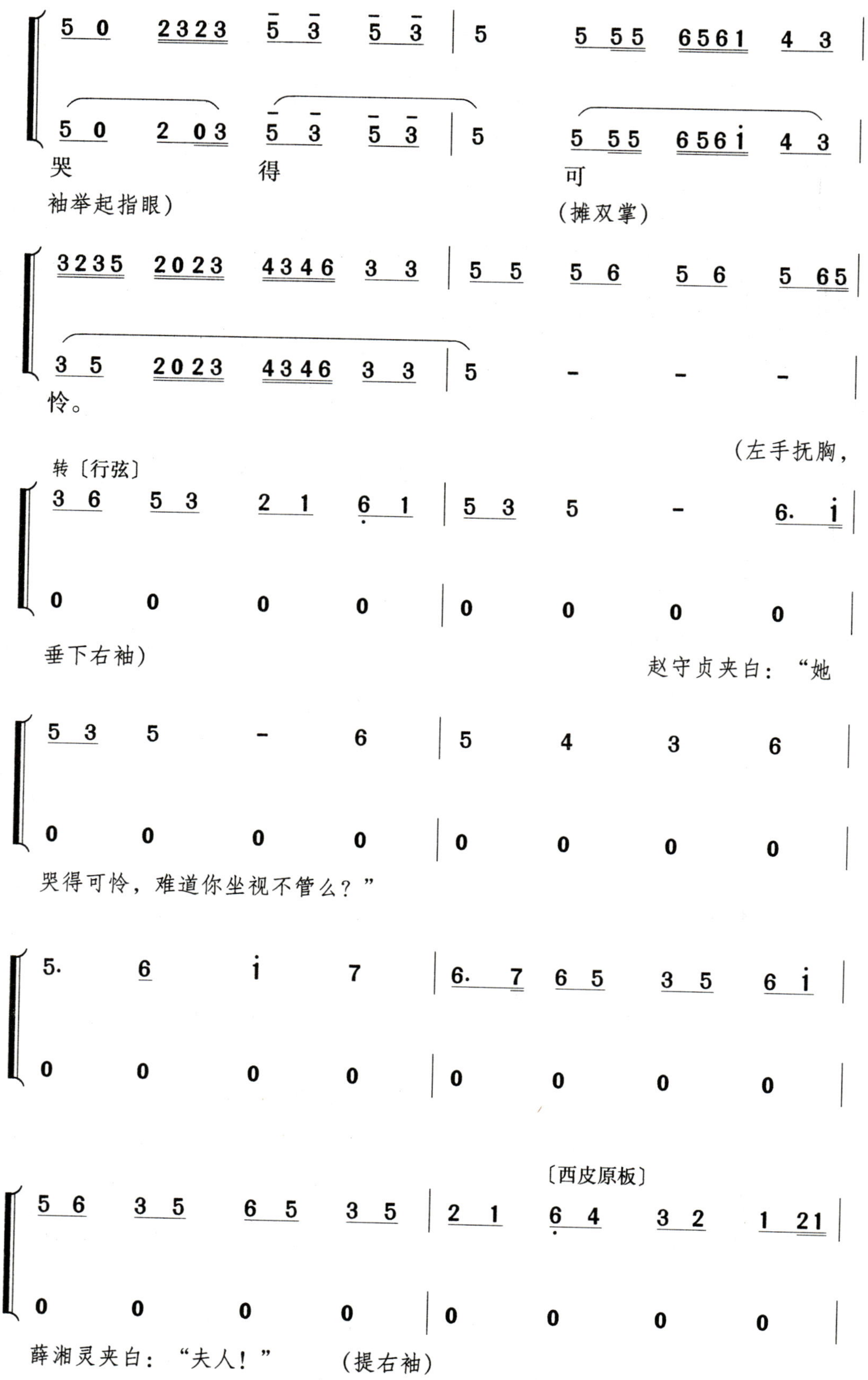
哭 得 可
袖举起指眼）
（摊双掌）
怜。
（左手抚胸，
转〔行弦〕
垂下右袖）
赵守贞夹白：“她
哭得可怜，难道你坐视不管么？”
〔西皮原板〕
薛湘灵夹白：“夫人！”
（提右袖）

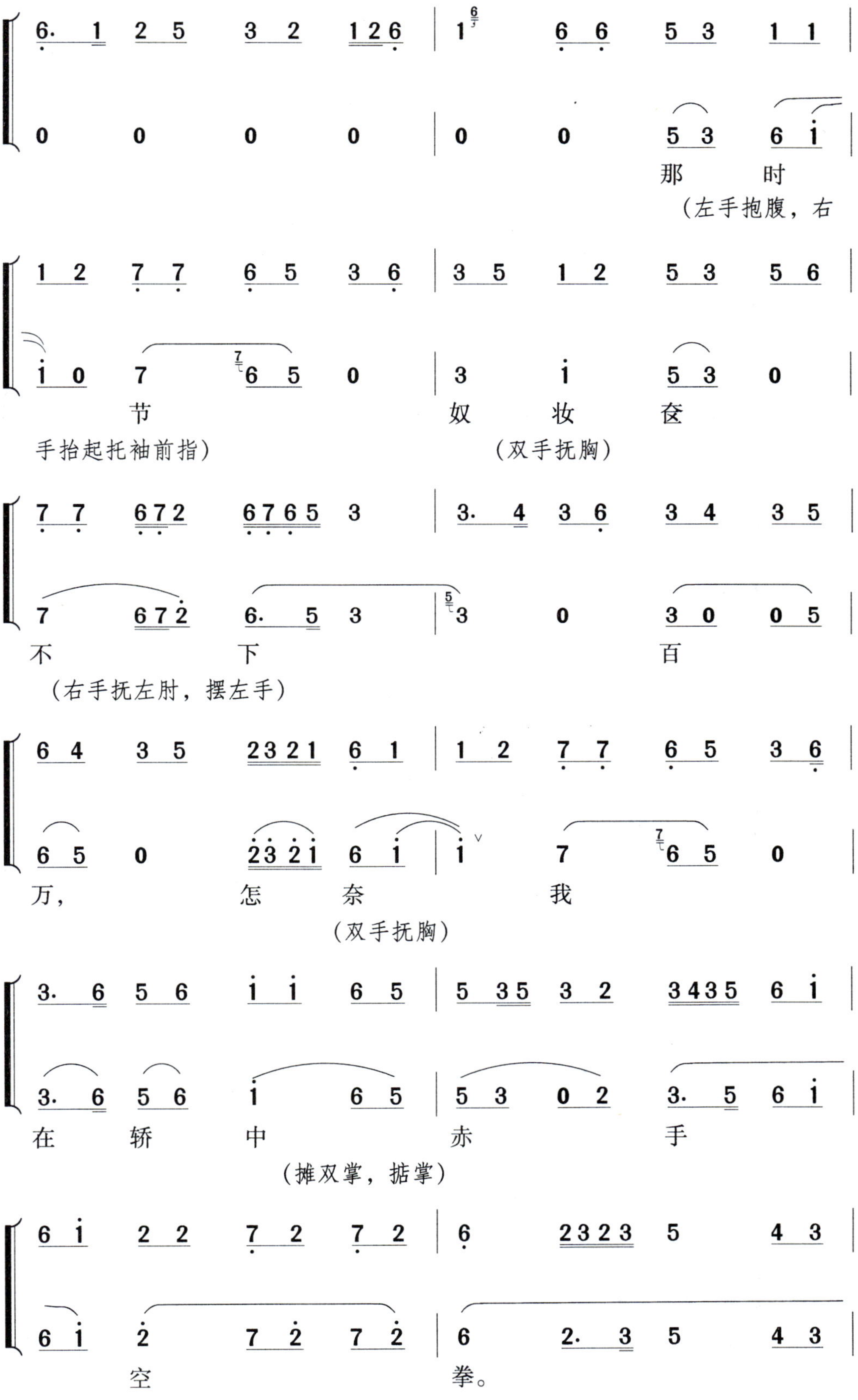

那 时
（左手抱腹，右
节 奴 妆 奁
手抬起托袖前指） （双手抚胸）
不 下 百
（右手抚左肘，摆左手）
万， 怎 奈 我
（双手抚胸）
在 轿 中 赤 手
（摊双掌，掂掌）
空 拳。

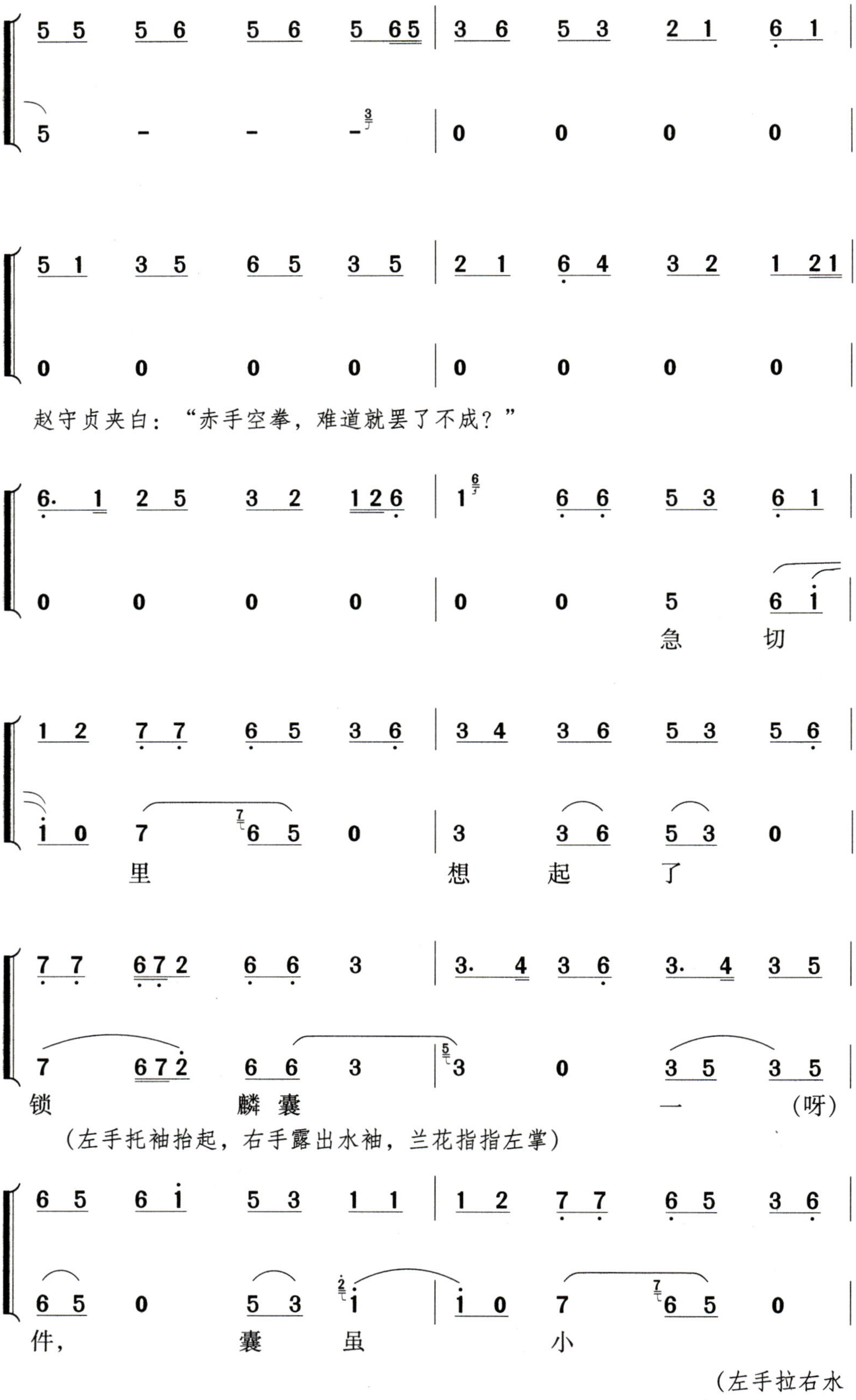
赵守贞夹白：“赤手空拳，难道就罢了不成？”
急 切
里 想 起 了
锁 麟 囊 一 （呀）
（左手托袖抬起，右手露出水袖，兰花指指左掌）
件， 囊 虽 小
（左手拉右水

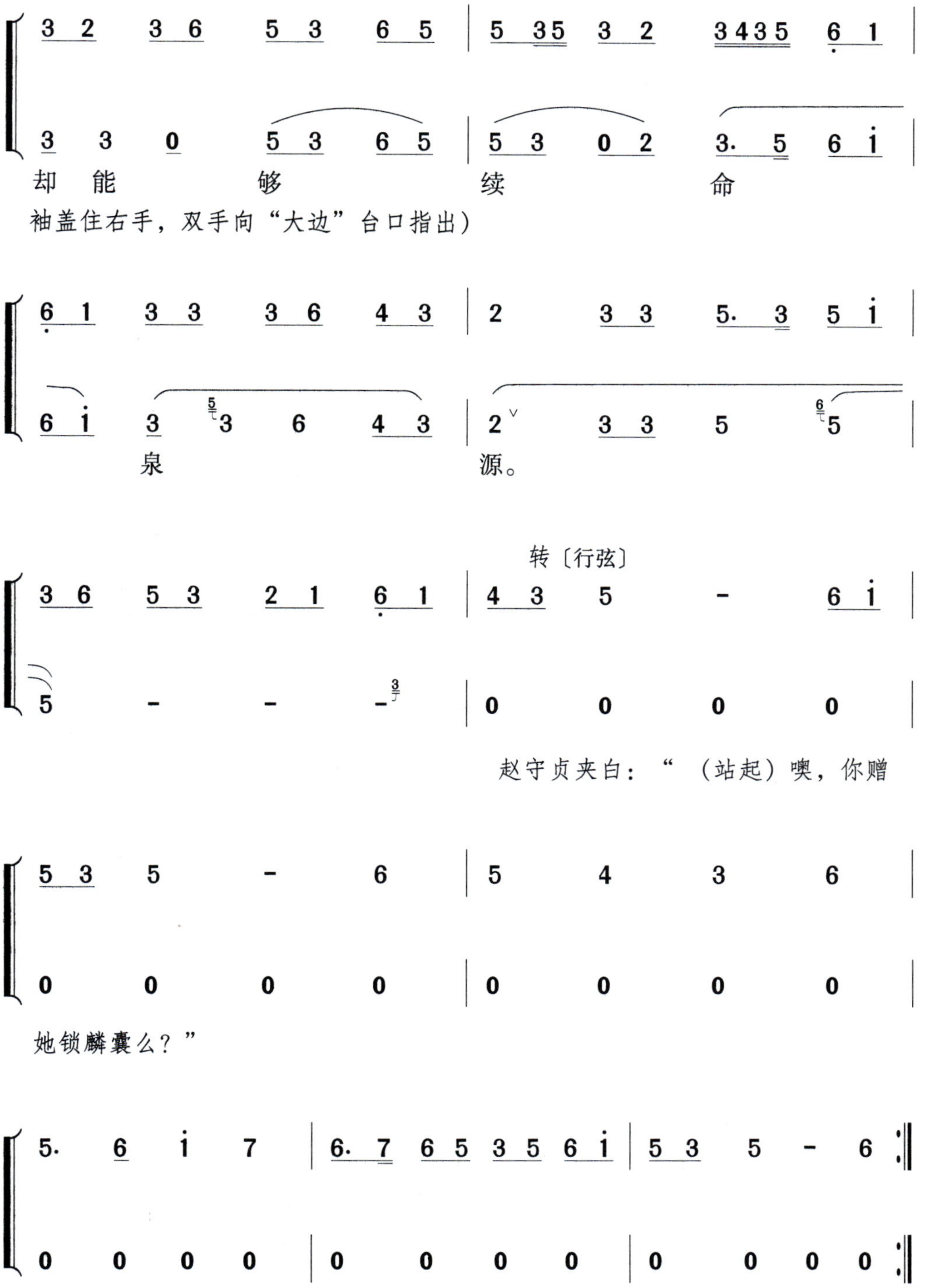


薛湘灵夹白：“正是。”
赵守贞夹白：“碧玉。”
碧玉夹白：“有。”
赵守贞夹白：“将薛妈的座位移到上座。”

碧玉夹白：“（不解）哟，夫人，您这是怎么啦？她是老妈子，这上位她哪儿能坐呀！”

〔薛湘灵抬右臂遮挡，左手右指，不解赵守贞用意。

赵守贞夹白：“你快去！”

碧玉夹白：“哎哎。”（慢腾腾地挪动座椅）

〔赵守贞抬左臂遮挡，右手左指，点头认定薛湘灵是赠囊之人。

碧玉夹白：“（将座椅放在上位）得，您步步高升，来吧！”

〔赵守贞让座，赵守贞双手捏水袖头，甩双袖跑至“大边”，右转身，折双袖，扶薛湘灵坐上位。薛湘灵双手捏水袖头折左袖，往里翻右袖，往上位走，同时将双袖绕回，再折右袖，翻左袖，至上位前，绕回右袖，后背右手，抖出右袖，被赵守贞扶肩坐在上位。（台）

赵守贞夹白：“我来问你，囊中有何物件，你可记得？”

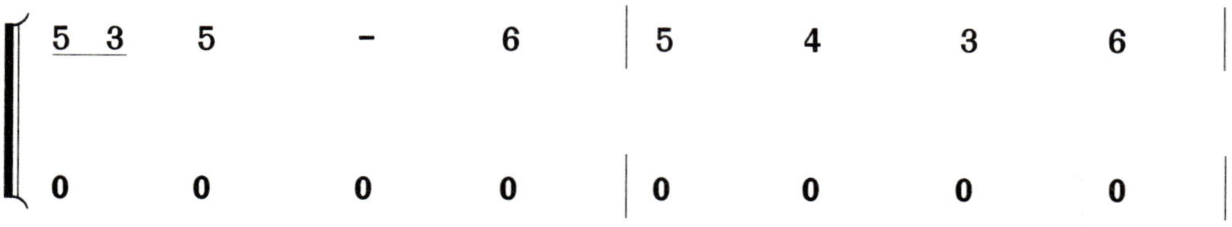

薛湘灵夹白：“这囊中……”（台）

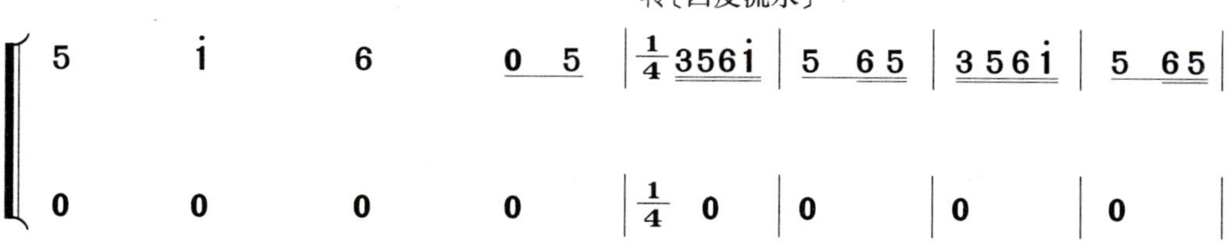


赵守贞夹白：“正是。”　　　　薛湘灵夹白：“（拱

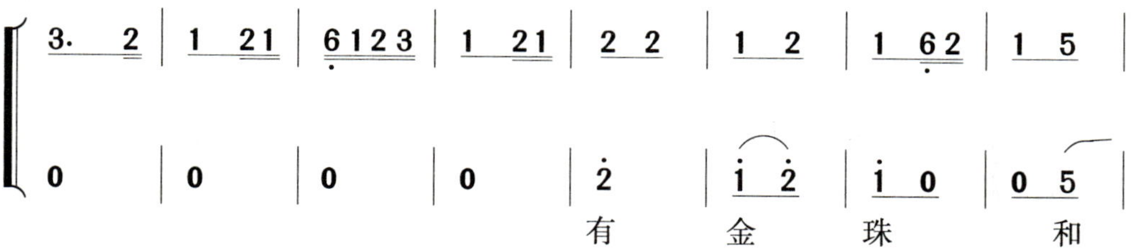


手）夫人哪！”　（抖右袖，提袖）

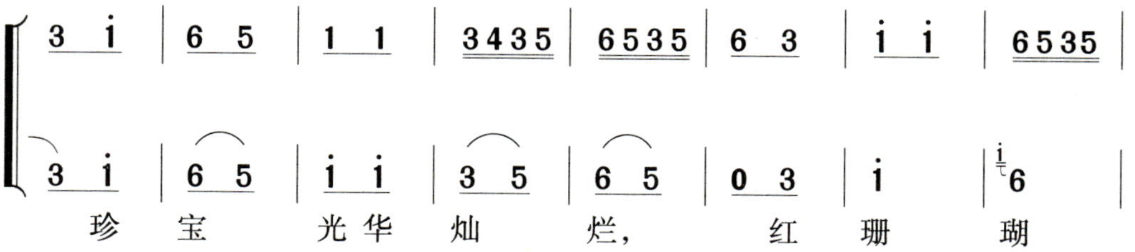

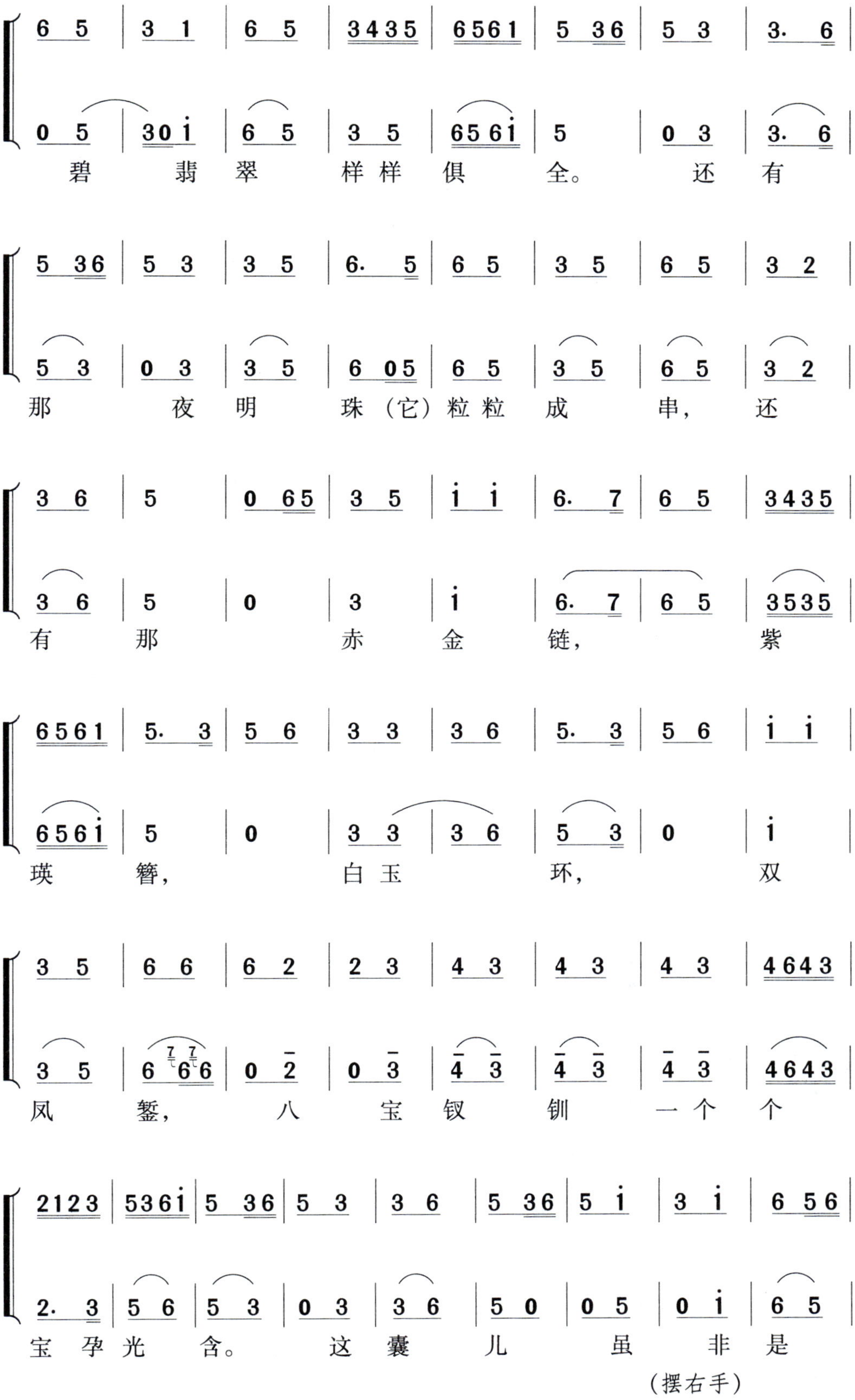
碧翡翠样样俱全。还有
那夜明珠（它）粒粒成串，还
有那赤金链，紫
瑛簪，白玉环，双
凤錾，八宝钗钏一个个
宝孕光含。这囊儿虽非是
（摆右手）

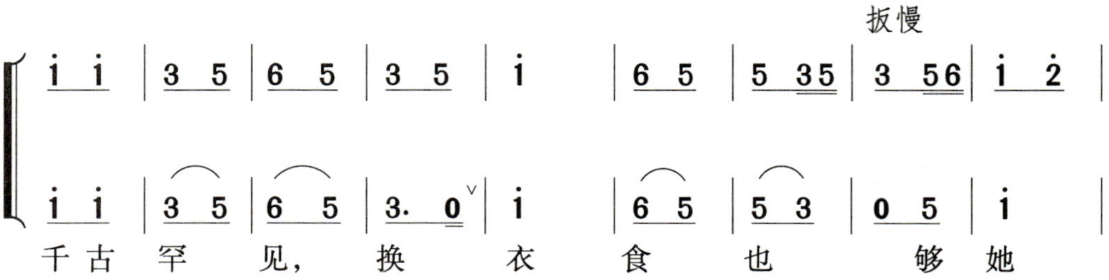


（双手托袖从胸前向两边摊开，左手抚胸，右手向“小边”台

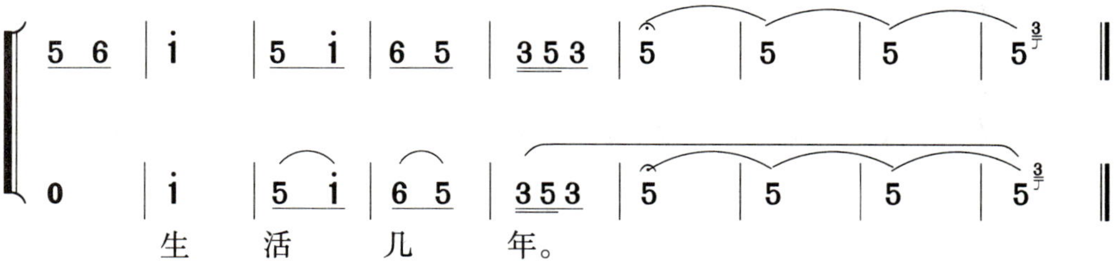


口指出，折右袖，右掌从左往右掂掌撒开，抖右袖，提袖）

〔西皮摇板〕

**赵守贞** **【大锣凤点头】**（过门同前）

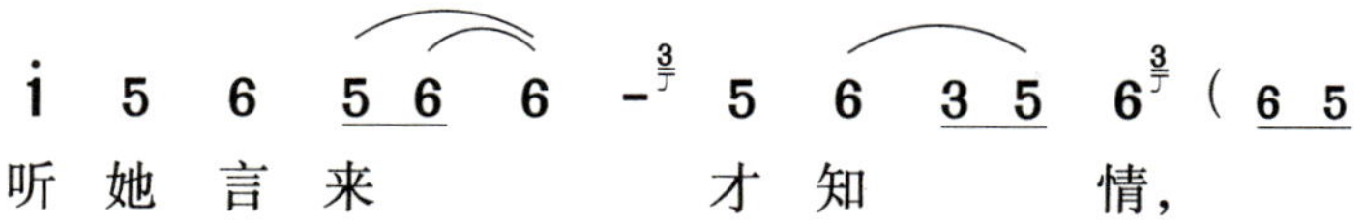


（丫鬟“上场门”暗上，与碧玉一起将座椅摆成

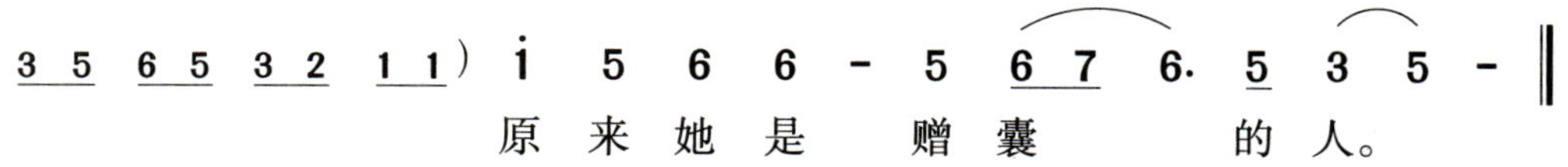


“八字椅”，然后二人分别在后场两边侍立）

碧玉。

**碧　玉**　有。

**赵守贞**　带领薛妈后面更衣。

**碧　玉**　哟，夫人，您给她还换什么衣裳啊？

**赵守贞**　把我上等的衣服与她多换上几件。（**台**）

**碧　玉**　哎，好。（对薛湘灵）咱们换衣裳去，走！

**薛湘灵**　夫人，你这是何意呀？

**赵守贞**　你不要害怕，我待你绝无恶意。去吧！

〔薛湘灵随碧玉出门，站在“大边”。

**碧　玉**　我告诉你说吧，我们老爷、夫人都是讲道德的，绝没有坏心。你呀，放心好了，啊！

〔薛湘灵随碧玉“下场门”下。

〔**【水底鱼】**卢胜筹领麟儿“上场门”上，至正场进门，赵守贞移至“小边”站，麟儿站“大边”，卢胜筹站正场。

**卢胜筹**　（叹息）唉！（**仓**）

**赵守贞** 老爷为何长叹？

**卢胜筹** 我们收了一个薛妈，如今她的举家大小俱都找上门来了哇！

**赵守贞** 怎么，她阖家都来了么？

**卢胜筹** 是呀。

**赵守贞** 哎呀呀，来得正好。如若不然，我还要派人寻找他们呢！

**卢胜筹** 啊？你有什么疯病么？

**赵守贞** 少时你就明白了。他们现在何处？

**卢胜筹** 现在外边。

**赵守贞** 丫鬟。

**丫　鬟** 有。

**赵守贞** 快快有请薛老夫人。

**丫　鬟** 是啦。有请薛老夫人！

〔**【回头·冲头】**卢胜筹、赵守贞、麟儿、丫鬟站正场桌右侧。胡婆“上场门”上至“小边”，回身向幕内招呼，薛母领大器、周庭训、梅香、薛良“上场门”上①，进门，站在“大边”。

**薛　母** （上前问赵守贞）我女儿往哪里去了哇？

**赵守贞** 现在后面更衣，待我去请。

**薛　母** 唤她出来就是。（回原位）

**赵守贞** 碧玉快来！

〔碧玉“上场门”幕内白：“来喽！”（**台**）碧玉“上场门”上，进门，站“小边”外首。

**碧　玉** 夫人，什么事呀？

**赵守贞** 薛娘子换好衣服无有？

**碧　玉** 哟……，我把您那好衣裳拿出来，都给她穿上啦。打扮起来，漂亮啦！

**赵守贞** （拱手）说我有请。

**碧　玉** 是啦。（至台口）有请薛娘子！（回至赵守贞身后）

〔**【小锣抽头】【小锣夺头】**薛湘灵换大红绣花帔“上场门”“反圆场”上，至“九龙口”左手抚胸，右手抱腹亮相，抖右袖，将水袖搭在左臂上。

〔西皮二六〕

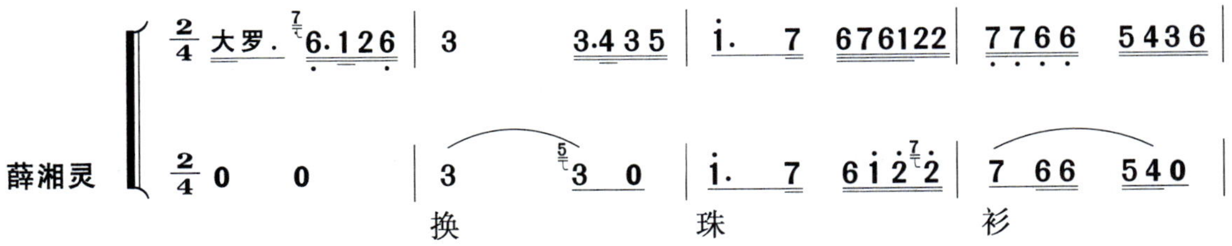


（左手抚胸，抖右袖）

① 也可以加上老傧相、少傧相、胡杰、程俊随上。

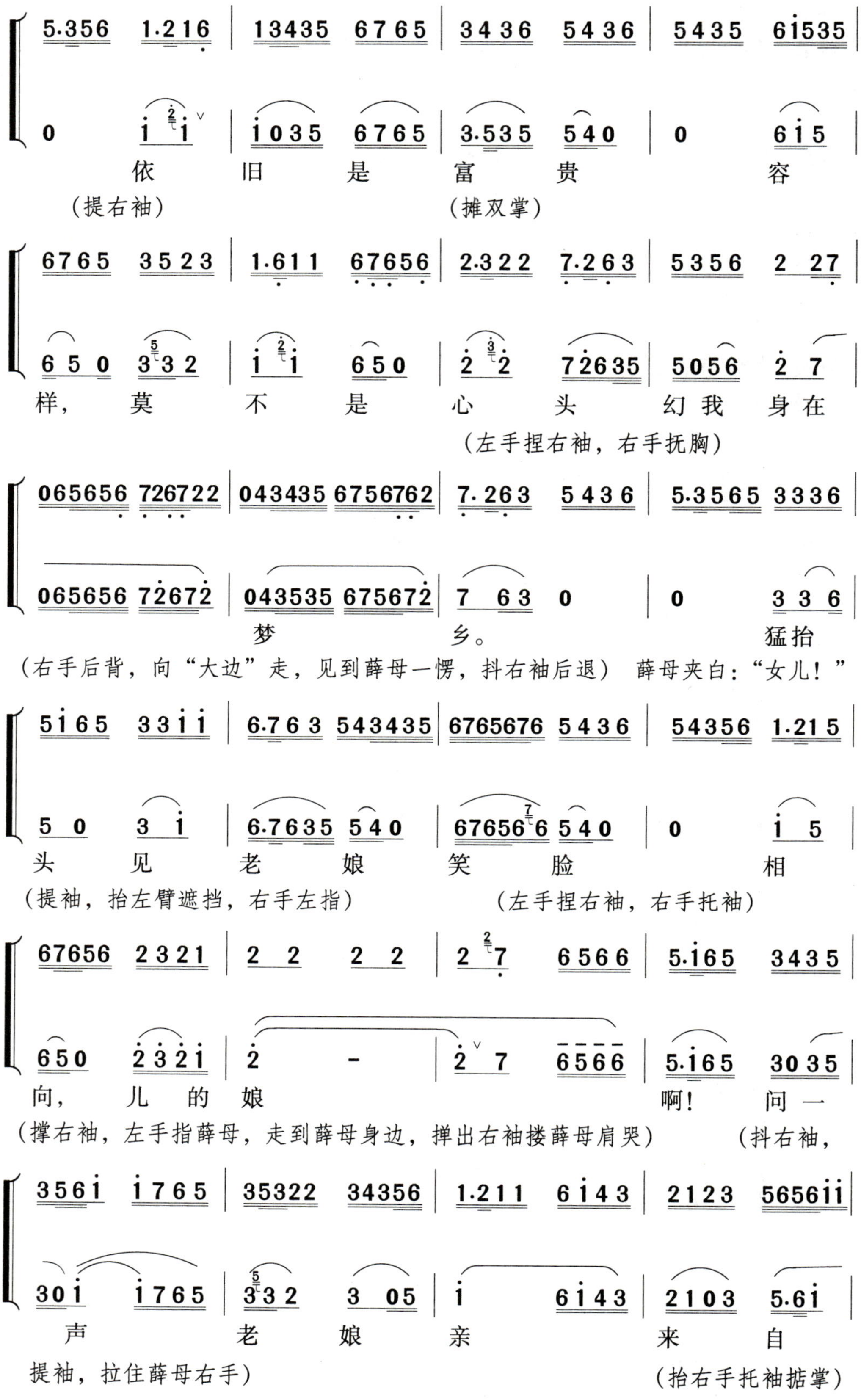
依 旧 是 富 贵 容
（提右袖） （摊双掌）
样，莫 不 是 心 头 幻 我 身 在
（左手捏右袖，右手抚胸）
梦 乡。 猛 抬
（右手后背，向“大边”走，见到薛母一愣，抖右袖后退） 薛母夹白：“女儿！”
头 见 老 娘 笑 脸 相
（提袖，抬左臂遮挡，右手左指） （左手捏右袖，右手托袖）
向，儿 的 娘 啊！ 问 一
（撑右袖，左手指薛母，走到薛母身边，掸出右袖搂薛母肩哭） （抖右袖，
声 老 娘 亲 来 自
提袖，拉住薛母右手） （抬右手托袖掂掌）

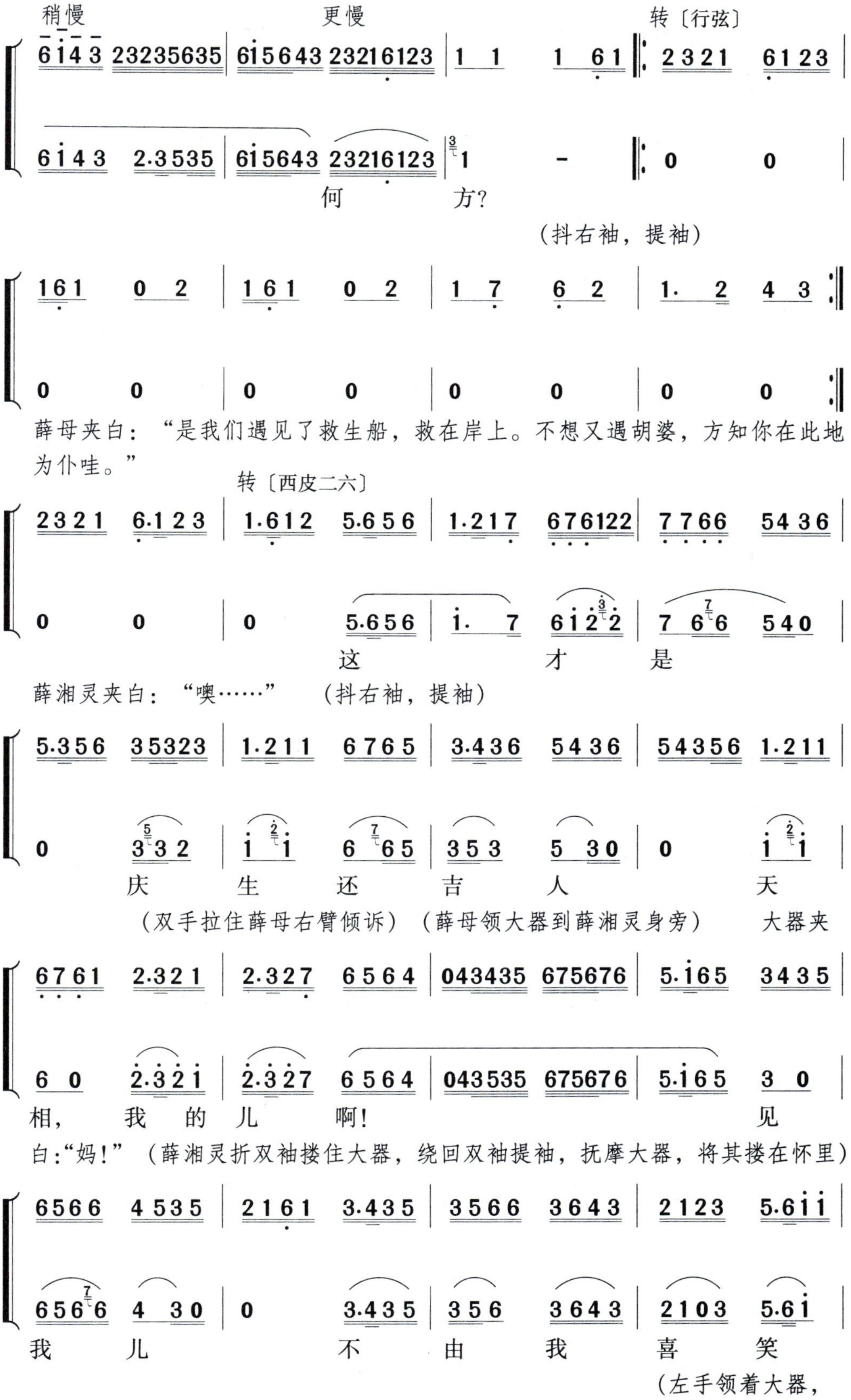
稍慢
更慢
转〔行弦〕
何 方？
（抖右袖，提袖）
薛母夹白：“是我们遇见了救生船，救在岸上。不想又遇胡婆，方知你在此地为仆哇。”
转〔西皮二六〕
这 才 是
薛湘灵夹白：“噢……” （抖右袖，提袖）
庆 生 还 吉 人 天
（双手拉住薛母右臂倾诉） （薛母领大器到薛湘灵身旁） 大器夹
相， 我 的 儿 啊！ 见
白:“妈!”（薛湘灵折双袖搂住大器，绕回双袖提袖，抚摩大器，将其搂在怀里）
我 儿 不 由 我 喜 笑
（左手领着大器，

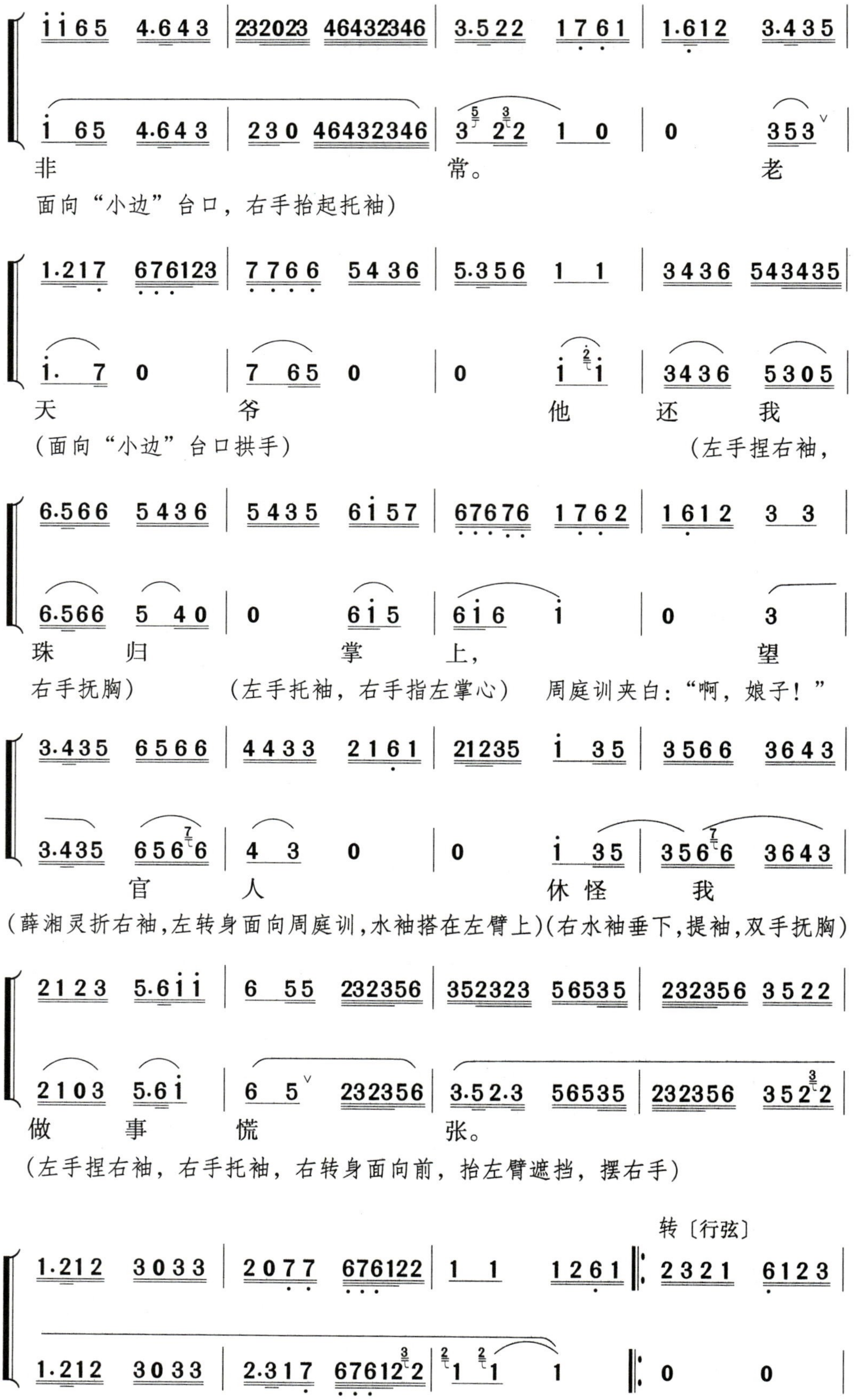
非 常。 老
面向“小边”台口，右手抬起托袖)
天 爷 他 还 我
(面向“小边”台口拱手) (左手捏右袖，
珠 归 掌 上， 望
右手抚胸) (左手托袖，右手指左掌心) 周庭训夹白：“啊，娘子！”
官 人 休 怪 我
(薛湘灵折右袖，左转身面向周庭训，水袖搭在左臂上)(右水袖垂下，提袖，双手抚胸)
做 事 慌 张。
(左手捏右袖，右手托袖，右转身面向前，抬左臂遮挡，摆右手)
转〔行弦〕

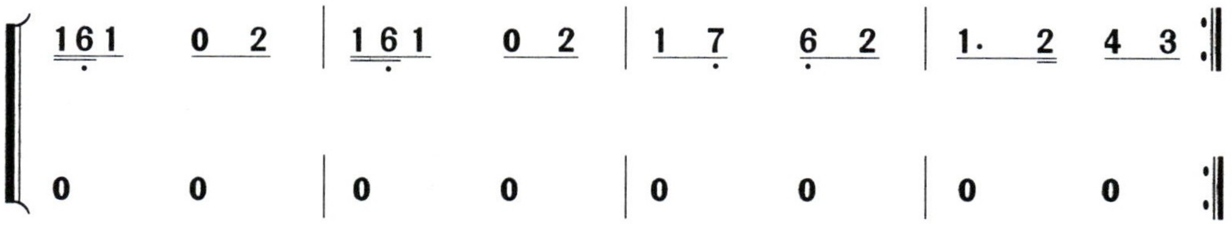

周庭训夹白：“不幸登州遭难，一家失散，且喜今日团圆。唉，不想你已然在此为仆，怎不令人——唉，伤心！”
胡婆夹白：“唉，姑老爷，谁让咱们那儿发了大水了呢！”
薛母夹白：“是呀！”

〔西皮二六〕

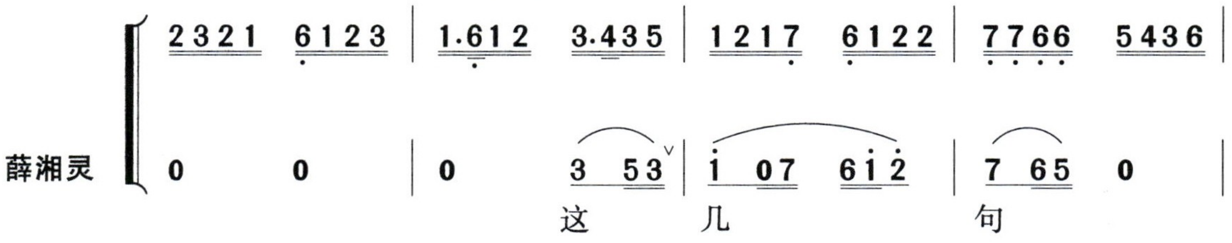


（抖右袖，提袖）（左手捏右袖，右手托袖）

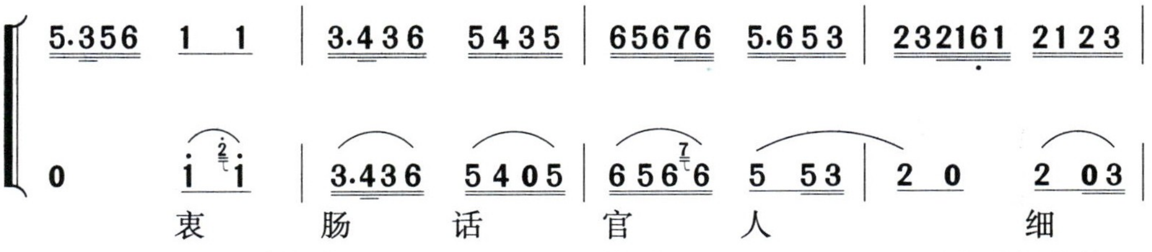


（右手抚胸）（拱手）（左手捏右袖，

转〔行弦〕

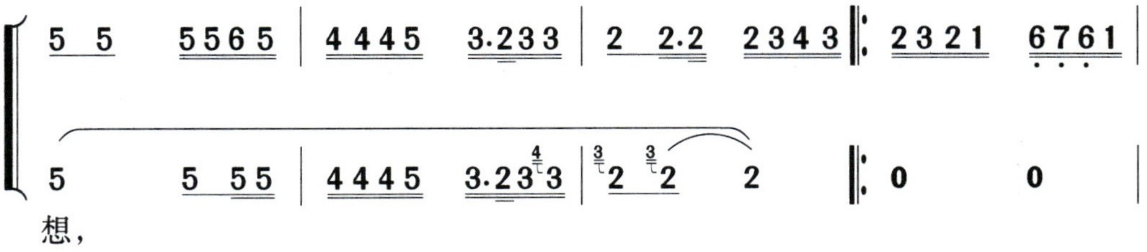


右手抚胸）（摊右掌）

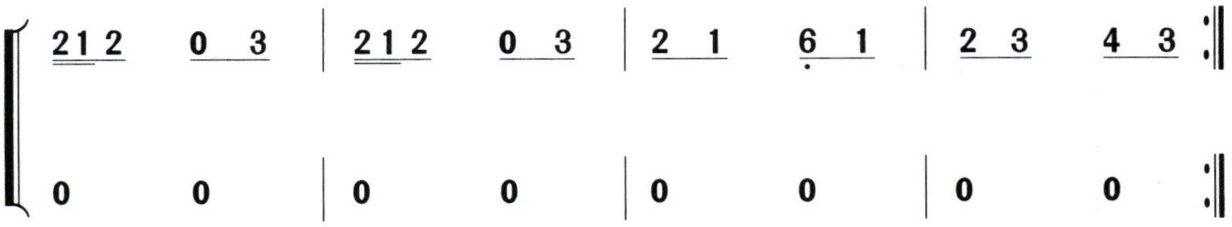

梅香夹白：“哟，姑奶奶，您在这儿当老妈子都穿这么好的衣服。什么话也甭说，

您真是有造化就结了！"
周庭训夹白："是呀，想你在此为仆，怎么还穿这样华贵的衣服？"
薛湘灵夹白："这……"
周庭训夹白："噢，是了。莫非你在此做下苟且之事不成吗？"
〔薛湘灵左手遮面，羞状。

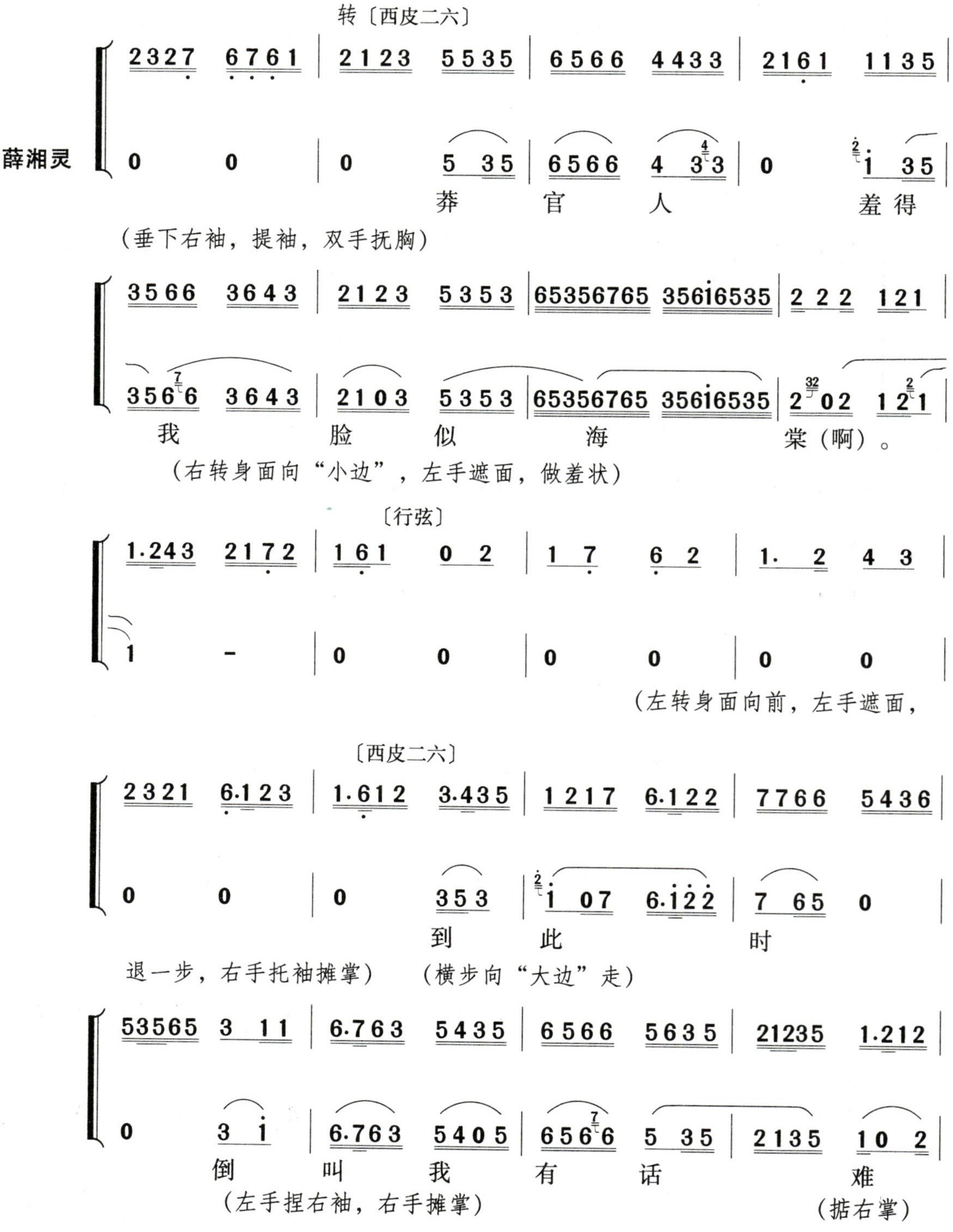

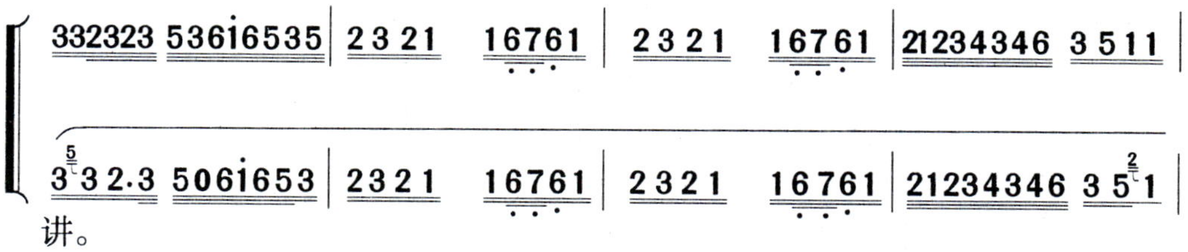


（往“大边”横跨一步，犹豫，又回来，右转身，左手抱腹，右手遮左面）

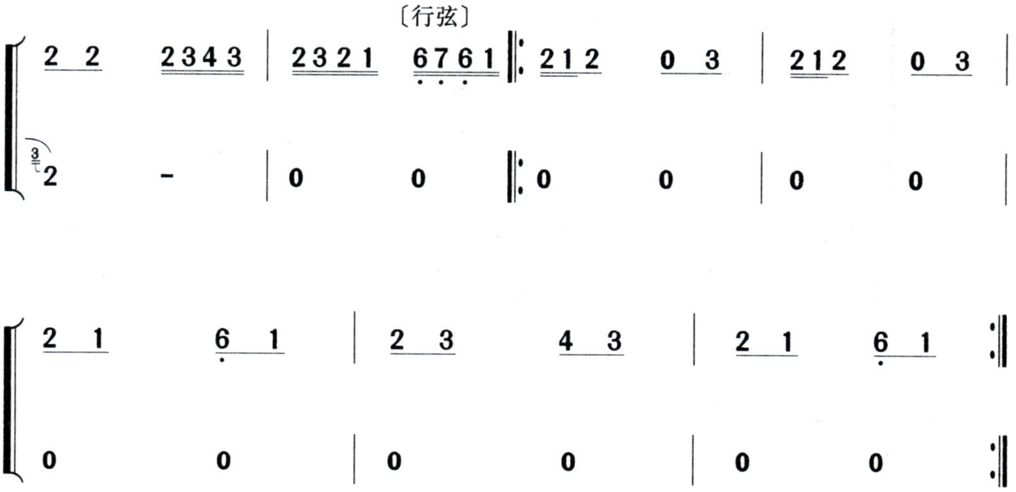


周庭训夹白：“事到如今，还不与我快快讲来。”①
薛母夹白：“住了，我女儿在此为仆，不过是糊口而已。你叫她说些什么哇？”
周庭训夹白：“哎呀，你来看哪，她虽然在此为仆，却穿了这样华贵的衣服，这内中必有缘故。唉，你要与我问个明白呀！”
薛母夹白：“唉，我去问来。”（走至薛湘灵身旁）
周庭训夹白：“你去问来！”
薛母夹白：“啊女儿，你为何穿得这样的好衣服哇？”

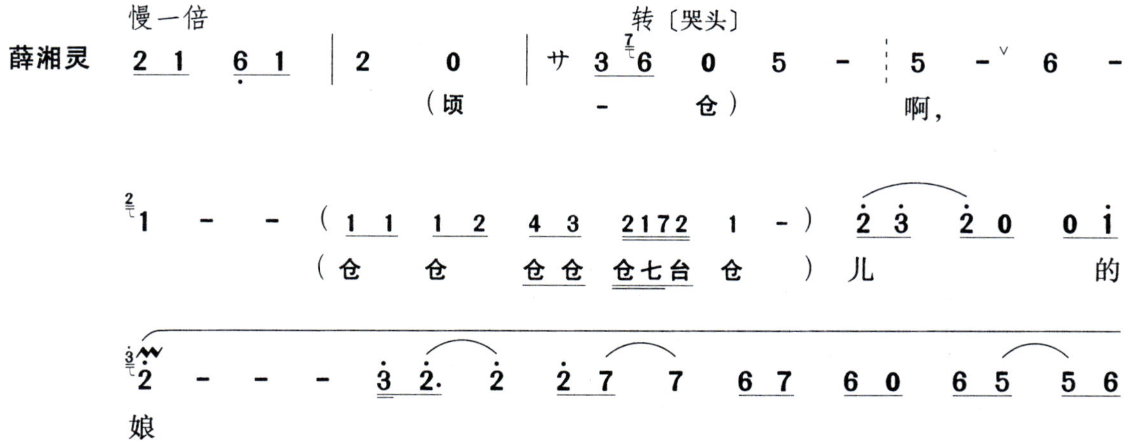


① 录音这段夹白过于低俗直白，不如翁偶虹文学剧本之原词含蓄，故用之。

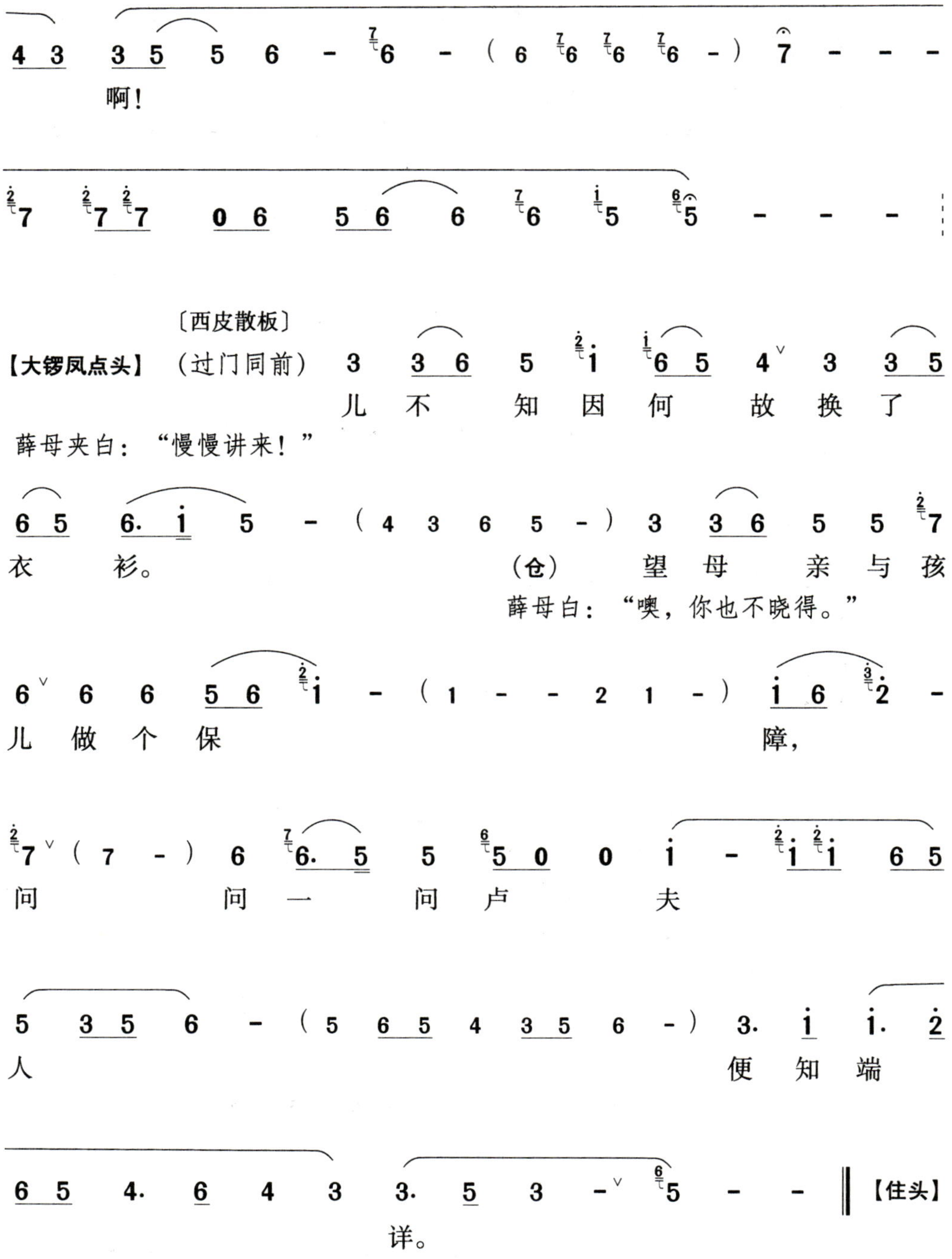


**薛　母**　（至正场，面对“小边”指卢家人等）原来你们无有好良心哪！豁着我的老命不要，我，我与你们拼了！（嘟～～～～～）

**碧　玉**　（上前）得了吧！（仓）吃饱了，喝足了，上我们这儿玩儿命来了！这都是什么人性啊？

**赵守贞**　（拦住碧玉）不要胡说！（上步）老夫人哪！

〔西皮散板〕

**赵守贞** 【纽丝】（过门同前）

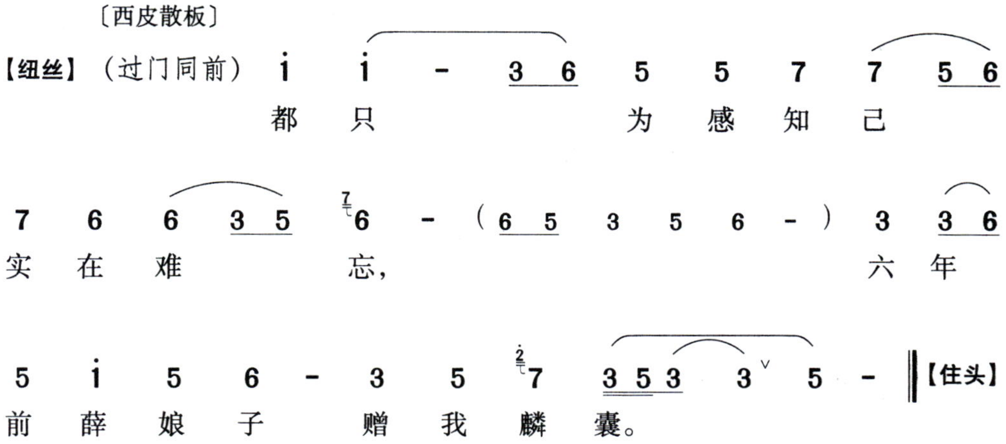


当年我出嫁之日，受尽世态炎凉。在春秋亭避雨，得遇薛娘子赠我锁麟囊，我夫妻才有今日。

**薛　母**
**周庭训** （同）原来如此，我等不知，多有得罪。

**众** （同时）哦，原来是这么回事呀[①]！

**赵守贞** 今日相见，我有意与薛娘子结为金兰，不知意下如何？

**薛湘灵** 就依夫人。

**赵守贞** （拱手）如此，姐姐请上，受小妹大礼参拜。

〖赵守贞“小边”小圆场至正场，折右袖，将水袖搭在左臂上，下拜。薛湘灵急迎上，折右袖，撑左袖还礼，二人亮高低相。薛湘灵搀起赵守贞。

〔西皮流水〕

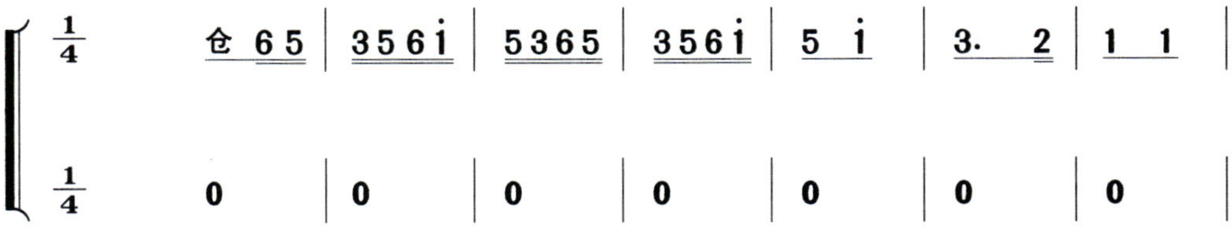

（薛湘灵抖双袖，提袖）

**薛湘灵**

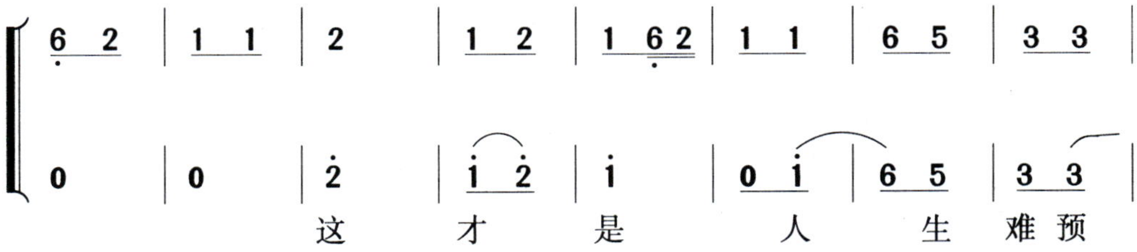


（上步）

① 如上程俊、胡杰等，此处可提起当初打赌之事，借以打趣。

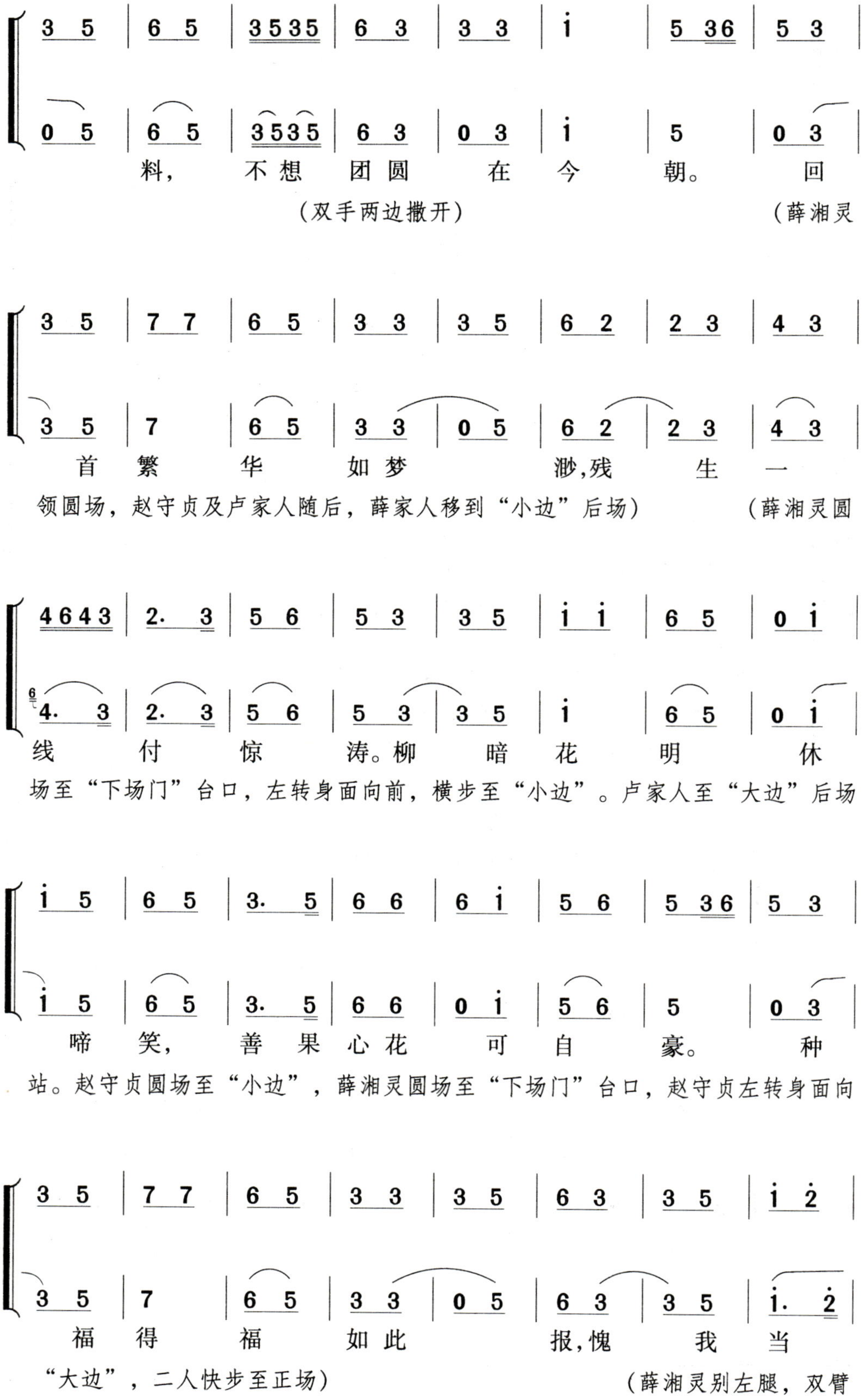
料，不想团圆在今朝。回
（双手两边撒开）
（薛湘灵
首繁华如梦渺，残生一
领圆场，赵守贞及卢家人随后，薛家人移到“小边”后场）
（薛湘灵圆
线付惊涛。柳暗花明休
场至“下场门”台口，左转身面向前，横步至“小边”。卢家人至“大边”后场
啼笑，善果心花可自豪。种
站。赵守贞圆场至“小边”，薛湘灵圆场至“下场门”台口，赵守贞左转身面向
福得福如此报，愧我当
“大边”，二人快步至正场）
（薛湘灵别左腿，双臂

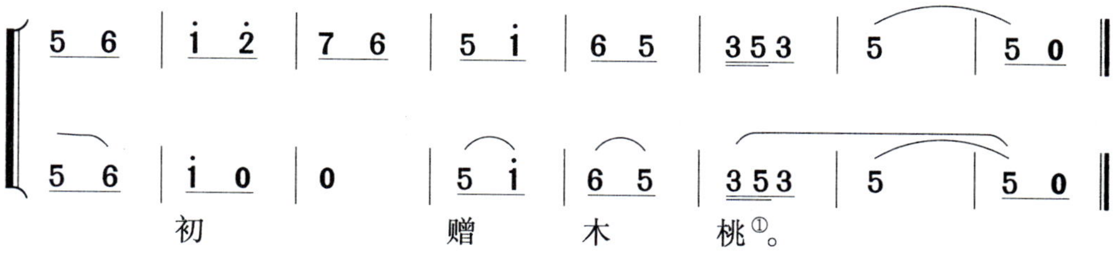


左摆，左腿后撤一步，双臂右摆）

（赵守贞一拜，薛湘灵别右腿，折右袖，撑左袖，一让）

（赵守贞二拜，薛湘灵后退，别左腿，折左袖，撑右袖，二让）

（赵守贞三拜，成低相，薛湘灵后退，上扬双袖，别右腿，折右袖，撑左袖，斜身三让，成高相）

〔唢呐吹奏曲牌<尾声·合头>。薛湘灵、赵守贞二人推磨换位，互相牵手，薛湘灵撑右袖，赵守贞撑左袖，亮住。幕落。

—— 剧 终

① 赠木桃：此用《诗经·卫风·木瓜》篇之典，喻礼尚往来，得到回报。

哈鸿儒　整理

# 柜 中 缘

根据吴素秋 1981 年演出录音整理

《柜中缘》是 1956 年吴素秋根据河北梆子同名剧目改编的京剧剧目，于当年上演，并很快就在全国推广。这是新中国成立后编演比较成功的“三小戏”之一。

《柜中缘》的故事是讲南宋时，抗金名将岳飞被奸相秦桧在风波亭害死后，次子岳雷保护母亲外逃避难，官府追捕甚紧，母子失散。岳雷被追，无处躲藏，闯进少女刘玉莲家中。岳雷说明自己的身世，请求在刘家避祸。刘玉莲因母兄外出，只自己一人在家，恐男女不便，故不允。这时公差已到刘家，情况万分紧急，玉莲无奈，将岳雷藏到柜中。公差进门后到处搜索，玉莲巧为周旋，使岳雷脱险。这时，玉莲兄淘气回来取东西，发现柜中岳雷，以为妹妹不贞，兄妹二人争执不休。刘母久等淘气不来，回家去看究竟，见到兄妹二人争吵，问明缘由，知道女儿所救是忠良之后，允予收留，并将玉莲许配给岳雷为妻。

《柜中缘》是一出以花旦为主的喜剧。主角刘玉莲是待字闺中的小姑娘，是个小家碧玉。她不像深闺中富家小姐那样腼腆，也不像江湖女子那样豪爽。她有活泼天真、聪明机智的一面，也有娇憨率直、羞涩使性的一面。吴素秋在这出戏中精彩之处就在于表演中分寸拿得很准，该收时便收，该放时便放。像救岳雷时，一开始，岳雷闯进刘家关上门，刘着急地往外赶这个陌生的男子；公差外面叫门，涉世不深的玉莲难免惊慌，虽不满岳雷闯进家来，还是按岳雷所教，将公差支走。得知被追捕的是忠良之后，便毅然将岳雷藏在柜中。公差搜进家门，玉莲反倒冷静下来，巧妙周旋，再将他们支走。这些细节都是有收有放的表演。当玉莲把救岳雷的原委对母亲说清楚之后，坐地做假哭状，直到打了淘气释放了委屈才罢，这是放；母亲征求把她许给岳雷的意见时，故意忸怩矜持不表态，最后说“妈瞧着办，（一笑）不就得了吗！”这是收，而且收得恰到好处。吴素秋在该剧中另一个表演特点是生活气息非常浓郁。如母亲出门后，在〈柳青娘〉曲牌中搬出板凳，拿着笸箩，坐在门外做着活计，哼着小调，不经意扎了手，活生生的一个少女在闲暇中怡然自得的状态。又如母亲提出要给她找婆家，她故意说母亲要把她赶出家门；母亲说男大当婚，女大当嫁，她机警地提条件而又自己不说，逼着母亲说出。母女之间那种腻乎劲儿，非常逼真。

《柜中缘》唱不多，刘玉莲一段〔流水〕、一段〔二六〕。前者是向哥哥说明事情的原委，后者是向母亲诉说。两段都以梅派的风格来演唱，唱腔并不华丽，但落落大方，十分精彩。特别是向母亲表白所唱的那段〔二六〕，连同转〔摇板〕后一共十四句唱词，却唱出了情感发展的层次。虽然自己很委屈，述说原委时却唱得平静委婉。“来了少年郎”中的“年”字唱得略带羞涩；“口诉冤枉”的“冤”字拖腔使用了顿音，表现出玉莲对岳雷的同情；“害他满门无下场”的“无下场”使了一个高亢的拖腔，表达了玉莲对秦桧的无比憎恨。直讲到哥哥回来，“他骂女儿廉耻丧”才把满肚子的委屈迸发出来，号啕大哭。唱最后一句“你道儿冤枉不冤枉？”转为诉完委屈后的抽泣。

吴素秋是一位多才多艺的旦角女演员，青衣、花旦兼工，梅、尚、程、荀各派皆能，是一位不可多得的集前辈艺术家表演特色于一身，又有着自己风格的京剧表演艺术家。上世纪

50年代复出重登舞台后，参加北京京剧四团，她跟随时代，编演了很多新戏，如《伊帕尔罕》（即《香妃》）、《春香传》、《张羽煮海》、《苏小妹》、《柜中缘》、《人面桃花》，以及传统戏《孔雀东南飞》、《红娘》等，在当时是一位颇具影响且很受观众欢迎的京剧演员。

哈鸿儒

## 人物行当

| | | | |
|---|---|---|---|
| 刘玉莲 | 花旦 | 淘　气 | 丑 |
| 刘　母 | 彩旦 | 二公差 | 丑 |
| 岳　雷 | 小生 | | |

## 服装扮相

**刘玉莲**　俊扮。大头、抓鬏、线尾子、辫子、水钻头面、草花，浅绿色绣花袄子、红四喜带，裤子，白袜子、彩鞋。

**刘　母**　俊扮。黪网子、彩旦髻、头套、红绒花，紫色沿边大彩旦褂子，黑裙子，抹子鞋。

**岳　雷**　俊扮。甩发、面牌，白绣花箭衣、大带，皎月色彩裤，厚底靴。

**淘　气**　丑扮。毡帽（反戴）、小辫（用毡帽压在头左侧），茶衣、小腰包、白腰巾子，黑彩裤，白袜、黑圆口布鞋。

**二公差**　丑扮。皂隶帽，蓝布箭衣、大带，黑彩裤，薄底靴。

## 道具

| | | | |
|---|---|---|---|
| 桌　子 | 一张 | 椅　子 | 两把 |
| 浅色沿边布桌围 | 一套 | 浅色沿边布椅披 | 两套 |
| 红　柜 | 一个 | 小板凳 | 一个 |
| 鞋　底 | 一个 | 笸　箩 | 一个 |
| 包　袱 | 一个 | 驴　鞭 | 一根 |
| 手　绢 | 两条 | 锁　链 | 一条 |
| 银包及碎银子 | 一份 | 家　法 | 一个 |

# 第一场

〔【冲头】幕启。二幕前。【冲头】切住。

〔【撕边】岳雷"上场门"上至正场。(崩登仓)岳雷跨右步,上左步,"云手",左弓箭步,面向"大边"台口亮住。【冲头】一望、两望。收回左腿,"云手",半个"小圆场","右顺风旗",面向"上场门",一望、两望。

〔亮弦〕

サ(7 6 2 1 -)

〔【快纽丝】岳雷退两步,左转身,面向前,整袖。上两步。

〔西皮散板〕

岳 雷 サ(7 6 6 55 31 21 7 6 2 1 -) 36 5 7 6 5

可恨秦 桧 把

(左手指"小边"台口)

6 3. 5 6 (6. 5 3 35 6) i 5 5 3 3 7 6 i

父 (哇)陷, (仓) 风 波 亭 (呐)上 尸

(拱手) (双手向两边撒开)

5 - 3 i 6 35 5 (2 36 5 -) i 55 5 7 6

骨 (哇)寒。 (仓) 抄 杀我满 门

(摊双掌) (向"小边"台口上步,抖动右手向右撒开)

57 6 6 65 5 - - 55 5 06 7 - 7 6 - ‖

骨 肉 散——

(左转身,摊双掌,掂动双掌向"大边"走,"拉山膀",左丁步一亮)

〔二公差"上场门"追上。

**二公差** (指岳雷)嘿,在这儿哪!

〔【扫头】【冲头】岳雷右转身,与二公差"一合"、"两合"。公差甲先转身过来,右手一盖,岳雷右手撩。公差甲左转身,左手再盖,岳雷左手推其左臂。公差甲再左转身背对岳雷,岳雷上步双手推其背,二公差迎面相撞倒地。岳雷左转身,别抬左腿,左手托,右手扣腕,斜身回头看二公差一亮,转身"下场门"逃下。二公差从地上爬起。

**公差甲** 跑啦,他!

**公差乙** 追呀!

〔【原场】二公差"下场门"追下。

# 第 二 场

〔【撤锣】开二幕。场上置正场桌，“小座”。浅色沿边布桌围椅披。“大边”斜放一柜。

〔【小锣打上】刘母拿手帕，“上场门”上，至“九龙口”。整头饰，整领口、衣裳。进至正场台口。【小锣归位】

刘　母　（念）女儿未出聘，叫我常挂心。

〔【小锣归位】刘母左转身，归“小座”坐。

刘　母　（诗）女儿聪明又勤奋，
　　每日织纺度光阴；
　　嫁个富家她不要，
　　一心要嫁读书人。【小锣住头】

老身，赵氏。配夫刘俊，不幸早年去世，留下一儿一女。儿子名叫玉春，小名儿淘气儿。女儿玉莲，尚未许人。我有心回到娘家，托她舅舅给她找一个相当的亲事，我这辈子地心愿也就算了啦。我就是这个主意。玉莲，玉莲，玉莲快来呀！

〔刘玉莲“上场门”幕内白：“哎——，来了，来了，来了——！”

〔【小锣长丝头】刘玉莲左手托手绢，右手耍辫子，碎步“上场门”跑上，至“小边”台口，将辫子甩到身后一亮。

刘玉莲　（向两边呼唤）妈！妈！

刘　母　哎，妈在这儿呢！

刘玉莲　（左手后指）噢，妈在这儿哪！

〔刘玉莲左转身进门，（台）站“小边”刘母右侧。

刘玉莲　妈呀！

刘　母　哎。

刘玉莲　您叫我哪吗？

刘　母　啊，叫你哪！

刘玉莲　您叫我有事儿吗？

刘　母　我要到你舅舅家里去一趟。

刘玉莲　噢，您要到我舅舅家里去呀？

刘　母　嗯。

刘玉莲　去我舅舅家有事吗？

刘　母　嗯，有、点、事儿。

刘玉莲　（撒娇状）有什么事儿，妈，您跟我说呀！

刘　母　（拉着玉莲的手，站起）孩子，你也老大不小的啦，我有心托你舅舅给你找一门相当的亲事。哎，你愿意不愿意呀？

刘玉莲　噢，我明白啦，您找我舅舅，给我们找个婆婆家，把我们轰出门去，是不是呀？

刘　母　哎，男大当婚，女大当嫁，这是正经的事儿呀！

刘玉莲　（难为情地）那……那……那有话我可要说了。

刘　母　有话你就说吧！

〔刘玉莲欲言又止。

刘　母　怎么不说了？

刘玉莲　我的心事妈知道。

刘　母　你的心事（摊双掌）妈怎么会知道呢？

刘玉莲　妈知道。

刘　母　不知道。

刘玉莲　知道么（读 mēi）！

刘　母　不知道么！

刘玉莲　（撒娇状）嗯……（拉住刘母双手）妈知道嘛！

刘　母　哈……好，我明白啦。你想找一个知书明理的书生，对不对呀？

〔刘玉莲做矜持状。

刘　母　（故意逗刘玉莲）嗯，那可由不了你。我偏给你找一个不务正业的野孩子！（台）

刘玉莲　什么？您给我找一个不务正业的野孩子？

刘　母　嗯。

刘玉莲　（回击）那，那，那我不跟他去！

刘　母　（奚落地）哎哟，也亏得你说得出口来哟！

刘玉莲　哟，有话不先说在头里，以后怎么安分（羞状）过日子呢！

刘　母　哎哟这孩子，这孩子！好了，好了，我全知道啦。快点儿，叫你哥哥鞴驴去。

刘玉莲　（撒娇地）妈！

刘　母　（哄刘玉莲）哎，好啦，好啦！好孩子，快去吧，啊！（回“小座”坐）

刘玉莲　（出门，向“大边”台口喊）哥哥，（转身向“上场门”，用手招呼）哥哥——

〔淘气儿“上场门”幕内白：“哎——！”

刘玉莲　妈让你鞴驴呢！

〔淘气儿“上场门”幕内白：“噢，来喽——！”

〔**【小锣凤点头】**淘气儿执驴鞭牵驴“上场门”上至“小边”。刘玉莲站“大边”台口。

〔西皮流水〕

哎,我出来这么半天了,我妹妹怎么不知道哇? 有嘞,我听听她说什么。(做窃听状)

刘玉莲　(愣神状,自言自语)天哪!

淘　气　天又怎么啦?

刘玉莲　保佑着我舅舅给我找一个白面书生,那我就……

淘　气　(过去拍刘玉莲的肩膀)妹妹!(台)

〔刘玉莲转身见淘气,不好意思地去打淘气,淘气后退躲避。刘玉莲进门到母亲右侧拉着刘母手做撒娇状。

淘　气　怨不得站在这儿发愣呢!(台)净想白面书生啦。(进门)(台)

〔西皮摇板〕

(大.大 大大 衣大 大 台)サ(7 6 5 5 3 6 5 5 3 2 1 1 6 5 5 5)1
问

3 2 1 2 ᵛ 7 6 5 6 1 - (1 1 7 2 1 - )‖
妈 妈 骑 驴 到 哪 边?

妈,叫我有什么事儿呀?

刘　母　嗯,我要到你舅舅家里去一趟。

淘　气　噢,您要上我舅舅那儿去呀?

刘　母　嗯。

淘　气　到我舅舅那儿,您想着法子给我要俩鸡蛋。

刘　母　干什么呀?

淘　气　我好解解馋哪!

刘　母　呸,馋骨头!

〔刘玉莲一旁羞淘气。

刘　母　快,牵驴去!

淘　气　(嘟囔着出门)吃俩鸡蛋都不行!

〔淘气到“小边”牵驴。刘母站起叮嘱刘玉莲。

淘　气　驾,驾!

刘玉莲　我去送送您去。

刘　母　哎。(拉着刘玉莲手)孩子,你在家里头好好地做活儿。

刘玉莲　我知道。

刘　母　你可千万别往门口去站着。(出门)

刘玉莲　哎。(随刘母出门)

〔淘气拉着驴至正场台口。

淘　气　妈,您上驴。(执驴鞭险些碰到刘母)

刘　母　瞧,你这孩子!

淘　气　没事儿,我这瞧着哪!

刘玉莲　你搀着妈点儿!

刘　母　搀着我点儿!(接过驴鞭)

淘　气　我搀着您。

〔(大 大大 大 大 台)淘气搀扶着刘母上驴。

**淘　气**　哦！驾！

〔淘气踹驴屁股一脚，驴惊，向“大边”跑去，刘母晃悠悠地将驴制服。

**刘玉莲**
**刘　母**　（同）哟……（**大 大……台**）

**刘　母**　这孩子，怎么不小心点儿！

**刘玉莲**　妈呀，您走啦！

**刘　母**　（摇着驴鞭，原地踏步，做前进状）哎，我走啦！

**刘玉莲**　早点回来！

**刘　母**　你在屋里好好地做活儿！

**刘玉莲**　知道啦！

**刘　母**　别在门口儿站着！

**刘玉莲**　哎，您问舅舅、舅妈好哇！

**刘　母**　我走啦！（摇着驴鞭“下场门”下）

**刘玉莲**　早点儿回来！

〔刘母“下场门”幕内白：“哎！”

**淘　气**　妹妹，妈嘱咐你的话听见没有？不让你在门口这儿站着。进去！做活儿去！

**刘玉莲**　（不服地）走你的吧，操这份儿闲心！

**淘　气**　闲心？我虽然操着的是闲心，我可没操着那白面书生的心！

〔刘玉莲用手绢拂打淘气。（**台**）害臊地转身进门，坐“小座”，双手提着手绢遮面。

**淘　气**　嘿，一句话就给我妹妹说臊了，这么一溜——就进去了！嘻嘻嘻……（欲往“下场门”走，又站住）哎，（面向前）往后我淘气是得操点心了！我妹妹也老大不小的了，（刘玉莲俏俏地走近淘气）一年儿比一年儿大了，她那心呢已经都开化了……

〔刘玉莲犹豫着欲出门，淘气转身与刘玉莲相对面。（**台**）

**淘　气**　哎，你怎么又出来了？进去，进去！你给我进去！

〔刘玉莲不服气地大步迈出门来。（**台**）

**淘　气**　哟呵！不说你倒好，一说你倒出来了，进去！

〔刘玉莲噘着嘴，拗着劲儿，不从。

**淘　气**　进去！

〔刘玉莲仍拗着劲儿，不从。

**淘　气**　（急得跺脚）哎哟……你给我进去！

〔刘玉莲拗着劲儿，跺着脚，不从。

〔刘母“下场门”幕内白：“淘气儿——！”

**淘　气**　（朝着“下场门”应答）哎——

〔刘母“下场门”幕内白：“快来呀！”

**淘　气**　哎，妈！您瞧她，（甩手跺脚）她不进去！

〔刘母“下场门”幕内白：“淘气儿——！”

**淘　气**　（对刘玉莲）你给我进去！（朝“下场门”）妈我来啦！（又对刘玉莲）你给我进去！（又转向“下场门”欲走）

〔刘母“下场门”幕内白：“淘气儿——！”

**淘　气**　（再转身对刘玉莲）你给我进去！（再转身向“下场门”走几步）

〔刘母“下场门”幕内白：“淘气儿——！”

**淘　气**　（转身对刘玉莲拂袖，跺脚）（台）你爱进去不进去，你！【小锣五击头】（向“下场门”跑）我来啦！（“下场门”下）

〔（大0大0大 大 大 大大大大 大大大 大大 多罗. 台）刘玉莲双手扯着手绢转向“下场门”瞧，右手将手绢朝“下场门”一拂，转身面向前。

**刘玉莲**　（自言自语地发牢骚）瞧哇，把人家管得多紧哪！成天就蹲在屋里，不让人家出门儿，在门口儿站着都不成。不成拉倒！（无奈地右转身面向里欲进门）（大0大0大 大 大 大大大大 大大大 大大乙 多罗.）（一寻思，转身面向前，拍手）哎（台），今儿个他们可都走了。我不免拿出来活计，在门口儿哇来做活儿，让我这两只眼睛呀也清亮清亮！（右掖步，一亮）

〔胡琴奏曲牌〈柳青娘〉。曲牌中刘玉莲右转身面向里将手绢掖在大襟上，走到正场桌后面取出笸箩、小板凳端着走到正场，出门，右转身走到“小边”，放下板凳，两边一望，摆一摆手表示没有人；又端起板凳“花梆子步”走到“大边”，放下板凳，两边一望，见没有人，高兴地在胸前拍拍手，在板凳上拿起笸箩，坐在板凳上，拿出要纳的鞋底，再将笸箩放到地上，开始做活。曲牌止。

〔刘玉莲边唱小调边纳鞋底。

〔小放牛〕

**刘玉莲**

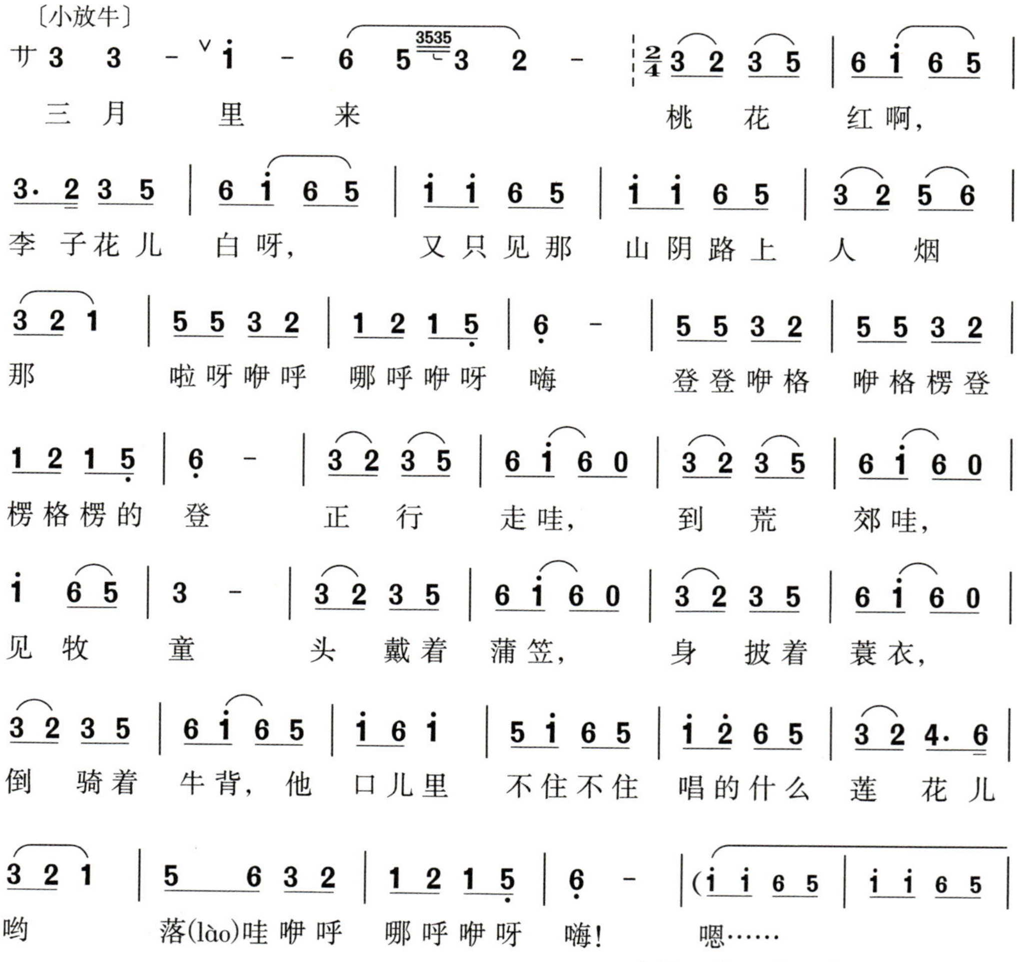


（刘玉莲双手抚膝怡然自得地哼

1 2 1 5 | 6 -) | 3. 2 3 1 | 2 - | 3. 2 3 1 | 2 -

着小调的过门） 牧 童 哥 你 过 来……

〔刘玉莲正唱得得意，不小心锥子扎了手，停了歌唱。

〔【乱锤】刘玉莲将线绳缠在鞋底上，将其放到笸箩里。岳雷同时"上场门"退步逃上，至"小边"台口左转身面向前，上步，起叫头。

岳　雷　【叫头】哎呀且住！后面官兵追赶甚紧，这便如何是好？（摊双掌）【撕边一锣】（一望）看前面有户人家，只好暂时隐避再作道理。

〔【乱锤】刘玉莲将笸箩放在板凳上，端凳回家。岳雷同时两望，上步，左转身往正场走。刘玉莲正要进门时与岳雷相遇，二人都不自主地后退一步。

刘玉莲　哎……【乱锤】（切住）

岳　雷　（躬身作揖）小姐呀！（仓）

刘玉莲　哎，你这个人，你怎往我们屋里跑哇？

岳　雷　你要救我一救哇！

刘玉莲　我，你是干吗的，我救你？

岳　雷　（拱手）我乃被难之人，你要救我一救哇！（上步，进门）（嘟……仓）

刘玉莲　（退步，进门）干吗，你要干吗？（嘟仓）你是干吗的？

〔二公差"上场门"幕内白："追，追！"

〔岳雷转身关门，插上门闩，刘玉莲惊得将板凳、笸箩掉在地上。（仓）

〔二公差"上场门"追上，至"小边"。

公差甲　伙计，明明看着他往这边跑了，怎么没人儿呀？

公差乙　哎，（指着刘家的大门）这有一家儿。

公差甲　问问。

公差乙　对。

二公差　开门！（至正场，刘家门外，分站两边）（仓）

〔岳雷在门内请刘玉莲应对，刘玉莲战惊惊地到大门旁。

公差乙　开门儿呀！

刘玉莲　哎……谁？

公差乙　看见一个相公过去没有呀？

〔刘玉莲左转身指着岳雷。

岳　雷　（小声地）你就说，没有人来！

刘玉莲　（惊慌地）嗯……没有，没有……没人来！

公差乙　（对公差甲）怎么，没人儿来？

公差甲　（惊慌地）我们瞧见了！

〔刘玉莲又慌张地指着岳雷。

岳　雷　（小声地教）当真无有人来！

刘玉莲　（惊慌地）当真没……嗯，没人来！

公差甲　没人？往哪里去了？

刘玉莲　（小声地问岳雷）往哪里去了？

岳　雷　（小声地）就说往西去了。

刘玉莲　(不满地)你不会自己跟他们说去?

岳　雷　我一说,他们就知道了。

刘玉莲　(吓得不由自主地大声起来)他们就知道……

二公差　啊!

刘玉莲　(往"大边"指)往西去了——

公差乙　哎,伙计,往西去了!

公差甲　往西去了? 追!

公差乙　啊追呀!

〔【快冲头】二公差"下场门"追下。

〔【撕边】刘玉莲开门,(崩登仓)岳雷拨开刘玉莲,上步复又关上门,插好门闩。

刘玉莲　你,你瞧你这个人,他们都走了,你干吗还关门呀,你!

岳　雷　(拱手)小姐! 我就对你实说了吧!【大锣五击】小生岳雷。(转身面向"大边"台口,拱手)我父岳飞(转身对刘玉莲)被秦桧老贼所害,他用一十二道假金牌,调我父(拱手)进京,在风波亭前三绞废命。是我保定母亲、兄弟逃出城来,不幸又被官兵冲散。若非小姑娘搭救,险遭不测。

刘玉莲　(惊喜状)哟! (仓)原来你是岳公子呀,(福拜)失敬了!

岳　雷　(还礼)岂敢!

〔二公差"下场门"幕内白:"走着! 走着! "随着喊叫"下场门"上至"大边"。

公差甲　哎呀,这趟谁也没抓着,手里头还有点儿素!

公差乙　还有点儿素哇,(从怀中掏出银包)我倒弄着点儿。嘿!

公差甲　分我一半儿,弄点儿来!

〔公差甲从公差乙手中取过一些银子放到自己怀中,公差乙也将银包揣入怀中。

〔刘玉莲在门内将板凳、笸箩放到正场桌后面。

公差甲　哎,伙计(指着刘家大门)咱们再搜搜这家儿。

公差乙　搜出东西来——

公差甲　咱们二一添作五。

公差乙　哎,你可别独吞。

公差甲　没那事儿。

〔二公差至正场,站门外两边。

二公差　开门儿,开门儿! (仓)

刘玉莲　(害怕地)哎……谁呀?

二公差　我们又回来了! 快点儿,快点儿!

刘玉莲　哎呀!

〔【乱锤】刘玉莲指指门外,岳雷摊双掌,搓手,刘玉莲摊双掌,掂掌。二人往前场走,又转身往后场走,不知所措。刘玉莲掀开桌围,让岳雷藏身,岳雷摆手,刘玉莲掂掌与岳雷回到中场。

二公差　快点儿,快点儿! 砸门了!

〔刘玉莲看到柜子一指,与岳雷换位,走到柜子前一指,掀开柜子的盖,让岳雷藏身于内,盖好柜子。

二公差　(敲着门)快点儿,快点儿!

〔刘玉莲看看柜子,退步至正场,开门。二公差推门被闪,摔到门里边。刘玉莲站“小座”前。

二公差　哎哟,哎哟!(爬起)

公差甲　妈呀,摔着了我啦!(对公差乙一指刘玉莲)哎哟,是个小姑娘!

公差乙　伙计,吓唬吓唬她!

公差甲　吓唬吓唬她!(对刘玉莲)嘿,小姑娘!瞧见那个相公没有?

刘玉莲　(害怕状)没,没有。

公差甲　我们瞧见了!

刘玉莲　(故作镇静)没有来嘛!

公差乙　当真没来?

刘玉莲　当真没来!

二公差　我们要搜!

刘玉莲　搜?搜吧,搜我也不怕!

〔二公差前后搜。刘玉莲移到柜前站。

公差乙　什么都没有哇!

公差甲　伙计,过来!

〔公差乙到公差甲身边。

公差甲　(指柜)有个小柜儿,里面保证有东西。

公差乙　搜!

公差甲　搜!

公差乙　小姑娘,你那柜儿里有什么?

刘玉莲　柜里?

二公差　啊。

刘玉莲　旧衣裳。

二公差　旧衣裳?那我们也要搜。

刘玉莲　嘿!呆着吧!(仓)我妈说啦,我们女人家的东西,,不许你们男人们瞧!

公差乙　不许瞧哇,非搜不可!

〔公差甲趁机偷正场桌上的包袱。

刘玉莲　(指公差甲)嘿!拿什么呢!

公差甲　嘿,伙计!(仓)

〔公差甲拿着包袱就跑,出门,“上场门”下。公差乙见占到了便宜,忙追出去,“上场门”下。

刘玉莲　哟——!

〔(嘟 - 大大大大 仓)(嘟 - 大大大大 仓)刘玉莲出门两望,(大)见二公差已走,松了一口气,(仓)(嘟……)退回门里,忙关门,插门闩(仓)。到柜前敲敲柜,将盖掀开,岳雷出柜。(仓)刘玉莲擦着脸上的汗,站“小边”。

岳　雷　(站“大边”,拱手)小姐呀,救命之恩,容当后报。

刘玉莲　(惊魂未定)您就别客气啦,您就!

岳　雷　有罪之人,不敢久停,待俺走去!(欲出门)

刘玉莲　(忙拦)哎哎哎,你这孤身一人,逃到哪儿去呀?

岳　雷　（摊双掌）这个……

「淘气“下场门”幕内白：“啊！”

「淘气“下场门”上至“大边”。

〔西皮流水〕

淘　气　1/4（大·大 | 衣 | 衣 | 台·大 | 台 | 台）| 1 | 3 | 2 | 1 | 3 |

我 妈 妈 把 钱

2 | 1 2 | 3 | 2 | 3 | 6 1 | 1 | 1 | 3 | 2 | 5 6 | 1 | 1 ‖

袋 忘在 家 里，她 叫 我 回 家 来 取个 东 西。

哎，我妹妹还真听话，还真没在门口儿这站着。哎，我叫门去！（到正场叫门）开门来！（仓）

刘玉莲　（走到门前，慌张地）谁呀？

淘　气　我是你哥哥呀！

刘玉莲　【乱锤】（不知所措地对岳雷）我哥哥回来了！

「刘玉莲、岳雷摊双掌，搓手，前后走动，不知如何处理才好。

淘　气　快点开门！

「刘玉莲、岳雷换位，刘玉莲至“大边”看见柜子，急中生智，打开柜子，指着柜，又让岳雷躲到柜中。

淘　气　快点开门，再不开门，我就踹了啊！（用脚踹门）

刘玉莲　（赌气地）我不给你开门，你踹！你踹！

淘　气　好妹妹，我不踹了，快给我开开吧！

「刘玉莲噘着嘴去开门。淘气欲进门，刘玉莲尴尬地把他堵在门外。（台）

刘玉莲　（亲热地）哥哥！

淘　气　哎。

刘玉莲　（嘻笑地逼退淘气）哥哥，嘻嘻嘻……

淘　气　哎……妹妹，你干吗这么变颜变色的？

刘玉莲　（绷起脸，故作镇静）谁变颜变色的啦？

淘　气　你瞧，你瞧！

刘玉莲　你不是走了吗，你又堵在这儿干吗呀？

淘　气　我堵着谁了，我？（解释）你不知道，妈给外婆做了一个钱包，落在咱家柜子里啦，让我回来取一趟。

刘玉莲　（惊得忙往屋里跑）哟……你等会儿，我来取。（开柜子取）

淘　气　您瞧我妹妹，拿我妈的事儿真当事儿，我这儿一说，她就跑进去了。她进去了，我也进去。（站“小边”）

「（大 0 大 0 大 大 大大 大大）刘玉莲见淘气进来，忙盖上柜子，慌张地喊。

刘玉莲　哎……（仓）（指着门）出去，出去！你出去！

淘　气　妹妹，哥哥我走得怪累得慌的，我跟家里歇一会儿还不成吗？

刘玉莲　你出去，你不出去我不给你拿。

淘　气　你不给我拿不碍事，我自个儿拿！（向柜子走过来）

**刘玉莲** 哎哟哟,哟……(踢打着柜子)哎呀呀……

**淘 气** 妹子,妈在半道儿上还等着我哪!(着急状)一会儿我去晚了妈该揍我了!

**刘玉莲** 你出去!你不出去,反正我不给你拿。

**淘 气** 你不给我拿不要紧,(说着跑到柜子跟前)我自个儿拿。

**刘玉莲** (盘腿坐在柜上)哎哟……(用手绢轰淘气)出去,出去!(台)

「刘玉莲用手不停地威胁淘气,淘气做躲避状,不断地后退至"小边"。

**淘 气** (背供)她不给我拿,也不让我拿。得,有嘞,吓唬吓唬她。(对刘玉莲)哎!哎哟,大长虫!

**刘玉莲** (惊吓地)哎哟!(跳下柜往"小边"躲)

**淘 气** (往"大边"走)大长虫,大长虫!(台)(拉住刘玉莲的手,指着柜)你不给我拿,我自个儿会拿!

「刘玉莲在"小边"做尴尬状。淘气掀开柜子盖,看到岳雷。(仓)【撕边】岳雷在柜内站起,淘气惊讶地后退,坐到正场地上。(仓)

**淘 气** 哎哟,我的妈耶!

「刘玉莲用手绢遮脸面里做羞状。岳雷从柜内出来,站"大边"。

**淘 气** (边走边说)我淘气儿这么一会儿不在家,她真把一个白面书生弄到我们家来了!哼哼哼……

「淘气左袖拂打岳雷,(仓)右袖拂打岳雷。(仓)刘玉莲在淘气身后欲拉住淘气,又不敢去拉,淘气右袖再拂打岳雷。(仓)

**岳 雷** 大哥!

**淘 气** (质问地)你这是怎么话儿,你?你怎么知道我淘气儿这么会儿不在家,就跑到我们家,钻到我们家柜子里头去了?

**岳 雷** 大哥,不要生气,我是读书之人,急得我实在是无有路了。(摊双掌)

**淘 气** 噢,念书的?念书的不在学堂念书,跑到我们家,钻到我们家柜子干什么来了?

**岳 雷** 大哥,我到你家,只因我家被难了。

**淘 气** 哦,你们家被卧烂啦?你们家被卧烂了,跑到我们家拿我们家被卧里来了!

**刘玉莲** 你说什么呀,你?

**岳 雷** 大哥,你听错了。我是被难之人,到你家,避难来了。

**淘 气** 嘿,你还说你是避难的。我非得处置处置你不行啊!

「淘气到正场桌后找绳子,刘玉莲暗示岳雷快跑。岳雷刚一迈步,被淘气发现,淘气忙回来抓住岳雷。

**淘 气** 哎,你回来!(嘟……仓)你还想跑,(解下自己身上的腰巾)往哪儿跑哇,你?

「淘气绑岳雷,刘玉莲上前阻止,淘气还是绑上了岳雷。

**淘 气** 我给你捆上,我!(仓)

**刘玉莲** 你干什么呀,你!

「淘气绑好岳雷,推开刘玉莲。(仓)

**淘 气** (对岳雷)等一会儿我妈回来,(仓)把你拉到大堂上去,让大老爷打你一百板子,把你屁股打得烂烂的,看你还钻我们家柜子不钻了!

**刘玉莲** (抽噎着)(大)哼嗯,(大大)哼嗯,(大大 大大)嗯……(右手抹着眼泪,哭了起来)(台)

**淘 气** (对刘玉莲)你还哭哪!

刘玉莲　嗯哼哼哼……

淘　气　啊，你还哭呢？

刘玉莲　你绑他干吗你呀！

淘　气　你干的这是什么事儿呀？

刘玉莲　（不服地）我干什么事儿了？干什么事儿了？

淘　气　（拂右袖）哎哟，气死我喽！

〔西皮摇板〕

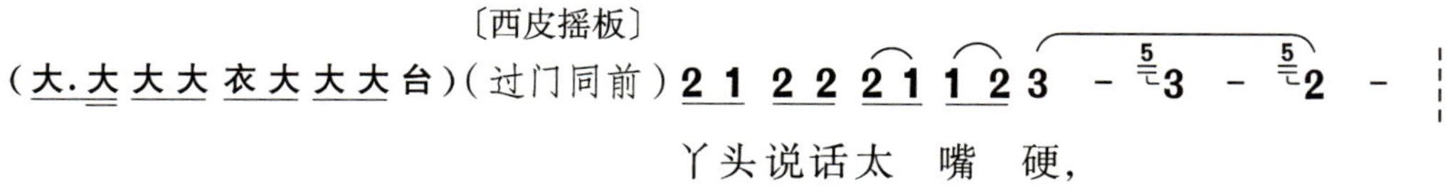


（刘玉莲在“小边”委屈地哭泣）

刘玉莲　呆着吧你！你说我说话嘴硬，你说这样话就该烂舌头。

淘　气　你烂舌头！

刘玉莲　你烂舌头！

淘　气　（逼迫刘玉莲）你烂舌头，你烂舌头，你烂舌头！

〔刘玉莲用脚跺淘气的脚。

淘　气　哎哟……（双手抬起右脚揉着后退，放下脚在地上活动着脚腕）

〔西皮摇板〕

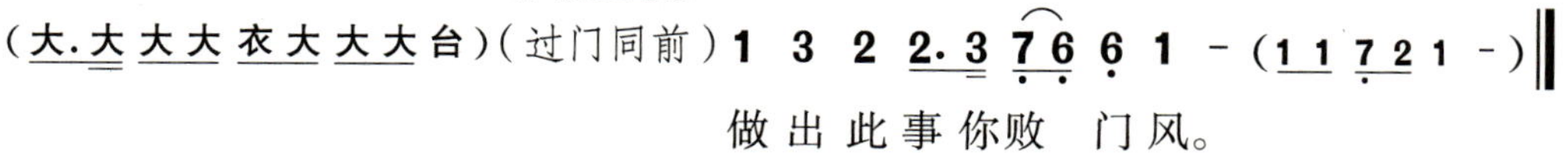


刘玉莲　（抓住淘气衣襟质问）我做了什么事了，啊？（推着淘气后退）我做了什么事了？（推淘气坐到“小座”上）你说，我做了什么事了？

〔淘气架起二郎腿，面对刘玉莲说不出话来。刘玉莲双手放在腹前站在“小边”生气。（台）岳雷上步劝解。

岳　雷　大哥，不要冤屈了小姑娘。

淘　气　去、去、去……那边去呆着吧，你！噢，（看看刘玉莲，又看看岳雷，恍然大悟状）你们俩原来是一头儿的！（台）

刘玉莲　哥哥！（拱手）

〔西皮流水〕

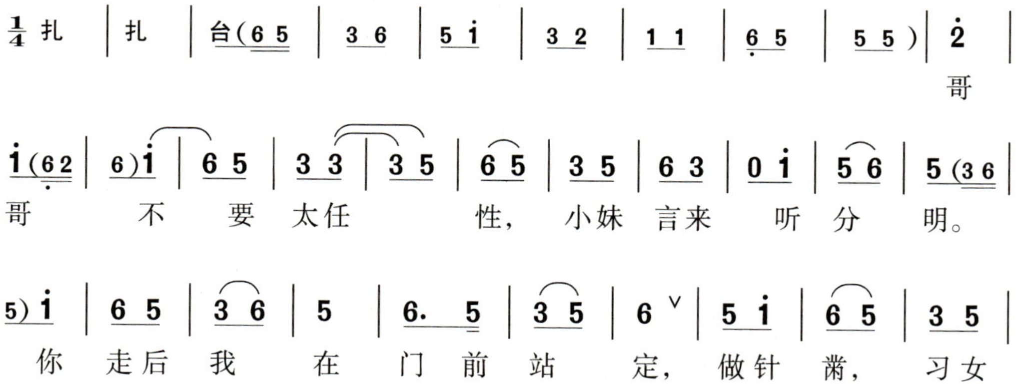

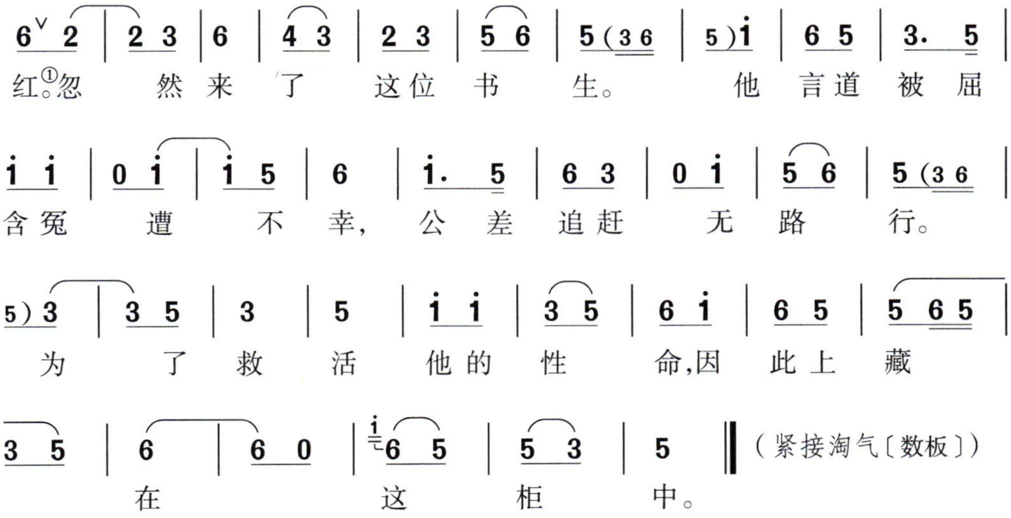


**淘　气** 〔数板〕

(站起)丫头　竟敢　巧言　辩,
　　现有　赃证　在面　前。
　　此事　若被　人看　见,
　　一个人儿　说话　百人　传。
　　都说我　淘气儿的　妹妹　多下　贱,
　　我的　脸面　哪里　钻　哪　里　钻?

〔淘气气得又坐回"小座"。

**刘玉莲** 呀!

〔亮弦〕

サ(7 6 6 2 1 - )

〔西皮摇板〕

**刘玉莲** 【小锣凤点头】(过门同前)

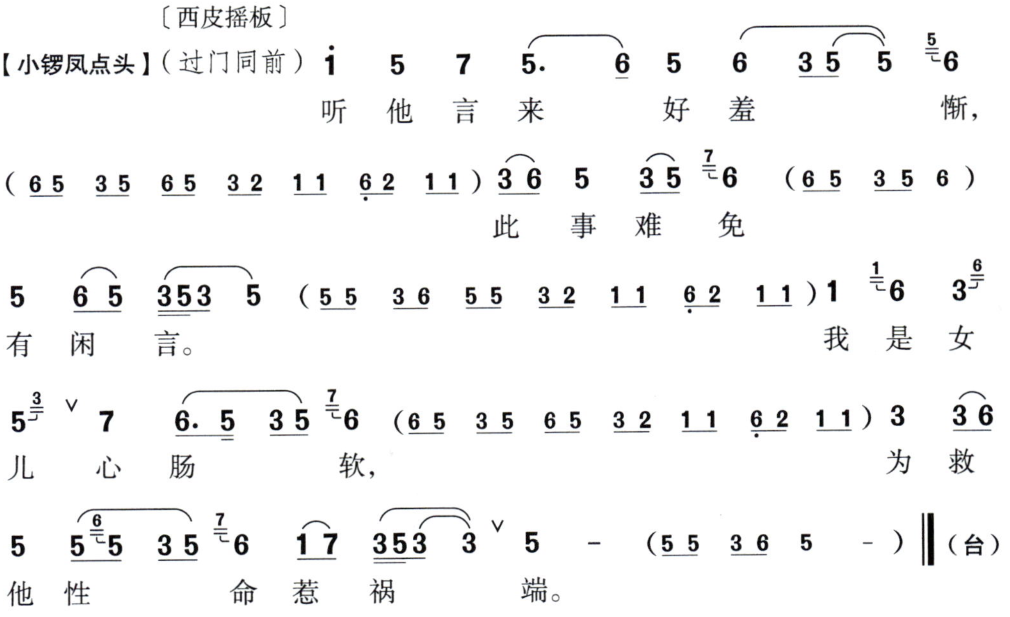


① 红,此处读gōng。

我知道你是个被难的。可就你也不往东跑，你也不往西跑，你偏偏就跑到我们家里来了。这件事情要是让人说了闲话，你说可怎么好哇？

〔岳雷无言。

刘玉莲　（着急地）说话呀！你倒是说呀，你！

岳　雷　小姑娘，不要心伤。咳，这都是不白之冤哪！

淘　气　（站起，指点着岳雷）什么？不白，不白？你要是长得不白，我妹妹的柜能让你钻吗？

〔刘玉莲一旁拭泪，听到淘气胡说，气得直跺脚。

刘玉莲　（面向"小边"用手绢遮羞）哎呀哥哥呀！

〔西皮散板〕

**【快纽丝】**（过门同前）1̇　6 5　3 6　5　7　6 5 3 5　6 0

哥　哥　忒　以　疑　心　重，

（左手指淘气，　双手抚胸，

7 0　6　6 5　3 6　5　4　3　2　3　5　-

我　有　理　的　事　儿　说　不　清。

摊右掌再摊左掌，"腕花小云手"双掌向右一推，面向"大边"做无奈状）

（右手拍腿）哎！

〔西皮散板〕

**【快纽丝】**（过门同前）1̇　1̇　3 6　5　3　3 6　5　2̇　1̇ ²1̇

无　奈　何　我　只　得　把　头

6 1̇　1̇　（1　-　）　³2̇　-　-　³2̇　³2̇　²1̇　²1̇　-　‖

碰。

（右手指头）

〔**【扫头】**刘玉莲往正场桌后欲碰头，淘气赶紧去拉住刘玉莲双手拦阻。刘母"下场门"急上，进门，误以为淘气与刘玉莲打架，非常生气。

刘　母　（面里双手插腰）哈哈！

〔（仓）淘气放开刘玉莲，二人面对刘母，不知所措。**【撕边】**刘母怒视淘气，推磨换位。

刘　母　哼！（仓）好哇，我在半道儿上等你，是左等也不来，右等也不来，闹了半天，你在家里跟你妹妹吵架哪。你呀，你真是不知好歹！（打淘气）（八 大大 仓）（打淘气）（八 大大 仓）

淘　气　哎哟，哎哟！（指着刘玉莲争辩）我妹妹她是东西，她是东西！

刘　母　你妹妹哪点儿不好，你说呀，你说！

〔刘玉莲欲拉住刘母，又不敢上前。

淘　气　您不知道，咱们娘儿俩刚走了这么一会儿（刘玉莲摆手示意淘气别说）我妹妹她、她真把一个白面书生给弄到咱们家来了！

刘　母　呸！（台）你胡说八道，胡说八道！

淘　气　您不相信哪，不信您瞧！

刘玉莲　妈！

刘　母　在哪儿呢？

**淘　气**　（拉着刘母走向岳雷）在那儿哪！

**刘　母**　在哪儿呢？（跟着淘气往"大边"走）

**刘玉莲**　妈，您别去！

**淘　气**　您瞧，在那儿哪！

**岳　雷**　（上步）妈妈！

**刘　母**　啊？

〔【**撕边**】刘母愣住，闭气，后退，刘玉莲、淘气忙扶住刘母，刘母晕过去。（**仓**）

**刘玉莲**
**淘　气**　（同）妈！妈！

〔【**快冲头**】刘玉莲、淘气将刘母扶到"小座"。

**刘　母**　哼，哼！

〔西皮导板〕

【**大锣导板头**】 サ（7 6 － 6 5 5 i 3 2 1 7 6 2 1 － ）

5 5 3 5 ∨ 5 5 3 5 6 ∨ 6 5 5 ⁶5 ⁶5 3 5 －

一 见 相 公 上 了 绑 呃 啊！

〔刘母打刘玉莲嘴巴，刘玉莲捂着脸右转身一周躲到"小边"面向"大边"台口哭泣。

**淘　气**　妈耶！

〔西皮散板〕

**刘　母**　【**双楗大锣凤点头**】（过门同前）2 1 3. 2 1 1 2 ∨ 3 2 1 6 1

气 得 我 眼 黑 心 内 慌。

（摊双掌）

（7 6 2 1 －）1 3 2 ²³2 1 ∨ 3 2 1 2 2 3 4 ⁴3 ⁴3 ³2 －

（**仓**）　这 都 是 平 日 娇 惯 养 啊！

（指点着刘玉莲）

**刘玉莲**　妈呀，您听我说。

**淘　气**　妈呀，给您这个。（把"家法"给刘母）打她，打她！

〔【**乱锤**】刘母气急，用"家法"狠狠追打刘玉莲，刘玉莲躲避，走一个"小圆场"。刘母走到正场时误打淘气。（**仓**）

**淘　气**　哎……（蹦起，揉屁股，躲到"大边"）

〔西皮散板〕

**刘　母**　【**双楗大锣凤点头**】（过门同前）1 3 2 2 1 1 2 － ∨ 1 － 2 － 1 －

你 辜 负 为 娘 好 心 肠！

（右转身一周面对刘玉莲）（掂左掌）

我，我，打死你！

〔（**仓**）刘玉莲左手托住"家法"。（**顷　仓**）刘玉莲左掖步，拿着手绢举起右手。岳雷上步。淘气左手拦住岳雷，右手指着刘玉莲。四人正场“横一字”亮住。

〔哭头〕

刘玉莲

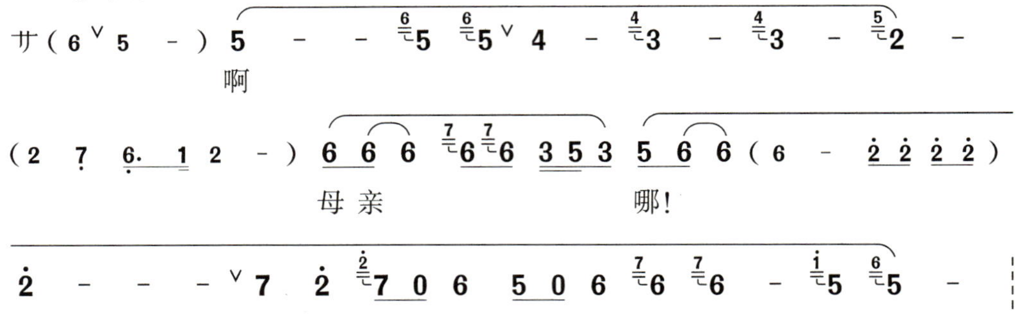


（推开刘母的“家法”）

**岳　雷**　妈妈！（仓）

**刘　母**　（对刘玉莲）你，你给我说呀！（转身面向淘气）

**淘　气**　（不依地对刘母）你，你打我干什么呀？

〖淘气不平地面向“大边台口”，岳雷退至“大边”，刘玉莲扶刘母至“小座”。刘母将“家法”放到桌上，然后坐下。

〔二六〕

刘玉莲

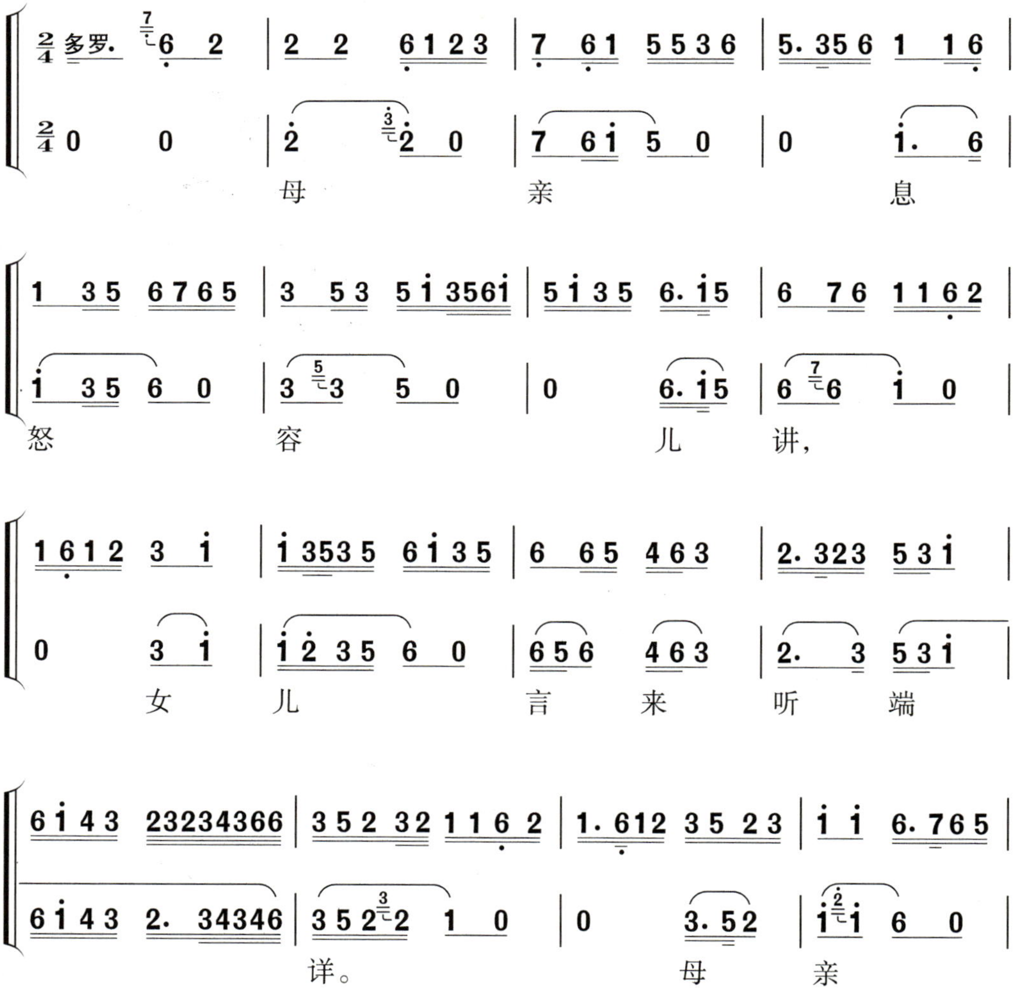

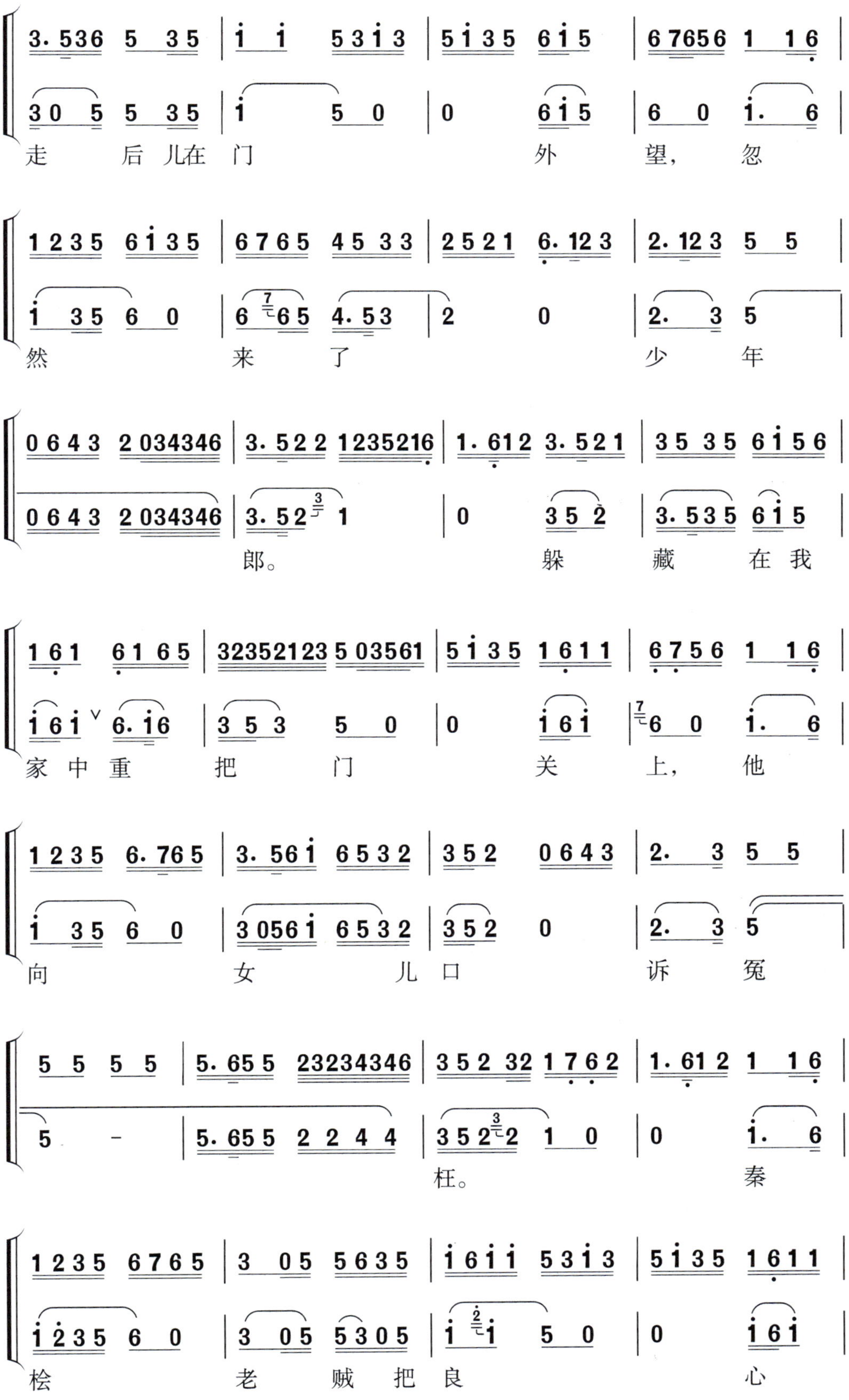

走 后 儿在 门 外 望， 忽
然 来 了 少 年
郎。 躲 藏 在 我
家 中 重 把 门 关 上， 他
向 女 儿 口 诉 冤
枉。 秦
桧 老 贼 把 良 心

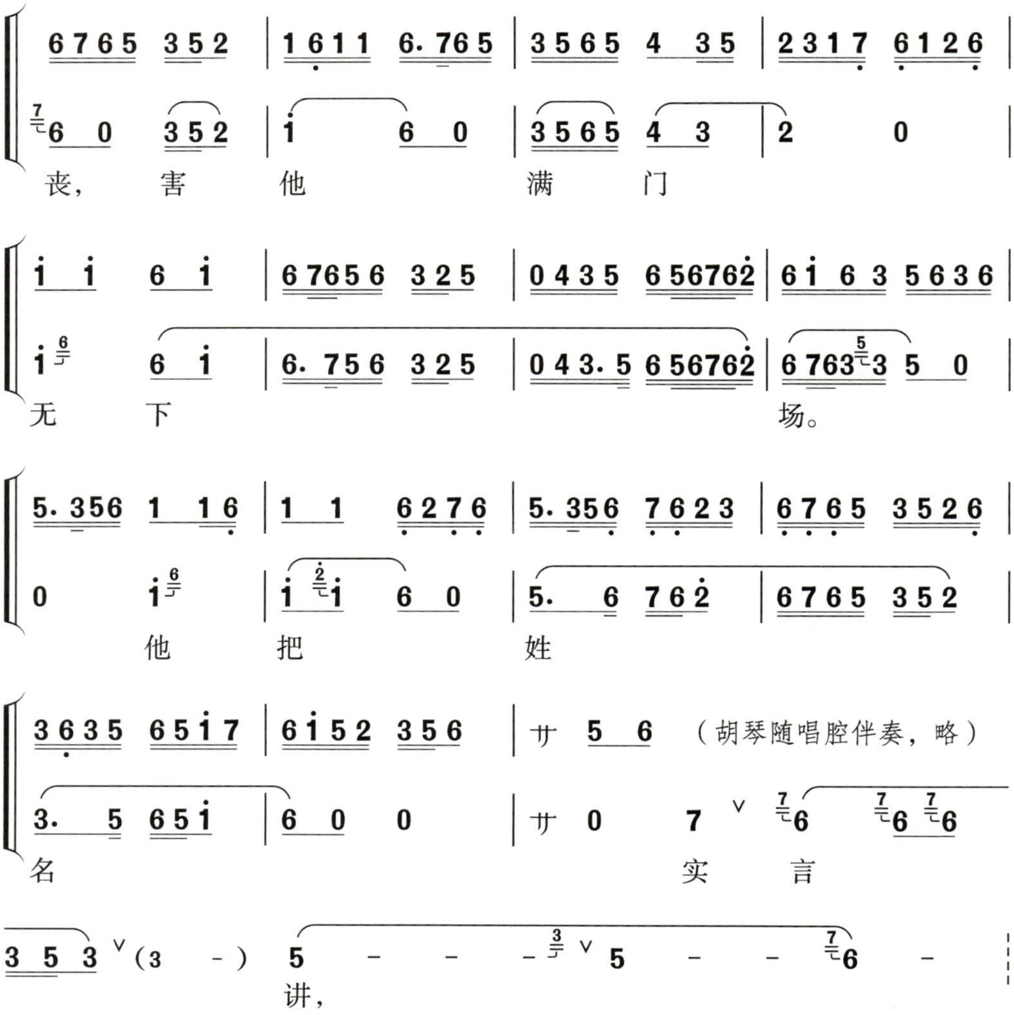
丧，害他满门
无下场。
他把姓
（胡琴随唱腔伴奏，略）
名实言
讲，

刘　母　他是谁？

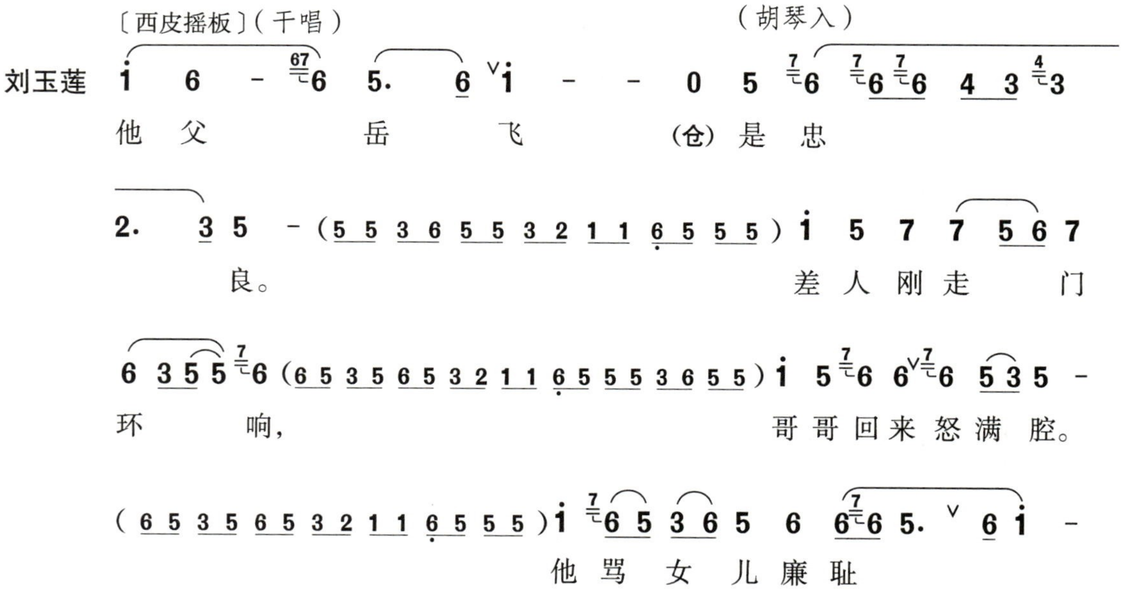
〔西皮摇板〕（干唱）
（胡琴入）
刘玉莲
他父岳飞（仓）是忠
良。差人刚走门
环响，哥哥回来怒满腔。
他骂女儿廉耻

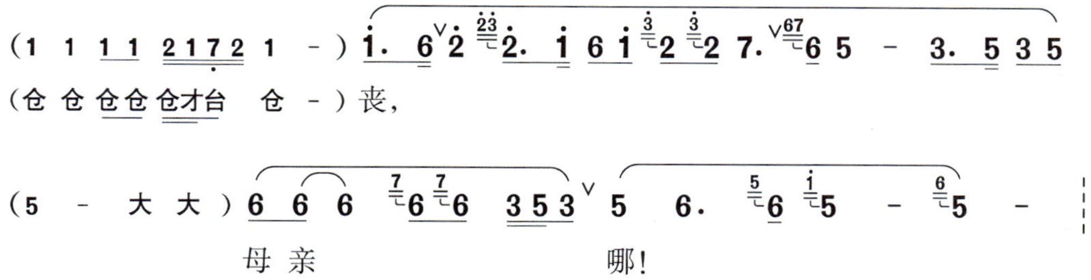


**刘 母** 好孩子,快别哭啦,孩子!

〔西皮摇板〕

**刘玉莲** 【单楗大锣凤点头】(过门同前)

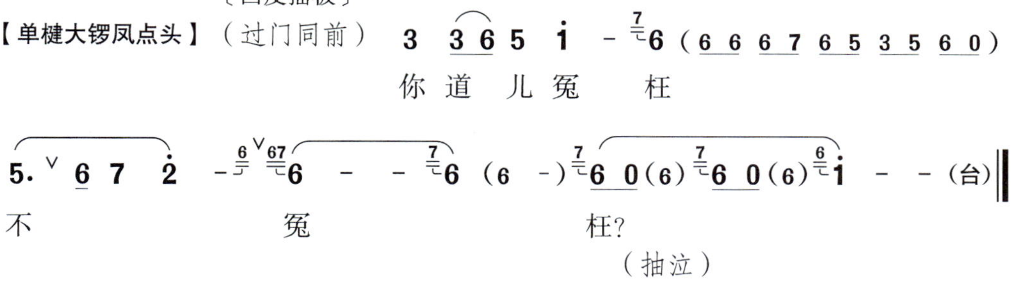


**刘 母** 噢!

〔西皮摇板〕

【小锣凤点头】(过门同前)

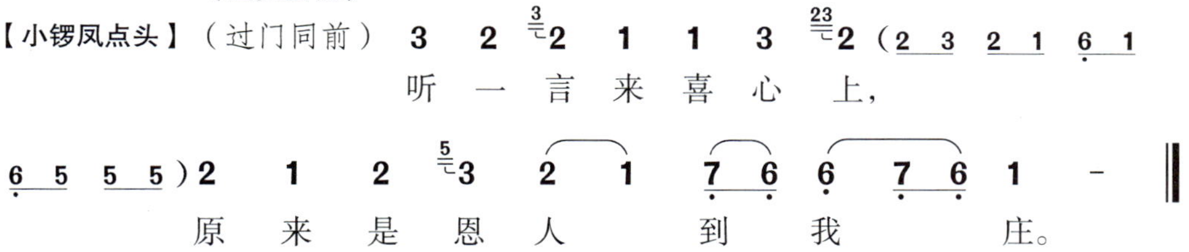


(对淘气)淘气儿!

**淘 气** 哎。

**刘 母** 快,快点儿给公子松绑,这就是咱们家的恩人到了!

〔刘母转身将"小座"改摆成"八字椅"。

**淘 气** 哎,是啦!岳公子,我要是知道您是我们家的恩人,您在我妹妹的柜里呆一辈子不出来,我都不管。

**刘 母** 公子请坐。

**岳 雷** 妈妈请坐。

〔(台.大台)淘气巴结着让岳雷坐"大边椅",刘玉莲扶着刘母坐"小边椅"。淘气坐在柜上。

**岳 雷** 啊,为何恩人称道哇?

**刘 母** 公子有所不知,只因当年金兵作乱,多亏岳元帅杀退金兵,我全家才有了今天。今日得见公子,我真是不知道怎么样地报答才好。

**岳 雷** 原来如此。

**刘 母** 适才老身不在家中,(站起指淘气)小儿多有得罪,我们这儿(上步,福拜)给您陪礼了。

**岳 雷** 妈妈,适才与大哥吵了几句,颇有不当。只是不要冤屈了小姑娘。

**刘玉莲** (委屈)哼,哼,哼……(哭)(大大 大大大大 大 台)

刘　母　(到刘玉莲身旁)孩子。

刘玉莲　(放声哭起来)哼……

刘　母　哎呀孩子,你听我说,妈打屈了你啦。快别哭了,妈明儿个给你买鲜花儿戴。

〔刘玉莲不停地哭。

刘　母　孩子,你老是哭,妈心中也是(抽泣)怪、难、受。

(大　大　大　大大　大大大大　大大　大　台　)

〔刘母忍不住也哭起来,刘玉莲忙给刘母拭泪。

刘玉莲　(哭着说)妈,妈。您说几句不要紧的,我哥哥他……(委屈地指淘气)都是他打我的!

刘　母　都是你哥哥的不好。去,你过去打他几下!

〔刘玉莲过去打淘气,淘气抬右臂搪挡躲闪,刘玉莲咬淘气右臂。

淘　气　干什么你,干什么你!

〔刘母见状忙过去拉开二人,淘气不依。

淘　气　(跺脚号啕大哭)哎呀,哎……(坐在地上撒泼)

刘　母　(喊)起来呀!(台)

〔淘气停止撒泼,仍坐在地上。

刘　母　你也不怕人家笑话。真是的!

〔淘气站起,揉着右臂,站"大边"。刘母站正场左手指岳雷,一望,右手指刘玉莲,一望。刘玉莲一笑,转身面向"小边"。刘母两手伸出食指比作一双,觉得二人很般配,双手一拍。(台)转眼看看淘气,向淘气招手。

刘　母　淘气儿,淘气儿!

淘　气　(赌着气不动)干吗?

刘　母　(招手)你过来。(淘气仍不动,过去拉淘气耳朵)你过来——!(台)(拉淘气到"小边")

淘　气　干吗?

刘　母　(和颜悦色地)淘气儿,妈有点儿事儿跟你商量商量。(台)

淘　气　(揉着耳朵)您说!

刘　母　淘气儿,你看岳公子乃是忠良之后,跟你妹妹年貌相当,我有心把你妹妹许配给公子,你说好不好哇?

淘　气　(斩钉截铁地)不好!我想把我妹妹换一头牛!

刘　母　啊?你怎拿我闺女换牛哇!

淘　气　好养活您哪!

刘　母　胡说八道!

淘　气　(朝着刘母甩着双手,有节奏地蹦着,左右摇着头)您说不换就不换,您说怎办就怎办!(台)

〔刘母左手戳淘气脑门。

刘　母　瞧这孩子!

〔刘母转身对刘玉莲。淘气回"大边"站。

刘　母　(笑容可掬地)妈跟你商量商量。玉莲哪,你看,公子是忠良之后,人品也好,我有心把你许配给公子,你愿意不愿意呀?

〔刘玉莲含笑不语。

刘　母　妈好跟人家去说呀!

〔刘玉莲故意矜持地不语。

刘　母　（故意地）噢，闹了半天你是不愿意呀！好，那咱们就作为罢论！（台）

刘玉莲　（忙拉住刘母）妈！（一笑）妈！

刘　母　嗯。

刘玉莲　妈瞧着办，（一笑）不就得了吗！

刘　母　（笑着指点着刘玉莲）这孩子！

〔淘气上步用食指划着脸羞刘玉莲。

刘　母　等着！

〔刘玉莲、淘气归里，刘母归“小边椅”招呼岳雷。

刘　母　公子。

〔岳雷站起拱手，二人互让，就座。淘气坐到柜上。刘玉莲面向里站刘母身边。

刘　母　岳公子，您可曾娶过亲了吗？

岳　雷　尚未婚配。

刘　母　噢，我有一言出口公子可不要见怪。

岳　雷　妈妈有话请讲！

刘　母　老身就是这一个女儿，尚未许人。我有心把她许配给公子，不知您意下如何呢？

岳　雷　（摊掌一想）这……小生应允就是。只是我父新丧，母弟失散，要等一家团聚，方可成亲。

刘　母　好。请公子先住我家，你二人先以兄妹相称。待你一家团聚，再与你们成亲。你看好不好哇？

岳　雷　如此，岳母请上，受小婿一拜！（离座）

刘　母　别拜了，别拜了！

〔西皮摇板〕

岳　雷　**【小锣凤点头】**（过门同前）3 6 5　5 7 6 ∨6　5 6∨7 － 7 6 －

岳　母　请　上　受　我　拜，

〔岳雷单腿跪拜，刘母起身搀起。

淘　气　得，我这头牛，没了！

〔西皮摇板〕

岳　雷　（大.大 大大 衣大 大大 台）（过门同前）3 6 5 5 i 6 － i － 5 i 6 3 5 －（台大.）

叫　声大哥　请　过　来。

〔行弦〕

2/4（‖:5 36 5 i | 65365 :‖）

（在〔行弦〕中对话）

岳　雷　大哥，我这厢有礼了！（向淘气揖拜）

刘　母　哎，淘气儿，快还礼！（台）

〔淘气双膝跪下向岳雷施礼，岳雷忙搀起。

刘　母　瞧这孩子！（台）

〔岳雷转身向刘玉莲，刘玉莲上步。

〔西皮摇板〕

岳　雷　【小锣凤点头】（过门同前）3 6 5 i 6. i 6 5 5 3 3 2 －（3 2 1 6 1 2 0）

拜　谢　姑　娘

i 5 6 i 6. 5 3 5 2 3 0 4 － － － 4 3 5 3 2 1. 2 1 2 2（台大.）

把　围　解，

〔行弦〕

2/4（‖: 2161 2 3 | 2161 2 0 :‖）

〔刘玉莲忸怩状。

刘　母　玉莲，快还礼呀，还礼呀！

〔刘母到刘玉莲身后握其双臂摆成施礼状，刘玉莲盘左腿福拜，淘气在“大边”羞刘玉莲。

〔西皮摇板〕

岳　雷　（过门同前）3 3. 6 5 5 － 3 i 6 － 3 6 5 － 6 6 － 5 －（5 5 3 6 5）‖

想　起　了　一　家　人　好　不　悲　哀。

刘　母　公子不要悲哀，我叫淘气儿打听亲家母的下落，日后再设法团聚，也就是了。（对淘气）淘气儿，后面备酒，与你妹夫压惊！

淘　气　是啦！

刘　母　贤婿！

岳　雷　岳母！

刘　母　女儿！

刘玉莲　妈！

刘　母　淘气儿！

淘　气　哎！

刘　母　跟妈来呀！

淘　气　噢，来喽！

〔唢呐奏〈尾声·合头〉。刘母左手拉岳雷，右手拉刘玉莲，向“下场门”走。淘气绕到刘母身后，拍刘玉莲肩。刘玉莲回身，淘气羞刘玉莲。刘母先拉岳雷“下场门”下。刘玉莲推开淘气，转身“下场门”下。淘气跟下。

——剧　终

哈鸿儒 整理

# 铁弓缘

根据吴素秋1985年录像整理

《铁弓缘》是全部《大英杰烈》中的一折。陈秀英与孀居的母亲开茶馆维持生活。其父原为太原守备，临终前留一铁弓，遗嘱能开弓者即为秀英女婿。太原总镇之子恶少石文借喝茶为名调戏陈秀英，陈母予以痛击，石文仓皇逃走，陈母持捧追赶，路遇石部将匡忠劝解，石文得脱。事后，陈母邀匡忠回茶馆叙谈。匡忠见铁弓，问起情由，知母女皆通武艺，匡忠一时兴起，将铁弓拉开。陈月英初见匡忠即情有所钟，陈母见匡忠能开铁弓，遂使二人订婚。石文得知，心生嫉妒，与其父定计，命匡忠父子解饷，暗中勾结山寇项义伯劫饷。匡氏父子请罪被发往四川、云南。石文父子胁迫陈秀英嫁给石家，秀英佯允，至石府杀死石文逃出，后投奔匡忠好友王富刚。王富刚恰至太原访匡忠，被石府家丁拿获，押送至太原王知府处。王知府知其冤枉将其释放，用为家将。陈秀英改扮男装假借王富刚之名潜行，路过项义伯山寨，与其女项翠娥相遇，被邀上山。项义伯欲招陈秀英为婿，陈秀英佯允，提出掌山寨兵权，围攻太原，杀死石世龙为条件。项义伯一一答应，围攻太原。王知府命王富刚出战，未能取胜，便将匡忠父子调回。阵前匡忠、陈秀英相见，不敢贸然相认。陈母以卖弓为名，探知阵前之将果是匡忠，夫妻团圆。

《铁弓缘》演茶馆中这一情节。该剧又名《豪杰居》、《开茶馆》，源于明代佚名《铁弓缘》传奇。清咸丰年间陆双玉等将此剧献演于内廷。有人说改成皮黄演出始于路三宝，又有人说由荀慧生由梆子移植至皮黄。就近代名家来看，擅演此剧者有路三宝、荀慧生、毛世来、雪艳琴、吴素秋、赵燕侠、关肃霜等。关肃霜留下了改编后全本《铁弓缘》的电影。此本是根据吴素秋 20 世纪 80 年代的录像整理的。《铁弓缘》是一出有名的“三小戏”。花旦扮演陈秀英（开茶馆时陈秀英属于花旦行，开茶馆以后情节则以闺门旦、反串小生、反串武生串演），小生扮演匡忠，小丑扮演石文，彩婆子扮演陈母。四个主要角色各有表演空间。吴素秋为此戏录像时，已是花甲老人，但扮演花季少女，仍是那么天真活泼、憨厚可爱，可见其功力的深厚。据吴素秋讲，这出《铁弓缘》的表演以及台词、唱腔等，她遵循的都是京剧老传统的路子，并未刻意专宗哪一流派。

这出戏以念白为主，陈秀英只有一段〔南梆子〕和一小段〔流水〕唱腔。特别是〔南梆子〕一段，吴素秋的唱法与众不同。这段唱四句，前三句都加了“呀呼咳”的腔调，比通常“呀呼咳”腔要长，很是新颖别致，表现轻言慢语委婉地劝母亲不要悲伤的情景甚为生动。陈秀英的做、表，也有很多精彩之处。

哈鸿儒

## 人物行当

| | | | |
|---|---|---|---|
| 陈秀英 | 花旦 | 石　文 | 丑 |
| 陈　母 | 彩旦 | 二丑家丁 | 杂 |
| 匡　忠 | 小生 | 二家丁 | 杂 |

## 服装扮相

**陈秀英**　俊扮。大头、线尾子、辫子、水钻头面、草花，浅绿色绣花袄子、黑色绣花饭单、四喜带，浅绿色裤子，白袜子、彩鞋。

**陈　母**　俊扮。黪网子、彩旦髻、头套，豆沙色沿边彩旦褂子、沿边黑坎肩、白汗巾，黑彩裤，腿带子、白袜子、抹子鞋。

**匡　忠**　俊扮。武生巾带流苏，粉红色绣花褶子、粉红色绣花箭衣、苫肩、大带，皎月色彩裤，厚底靴。

**石　文**　丑扮。绿棒槌巾，绿绣花褶子、小绦子，红彩裤，朝方靴。

**二丑家丁**　丑扮。黑软罗帽，白领黑褶子、小大带，黑彩裤，薄底靴。

**二家丁**　俊扮。黑软罗帽，黑褶子，黑彩裤，薄底靴。

## 道具

| | | | |
|---|---|---|---|
| 桌　子 | 两张 | 粗瓷碗 | 一个 |
| 椅　子 | 两把 | 细瓷茶碗 | 一个 |
| 浅色绣花桌围椅披 | 两套 | 扇　子 | 两把 |
| 红色小帐子 | 一份 | 手　绢 | 两条 |
| 银　锭 | 一个 | 脸　盆 | 一个 |
| 棒　槌 | 一对 | 抹　布 | 一块 |
| 弓 | 一张 | 条　帚 | 一把 |
| 大茶壶 | 一个 | 簸　箕 | 一个 |
| 细瓷茶壶 | 一个 | | |

# 第一场

〔【冲头】幕启。场上置正场桌,“小座”。浅色绣花桌围椅披。

〔【撤锣】石文“上场门”幕内白:“啊哈——!”

〔【小锣五击】石文扇着折扇“上场门”上至“九龙口”。

石 文 家趁万贯——(多多罗多 乙个多 多)(进至正场)

〔数板〕

家 趁 万贯,多牛 马,广田 园。

我的爸 爸,做了大 官。·我

任意 挥霍 无人敢 管,

乡邻 父老我 全欺 遍。

人人 见我 躲,

个个 把我 厌。

当面 恭维 我,

都把我 公子爷 唤。

只要我 一扭 脸儿,

就骂我 是混 蛋。

我·的 人缘儿 真有 限。

哎,还有 一样 数的露 脸,

我们家的 祖坟 有了保 险,

上·了 三道 大铁 箍,

保险 这辈子 骂不 散,骂 0不 散!

〔【小锣五击】石文左转身归“小座”坐,盘起二郎腿。

石 文 (诗)天子重英豪,文章尽老谣;

万般皆下品,唯有吃饭高。①(扎)

〔四家丁两边暗上,在两边坐在地上,做假寐状。

石 文 我,石文。(扎)我爸爸石须龙,就任这山西太原府总镇之职。到任以来,把我跟我妈也接上任来。实指望跟他享荣华受富贵,没想到给我请来一位教书的先生,整天子曰长,子曰短的,弄得我脑仁儿都疼了。今儿有点闷得慌,不免把小的们叫出来,商量商量,哪儿溜达溜达,逛逛。小的们!小的们!(两望两边的家丁)刚出来就睡着啦?吃面啦!

四家丁 好咸的卤哇!(纷纷站起)

石 文 我说你们都扣着食儿呢!

家丁甲 大爷,您把我们叫出来,有什么事儿呀?

石 文 大爷我有点儿闷得慌,把你们叫出来商量商量,咱们哪儿溜达溜达,逛逛去呀?

家丁甲 您有点儿闷闷不乐。

---

① 石文不学无术,在这儿胡诌。《神童诗》原文是:“天子重英豪,文章教尔曹。万般皆下品,唯有读书高。”

石　文　对呀。
家丁甲　把我们叫出来，给您出个主意，开开心，解解闷儿。
石　文　对呀。
家丁甲　大爷！
石　文　哎。
家丁甲　咱们踢球儿！
石　文　踢球？大爷我这根半腿儿，还踢球呢？不好，不好！
家丁甲　哎，这么着吧，大爷！
石　文　啊。
家丁甲　话说西门以外，有座小茶馆儿，名唤豪杰居。有个跑堂儿的小妞儿，长得是别提多好看了。
石　文　喝茶去呀？
家丁甲　哎，对啦，喝茶去！
石　文　（站起）走着，走着……
家丁甲　多带银子！
石　文　多带银子。走着，走着！（出门）
家丁甲　（拦住石文）哎，大爷，得走后门。
石　文　放着前门儿不走，干吗走后门儿呀？
家丁甲　走前门儿让老太爷知道了，我们吃罪得起吗？
石　文　走后门儿？
四家丁　（参差不齐地）走后门儿。
石　文　得得得，走后门儿，走后门儿！
家丁甲　大爷，走这边儿！

〔（台匝匝匝……）闭二幕。四家丁、石文“出门”向“大边”走一个“小圆场”（大 0 台 0 大 大……大 0 台）至二幕前的位置做钻洞状。出去后，石文站正场，四家丁分站两边。

石　文　小的们！
四家丁　大爷！
石　文　这哪儿是后门呀，简直成了狗洞了！
四家丁　凑合钻吧！
石　文　小的们！
四家丁　啊。
石　文　带路哇！

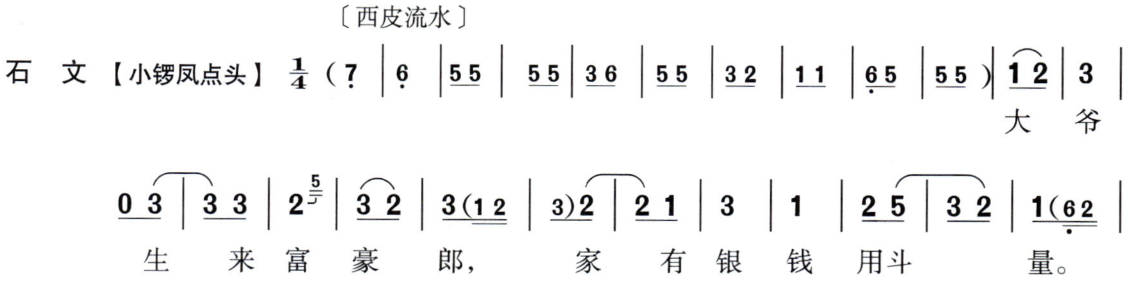

1)2 | 2 2 | 2 5 | 3 1 | 2 | 0 | 3 | 2 1 | 6 | 0 1 | 6 0 | 0 1 |

小　子们　带　　　路　　朝　前　闯

6 0 | 0 1 | 6 1 | 6 1 | 2 5 | 3 2 | 1 2 | 3 1 | 2 | 2 | 2 | 2 |

（呃），

四家丁　走！

〔【小锣抽头】四家丁“插门”“大边”侧幕下。石文走至“大边”，右转身，面向前，抖左袖，提袖上步。

〔西皮摇板〕

（7 6 5 5 5 5 3 6 5 5 3 2 1 1 6 5 5 5）5 3 2 3 2

豪　杰居去

石　文

1 2 2 2 2 1 - - - 2 5 - - 3 - 1 - 3 5 1 0 ‖

会　　那美　　　姣　　　　娘。

〔【小锣打下】石文左转身跑着“大边”侧幕下。

## 第　二　场

〔【冲头】开二幕。场上置正场桌，“小座”，桌右侧放一把备椅。“大边”斜放一桌，桌上支着红色小帐子，帐子外侧挂着一张弓。浅色绣花桌围椅披。

〔【撤锣】陈秀英“上场门”幕内白：“啊哈！”

〔【小锣五击】陈秀英右手拿着手绢“上场门”上至正场台口。

陈秀英　（念）不幸爹爹亡故早，

撇下母女受　煎　熬！

（大乙·台　台　台）

（右手向右摆，向左摆，指向“小边”台口）

〔【小锣归位】陈月英左转身归“小座”坐。

陈秀英　我，陈秀英。不幸爹爹早年去世，母女二人在这太原城外开了一座小茶馆儿，名叫豪杰居。买卖倒也不错，只是这两天我瞧我妈呀，老是那么愁眉不展的，也不知道您呢，是怎么啦。哎有了，不免把她老人家请出来劝解劝解。

〔陈秀英站起，出门，右转身朝“上场门”招呼。

陈秀英　妈妈有请！

〔陈母“上场门”幕内白：“啊哈！”

〔【小锣五击】陈母持手帕“上场门”上至“小边”台口。

陈　母　〔引子〕母女开茶馆儿，（多多）为赚（扎）

サ 1 2 3 2 - 2 6 7 6 5 6 6 5 6 - ‖

儿　文　　　　　钱儿。

陈秀英　(迎出)妈!

陈　母　哎。(台)

　　　　〔陈秀英搀陈母进门,陈母坐“小座”。(台)

陈秀英　(施礼)妈妈万福!

陈　母　罢啦!搬个座儿,坐下说话儿,啊!

陈秀英　谢谢妈!(搬备椅成“小边跨椅”,坐)(台)

陈　母　我说孩子,这大清早儿的,就把妈妈嘀咕出来,什么事呀?

陈秀英　把您给请出来!

陈　母　哎,甭管怎么出来,什么事呀?

陈秀英　我说妈呀,我瞧您这两天总是那么愁眉不展的,真格的,您是怎么啦?

陈　母　唉,别提啦!自从你爹呀,

陈秀英　噢。

陈　母　哎,我说孩子,你这是怎么啦,这是?

陈秀英　哪儿呀,搭您的话茬儿哪!

陈　母　哎哟,你要是这么搭人家话茬儿,妈妈我不就吃亏了!

陈秀英　下回不接了。

陈　母　哎,好好听着,啊!

陈秀英　哎。

陈　母　你爹在世的时候呢,就甭提了。自从你爹去世之后,撇下咱们娘儿俩,开了这座小茶馆儿。那买卖呢,还算不错。可是你也老大不小的了,还没有婆婆家。(陈秀英做羞状)我一想起这事儿来呀,就烦得慌。这白天呢,喝茶的人多,乱乱哄哄的,倒是不显。可是到了晚上,关上了门儿,就剩下咱们娘俩,我一想起你爹来呀,我这心里头,一阵儿一阵儿的(抽泣)甭提多难受了。(拭泪)

陈秀英　我说妈呀,您就该自己解劝解劝才是呀。

陈　母　我自己个儿哪解劝得了哇?

陈秀英　哎,(拱双手)娘啊!

〔南梆子〕(带“哪呼咳”腔)

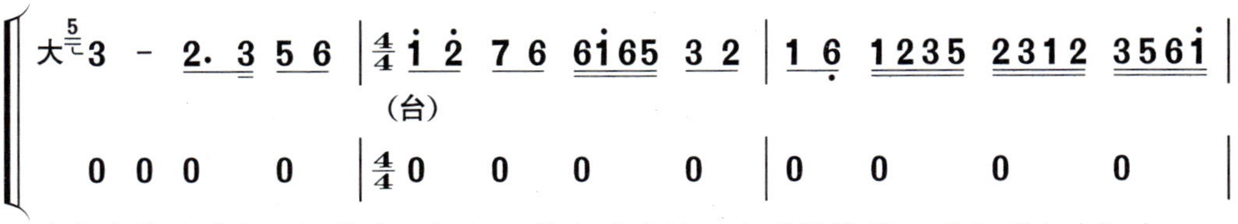


(陈秀英见母亲一把鼻涕一把泪,她左手遮挡,右手指陈母,面向“小边”台口

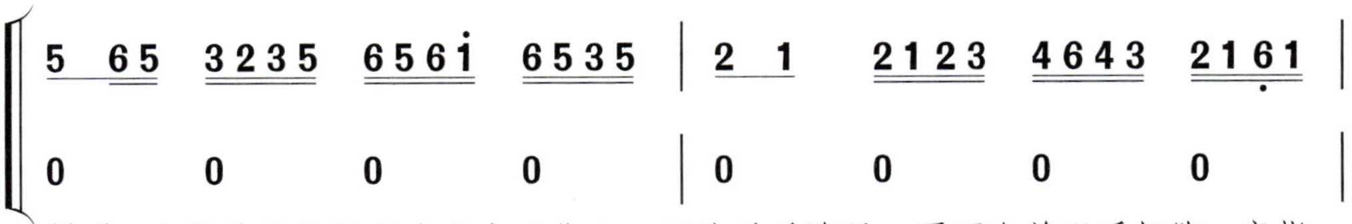

拱手,意指陈母是因想念父亲而伤心。回头看看陈母,再面向前双手抚胸,意指

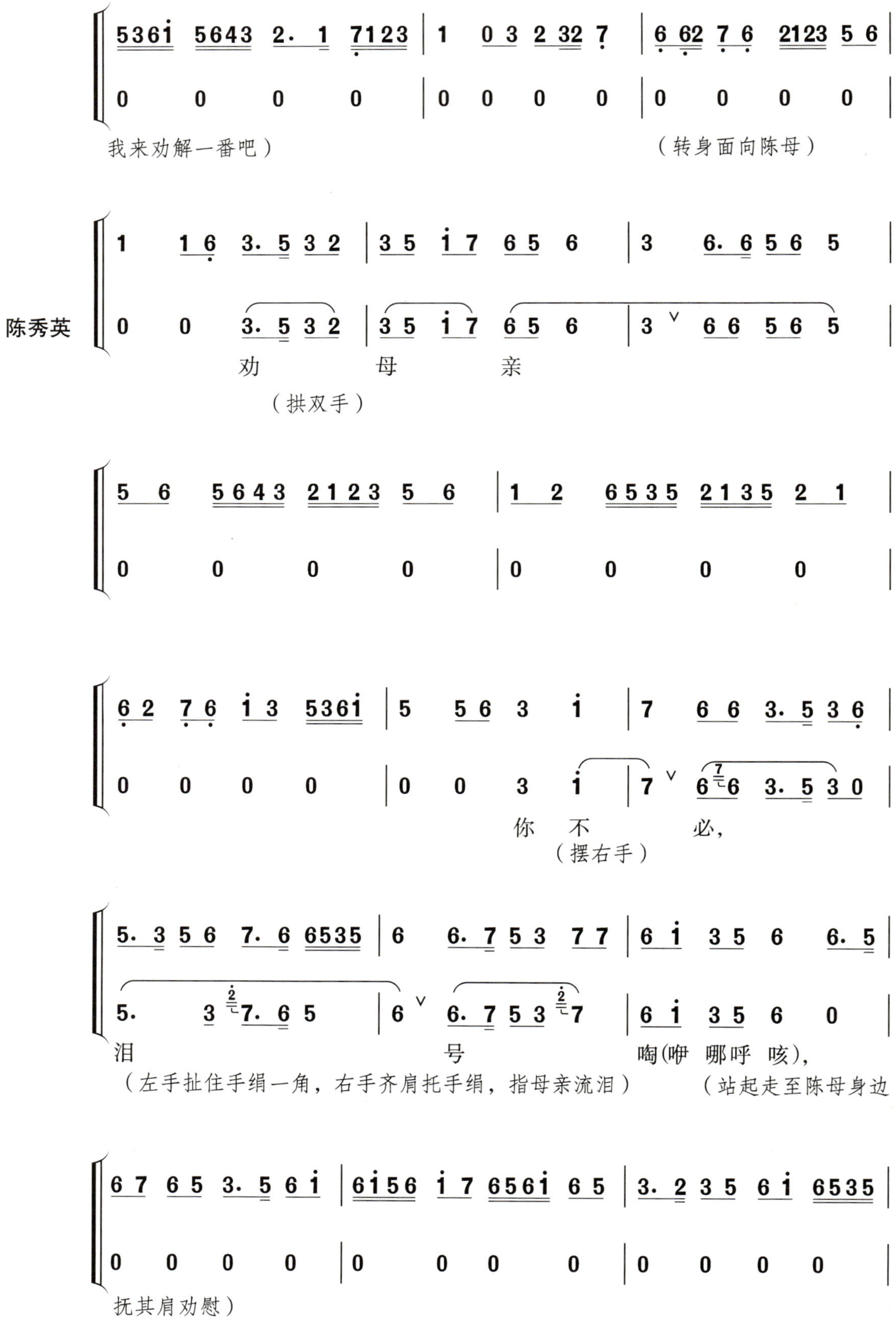
我来劝解一番吧）
（转身面向陈母）
陈秀英
劝 母 亲
（拱双手）
你 不 必，
（摆右手）
泪 号 啕(咿 哪呼 咳),
（左手扯住手绢一角，右手齐肩托手绢，指母亲流泪）
（站起走至陈母身边
抚其肩劝慰）

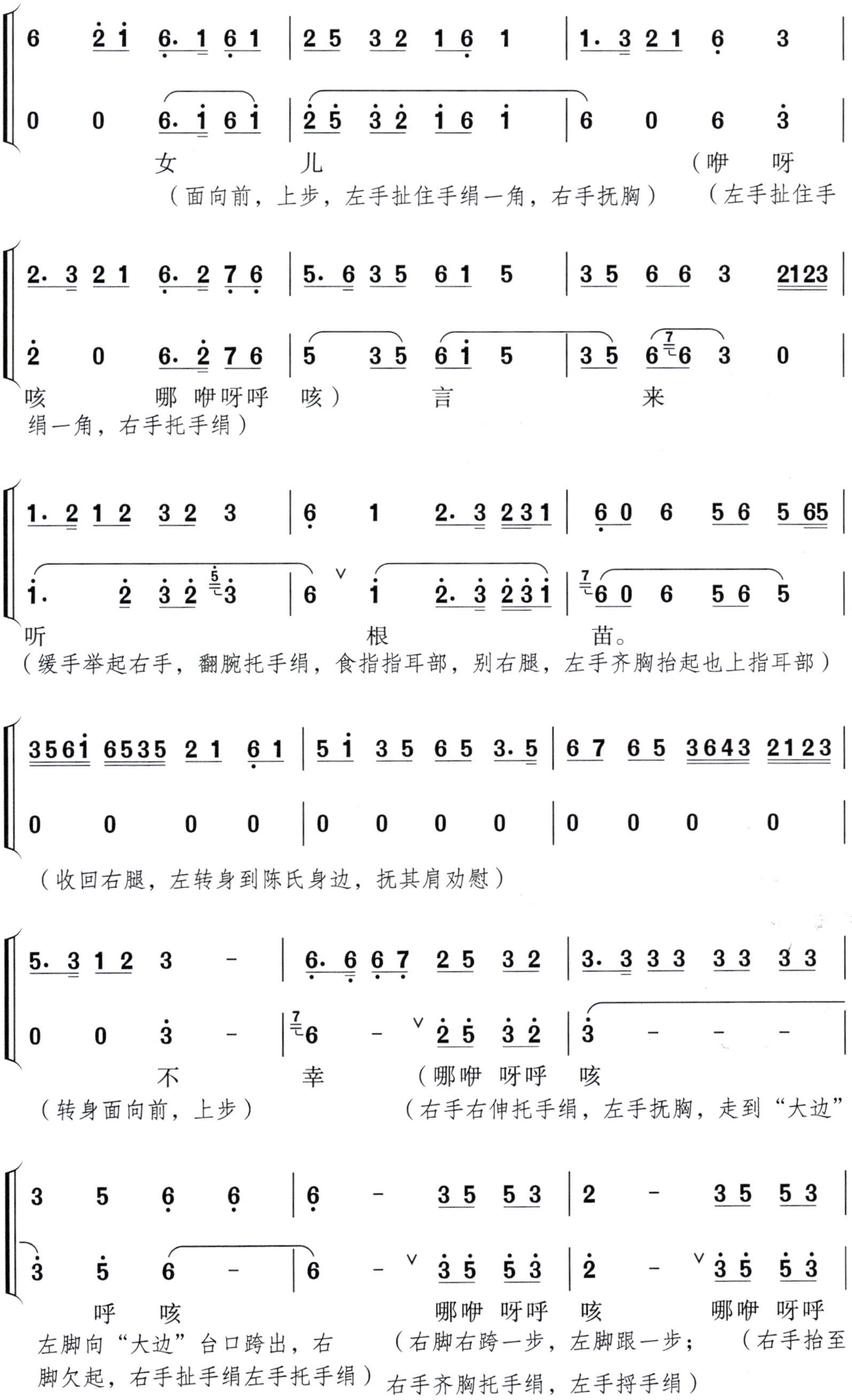
女 儿 （咿 呀
（面向前，上步，左手扯住手绢一角，右手抚胸） （左手扯住手
咳 哪 咿呀呼 咳） 言 来
绢一角，右手托手绢）
听 根 苗。
（缓手举起右手，翻腕托手绢，食指指耳部，别右腿，左手齐胸抬起也上指耳部）
（收回右腿，左转身到陈氏身边，抚其肩劝慰）
不 幸 （哪咿 呀呼 咳
（转身面向前，上步） （右手右伸托手绢，左手抚胸，走到“大边”
呼 咳 哪咿 呀呼 咳 哪咿 呀呼
左脚向“大边”台口跨出，右
脚欠起，右手扯手绢左手托手绢） （右脚右跨一步，左脚跟一步；
右手齐胸托手绢，左手捋手绢） （右手抬至

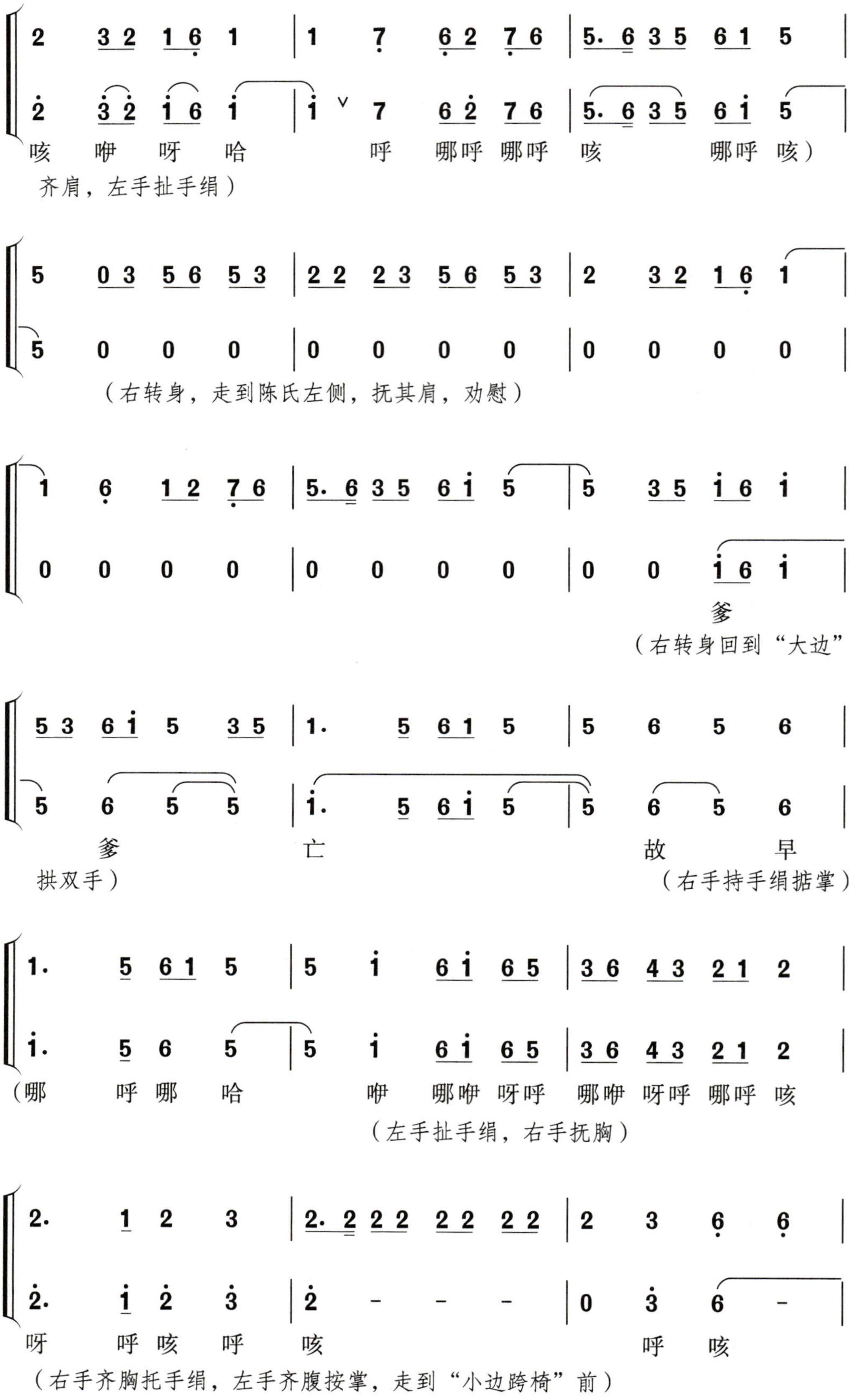
咳 咿 呀 哈 呼 哪呼 哪呼 咳 哪呼 咳）
齐肩，左手扯手绢）
（右转身，走到陈氏左侧，抚其肩，劝慰）
爹
（右转身回到“大边”
爹 亡 故 早
拱双手）
（右手持手绢掂掌）
（哪 呼 哪 哈 咿 哪咿 呀呼 哪咿 呀呼 哪呼 咳
（左手扯手绢，右手抚胸）
呀 呼 咳 呼 咳 呼 咳
（右手齐胸托手绢，左手齐腹按掌，走到“小边跨椅”前）

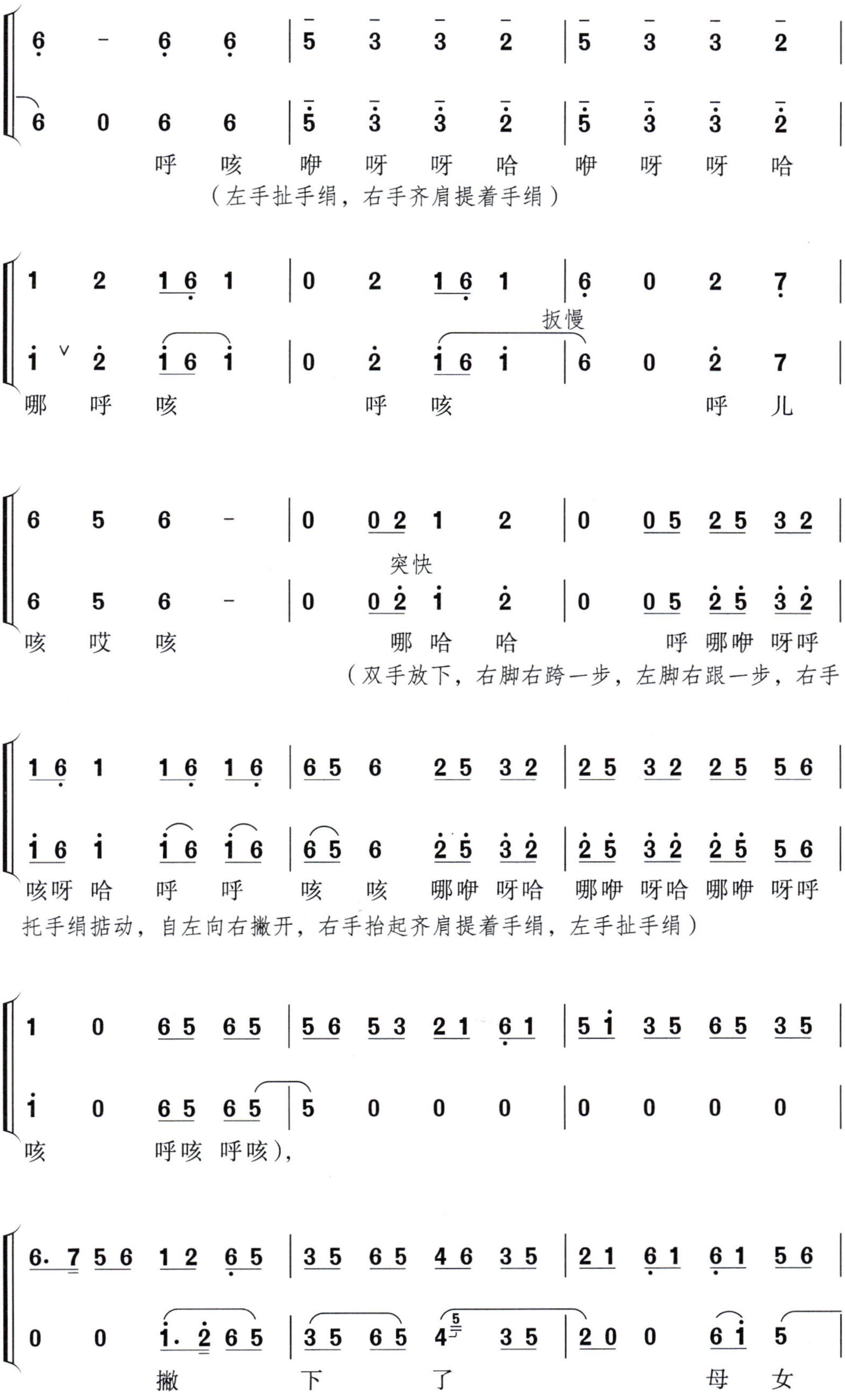
呼 咳 咿 呀 呀 哈 咿 呀 呀 哈
（左手扯手绢，右手齐肩提着手绢）
扳慢
哪 呼 咳 呼 咳 呼 儿
突快
咳 哎 咳 哪 哈 哈 呼 哪咿 呀呼
（双手放下，右脚右跨一步，左脚右跟一步，右手
咳呀 哈 呼 呼 咳 咳 哪咿 呀哈 哪咿 呀哈 哪咿 呀呼
托手绢掂动，自左向右撇开，右手抬起齐肩提着手绢，左手扯手绢）
咳 呼咳 呼咳），
撇 下 了 母 女

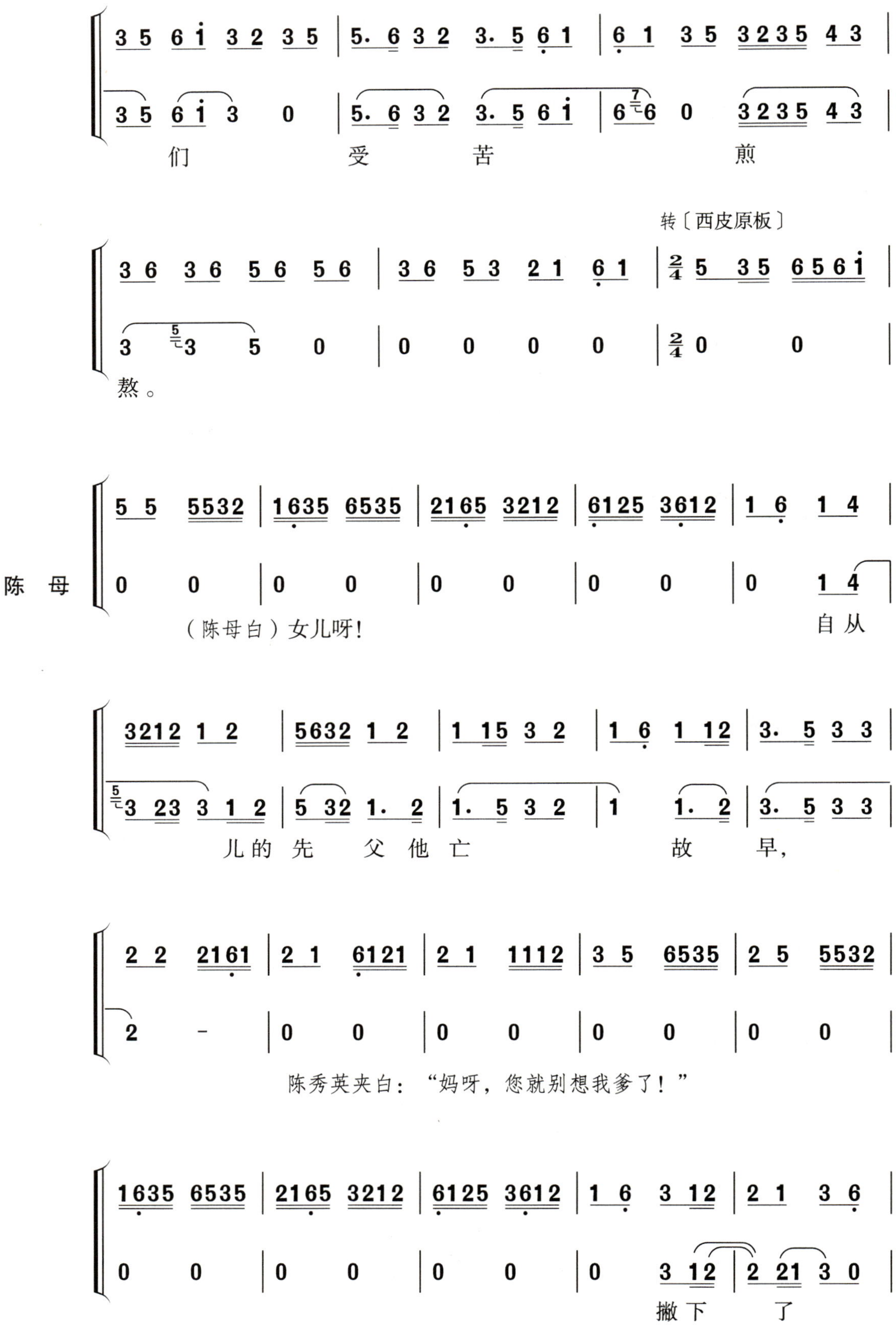

们 受 苦 煎
转〔西皮原板〕
熬。
陈 母
（陈母白）女儿呀！
自从
儿的先 父他亡 故 早，
陈秀英夹白："妈呀，您就别想我爹了！"
撇下 了

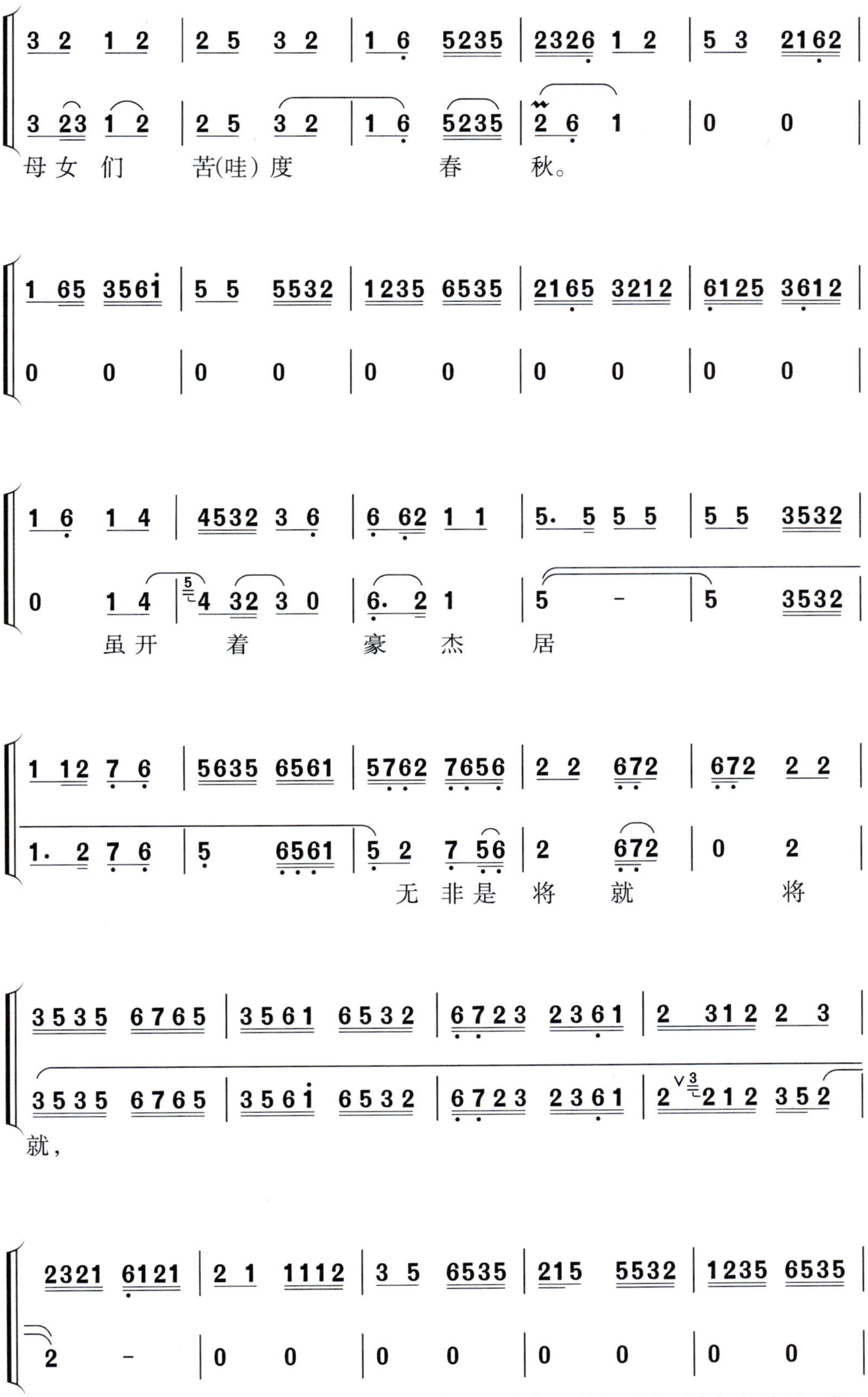


陈秀英夹白：“妈呀，咱们开着的买卖不是挺好的吗？”

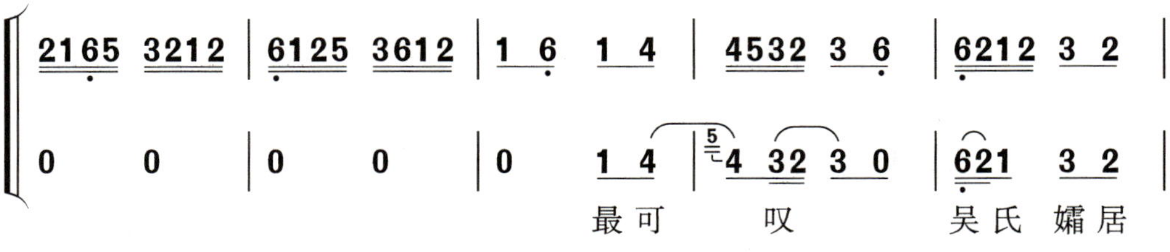


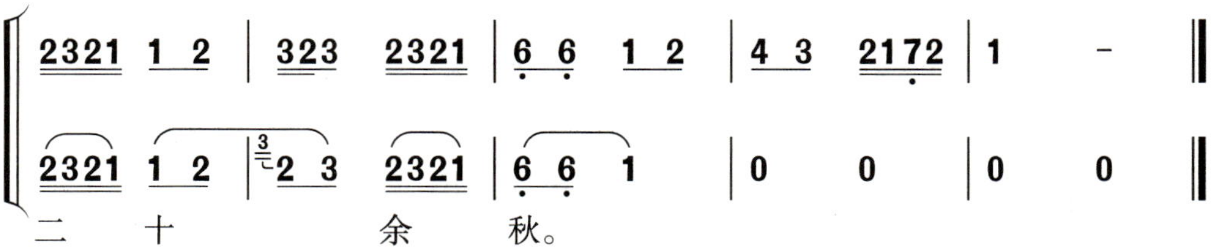


〔陈母与陈秀英失声痛哭,拭泪。

**陈　母**　(哭)我的老头子!(台)我的老头子……

〔陈秀英见陈母哭得痛楚,起身走到陈母向旁。

**陈秀英**　(边走边拭泪边说)妈呀您别哭了,(抚陈母肩,替陈母拭泪)咱们做买卖要紧哪!

**陈　母**　哎,我不哭了,啊!(拭泪,站起)你也别哭了,啊!(上步)我说孩子,对了,咱们打起精神做买卖吧!

**陈秀英**　是呀。

**陈　母**　哎,我跟你说,你把前边收拾收拾,打扫打扫。妈妈我到后边把火笼着了去啊。

**陈秀英**　是啦!

〔(大大台)陈母出门,"下场门"下。

**陈秀英**　(右手指向"小边"台口)待我打扫起来!

〔胡琴奏曲牌〈柳青娘〉。

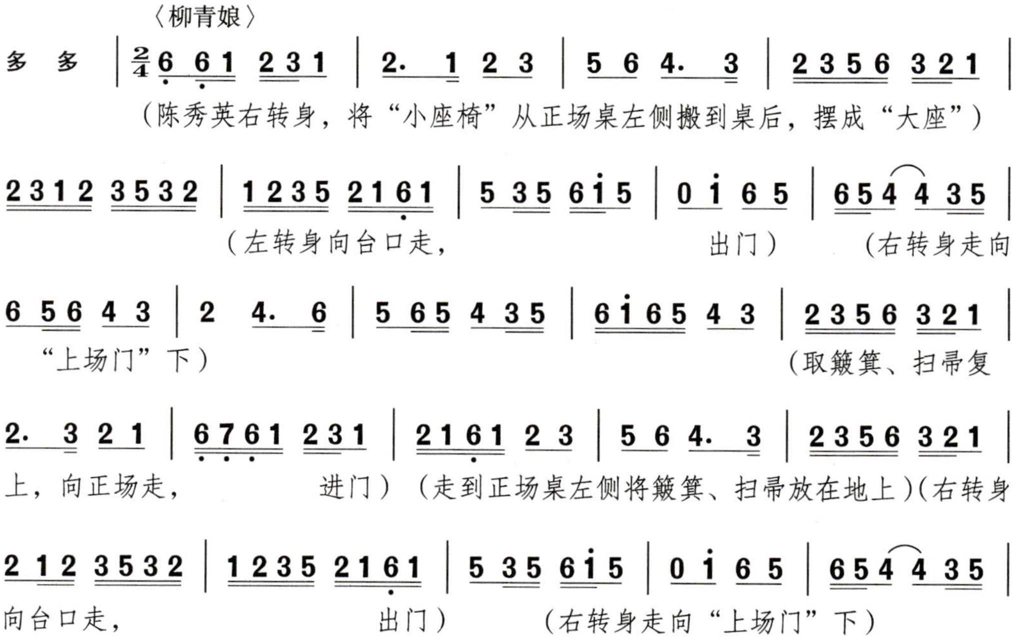

6 56 4 3 | 2 4. 6 | 5 65 4 35 | 6i65 4 3 | 2356 321 |

（取抹布和一脸盆水复上，向正场走）

2. 3 2 1 | 6761 231 | 2161 2 3 | 5 6 4. 3 | 2356 321 |

（进门，将脸盆放在“小边跨椅”上，抹布搭在椅背上）（左转身将手绢掖

2 12 3532 | 1235 2161 | 5 35 6i5 | 0 i 6 5 | 654 4 35 |

在衣襟上向正场台口走几步，挽袖子）（右转身

6 56 4 3 | 2 4. 6 | 5 65 4 35 | 6i65 4 3 | 2356 321 |

回到“小边跨椅”，左手端起脸盆，边走“小圆场”边用右手往地

2. 3 2 1 | 6761 231 | 2161 2 3 | 5 6 4. 3 | 2356 321 |

上撩水）（撩完水，别左腿，甩右手上的水，收回左腿

2 12 3532 | 1235 2161 | 5 35 6i5 | 0 i 6 5 |

右转向再将脸盆放回“小边跨椅”上，用抹布擦手，再将抹布搭在椅背上）（左转

654 4 35 | 6 56 4 3 | 2 4. 6 | 5 65 4 35 | 6i65 4 3 |

身到现场桌左侧取扫帚，起身后，右转身面向前，向右扭腰将线尾子和辫子让到

2356 321 | 2. 3 2 1 | 6761 231 | 2161 2 3 | 5 6 4. 3 |

左腋下用左手将其搂住）（从“小边跨椅”前开始扫地，经正场台口扫至“大边”桌

2356 321 | 2 12 3532 | 1235 2161 | 5 35 6i5 | 0 i 6 5 |

前）（起身到“正场桌”右侧前向“大边”扫地，扫到两桌之间做将浮土扫成一堆状）

654 4 35 | 6 56 4 3 | 2 4. 6 | 5 65 4 35 | 6i65 4 3 |

（用左手磕右腕做抖掉扫帚上的浮土状）（端起簸箕做收

2356 321 | 2. 3 2 1 | 6761 231 | 2161 2 3 | 5 6 4. 3 |

垃圾状）

2356 321 | 2 12 3532 | 1235 2161 | 5 35 6i5 | 0 i 6 5 |

（端起簸箕，扫帚搭在簸箕上，出门，走向“上场门”，下）

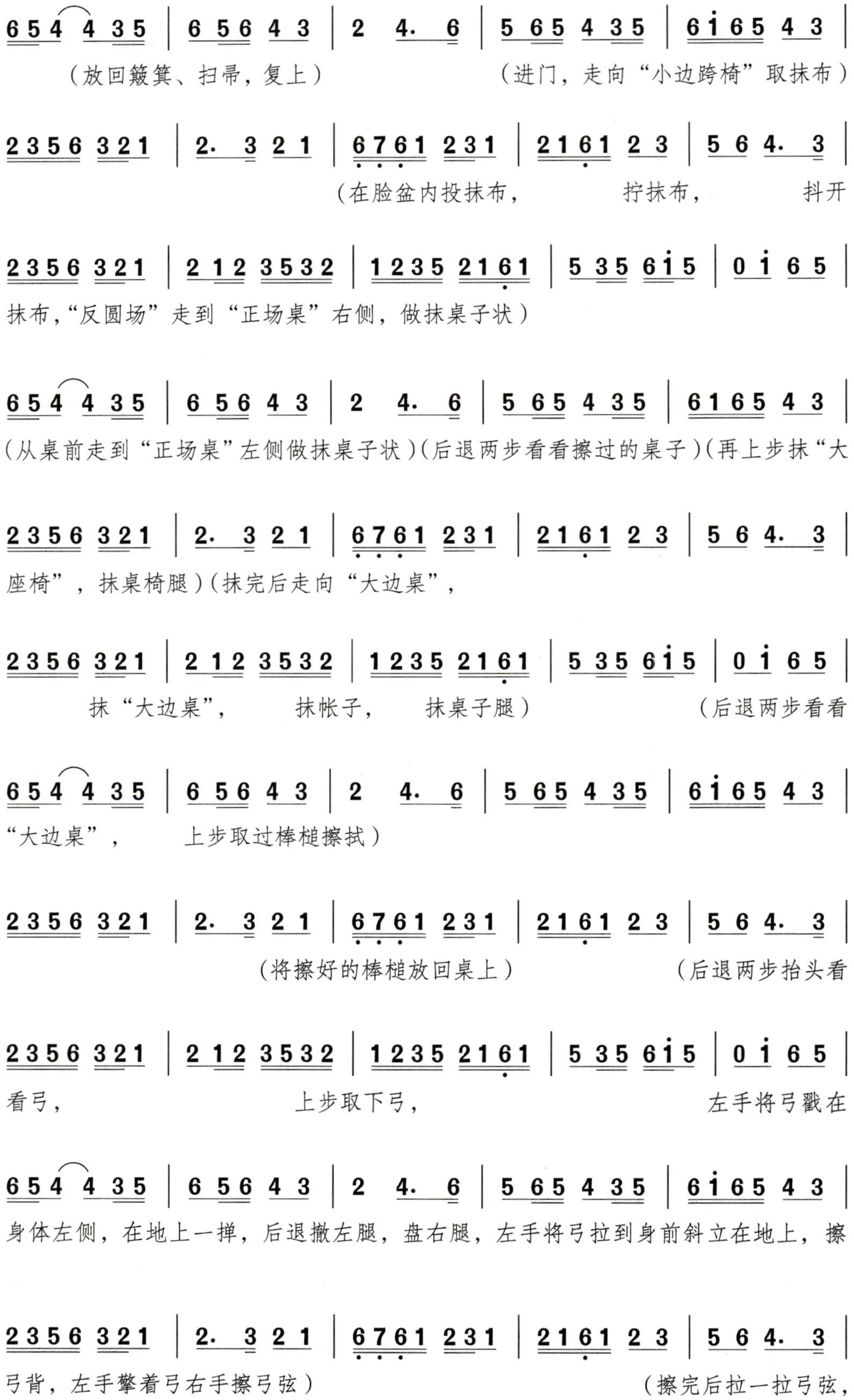
（放回簸箕、扫帚，复上）
（进门，走向“小边跨椅”取抹布）
（在脸盆内投抹布，
拧抹布，
抖开
抹布，“反圆场”走到“正场桌”右侧，做抹桌子状）
（从桌前走到“正场桌”左侧做抹桌子状）（后退两步看看擦过的桌子）（再上步抹“大
座椅”，抹桌椅腿）（抹完后走向“大边桌”，
抹“大边桌”，
抹帐子，
抹桌子腿）
（后退两步看看
“大边桌”，
上步取过棒槌擦拭）
（将擦好的棒槌放回桌上）
（后退两步抬头看
看弓，
上步取下弓，
左手将弓戳在
身体左侧，在地上一掸，后退撤左腿，盘右腿，左手将弓拉到身前斜立在地上，擦
弓背，左手攀着弓右手擦弓弦）
（擦完后拉一拉弓弦，

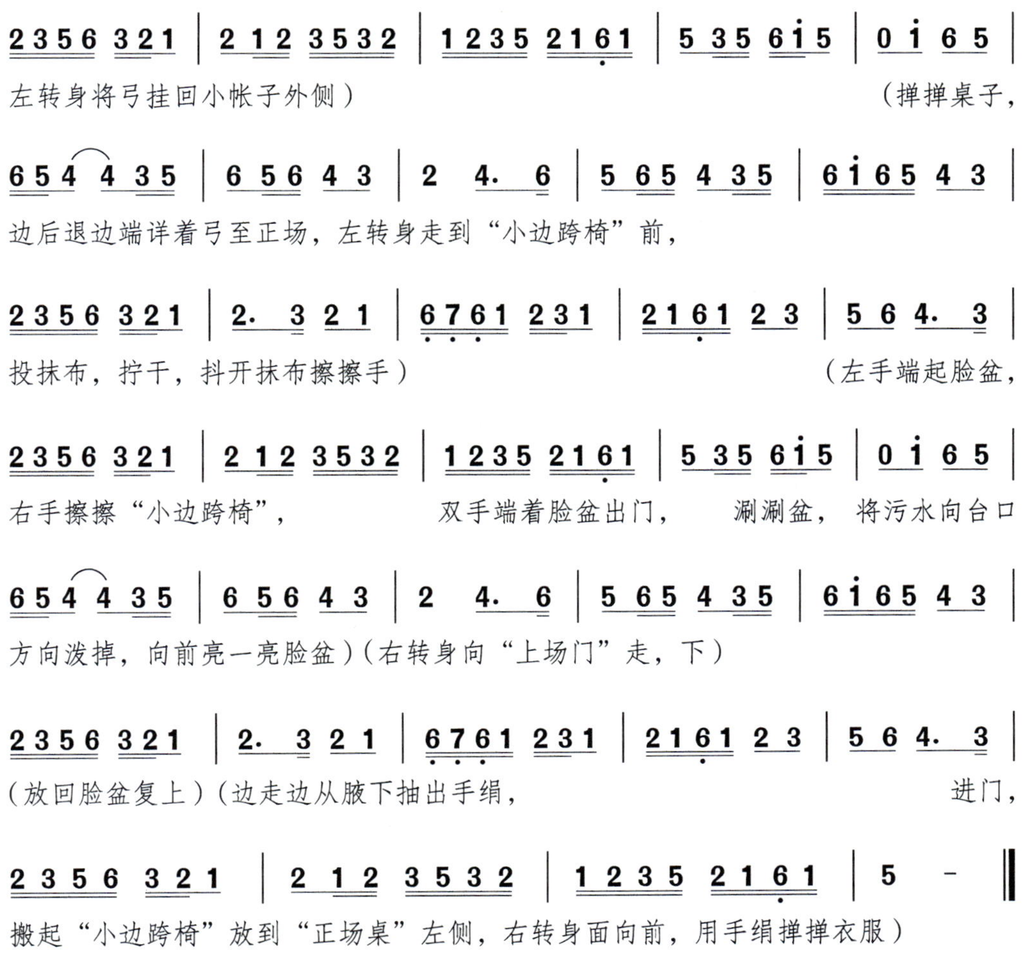


〔陈母“下场门”上，进门，站“小边”，陈秀英站“大边”。

**陈　母**　（边走边说）我说孩子，怎么样啦？

**陈秀英**　您瞧，都拾掇干净了。

**陈　母**　哎哟，还真不错。妈妈我也把火笼着了。

**陈秀英**　是呀。妈呀，咱们是不是说几句吉祥话儿呀？

**陈　母**　是呀。做买卖总得说几句吉祥话儿。

**陈秀英**　嗯，谁先说呀？

**陈　母**　你那嘴儿巧，你先说吧！

**陈秀英**　我先说？

**陈　母**　啊。

**陈秀英**　好。正是：（扎）买卖兴隆通四海，

**陈　母**　财源茂盛放空枪！

**陈秀英**　什么呀！（右手比做三）达三江！

**陈　母**　哎对啦，达三江！

**陈秀英**　妈呀，您照料买卖，我后头瞧瞧火去。

**陈　母**　哎，去吧！交给我了！

〔**【小锣五击】**陈秀英掸着衣服出门，“下场门”下。

**陈　母**　(出门)嘿,得!说话又开了张啦。吆喝吆喝。(先往“大边”走几步,再往正场走几步,边走边吆喝)我说,有喝茶的,上这儿来,豪杰居又开了张啦!

〔陈母进门,将正场桌旁的椅子搬出门,放在“大边桌”外侧,坐。

〔四家丁“上场门”幕内白:“哦——!”

〔**【小锣抽头】**四家丁“上场门”上,成“小边一条鞭”坐到地上。石文摇着折扇随上,站“小边”。

**石　文**　(见家丁都坐在地上)哎,怎么都卧在这儿了?

**四家丁**　走不动了!

**石　文**　还有多远哪?

**家丁甲**　还有八百多里儿。

**石　文**　还有八百多里呢?起来,起来,起来!等到了,大爷我有赏。

**四家丁**　(参差着站起来,纷纷问)有赏啊?赏什么呀?

**石　文**　一人儿两碟包子。

**家丁甲**　(上步)大爷,

**石　文**　啊。

**家丁甲**　您站好了啊!

**石　文**　怎么啦?

**家丁甲**　您闭上眼睛。好,(拨拉石文原地左转身一周)(**大大**)睁眼!

**石　文**　啊。

**家丁甲**　到了!

**石　文**　你不是说有八百多里吗?

**家丁甲**　是扒拉多里,一扒拉就到了。

**石　文**　嘿,拿大爷我开心呢,啊!(突然想到)哎,怎么着,这就要开眼啦?

**家丁甲**　这就要开眼了!

**石　文**　开眼了,在哪儿呢?(往“大边”走,边走边说)我先瞧瞧去,瞧瞧去!

〔石文用扇子遮脸,小碎步走到陈母身边,挪开扇子一看。(**大**)

**陈　母**　蒙儿!

**石　文**　(做呕状)哟!……(转身跑回“小边”四家丁前)

**四家丁**　怎么啦,大爷?

**石　文**　我说,小的们!这是让我开眼呢,还是害眼呢?

**四家丁**　开眼哪!

**石　文**　开眼呢?(指陈母)你们瞧见坐着那位没有?比我姥姥还大十五轮哪!

**家丁甲**　哎,那是人幌子,好的在里头呢!

**石　文**　怎么着,好的在里头呢?

**家丁甲**　对啦!

**石　文**　去,去,去……

〔石文挥着四家丁进门,站两边。石文进门,四家丁归“里八字”,给石文掸桌椅。石文坐“大座”。

**四家丁**　老太太,倒茶,倒茶!

**陈　母**　(站起)哎,哎,(边走边说)你们嚷嚷什么呢?(进门)你们都是干什么的?(站“大边”)

**石　文**　喝茶的。

**陈　母**　甭说，要五个茶啦？

**石　文**　一个壶，一个碗儿就够了。

**陈　母**　哎，怎么五个人儿喝一个茶呀？

**石　文**　这儿就我一个人儿是喝茶的。（指四家丁）他们都是看茶的。

**四家丁**　看茶的！

**陈　母**　哎哟，还有看茶的哪？他们四个都是跟着爷喝茶的是不是？告诉你，不这么伺候着，啊！

**石　文**　哎，茶婆子！我一个人儿喝茶，给你五个人儿的钱，还不行吗？

**陈　母**　哦，这还差不多。等着啊！

**石　文**　哎。

**陈　母**　我说妞儿，有喝茶的来了，倒茶来！（回"大边"台口坐）

**四家丁**　这就叫您开眼了！

〔**【小钹滚头子】**石文忙整冠、整装。四家丁围着石文做嘀嘀咕咕状。陈秀英提细瓷茶壶，拿细瓷茶碗"上场门"上，至正场，迈进门一步一望；石文站起伸长了脖子贪婪地往门外看。陈秀英忙退出，转身快步"上场门"下。石文端着桌子欲追出，四家丁扶住石文坐稳。陈秀英提大铜壶，拿粗瓷碗"上场门"复上，至正场，进门，将壶、碗放在正场桌上。石文做调戏状，陈秀英拂手绢躲避，转身出门，站"小边"。

**陈秀英**　（用手绢招呼陈母）嘘！嘘！（站"小边"等）

〔陈母、石文都往正场台口走，碰面。

**陈　母**　（对石文）哎哎哎……你干什么去？

**石　文**　你没听："嘘！嘘！"是哨我哪。

**陈　母**　哨你呢？

**石　文**　哎。

**陈　母**　哨你？哨你我这儿还没撒高粱呢！赶紧回屋蹲着去！

**石　文**　我再回来呀。（转身归座）

**陈秀英**　（迎着陈母）妈呀，这小子是干什么的？

**陈　母**　喝茶的！

**陈秀英**　喝茶的？

**陈　母**　啊。

**陈秀英**　就他这个脑袋，也配跑到咱们这儿喝茶来？

**陈　母**　咳，人家喝茶给茶钱，管他什么脑袋呢？

**陈秀英**　喝茶的不论脑袋？

**陈　母**　咳，甭管他啦！

**陈秀英**　妈，他喝一壶茶，旁边儿的几个是干吗的？

**陈　母**　看茶的！

**陈秀英**　看茶的？妈！

**陈　母**　啊。

**陈秀英**　他跟我动手动脚儿的！

**陈　母**　甭理他。

**陈秀英**　不是好东西！

陈　母　甭理他不就完了吗?
陈秀英　瞧那相儿!
陈　母　哼!
陈秀英　德性!(转身往"上场门"走,边走边说)
陈　母　得!
陈秀英　讨厌劲儿的!
陈　母　(哄着陈秀英离开)行了,行了!
　　　　〔(台)陈秀英"上场门"下。
陈　母　哎呀,(转身回"大边"台口坐,边走边说)这开茶馆儿就够瞧的了,还管人脑袋不脑袋的!
石　文　哎,小的们!
四家丁　啊!
石　文　把咱们给蹿到这儿了?
四家丁　蹿这儿了!
石　文　咱自己来呀!
四家丁　自己来!
石　文　倒一碗!
四家丁　倒一碗!(斟水)
石　文　(俯在桌上看碗里的茶水)水不开呀!
四家丁　哎!
石　文　(掀开茶壶看)茶叶还漂着呢!
四家丁　啊!
石　文　传茶婆子。
四家丁　茶婆子!
陈　母　(边进门边说)嚷嚷什么呢,你们这儿?(站"大边")干什么呀?
石　文　茶婆子,欺负大爷我没喝过茶是怎么着?
陈　母　哟,大爷!怎么啦?
石　文　瞧见没有:(指碗)水不开,(指壶)茶叶还漂着呢!这是怎么回事,这是?
陈　母　噢,大爷,您这个水也不开,茶叶也漂着呢?
石　文　嗯。
陈　母　我们这是刚开张,小妞儿慌手忙脚的,八成给您抄错了壶了。
石　文　(摸着陈母的手)小妞儿沏的啊?(大)
陈　母　(抽回手,不满地)得嘞,男女授受不亲!往哪儿哪儿摸呀!
石　文　(嬉皮笑脸地)谁沏的?
陈　母　妞儿沏的!
石　文　妞儿沏的?
陈　母　啊!
石　文　我还没喝哪!
陈　母　没喝,那你挑眼?
石　文　挑子先搁着。
陈　母　这块骨头,怎么熬汤呀!(出门,坐原位)

石　文　(对家丁)小妞儿沏的?
四家丁　小妞儿沏的。
石　文　(指碗)倒了,倒了!
四家丁　倒了。(一家丁将水倒掉,重新斟茶)
石　文　(端碗喝一口)嘿,好茶叶呀!
四家丁　好茶!
石　文　(继续喝)这水可真开呀!
四家丁　真开!
石　文　喝到我肚子里头还咕嘟咕嘟冒泡儿哪! 传茶婆子!
四家丁　茶婆子!
陈　母　哎,来了,来了,来了!(忙站起,进门)你们又嚷嚷什么,干什么啊?(站"大边")
石　文　茶婆子,你有事儿没事儿啊?
陈　母　有事儿没事儿怎么着?
石　文　没事搬把椅子坐下说会儿话儿。
陈　母　(笑脸)哎哟,大爷,您真赏脸。嗯,哪儿有我们茶婆子的座儿呀?
石　文　甭客气,自家人!
陈　母　那我们茶婆子这下儿……(假意欲施礼)
四家丁　搀呀!(到陈母身前欲搀)
陈　母　别搀! 我这儿提鞋。(做提鞋状)
四家丁　嘿!(败兴地回原位)
　　　　〔陈母出门,搬椅子再进门,放在"大边"。
陈　母　得嘞,座儿也搬来了,有话你就说吧!(坐下)
石　文　嗯……茶婆子,刚才倒茶的小妞儿她是你怎么的啊?
陈　母　(不解)啊?
石　文　她是你哪么的呀?
陈　母　你会说话不会?
石　文　呃,她是你怎么个人儿,哪么个人儿呀?
陈　母　噢,你说那个倒茶的小妞儿呀?
石　文　啊!
陈　母　大爷,是我跟前的!
石　文　哎,这跟前的没大爷我啊!
陈　母　噢,没你呀? 把你过继出去了,啊! 哈哈。告诉你吧,干栏着,小妞儿是我跟前的。
石　文　这不结了吗? 她今年几个大多了?
陈　母　什么?
石　文　多么大儿了?
陈　母　我说你说人话好不好?
石　文　她多大岁数啦?
陈　母　噢,我们小妞儿呀,她今年苹果桃儿了!
石　文　大鸭梨呀!
陈　母　还嘚儿烂柿子哪! 什么呀,苹果桃儿,就是她十六了!

石　文　十六了？
陈　母　啊。
石　文　巧啦，跟大爷我同岁呀！
陈　母　哟，大爷，您才十六呀？
石　文　我呀，猴拉马——
陈　母　怎么讲啊？
石　文　三十六了！
陈　母　好大的花儿呀！
石　文　六乘六哇！
陈　母　还嘚儿六碰六呢！
石　文　哎茶婆子。
陈　母　嗯。
石　文　呃，我呀，跟您商量商量。
陈　母　什么事儿呀？
石　文　我瞧您那小妞儿长的不错。您把她叫出来，得另给大爷我沏上一壶，倒一碗，她的手，付与我的手，我的手付与我的口。我喝下去，心里这一痛快，小的们！
四家丁　哎。
石　文　把银子拿出来！
四家丁　噢！
　　　　〔家丁甲从怀里拿出一大锭银子重重地放到桌上。
石　文　瞧见没有？都给你妞儿买花儿戴！
陈　母　（不屑地看成着银子）噢，（站起）大爷，你说的话我明白了。您叫我们小妞儿重另给您沏一壶茶，倒一碗，她的手，付与您的手，您的手付与您的口。喝下去心里这么一痛快，拿这银子给我们小妞儿买花儿戴，对不对呀？
石　文　对呀！
陈　母　呵呵，哎哟，大爷，这么多的银子得买多少花儿呀？那还不把我们妞儿脑袋压歪了，不是怎么的！
石　文　你们娘儿俩慢慢儿戴呀！
陈　母　还嘚儿慢慢儿戴呢！我告诉你，哎，你有钱可别这么花。
石　文　怎么花呀？
陈　母　回去，打点打点，把你们家那坟地赎出来吧，啊！拿钱还给我们，（边说边出门）我们是嘚儿正经人！（站“大边”台口）
四家丁　哎——人家是正经人！
石　文　什么，镇江人？
四家丁　正经人！
石　文　噢，正经人呢？
四家丁　啊。
石　文　咱们有正经话呀！传茶婆子！
四家丁　茶婆子！
陈　母　（边进门边说）别嚷嚷，干什么，说！（站“大边”）

石 文 茶婆子,看起来你是不认识我呀?
陈 母 认识你费茶钱!(坐)
石 文 提起我来可无明白呀。
陈 母 提起谁来箭杆儿白呀?
石 文 提起我爸爸来,
四家丁 哎!
陈 母 (站起)噢,这四个都是呀?
石 文 不是,就一个呀!
陈 母 哪个是?
石 文 在家哪!
陈 母 在家那个准吗?
石 文 准准准,不准就差了事儿啦!
陈 母 哎。(坐)
石 文 就职你们太原府总镇之职。不才我还是个公子哪!
陈 母 (站起)哟,大爷,您赶情是位贵公子呀?咳,恕我们茶婆子不知,我这下儿……(假意去请安)
四家丁 咳!(上步欲搀)
陈 母 别搀,我这儿擤鼻涕哪!
四家丁 嘿,还搀呀!
石 文 哎,茶婆子!您瞧我这么大了不是,我还没家哪!
陈 母 没枷(家)?好办呐,上衙门里头扛一面去!
石 文 哎……不是。我这儿还没娶媳妇儿哪!
陈 母 没娶媳妇儿跟你们家大人说去,跟我说不着!
石 文 得了得了,我就跟您说说得了。
陈 母 要说你就说吧!
石 文 我呀,瞧您那小妞儿长得不错。把她呀,许配给我,做个小两口儿。你们这茶馆儿也就甭开了。把你们娘儿俩接到我们府上去,享不尽的荣华,受不尽的富贵。哎,您瞧这事儿怎么样?
陈 母 大爷,你呢,说的话我们明白了。您瞧我们那小妞儿长得不错。把她许配给您,作为小两口儿。我们这茶馆儿也就甭开啦。把我们娘儿俩接到您府上去,享不尽的荣华,受不尽的富贵。对不对呀?
石 文 对呀!
陈 母 好倒是好,无奈一样!
石 文 哪样儿呀?
陈 母 你呀,回去跟你们家大人商量商量,打发个媒人跟我们茶婆子说,我们茶婆子是无不应允。怎么着?就这么当面锣对面鼓的!这,这,当初你妈跟你爸爸就是这样在茶馆儿里捏咕上的?
石 文 他们的事儿我哪儿知道哇!
陈 母 哪儿的事儿呀,啊!(转身搬椅子出门)趁早儿滚出去吧!真是,这哪儿轰来的……(将椅子放在“大边”台口面向“大边”台口坐)

四家丁　大爷？
石　文　啊？
四家丁　人家骂上了！
石　文　骂上了？
四家丁　啊。
石　文　那怎么着哇？
四家丁　走吧！
石　文　走哇？
四家丁　走。
石　文　得，走，走！拿上银子。
四家丁　拿上。
　　〔四家丁灰溜溜地出门，向“上场门”走。
石　文　（跟着出门，招呼家丁）哎，等会儿，等会儿！人家挑眼了！
四家丁　挑什么眼了？
石　文　嗔得我没拜丈母娘！
四家丁　拜去呀，拜去呀！
　　〔石文掸尘、整冠、迈着方步向“大边”走，到陈母身旁。
石　文　（小生腔）啊丈母娘在上，（施礼状）小婿有礼！
　　〔陈母在椅子上右转身骗双腿踢石文，石文忙躲到“小边”；陈母仍然面向“大边”台口坐。
四家丁　嘿嘿，得了，得了！
石　文　这还有个说头。
四家丁　什么说头？
石　文　打是疼，骂是爱，丈母娘喜欢拿脚踹！嘿！软的不成。
四家丁　得使硬的。
石　文　站好了，站好了。带来没有？
四家丁　带来了。
石　文　茶婆子，过来，过来，过来！
陈　母　干什么呀？
石　文　过来！
陈　母　干什么说话！
石　文　跟你说好的你是不给呀。你瞧见没有，今儿，大爷我带的人多，我要抢——！
　　〔陈母站起到石文身旁，左手叉腰，右手抓住石文左手。（仓）
陈　母　哈哈！（顷仓）
石　文　怎么啦？
　　〔陈母拉着石文往“大边”跑，左脚蹬着“大边”台口的椅子。
陈　母　哈哈！（大 台 顷 － 仓 ）
石　文　怎么啦？
陈　母　哇呀呀……
　　〔陈母左脚落地，右手一扬，把石文甩到“小边”。

**石　文**　喝！

〔陈母跟到正场，想到石文人多，变成笑脸。

**陈　母**　嘿嘿我说大爷，您别生气呀！我叫我们妞儿呀，捯饬捯饬，打扮打扮，这就跟您走，您看怎么样？

**石　文**　这不结了吗！

**陈　母**　等着啊！

〔陈母转身把椅子搬回至正场桌左则，再到"大边桌"上取棒槌藏在背后。

**石　文**　敬酒不吃吃罚酒。（对四家丁）看见没有？非得来硬的。

**四家丁**　来硬的。

**陈　母**　（出门）我说，你们刚才谁说要抢来着？过来，过来！

**石　文**　（扇着扇子，大摇大摆地走向陈母）我说要抢来着。

**陈　母**　（双手拿棒槌打石文头）着棒槌！（**仓**）

**石　文**　哎哟！（忙逃，"下场门"下）

〔【**乱锤**】陈母打四家丁，四家丁"萝卜头子""下场门"逃下。陈母欲追，陈秀英"上场门"上，到陈母身后拉住陈母。（**仓**）往里一摆陈母，（**仓**）往外一摆陈母，（**仓**）【**撕边**】拧陈母左转身一周，再往"大边"一推。（**大**）

**陈　母**　（右转身面对陈秀英）哎哟！（**仓**）

**陈秀英**　妈呀，是我。

**陈　母**　你吓我一大跳！

**陈秀英**　我说妈呀！

**陈　母**　啊？

**陈秀英**　您干吗要棒槌玩儿呀？

**陈　母**　什么要棒槌玩儿呀！

**陈秀英**　您干吗呢？

**陈　母**　咳，你刚才说那小子不是东西，他果然不是东西。进得门来是横挑鼻子竖挑眼。什么水也不开了，茶叶也漂着。我一说是你沏的，这水也开了，茶也好了。说着说着问你多大了。

**陈秀英**　妈，我不十六了吗？

**陈　母**　我知道你十六了。他又问呢，你有婆婆家没有？

**陈秀英**　（忸怩地）哎哟，我不是还没有婆婆家哪吗？

**陈　母**　咳，落（读 là，）不下你！哎呀，他跟我说着说着，就跟我提亲。我说了个不答应，他就要抢！

**陈秀英**　怎么着，他要抢？

**陈　母**　啊！

**陈秀英**　他要抢什么呀？

**陈　母**　嘿！他抢你，他抢我这老帮子干吗？给他们家立杵去啦是怎么着？

**陈秀英**　您现在要干吗呀？

**陈　母**　我呀，我找他们家说理去吧！

**陈秀英**　对！他爹要是讲理便罢，他爹要是不讲理呀，您回来告诉孩儿我，我去拆他那个王八窝。

陈　母　得咧,你拆你妈那个破被卧得了啊!

陈秀英　给掀个底儿朝天……

陈　母　行了,行了啊!快下去吧,啊!(台)

〔陈秀英嘟嘟囔囔地"上场门"下。

陈　母　得,净跟着她说话儿了,让那小子跑了!哦呵呀呔!(仓)(双手拿着棒槌,左手指向"下场门"一亮)狂徒休走,妈妈赶你来也!

〔【半截夺头】陈母双手拿着棒槌在胸前往怀里绕两圈,右棒击左棒,左棒再击右棒,跨抬右腿往"小边"上几步,晃"反云手"接"云手",左转身面向"大边"蹦起,双手举起棒槌一亮。起"飞脚",【四击头】骗左腿拧"旋子",绕棒槌,"左弓箭步"左高右低举棒槌亮相。(崩登仓)双手往右抡棒槌,扎"跺泥",双手举起棒槌一亮。【冲头】"下场门"下。闭二幕。

〔【冲头】陈母拿着棒槌"小边"侧幕上,"小圆场"至正场二幕前。四家丁"小边"侧幕上,陈母用棒槌拨拉着一个一个地将四家丁打得往"大边"侧幕逃下。

〔石文"小边"侧幕上,陈母在正场将石文拦住。【冲头】切住。(嘟……)陈母"大边"圆场,石文"小边"反圆场,在二幕前陈母一拦,(仓)(嘟……)陈母"大边"反圆场至"大边",石文"小边"圆场至"小边",亮住。(仓)【秧歌锣鼓】陈母舞棒槌,石文摇扇子,走秧歌步。二人靠近时,陈母击棒槌打石文。石文躲避,陈母回至"大边"。锣鼓停。

石　文　(跪在地上)得了。他们都过去了,您也把我放过去得了。

陈　母　放了你呀?

石　文　哎哎。

陈　母　没那么容易。这我得寒碜寒碜你。

石　文　哎,您别寒碜我呀。

陈　母　起来!扇子拿过来,拿过来!

石　文　(站起)扇子呀?

陈　母　啊。(夺过扇子)

石　文　要扇子干吗呀?

陈　母　拿扇子扇我那火炉子去!

石　文　(欲溜过去)好,拿我扇子扇火炉子去了。

陈　母　(拦住)等等。

石　文　(后退)啊!

陈　母　你那,头上戴着的是什么?

石　文　这是……帽、帽子!

陈　母　帽子,哈,摘帽子!

石　文　摘帽子呀?

陈　母　摘!(威胁地)你摘不摘?摘不摘?

石　文　摘。(摘帽子)

陈　母　这个老太太我兜鸡蛋去。

〔陈母将扇子、帽子扔到"大边"侧幕内,石文趁机跑至"大边"欲逃,又被陈母拉住。

陈　母　你等等。过去呀?过去没门儿!身上穿的是什么?

石　文　衣裳啊!

**陈 母** （一击棒槌，指石文）给我扒衣裳！

**石 文** 干吗，干吗呀？过去还扒衣裳怎么着？

**陈 母** （威胁地）你脱不脱，脱不脱？

**石 文** 得得得，（脱褶子）得您搭把手儿！

〔【**撕边**】陈母扒褶子转到“小边”，石文转到“大边”趁机逃，陈母追打。（**仓**）石文“大边”侧幕逃下。

**陈 母** 哎，这小子他跑了，我呀，还是追呀！

〔【**冲头**】陈母“大边”侧幕追下。

〔【**撤锣**】匡忠“小边”幕内白：“嗯喷！”

〔【**小锣打上**】匡忠摇着扇子“小边”侧幕上。至正场合上扇子。【**小锣归位**】

**匡 忠** （念）来在大街上，

〔四家丁“小边”侧幕内白：“啊——！”（**仓**）匡忠右转身朝“小边”侧幕看。

**匡 忠** （念）忽听闹嚷嚷。（随念转身面向前）

〔【**乱锤**】四家丁“小边”侧幕上，过场，“大边”侧幕下。石文双手提着裤子“小边”侧幕上，与匡忠相遇。石文忙转身往“小边”躲。（**仓**）匡忠上步赶上去招呼。

**匡 忠** 啊，石兄转来，石兄转来！

**石 文** 哎。（转身）我还石熊，我成了狗熊啦！

**匡 忠** 石兄，为何这等模样？

**石 文** 唉，您不知道，早晨起来呀，我带着小的们洗澡去了，这么会儿工夫澡堂子着火了！您瞧我这样就出来了！

**陈 母** （“小边”侧幕追上）哪里走！

**石 文** 哎哟，追上来了！来喽！（**仓**）（忙逃，“大边”侧幕下）

〔（**嘟……**）陈母陈母欲追，匡忠挡。（**仓**）（**嘟……**）二挡。（**仓**）（**嘟……**）陈母匡忠碰面。（**仓**）

**陈 母** 哟嗬！出来挡事的了啊！

**匡 忠** 非也！

**陈 母** 飞也，我拿鸟枪（双手将棒槌比作枪做描准状）打你！（**扎**）

**匡 忠** 我是劝解的。

**陈 母** 噢，你是劝架的？我们这架您劝不了，我非找他们家大人说理去，我！

**匡 忠** 妈妈，他乃总镇之子。你若找到他家，他父必定向着他的儿子。还能向着妈妈不成么？

**陈 母** 哎，这个相公说的倒是有理呀。这么说您是个好人哪！唉，我们这事儿呀，在这儿一时也说不清楚，干脆，我把您请到我们那小茶馆儿，我慢慢儿跟您说，您瞧怎么样啊？

**匡 忠** 萍水相逢，怎好打搅？（摊双掌）

**陈 母** 四海之内，皆是朋友。（拉着匡忠）您有空您就跟着我走得啦！

〔陈母拉着匡忠走“小圆场”边走边说。开二幕。台上仍是茶馆的设置。

**匡 忠** 啊，妈妈，你为何与那石家公子争斗起来？

**陈 母** 咳，别提了！我刚开张就进来一伙儿人，进了门儿就横挑鼻子竖挑眼……（走到茶馆大门）

**匡 忠** 啊，妈妈，到了无有？

**陈 母** 哎哟，差点儿过了。（往里让匡忠）哎，您请进吧，啊！

匡　忠　(谦让)妈妈请!

陈　母　(再让)您快进去吧,啊!

〔陈母与匡忠进门。

陈　母　相公,您坐着啊!

〔匡忠归"大座"。陈母将棒槌放到"大边"桌上。

陈　母　相公您等着,我给您沏壶茶去啊!

匡　忠　妈妈,不要费心

陈　母　不要紧的,现成儿的!我说妞儿啊,又有喝茶的来啦,倒茶来!(归"大边"站)

〔【小钹滚头子】陈秀英提大壶、粗瓷碗"上场门"上至正场,一只脚踏进门与匡忠对脸互望。陈秀英忙转身跑着"上场门"下。陈母跟到台口观察。

陈　母　(做明白状)噢,噢,是嘞——哎哎,哼哼哼……(归"大边"站,继续观察)

〔陈秀英提茶壶,拿细瓷碗"上场门"复上,小碎步进门,到正场桌右侧,放下茶壶,笑脸与匡忠对视。同时用手绢擦拭着茶碗。

陈　母　怎么加了零碎儿了,这个……

〔陈秀英把茶碗放到桌子上,斟茶,(锣鼓加速)仍与匡忠对视。茶水溢出茶碗。

陈　母　哎,哎,洒啦,洒啦!洒啦!

〔匡忠忙站起用水袖掸身上的水,陈秀英忙擦拭桌椅。匡忠复坐。(锣鼓止)陈秀英出门至"小边"招呼陈母。

陈秀英　嘘……哎……

陈　母　哎,(出门,到"小边")干什么呀?

陈秀英　这个人是干吗的?

陈　母　这……也是喝茶的呀!

陈秀英　嘿!(右手拍大腿,然后做夸奖状)这个才是那好脑袋的哪!

陈　母　得嘞!刚才因为脑袋,差点儿打出脑子来,还说脑袋呢,这!

陈秀英　(忸怩状)而且妈,您瞧瞧,这个人长得多大方啊!

陈　母　嗯,我瞧着也挺顺眼的,啊。呵呵!

陈秀英　妈呀,您累不累呀?

陈　母　(看出陈秀英的心思)嗯……(果断地)不累!

陈秀英　您要是累呀,就到后边歇会儿去,我替您照料买卖去得了。

陈　母　(逗陈秀英)你替我呀……呃,哼哼……用不着!

陈秀英　妈呀,您躲开这儿,让我们瞧瞧。

陈　母　不让瞧!

陈秀英　妈呀,我们瞧瞧。

陈　母　(提高嗓门)不让瞧!

陈秀英　(撒娇状)瞧瞧。

陈　母　(双手插腰)不让瞧!下去!

陈秀英　哟——!好脑袋的你们瞧!

陈　母　谁瞧了?

陈秀英　那么坏的脑袋让人们瞧!

陈　母　谁让你瞧了?

陈秀英　我才不瞧哪！哼，这么大岁数啦，还跟我们……

陈　母　得了吧，下去吧！

〔陈秀英不满地转身"上场门"下。

陈　母　（转身走向正场）我这么大岁数了，我什么没瞧见过，我！（进门，对匡忠）叫您久坐了！

匡　忠　（站起让陈母）妈妈请坐。

〔陈母搬椅子成"大边跨椅"，陈母、匡忠坐下。

匡　忠　妈妈，为何与石家公子争斗起来？

陈　母　唉，甭提了！我呀，刚开了张就进来一伙儿人，横挑鼻子竖挑眼，什么水也不开了，茶叶也漂着了。我一说是我们妞儿沏的，水也开了，茶也好了。说着说着跟我提亲，是我说了个不答应，（手帕交左手，右手往前伸出）他就要抢——！

匡　忠　怎么，（仓）（右手前指）他要抢？

陈　母　嗯，他要抢！

匡　忠　真真岂有哇（双掌相击，摊双掌）（顷－仓）此理！

陈　母　毛包哇，（"小云手"）（仓）毛包！（骗右腿，将右脚搭在桌上）（仓）

匡　忠　呃，（指陈母脚）这做什么哇？

陈　母　怕你不够吃，给你上只鸭子！

匡　忠　取笑了！

陈　母　哎！（站起，擦拭桌角，再坐）

匡　忠　（抬头看见弓，站起）啊妈妈，好一张弓啊！

陈　母　（回头一看，站起）哎，不错，是一张弓。

匡　忠　（坐）小生借来一观。

陈　母　哎，等着啊！（取弓）我给您摘下来您瞧瞧！（摘下弓送到匡忠面前）相公请看。（归座）

匡　忠　（观赏弓）（大　大　<u>大大</u>　<u>多罗</u>·大　台　）乃是铜胎铁背宝雕弓！

陈　母　（背供）真是行家啊！

匡　忠　啊，妈妈，但不知此弓的来历？

陈　母　你要提起来这张弓啊，是小孩儿没娘，提起来话儿长。当初哇，我们老头子在世的时候，我们老头子拉得开，我们老头子去世了，就没人能拉得开了。

匡　忠　此弓岂不废物了？

陈　母　废物不了。刚才给您倒茶的那个小妞儿，嘿，她还能拉得开哪！

匡　忠　（拱手）莫非是令嫒？

陈　母　不敢。

匡　忠　（拱手）千金？

陈　母　好说。

匡　忠　（站起，拱手）小姐？

陈　母　（站起）哎哟，您这是要干什么呀？

匡　忠　妈妈，小生意欲领教小姐三膀弓。

陈　母　噢，您要让我们妞儿拉三膀弓给您瞧瞧吗？

〔匡忠含笑点头。

陈　母　哎，您等着啊，我给您说说去。（出门往"大边"巡望，自言自语地）哎哟，这孩子哪儿去了，这是？（用唱北京儿歌的腔调喊）妞儿，（转身再往"小边"走）小妞儿！先出犄角后出头来喂!

〔 陈秀英嘟嘟囔囔地“上场门”上。

**陈　母**　你爹……(右手往“上场门”一指)哎,真出来了啊! 呵呵呵……

**陈秀英**　(嘟囔着)好脑袋你瞧……

**陈　母**　谁瞧了!

**陈秀英**　那么坏的脑袋让我们瞧!

**陈　母**　谁让你瞧来着,这是!

**陈秀英**　我们不瞧了!

**陈　母**　过来吧!

**陈秀英**　(面向“小边”台口,不情愿地)干吗呀?

**陈　母**　(把陈秀英拉过来)过来!

〔 陈秀英甩开陈母的拉扯,做嗔状。

**陈　母**　听我跟你说呀! 现在,那相公啊……

**陈秀英**　(急忙拉着陈母的胳膊,带着笑脸撒娇)相公? 相公怎么着啊?

**陈　母**　嘿,你瞧,一提这相公,声儿都变了!

**陈秀英**　(忸怩地)相公怎么啦?

**陈　母**　相公啊,他瞧见咱们那张弓了!

**陈秀英**　噢。

**陈　母**　我就说了,你爹在世的时候,你爹拉得开,你爹去世就没人儿拉得开了!

**陈秀英**　(拉着陈母的胳膊,着急地问)哎,他说什么?

**陈　母**　(学匡忠)此弓岂不废物了!(摊双掌)

**陈秀英**　哎哟,废物不了哇!

**陈　母**　怎么着?

**陈秀英**　(指着自己)还有我哪!

**陈　母**　是呀! 哈哈,我就把你给端出来了!

**陈秀英**　(比做端碗状)怎么着,端出去了?

**陈　母**　端出去了!

**陈秀英**　没洒了汤啊?

**陈　母**　(瞥陈秀英一眼)呃,我盖着盖儿哪!

**陈秀英**　(笑)盖着盖儿呢!

**陈　母**　人家一听说你会拉弓啊,人家要领教你三膀弓啊。

**陈秀英**　哎呀,妈,他要我拉三膀弓给他瞧瞧吗?

**陈　母**　是呀!

**陈秀英**　(故意拿势)哎哟妈,这两天忙着没进弓房,把式子都忘了!

**陈　母**　瞧瞧,该用了就忘了! 妈妈我还记着哪。

**陈秀英**　那您提个醒儿。

**陈　母**　哎,提个醒儿。给你想啊,呃……(拍左腿)前腿儿弓,(拍右腿)后腿绷,(左手做握弓状)前手压着嘴儿,(右手做拉弓状)后手嘴儿压着,嘚儿……啪!(抬左脚,右手指着左脚)射妈妈大脚丫子!

**陈秀英**　什么呀,射草靶子!

**陈　母**　对，射草靶子！嘿嘿！

**陈秀英**　妈呀，我没忘，跟您逗着玩儿哪！

〔陈秀英推着陈母进门，站“小边”，与匡忠笑脸相视。

**陈　母**　我就知道你跟我逗着玩。（站“大边”）（台）

**陈秀英**　这位相公，（匡忠欠身拱手）我听我妈说，叫我拉三膀弓给您瞧瞧吗？

**匡　忠**　（拱手）正要领教。

**陈秀英**　拉的好，不要说好；拉的不好，不要见笑。

**匡　忠**　（摊双掌）焉能见笑。

**陈秀英**　（拱手）献丑了！

〔西皮流水〕

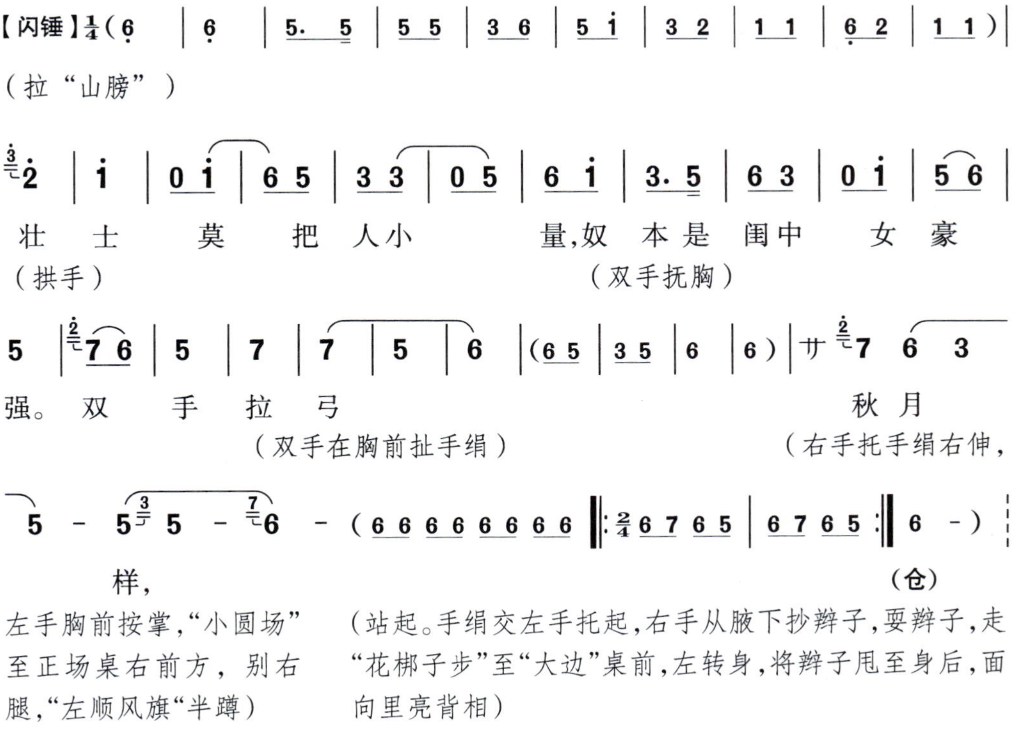


〔【阴锣】陈秀英双手左甩，迈左步；双手右甩，迈右步；栽步，别左腿，身体后仰，双臂张开。起身，“云手”。左转身至“小边”。左转身，面向“大边”。陈母摘下弓，擦拭，递弓。陈秀英接弓（仓）向陈母拱手。向匡忠拱手，匡忠拱手还礼。右转身至正场，左手执弓，“右山膀”（仓）【阴锣】止【撕边】别左腿，左手握弓，右手拉弓，一拉开，（仓）【撕边】两拉开，（仓）【撕边】三拉开，（仓）做累乏状，跑几步将弓交给陈母。【纽丝】陈母将弓放在正场桌上。陈秀英跑到正场桌右前侧拱手，匡忠还礼。

〔西皮散板〕

**陈秀英**

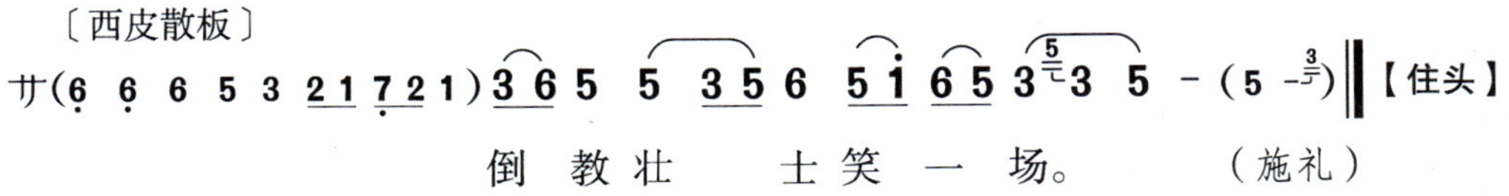


〔陈秀英用手绢招呼陈母一起出门。

**陈秀英**　妈，您这儿来呀！

陈　母　哎,干什么呀?
陈秀英　我往常拉弓,气不涌出,面不改色。
陈　母　是呀!
陈秀英　今儿个拉完了弓,怎么身上一点劲儿都没有了哇?
陈　母　这是怎么回事儿,这是?噢,八成儿啊,你早晨没吃东西,饿得慌。妈妈我后头哇,煮了雀儿蛋了,你去吃雀儿蛋去吧!
陈秀英　对了,(双手一击)我去吃雀儿蛋去喽!(迈右脚,栽左步,别右腿一亮)
　　　　〔【小锣长丝头】陈秀英小碎步"上场门"跑下。陈母进门,站"大边"。匡忠起身迎。
陈　母　相公,您坐下,啊!
匡　忠　妈妈请坐。
　　　　〔陈母坐"大边跨椅",匡忠坐"大座"。
陈　母　我们妞儿拉弓拉得不好,您多多指教,啊!
匡　忠　令嫒拉弓甚好,小生要与她配上……(扎)
陈　母　(惊起)什么?
匡　忠　三膀弓。
陈　母　好,那您等着啊。(边出门边说)哎哟,这位相公说话大喘气儿啊!(出门)哎哟,哪儿去了?(向"上场门"招手)妞儿快来!
　　　　〔【小锣长丝头】陈秀英小碎步"上场门"跑上。
陈秀英　哎,来了,来了!
　　　　〔陈秀英直冲过来,陈母伸手拦住。
陈　母　你瞧瞧,我要是不拦着就掉到台底下去了!
陈秀英　妈呀,您不是让我到后边吃雀儿蛋去了吗?
陈　母　是呀。
陈秀英　煮熟了,没拿住,掉地上了。我呀,不能吃了,啪,(跺右脚)踩了它一脚。我说妈呀!
陈　母　啊!
陈秀英　成了彩旦(踩蛋)了!
陈　母　噢。哎,你踩它干什么呀?捡起来,洗巴洗巴,搽点儿胭脂,抹点儿粉儿,再插朵花儿,那不就成了小花旦儿了吗?
陈秀英　哎哟妈呀,您一点儿亏也不吃呀!
陈　母　那怎么着,吃咸盐还比你多吃几年呢!别穷开心了。这位相公瞧你弓拉得好,他也要拉三膀弓给你瞧瞧。
陈秀英　怎么着,他也要拉三膀弓给我瞧瞧?
陈　母　啊。
陈秀英　(推陈母进门)我问问去!
　　　　〔陈母坐"大边跨椅",陈秀英到正场桌右侧。
陈秀英　(拱手)我说相公!我听我妈说您要拉三膀弓给我们瞧瞧吗?
匡　忠　(拱手)正是。(站起)呃,拉得好,不要说好;拉得不好,不要见笑。
陈秀英　妈呀,听见没有?不让您笑哪!(移至"小边"站)
陈　母　对,咱们绷着。
陈秀英　哎,您绷着。

匡　忠　(出座)献丑了!

　　　　〔【九锤半】【串子】匡忠至正场桌前面向里脱褶子,放在正场桌上。退步,拉"山膀",左转身,面向前。紧左袖,紧右袖。陈母将弓交给匡忠。匡忠拱手接弓。至正场,面向前,左手握弓,右手拉弓一试。点头肯定是一张好弓。跨抬右腿,右手背拍右腿,【撕边】右弓箭步,一拉开。(仓)

陈秀英　(拍手)好!

　　　　〔【撕边】匡忠二拉开。(仓)

陈秀英　(情不自禁地)好!

　　　　〔(崩登仓)匡忠跨抬右腿,右手背拍右腿,左转身一周,右弓步,试弓。【撕边】三拉开。(仓)

陈秀英　可好啦!

　　　　〔匡忠收左脚成左丁步。左手提弓背,右手托住弓的一头,向陈母一望,向陈秀英两望。

陈秀英　别笑,绷着!

陈　母　绷着,绷着哪!

匡　忠　(看弓)啊哈哈哈……(台)(上步,左转身,将弓交给陈母,归"大座")

陈　母　他倒笑了!(接弓,挂弓)

陈秀英　妈。

陈　母　哎。

陈秀英　您这儿来。(出门)

陈　母　(出门)什么事呀?

陈秀英　您没笑,他倒笑了。

陈　母　可不是吗!

陈秀英　妈,您进去问问他,除了拉弓,还会别的不会了?

陈　母　哟,这麻烦劲儿的,咱就甭问了。

陈秀英　妈,问问去。

陈　母　甭问了,这就。

陈秀英　妈!

陈　母　瞧这麻烦劲儿的。

陈秀英　(撒娇)哼——!问问去!

陈　母　得得得,问问去。(进门,站"大边")相公,我们妞儿问您,光会拉弓,还会别的武艺不会了?

匡　忠　一十八般武艺件件精通。

陈　母　(边出门边学小生腔)糟了哇,糟了!(对陈秀英)人家说了,(学小生腔)一十八般武艺件件稀松。

陈秀英　什么呀,件件精通。

陈　母　哎对啦,件件精通。哼哼哼……

陈秀英　我要跟他比拳。(左手做打拳状,几乎打着陈母)

陈　母　哎哟,你比拳,你可得留神我这腮帮子呀!干吗?

陈秀英　您还给说说去。

**陈　母**　这怎么说呀?

**陈秀英**　说去。

**陈　母**　这怎么说,你自个儿说去!

**陈秀英**　(往门里推陈母)说去!

**陈　母**　(蹦至"大边")哎哟!(**台**)你留神我这腰哇!(转身到"大边跨椅"前对匡忠)相公,我们妞儿要跟您比套拳哪!

〔陈秀英在门外偷听。

**匡　忠**　小生奉陪。

**陈　母**　得咧!

〔陈秀英忙进门。

**陈秀英**　妈呀,来了!(站"小边")

**陈　母**　哎哟,来了,来了!(躲到"大边"台口)我这茶馆儿也不开了!

〔匡忠出座站"大边",**【急急风】**二人拱手,比拳。"一合","两合","幺二三",搭,叉,二人转身一周,搭,兜,匡忠打陈秀英嘴巴。

**陈秀英**　哎,哎!(气急败坏地)妈呀,他打了我!

〔匡忠摊双掌,掂掌。

**陈　母**　这个不算,不算!用妈教给你那猴拳,再跟他打打!打打啊!

〔**【急急风】**二人相互拱手,再次比拳。"一合","两合","幺二三",搭,二人转身一周,叉,**【撕边】**陈秀英上步,左手拧住匡忠左臂,匡忠右转身,再拧住右臂交到左手,右手拧匡忠脸,放匡忠。(**仓**)陈母正高兴,匡忠到"大边"双手拧陈母脸。(**大**)

**陈　母**　(一愣)哎!

〔匡忠归"大座"坐,陈秀英到"大边"。

**陈秀英**　妈!

**陈　母**　哎。

〔陈秀英拉着陈母出门。

**陈秀英**　妈!

**陈　母**　哎。

**陈秀英**　您这儿来吧!

**陈　母**　干什么呀?

**陈秀英**　刚才不是跟他比拳吗?

**陈　母**　啊。

**陈秀英**　一下场没留神,他"啪"(打陈母嘴巴)打我一个嘴巴。

**陈　母**　(捂着脸)噢,给你个嘴巴。

**陈秀英**　您不是说,不算,再来吗?

**陈　母**　是啊。

**陈秀英**　(左手扶着陈母的肩膀,右手抚陈母手)您猜怎么着,妈?

**陈　母**　怎么着?

**陈秀英**　我呢,啪!就给他一个萝卜,我们俩人儿呀,两不该!

**陈　母**　是呀,你们俩人儿是两不该了,妈妈我连老本儿都搭进去了!

〔陈秀英上前给陈母揉揉脸,转身进门至正场桌右侧。陈母跟进门,至"大边"来回走动，观察二人交谈。

**陈秀英** 相公，您辛苦啦！

**匡　忠** 岂敢！

**陈秀英** 您饿不饿呀？

**匡　忠** （合上折扇）呃，我不饿哇！

**陈秀英** 您要是饿，我给您做点儿点心吃去！

**匡　忠** （欠身拱手）小姐不要费心。（坐，扇扇子）

**陈秀英** （看到扇子，对匡忠）哟，好扇子！

**匡　忠** 大姐爱么……（合上折扇，双手托着折扇站起）送与大姐。

**陈秀英** 怎么？您把扇子送给我了？

**匡　忠** 送与大姐。

**陈秀英** 那多不好意思的！

**匡　忠** 送与大姐！

**陈秀英** 那我们这儿谢谢您了！（接过折扇，倚在桌旁，爱不释手）

**陈　母** （在"大边"背供）这倒好，学会了跟人要东西了。

〔陈母转身盯着陈秀英，用眼神招呼陈秀英。陈秀英忙合上折扇，双手将其藏在背后，忸怩地往正场走。

**陈秀英** 干吗那么气势！

**陈　母** 我说你什么都没学会，怎么学会"狼"人了？

**陈秀英** 谁"狼"人啦？

**陈　母** 哎，你刚才干吗去了？

**陈秀英** 我？照料买卖呢！

**陈　母** 照料买卖？你手里拿着什么呢？

**陈秀英** 没什么。

**陈　母** 我瞧瞧。

**陈秀英** 瞧哪只？

**陈　母** （指右手）这只。（陈秀英嘻笑地举右手）那只。

**陈秀英** （左手拿着手绢举起，挑皮地）手绢！

**陈　母** 变戏法儿了，二仙传道！我呀，我俩手一块儿瞧！

**陈秀英** 我说妈呀，您瞧稀稀罕儿！

**陈　母** 什么稀稀罕儿？

**陈秀英** 一个家雀儿俩尾巴！

**陈　母** 在哪儿呢？

**陈秀英** 那儿哪，妈！

〔陈母往"大边"台口看，陈秀英将折扇夹在左腋下。

**陈秀英** 嘟儿……飞喽！（亮出双手）

**陈　母** （绕到陈秀英身后）嘟儿……飞喽！

〔陈母一推陈秀英，抽过折扇，至"小边"。陈秀英至"大边"。

**陈　母** （展开折扇，扇着）这是什么，啊？我问问你这是什么，这是什么？

**陈秀英** 妈呀，您这么大岁数，连这个都不认识呀？（右手指折扇）这叫扇子。

陈　母　我知道它是扇子。啊,(合上折扇,右手执扇拍着左手)这是哪儿来的,哪儿来的?
陈秀英　这是人家送给我的。
陈　母　人家送给你的?
陈秀英　嗯。
陈　母　一定是你跟人家要的。
陈秀英　不是。
陈　母　不是?我去问问去!
陈秀英　您问吧!
陈　母　要是人家送的,还则罢了。要是你跟人家要的,今儿也不打你。(欲进门)
陈秀英　妈,(拦住陈母)明儿呢?
陈　母　明儿也不打你。
陈秀英　妈——!后儿个呢?
陈　母　后儿个呀,指不定打你不打你!(进门,站"大边")
陈秀英　瞧,这老太太这贫劲儿的!(站"小边"。不时地观察室内)
陈　母　我说相公。
匡　忠　(拱手)妈妈。
陈　母　我问问你。哦,呵呵,我们妞儿这把扇子,是您送给她的,还是她跟您要的?
　　　　〔陈秀英在门外对匡忠做手势。
匡　忠　(一望陈秀英)是送与大姐的。
　　　　〔陈秀英会心地一笑。
陈　母　噢,您送给她的。那我们这儿就谢谢您了啊!(施礼)真格的,还有没有了,给我一把?
匡　忠　妈妈要扇?
陈　母　啊。
匡　忠　(摊双掌)无有了。
陈　母　(转身,边出门边说)到我这儿就变声儿了,(学小生腔)无有了!
陈秀英　(抢回扇子)妈呀,多寒碜哪!
陈　母　你要知道寒碜,刚才你不替妈要一把?
陈秀英　妈呀,别说笑话儿了。
陈　母　啊。
陈秀英　我想起一件(羞涩)要紧的事情来。
陈　母　什么要紧的事呀?
陈秀英　(拱手)我爹临死的时候,给您留下的遗言,还记得不记得了?
陈　母　噢,那我可忘不了。
陈秀英　(羞涩地)妈,您说说。
陈　母　当初,你爹临没的时候呀,把我叫到床前说的是:(韵白)老婆子呀,老婆子!
陈秀英　对对对。
陈　母　(韵白)我若死后,你可千万不要嫁人!
陈秀英　(不满地)什么事儿呀!
陈　母　怎么着?还说什么来着?
陈秀英　您怎么老惦记着您那档子事儿呀!

陈　母　那说什么来着?
陈秀英　我爹临死的时候,给您留下遗言。
陈　母　说什么来着?
陈秀英　给咱提咱那张……(左手扶着陈母胳膊,右手用折扇指挂着的弓)弓来着嘛!
陈　母　(故意装糊涂)那张弓又怎么着呀?
陈秀英　我爹不是说了嘛,我爹在世,我爹拉得开。
陈　母　对。
陈秀英　我爹去世,(嗲嗲地)我能拉得开。再有人拉的开那张弓的……
陈　母　噢,我想起来了!
陈秀英　想起来了?
陈　母　(捉弄地)那就送给人家。
陈秀英　不对。
陈　母　那是什么呀?
陈秀英　(撒娇地)我爹不是说了嘛!
陈　母　啊。
陈秀英　我爹在世,我爹拉得开。我爹去世呢……
陈　母　嗯。
陈秀英　我拉得开。
陈　母　你拉得开。
陈秀英　再有人拉得开……弓……的……
陈　母　哦,我想起来了。
陈秀英　(抱着希望)想起来了?
陈　母　(调侃地)就……卖给人家!
陈秀英　(撒娇)不对。
陈　母　那是说什么来着?
陈秀英　我爹不是说了嘛……
陈　母　(挤兑着女儿自己说)说什么了?
陈秀英　(语气加快)我爹在世,我爹拉得开。我爹去世,我能拉得开。
陈　母　你爹拉得开。
陈秀英　我爹去世呢……
陈　母　你拉得开。
陈秀英　再有拉得开(语气放慢)这张弓的……
陈　母　怎么来着?
陈秀英　(轻声地)妈。
陈　母　(轻声应)哎。
陈秀英　(左手伸出小拇指)有个"小"字儿。
陈　母　"小"字儿?
陈秀英　啊。
陈　母　(故做恍然大悟状)噢——(双手一拍大腿)我想起来了!啊哈哈哈……
陈秀英　(喜形于色)妈,想起来了?

**陈　母**　小心点儿,别让他偷了去!
**陈秀英**　(明白陈母逗她)什么呀!
**陈　母**　那是什么呀?
**陈秀英**　不说。
**陈　母**　说呀!
**陈秀英**　您知道。
**陈　母**　我不知道。
**陈秀英**　您明白。
**陈　母**　我不明白。
**陈秀英**　(着急状)哎哟!
**陈　母**　哎哟!
**陈秀英**　(语速极快)我爹在世,我爹拉得开。
**陈　母**　你爹拉得开。
**陈秀英**　我爹去世,我拉得开。
**陈　母**　呃,你拉得开。
**陈秀英**　再有拉得开(放慢语速)那张弓的……
**陈　母**　说呀,说呀!
**陈秀英**　我们不说。
**陈　母**　怎又不说了?这是,这是……
**陈秀英**　(忸怩地)怪害臊的!
**陈　母**　哦呵,怕害臊哇……不要紧的,妈妈我呀……(捂自己脸)替你害臊!
**陈秀英**　怎么着?您替我害臊?
**陈　母**　替你害臊。
**陈秀英**　再有拉得开这张弓的……
**陈　母**　啊。
**陈秀英**　那,那……
**陈　母**　那怎么着?
**陈秀英**　那就是我们小女婿子来喽!(转身面向"小边",双手捂脸,做羞状)
**陈　母**　(羞陈秀英)没羞!(台)什么岁数,就想女婿了。妈妈我这头发都白了,还没想女婿哪!
**陈秀英**　(转身对陈母)哟——妈呀,您头发都白了,都这么大岁数了,还要女婿呢?
**陈　母**　啊,不许是怎么着?
**陈秀英**　妈呀!
**陈　母**　啊。
**陈秀英**　您给我们说说去。
**陈　母**　不管。
**陈秀英**　妈,说说去。
**陈　母**　没法儿说。
**陈秀英**　(拉着陈母撒娇)妈呀,您说说去,说说去!
**陈　母**　没法儿说,没法儿说。
**陈秀英**　(着急地)说说去!

**陈　母**　不管，不管！
**陈秀英**　真不管？
**陈　母**　真不管。
**陈秀英**　躲开点儿！
**陈　母**　（退一步）干什么呀？
**陈秀英**　（拍胸脯）我们自己说去。（欲进门）
**陈　母**　（忙拦）嘿，得了吧！
**陈秀英**　（退回，往"上场门"走）你不管嘛！
**陈　母**　（跟着陈秀英数落着）真是的，这当面锣，对面鼓的，真是不嫌寒碜呀！
　　　　〔陈母转身面向前，陈秀英也转回轻手轻脚地靠近陈母。
**陈　母**　哎呀，可不是嘛！当初我们老头子在世的时候，我们老头子拉得开。我们老头子去世，就是我们妞儿拉得开。要是再有拉得开的呀，那就是我们妞儿的那个小女婿子到了。
**陈秀英**　（兴奋地用折扇拍陈母）妈呀！
**陈　母**　啊！
**陈秀英**　对喽！
　　　　〔**【小锣长丝头】**陈秀英右手抖开折扇，栽左步，别右腿，一亮。碎步跑着"上场门"下。陈母跟上几步做羞陈秀英状。
**陈　母**　（欲进门，又退回）哎哟，这怎么跟人说呀？得嘞，话儿里套话儿，说了就说了呗！（进门）相公，您坐着啊！
**匡　忠**　（欠身迎）妈妈。
　　　　〔陈母坐"大边跨椅"，匡忠坐。
**陈　母**　哎，相公，我有一言，不知当讲不当讲？
**匡　忠**　妈妈有话请讲。
**陈　母**　请问相公，可曾婚配呀？
**匡　忠**　（难为情地）尚未婚配。
**陈　母**　哦，这就是了。听我跟您说：当初哇，我们老头子在世的时候，我们老头子拉得开这张弓。我们老头子去世了呢，就是我们妞儿拉得开。要是再有拉得开的呢，嗯，就是我们小妞儿的小女婿子到喽。
**匡　忠**　（出座）如此，岳母请上，（陈母至正场桌前，匡忠至正场中面向里）受小婿一拜。
**陈　母**　行啦，别拜啦！
　　　　〔**【尾声】**匡忠向陈母作揖，半跪施礼。然后从桌上取过褶子，面向前，站"大边"，陈母站"小边"。
**匡　忠**　待我回去，禀告爹娘知道，择一良辰，迎娶小姐过门。（施礼）告辞了！
　　　　〔**【小锣五击】**匡忠出门，"下场门"下。
**陈　母**　慢走哇（送匡忠出门）慢走，回家都问好儿啊！（遥望匡忠远去）慢点儿走啊！
　　　　〔陈母见匡忠已走，转身回茶馆，边走边说。
**陈　母**　你瞧哇，没有三言两语，这事儿给说成了，嘿嘿！（突然想起）哎哟，坏啦！我们那姑爷，他姓什么呀，给忘了！（忙转身招呼）喂……（见匡忠已走远）得，回去了，我也回去吧！（回茶馆）赶明儿再打听得了，反正也打听得着。
　　　　〔陈秀英"上场门"暗上，在房内四处找寻。

陈　母　（陈母进门到“小边”，朝着陈秀英问）干什么呢？
陈秀英　人儿呢？
陈　母　人儿呀，摔了！
陈秀英　话儿呢？
陈　母　（画儿）撕了！
陈秀英　事呢？
陈　母　士（事）让炮打了！
陈秀英　什么呀！（忸怩地）亲事，怎么样了？
陈　母　亲事？还提呢！我刚跟人一说，人就蹿儿了！（小生腔）住了！我这宦门公子，岂肯要你这提拉壶的丫头！
陈秀英　哟，我们提拉茶壶的，就这么低的吗？
陈　母　真是，提拉一把漏壶，它不滴答。
陈秀英　我要是知道他不答应，刚才跟他比拳的时候，把他的小胳膊儿，（双手把折扇往抬起的左腿上一压，做撅状）一撅两截儿，让他这辈子也成不上家！（委曲地哭状，拭泪）
陈　母　哎哟，可真够狠的。（背供）呵呵，得了，得了。可别把她气出病来。（到陈秀英身旁）我说孩子，人家呀，愿意了！
陈秀英　（破泣为笑）怎么着，他答应了？
陈　母　答应了！
陈秀英　他愿意了？
陈　母　愿意了！
陈秀英　您猜我呢？
陈　母　更愿意呀！
陈秀英　我呀……
陈　母　嗯？
陈秀英　（端架子）还嘚儿不乐意哪！（双手叉腰，趾高气扬状）
陈　母　嘿！你不乐意，那，那明儿个人家拿花轿抬人来，谁去呀？
陈秀英　您答应的您去，谁去呀？
陈　母　我去？（摊双掌）他爸爸又不是光棍儿，我去干什么呀，我呀！
　　　　〔陈秀英偷着笑。
陈　母　（看出破绽）你还别挤兑我，（说着出门往“大边”走）我能管说合，还能管退。（喊叫）我说相公，你回来，相公……
　　　　〔陈秀英追上陈母，从后面捂住陈母的嘴，拉回茶馆。
陈　母　唔，唔……（至正场挣开陈秀英）你捂死我呀！
陈秀英　（站“大边”）妈呀！
陈　母　哎。
陈秀英　您怎么这么死心眼儿呀？
陈　母　怎么着？
陈秀英　您听我嘴里不愿意，我这心里头，早巴不能够的哪！
陈　母　我早就知道了！
陈秀英　妈！

**陈　母**　哎。

**陈秀英**　您别闲着了。

**陈　母**　怎么着?

**陈秀英**　到后头,给我梳梳头。

**陈　母**　梳梳头。

**陈秀英**　洗洗脸。

**陈　母**　洗洗脸。

**陈秀英**　穿上新衣裳。

**陈　母**　穿上新衣裳。

**陈秀英**　多擦点儿粉。

**陈　母**　擦二斤。

**陈秀英**　(羞状)妈呀,我呀……

**陈　母**　啊。

**陈秀英**　要做新娘子(用折扇挑陈母的下巴)喽!(栽右步,别左腿,右手抖开折扇遮脸,碎步"下场门"跑下)

**陈　母**　哎哟,您瞧瞧哇,够劲儿的!哎,我也真别闲着了,我也真得准备准备做(韵白)丈母娘去了!

〔〈尾声·合头〉陈母"下场门"跑下。大幕落。

——剧　终